주화의 꽃

2 중화의 꽃

신경진 장편소설

문이당

『중화의 꽃』은 초능력자들의 이야기입니다. 이 소설을 구상하면서 '초능력'이 인간의 삶에 매우 밀접하게 관여하고 있다는 사실을 새삼 깨달았습니다. 서브컬처의 대표적인 아이콘으로만 생각했던 초능력이 실제로는 주류 문화를 뒤엎을 정도의 잠재적인 파괴력을 지니고 있다는 사실을 자각한 것입니다. 서구에서 이식된 합리적 이성주의와 과학적 접근법만으로는 풀 수 없는 미스터리가 세계 곳곳에 존재하는 것이지요. 한 세기가 지나 22세기가 도래하면 우리 대부분은 지구에서 사라질 것입니다. 불확실한 미래지만 자신이 죽는다는 사실만큼은 누구나 쉽게 예측할 수 있습니다.

서구인들이 극동이라 부르는 지역이 21세기 세계의 중심으로 부상하고 있으며, 중국이 중심 역할을 담당하고 있음을 부인하지 못합니다. 그리고 이 무대에는 고대로부터 이어진 역사와 문명을 간직한 한국과 일본이 버티고 있습니다. 소설 『중화의 꽃』은 한·중·일 세 나라의 대결 국면을 초능력자들의 갈등과 투쟁으로 축소시켜 그려내고 있습니다.

우연의 일치일지 모르지만 현재 동북아 정세가 소설이 상정한 세계와 유사하게 변화하고 있습니다. 중국은 경제 개혁으로 이룬 부의 축적을 기반으로 패권주의적 야망을 드러내고, 일본은 제국주의의 깃발을 다시 드높이려는 극우파가 정권을 잡았습니다. 북한에서는 3대 세습 정권이 들어서, 정치 철학과 세계관이 베일에 가려진 불안한 얼굴을 한 이십 대 청년이 권력을 장악했습니다. 소설에서 언급한 것처럼 '언제 전쟁이 터져도 이상하지 않을 정도'로 정세가 급변하고 있습니다. 극단적으로 말하면 이 지역의 평화주의자는 모두 사라지고 정치적 신념에 매몰된 극단주의자, 울트라만이 득세하는 형국입니다. 진짜 초능력자들은 염력을 사용하고 미래를 보는 이들이 아니라 인류를 파멸로 이끌 군대를 움직일 수 있고, 자신의 의지대로 강력한 정치권력을 행사할 수 있는 이들 울트라일지도 모릅니다.

작가는 자의든 타의든 이기주의자가 됩니다. 자신은 하고 싶은 일을 하고 가족에게는 자신이 져야 할 짐의 일부를 떠맡기게 됩니다. 그 짐을 웃으며 받아 준 아내 유희와 아들 지수에게 사랑한다는 말을 전합니다.

이제 여러분은 한 회의주의자가 쓴 기묘한 미스터리 소설을 읽을 것입니다. 소설 속에 어떤 세계가 숨어 있는지 독자가 답을 찾을 시간입니다. 여러분이 도착한 장소가 어떤 곳이며 무엇을 볼지 저도 무척 궁금합니다. 제가 상상했던 세계와 독자가 그려 낸 세계가 일치하는 행복한 결말을 꿈꿉니다.

2013년 3월
신 경 진

혁명은 성대한 만찬도, 문학 작품도, 그림도, 자수도 아니다.
혁명은 그렇게 우아하고, 평안하고, 섬세하게 이루어질 수 있는 것이 아니다.
농촌에서의 혁명은 농민이 봉건적 지주 세력을 몰락시키는 것이다.
사실대로 말하자면 농촌 지역에는 일시적으로 공포 체제가 수립될 수밖에 없다.

마오쩌둥

13

영원과 지수 둘 다 늦잠을 잤다. 일어난 시간도 거의 같았다. 지수는 샤워를 끝내고 거울을 보며 얼굴을 살폈다. 눈이 조금 부은 듯했다. 주방에 가보니 영원이 식탁에 앉아 핫케이크를 먹고 있었다. 지수가 맞은편에 앉자, 영원이 커피를 따라 준 뒤 핫케이크를 접시에 담아 내밀었다. 영원은 조용히 식사를 마쳤다. 지난밤의 상기된 모습은 사라지고 평온한 표정으로 돌아와 있었다.

평일 오전의 백화점은 한산했다. 영원은 백화점에 들어서자 곧장 캐주얼 매장으로 가서 옷을 골랐다. 눈대중으로 치수를 살피고 나서 청바지와 티셔츠, 재킷을 들고 탈의실로 들어갔다. 나왔을 때는 전혀 다른 사람처럼 보였다. 영원이 계산하는 동안 지수는 조금 떨어져서 이방우 소장에게 전화를 걸었다. 영원과 함께 연구소로 가겠다는 말에 소장은 "그래, 알겠네"라고 짧게 대답하고는 전화를 끊었다. 기대 이하의 싱거운 반응이었다. 옷을 바꿔 입어서 그런지 영원은 이전보다 훨씬 편안하게 행동했다.

"아버지가 뭐라고 하셨어?"

차창 밖으로 시선을 고정한 채 영원이 무심한 목소리로 말했다.

"얼마 만에 만나는 거야?"

"졸업하고 잠깐 뵌 적 있어."

두 사람 사이의 불편한 관계를 소장에게 듣긴 했지만, 완전히 이해할 수는 없었다.

"나는 군인인 아버지가 싫었어."

"소장님은 많이 변하셨어."

영원이 고개를 돌려 지수를 바라봤다.

"마치 우리 아버지를 오랫동안 알고 지낸 사람처럼 말하네."

복잡한 의미가 담긴 표정으로 영원이 말을 이었다.

"가끔 군부대와 관사가 기억나. 강원도의 작은 마을이었는데, 주민 대부분이 군인 가족이었어. 사병들이 외출한 주말을 제외하고는 언제나 거리가 텅 비어 있었어. 겨울은 지루하고 끔찍했어."

말과 달리 영원의 입가에 희미한 미소가 어렸다.

"이상해. 그런 기억이 싫어서 집을 나왔는데, 결국 나도 공무원이 되고 말았어."

영원의 이야기 때문인지 봄날인데도 겨울의 어느 날을 바라보는 듯한 느낌이었다. 차가운 바람이 부는 황량한 소읍의 거리를 통과하는 착각마저 들었다. 연구소가 가까워지면서 영원의 표정이 변했다. 평소의 침착한 모습과 대조적이어서 지수는 은근히 걱정됐다. 영원이 혼잣말을 하듯 조용히 말했다.

"나는 아직 아버지를 용서하지 않았어. 아니, 이해하지 못한다는 말이 맞을 거야."

지수는 예전에 소장과 나눈 대화가 떠올랐다. 소장은 아들의 죽음에 책임감을 느끼고 있었다. 자신의 억지스러운 고집으로 아들이 싸움에 휘말렸고, 그래서 아들이 죽었다고 여기고 있었다. 직접 고통을 체험하지 못한 지수로서는 뭐라고 할 말이 없었다.

"오늘 만남에 큰 의미를 부여하지 않았으면 좋겠어. 널 보고 있으면 자꾸 아버지 모습이 보여. 그래서 아버지를 만나려는 거야."

지수는 무심코 고개를 끄덕였다.

소장과 영원이 만나는 동안 지수는 자리를 피해 옆 사무실에서 기다렸다. 신혜원은 평소보다 흥분한 표정으로 지수를 맞았다. 부탁하지도 않았는데 지수에게 커피를 타주고는 멍하니 열린 문밖을 바라봤다.

"왜 그래?"

지수가 소파에 앉아 부드럽게 물었다.

"소장님이 오늘처럼 긴장한 모습은 처음 봤어요. 오빠도 봤어야 하는데."

지수가 웃으며 말했다.

"관장님에게 연락해서 함께 점심이나 먹자."

"오빠는 지금 이 상황에서 밥을 먹고 싶어요?"

"이 상황이 어때서? 그냥, 아버지와 딸이 만난 거야."

"나는 소장님 딸이 미국에 있는 줄 알았어요. 사모님이 거기 계신다고 들어서 당연히 그럴 줄 알았죠."

"소장님보다 네가 더 흥분한 것 같아. 아무 일도 없을 거니까 밥이나 먹자. 맛있는 것 사줄게."

혜원은 잠시 생각하더니 김 관장에게 전화를 했다. 그녀는 상대방의 기분과 감정 상태를 빨리 파악하는 데 소질이 있었다. 속마음을 읽는 초능력까지는 아니지만 남이 무엇을 원하는지는 빠르게 짚어냈다.

"근처에 중국집이 새로 개업했어요. 꽤 비싸 보이던데, 괜찮아요?"

저녁 식사를 하며 지수는 모처럼 편안한 시간을 보냈다. 그들과 만난 지 얼마 되지 않았지만, 그동안 각별한 정을 나눴기 때문에 가족과 함께 있는 듯한 기분이었다. 김 관장은 중국인에게 당한 정신적 충격에서 완전히 회복돼 이전처럼 건강하고 자신감 넘치는 모습으로 지수를 대했다. 실패에 굴하지 않고 패배에 좌절하지 않는 군인 정신. 지수는 흐뭇한 미소를 지으며 그의 대머리와 콧수염을 바라봤다.

식사가 끝나고 후식으로 재스민 차가 나왔다. 혜원과 한참 수다를 떨던 김 관장이 차를 마시면서 조용해졌다. 찻잔을 내려놓으며 그가 말했다.

"기회가 생기면 꼭 이 말을 해주고 싶었어. 때로는 말이야, 도망치는 것도 나쁜 방법이 아니야."

그의 목소리가 차분했다.

"내가 무슨 이야기를 하는지 눈치 빠른 너는 알아차렸을 거야. 오랫동안 생각해서 내린 결론이야. 만약 그날 중국인이 날 죽였다면 오늘 같은 날은 없었을 거야."

지수가 진지한 표정으로 그를 바라보았다.

"행복이 대체 뭔가? 난 말이야, 가족들과 식사할 때가 가장 좋아. 마누라가 해주는 밥을 아들놈과 먹을 때 제일 행복해."

옆에서 듣고 있던 혜원이 고개를 끄덕였다.

"넌 아직 젊어. 결혼도 해야 하고 아이도 낳아야지. 네가 도망친다고 해서 비난할 사람은 아무도 없어. 누구도 다른 사람의 목숨을 요구할 권리는 없어."

"도망친다는 표현보다는 자리를 잠깐 비우는 것으로 바꾸면 더 좋지 않아요?"

혜원이 옆에서 거들자 김 관장이 너털웃음을 지었다.

"알겠습니다. 꼭 기억하겠습니다."

지수는 그렇게 말하며 두 사람을 안심시켰다. 그때 기다렸다는 듯 전화벨이 울렸다. 영원이라고 생각했는데 뜻밖에도 최 전무의 호출이었다. 지수는 자리에 앉아 전화를 받았다. 그의 얼굴이 어두워졌다. 혜원과 김 관장이 놓치지 않고 지수의 감정 변화를 읽었다. 전화를 끊은 지수가 짧게 한숨을 쉬고는 말했다.

"급한 일이 생겨서 먼저 회사로 들어가야겠습니다. 소장님께 말씀 전해 주세요."

자리에서 일어나면서 미소를 지으려 했는데 생각처럼 되지 않아 지수는 인상을 찌푸렸다. 엘리베이터를 타자 가슴이 뛰기 시작했다. 지수는 연구소 주변에서 대기 중인 경호원에게 영원의 근접 경호를 부탁한 뒤 급하게 국정원으로 차를 몰았다.

최 전무는 침통한 표정으로 지수를 맞았다. 집무실에는 김일우 부장을 비롯해 여러 부서의 간부들이 모여 일본에서 올라온 사건 파일을 검토하고 있었다. 지수가 들어서자 최 전무가 모두 자리로 돌아가라고 지시했다. 파일 한 부가 탁자에 남아 있었다. 사람들이 나가자 최 전무가 고갯짓으로 지수에게 파일을 가리켰다. 지수는 자리에 앉아 파일을 펼쳤다. A4 크기로 확대한 컬러 사진과 한글 문서였다. 사진부터 확인했다. 첫 번째 사진은 얼굴을 정면에서 찍은 거였다. 구타가 얼마나 심했는지 얼굴이 풍선처럼 부풀어 올라 있었다. 눈두덩과 입술 주변에는 시퍼런 피멍이 들어 있고 벌어진 입에는 앞니가 보이지 않았다. 두 번째 사진은 양손을 가슴 위에 가지런히 올리고 찍은 사진이었다. 화질이 좋아 손톱 빠진 게 선명하게 보였다. 마지막은 전신사진이었다. 거무튀튀한 몸에 검붉은 상처가 두드러져 보이고 곱슬곱슬한 치모 사이로 축 늘어진 성기가 보였다. 암호명, 동백꽃. 일본에서 활동하는 국정원 소속 비밀 정보원. 지수는 손바닥으로 이마를 짚으며 한숨을 내뱉었다.

"고전적인 고문 방식을 모두 사용했어."

최 전무의 목소리는 차가웠다.

"몽둥이로 내리치고, 손톱과 이빨을 뺀 다음 물고문과 전기 고문까지 했어."

그는 서랍에서 담배를 꺼내 라이터를 켰다. 최 전무가 담배를 피우는 모습을 보는 건 처음이었다.

"마치 20세기 초로 돌아간 기분이 들어."

최 전무가 담배 연기를 길게 내뿜으며 말했다.

"독립기념관에 가봤나? 거기 가면 왜놈들이 우리 선조에게 무슨 짓을 했는지 정확히 알 수 있어."

감정이 북받쳤는지 목소리가 조금 떨렸다. 지수는 한글 문서를 손에 들었지만, 글자가 눈에 들어오지 않았다. 동백꽃이 고문당하는 장면이 그려지고 그가 받았을 고통이 전달됐다. 지수는 파일을 내려놓고 고개를 숙인 채 침묵할 뿐이었다. 시내의 중국집에서 동백꽃을 만났을 때가 떠올랐다. 이중간첩으로 활동하는 인물이라 조심스럽게 그를 대했다. 원숭이처럼 생긴 추한 겉모습과 달리 눈빛은 예사롭지 않았다. 한국말을 할 때면 심하게 더듬었다.

"초노료쿠 그, 그거 아주 무, 무서운 거야. 전, 전립선암보다 훨씬 무, 무서워."

그는 유머와 진심을 뒤섞은 화법을 구사했다. 한국 이름 하상동. 나이는 올해 쉰둘. 결혼은 하지 않았고 부산에 누이 한 명이 살고 있을 뿐 다른 직계 유족은 없었다. 지수는 쉰둘이라는 동백꽃의 나이를 생각했다. 20년 후, 자신도 동백꽃의 신세가 될 가능성이 있었다. 어두운 지하실에 끌려가 전기 고문을 받으며 죽음을 맞이한다. 체력과 열정이 소진된 오십 대 남자가 감당할 수 있는 일이 아니었다. 야쿠자와 북한 공작원을 상대로 주먹을 날리던 동백꽃의 화려한 과거는 한 줌의 물이 되어 손에서 빠져나갔다.

"문제는 직접적인 사인이야. 고문으로 죽은 게 아니라는 건데."

물이 든 종이컵에다 담배꽁초를 넣은 다음 최 전무가 말했다. 흥분을 가라앉혔는지 그의 목소리가 담담하게 흘러나왔다.

"최보라가 죽은 것과 똑같아. 심장을 비롯한 대부분의 장기가 파열되었고 뼈도 여러 군데 부러졌어."

"요이치란 말씀인가요?"

"그렇다고 봐야겠지."

지수는 입술을 지그시 깨물고 다시 문서를 집었다. 감정에 휘둘릴 때가 아니었다. 빠르게 보고서를 읽어 내려갔다. 도쿄 근교의 한 초등학교 운동장, 우익 단체의 연합 집회. 센카쿠 열도를 둘러싼 중국과의 영토 분쟁에 대한 항의 시위 성격을 띰. 행사는 소동 없이 차분한 분위기에서 진행됨. 다수의 극우 종교 단체의 지하 조직원들이 모습을 드러낼 거라는 첩보를 입수한 동백꽃이 집회에 잠입함. 집회가 해산되고 단위별 소모임이 이루어지는 과정에서 동백꽃과 연락이 끊김. 연락 두절 48시간 뒤 일본에서 활동하는 정보원이 총동원되어 수색을 벌였으나 찾지 못함. 민단 계열의 야쿠자 사무실로 의문의 소포 도착. 시 외곽 철거 예정 건물 지하실에서 동백꽃의 시신 확인. 경찰청 외사과에서 시신 수습. 민감한 외교 사건이라고 판단, 정보 비공개 원칙을 세움. 언론에 공개되지 않음.

"우리에게 보내는 경고장이라고 봐야겠지."

경고라는 말에 지수가 마음을 진정시키고 말했다.

"이 문건은 누가 작성한 겁니까?"

"우리 측 파견 요원이야. 대외비라서 알려 줄 수는 없어."

최 전무의 목소리는 부드러웠지만, 지수는 불쾌했다. 이런 상황에서도 비밀주의 원칙을 고수하는 최 전무의 태도가 못마땅했다.

"놈들이 이렇게 노골적으로 나올 줄 예상하지 못했어. 대라리에서 이영원을 뺏긴 분풀이를 한 것 같아. 이건 우리와 전쟁을 하자는 뜻이야."

전쟁? 지수는 그 단어를 속으로 곱씹으며 최 전무를 바라봤다. 최 전무가 손바닥으로 아래턱을 문지르며 말했다.

"결과적으로 보면 동백꽃의 죽음에는 네가 책임질 부분이 있어."

책임이라는 말이 지수의 가슴을 찔렀다. 지수의 강렬한 시선에 최 전무가 한 발짝 물러섰다.

"정확히 말하면 우리의 책임이라고 해야겠지. 만약 내가 그 자리에 있었다면 망설이지 않았을 거야. 어쩌면 놈을 처리할 수 있는 마지막 기회였는지도 몰라. 그랬다면 이런 불상사도 일어나지 않았을 거고."

에둘러 말했지만, 지수는 최창석 전무가 무엇을 지적하는지 알아
차렸다. 바다 한가운데에서 요이치와 대적했을 때, 지수는 헬기에 탄
채 K2 소총을 겨누고 있었고 요이치는 비무장 상태로 배의 갑판에서
투항했다. 지수는 놈을 사살하기보다는 생포하는 것이 낫겠다고 판
단했다. 그 상황에서 놈이 잠수함을 타고 탈출할 거라고는 상상도 하
지 못했다.

"넌 다 좋은데 물러 터졌어. 사진 속의 동백꽃을 봐. 놈은 네가 지
켜 줘야 할 휴머니즘의 대상이 아니야."

지수는 속으로 감정을 억눌렀다. 최 전무는 흥분 상태였고 자신의
상관이었다.

"일본으로 가겠습니다."

무심코 내뱉은 말이 아니었다. 전화로 동백꽃의 죽음을 전달받았
을 때부터 지수는 요이치의 얼굴을 떠올렸다.

"일본으로 가서 놈을 죽이기라도 하겠단 말이야?"

"필요하다면 그렇게 하겠습니다."

지수의 말에 최 전무의 안면 근육이 미세하게 떨렸다.

"복수라, 그것도 나쁘지 않은 방법이지. 어차피 일본 경찰이 우리
에게 정보를 내줄 심사도 아니니까."

그렇게 말하며 최 전무는 고개를 들어 천장을 바라봤다. 그러고는
짧게 헛기침을 하고 나서 자세를 고쳐 잡았다.

"그것보다는 이영원 문제를 빨리 해결해야 하지 않아? 요이치 일
당과 중국인이 궁극적으로 원하는 것이 무엇인지는 밝혀졌어. 그런
점에서 보면 이영원을 데리고 있는 우리가 가장 유리한 고지를 확보

했는지도 모르지. 문제는 이영원이 실제로 무엇을 할 수 있는지 알아내야 한다는 거야."

지수는 경마장에서 있었던 일을 떠올렸다. 하지만 당분간 누구에게도 이야기하지 않는 게 좋을 것 같았다.

"중국이 대대적으로 군사력을 증강하고 있어. 스텔스 전투기를 배치했고 곧 항공모함 편대도 서해에 나타날 거야. 과거사와 영토 분쟁으로 마찰을 겪는 일본은 초조하게 상황을 지켜보고 있어. 동아시아에서 힘의 균형이 깨지고 있다는 건 잘 알 거야. 하필이면 이런 미묘한 시기에 터진 사건이라서 정치적인 해석을 하지 않을 수 없어. 네가 생각하는 대로 나 역시 이 사건에 중국 정부와 일본 정부가 관여하고 있다고는 생각하지 않아. 하지만 비공식적인 루트는 존재할 가능성이 크지. 이영원이 가진 초능력이 군사적인 수단으로 이용될 가능성은 충분해 보여. 그걸 제대로 파악하지 않고서는 이영원을 보호하는 데 한계가 있을 거야."

논리적 비약이 심하긴 하지만 지수는 따지고 들지 않았다. 지금은 논쟁할 때가 아니었다.

"시간이 흐를수록 궁지에 몰리는 건 우리야. 놈들이 어떤 식으로 공격해 들어올지 모르잖아. 동백꽃이 우리 측 요원이라는 사실을 알면서도 손을 댄 놈들이야. 제정신이 아니라고 봐야지."

"일본으로 보내 주십시오. 동백꽃이 알아낸 정보가 무엇인지, 정확히 파악해야겠습니다."

지수가 단호하게 말했다.

"대기하고 있어. 필요하면 네가 가지 않겠다고 해도 보내 버릴 테니까."

최 전무가 담뱃갑을 만지작거렸다.

"솔직히 말해서 나는 네가 요이치를 상대할 수 있을까 의심스러워. 동백꽃은 우리 조직의 최고 요원이었어. 나이가 조금 많긴 하지만 실전 경험에서는 따라올 사람이 없지."

'너 같은 애송이와는 다르지'라는 듯한 눈빛이었다. 지수는 어금니를 꽉 깨물었다.

"기분 나빠 할 것 없어. 네 능력이 아니라, 너의 지극히 평범한 윤리관 때문에 하는 말이니까. 과연, 마지막 순간에 적의 심장에 칼을 꽂을 수 있을까? 그런 면에서 그는 달랐어. 동백꽃은 유능했을 뿐만 아니라 사사로운 인정에 휘둘리지 않는 사내였어."

지수는 최 전무의 의도를 알아차렸다. 자신과 동백꽃을 비교해서 투쟁심을 불러일으키려는 목적이었다.

"이방우 때문에 망설이는 건 잘 알지만 더는 기다려 줄 수 없어. 일주일 내에 분명한 답을 가지고 오지 못하면 이영원을 다른 팀에 넘길 거야."

"다른 팀이란 무엇을 지칭하는 것입니까?"

지수가 다소 공격적인 어조로 질문했다.

"국내에 초능력에 관한 전문가가 이방우 혼자라고 생각해선 곤란해. 강민호 소장이 큰 관심을 보이고 있어. 네가 어떻게 하느냐에 따라 상황이 달라질 거야."

지수는 최 전무가 뒤에서 무슨 일을 꾸미는 것인지 궁금했다. 정신사연구소의 사무실에서 강민호와 정상영을 만난 이후 두 사람에 관련된 이야기는 거의 듣지 못했다. '초능력 부대'라는 말도 일절 꺼내지 않았다. 최 전무의 일 처리 방식으로 볼 때, 비밀리에 뭔가 준비하는 것이 분명했다. 기대에 부응하는 답을 제시하지 못하면 그의 말대로 영원을 다른 그룹에 맡길 것이 분명했다.

"돌아가서 하던 일이나 제대로 마무리하도록 해. 동백꽃의 처리 문제는 내게 맡기고."

그렇게 말하고 최 전무는 입을 닫았다. 가죽 의자에 몸을 파묻은 얼굴에는 피로감이 역력했다. 지수는 문을 닫고 나와 자신이 일했던 사무실의 광경을 둘러봤다. 내근 중인 요원들이 바쁘게 움직이고 있었다. 컴퓨터 돌아가는 소리와 직원들의 발걸음 소리가 오늘따라 무척 낯설게 느껴졌다. 지수는 숨을 깊이 들이마시고 빠른 걸음으로 국정원을 빠져나왔다.

생각했던 것보다 영원의 얼굴이 밝았다. 영원은 소파에 앉아 경호원과 함께 차를 마시고 있었다. 그러나 편안한 진짜 미소와는 조금 거리가 있는 의례적인 미소에 가까웠다. 지수는 곧장 소장의 사무실로 갔다. 소장은 돋보기를 쓰고 컴퓨터 앞에 앉아 있었다. 지수가 들어가자 소장은 자리를 옮겨 일인용 소파에 앉았다.

"기분이 좀 어떠세요?"

지수의 질문에 소장은 눈썹을 치켜세우며 딴청을 부렸다. 소장과 같은 부모 세대는 감정 표현에 서툴렀다. 특히 가족 간의 사랑을 표현하는 데 인색했다. 지수는 영원과 소장이 대면하는 장면을 보지 못한 게 조금 아쉬웠다. 소장도 소장이지만 영원도 애교 많은 딸의 역할을 하기에는 무뚝뚝한 면이 있었다. 두 사람의 성향으로 볼 때 극적인 장면은 연출되지 않았을 것이다. 거리를 두고 서로 바라보며 관찰했을 가능성이 컸다.

"호출받았다는 소식을 들었는데, 좋지 않은 일인가?"

지수의 생각을 간파했는지 소장이 말을 돌렸다. 지수는 망설였다. 모처럼 딸을 만나 마음이 싱숭생숭할 터였다.

"나는 준비가 돼 있어. 영원이와 관련된 일이라면 무엇이라도 상관없어. 숨기지 말고 털어놓게."

지수는 담담하게 동백꽃이 살해된 이야기를 꺼냈다. 바다 건너 이웃 나라에서 벌어진 일이라서 그런지 시간이 지날수록 현실감이 떨어졌다. 이야기를 끝냈을 때는 맥이 거의 빠진 상태였다.

"시간이 별로 없군."

"네. 놈들은 영원이를 찾아서 다시 돌아올 겁니다."

"중국인이 먼저 올지도 모르지. 자네도 마찬가지겠지만, 나는 이 상황을 도저히 이해할 수 없어. 왜 영원이에게 이런 일이 일어나는지 알 수가 없네. 그 앤 그저 평범한 인생을 살았을 뿐이야. 내 딸이라 누구보다 잘 아네."

감정과 달리 소장의 목소리는 잦아들었다.

"영원이와 이야기를 나누었네. 미래를 본다는 것 말이야. 영원이는 아직 받아들이지 못하고 있어. 확신이 없을 뿐만 아니라 현실적으로 불가능하다고 생각하고 있어."

"제게 그런 일이 일어나도 마찬가지일 겁니다. 받아들이기 어렵겠죠."

"자넨 내 의견을 듣고 싶겠지?"

지수는 대답하지 않고 소장을 묵묵히 바라보았다.

"몇 가지 사례가 있었어. 공항에서 사고가 터졌을 때 가장 확실하게 느꼈다고 말하더군. 솔직히 말하면 나는 그 힘이 어디서 오는지 모르네. 내가 보잘것없는 염력을 통제하지 못하는 것과 같은 경우야.

다만 어느 정도 분석은 가능해."

지수는 마른침을 삼켰다.

"영원이가 요즘 들어 악몽에 시달린다는 이야기는 자네도 들었겠지? 영원이는 일반적으로 예지력이라고 알려진 초능력과는 조금 다른 것 같네. 무의식과 의식이 혼재된 상황에서 능력이 나타나고 있어. 때로는 의지가 작동하고, 때로는 자신의 의향과 상관없이 불쑥 나타나는 거야. 잠깐이지만 카드 맞히기를 했는데 정확히 집어냈네. 이런 경우는 집중력의 결과물이라고 봐야겠지. 그러나 공항에서 항공기 추락 사고가 난데없이 머릿속으로 나타난 경우는 달라. 직업이 관제사이기 때문에 강박 관념이 작용했을 가능성도 있지만, 의지와 별개로 미래의 일이 나타난다는 점에서 차별화할 수 있네. 요즘은 이상한 꿈에 시달린다고 하는데, 미래의 일일 거라는 두려움을 가지고 있더군."

어려운 이야기는 아니었다. 영원의 능력은 일정한 조건에서 발현되는 것이 아니었다.

"케이스를 분류해서 상황을 되짚어 봐야 해."

"시간이 오래 걸리겠죠?"

지수의 질문에 소장이 말을 멈추었다.

"중요한 것은 영원이의 능력을 놈들이 어떻게 써먹을 것인지 알아내는 겁니다. 그걸 알아내지 못하면 놈들을 추적하는 데 한계가 있습니다. 놈들은 구체적인 무엇인가를 알고 있는 것 같아요. 단순히 카드를 알아맞히는 예지력을 지닌 초능력자를 쫓는 것이 아니겠죠."

"나도 알고 있어. 그러나 지금 상황에서 우리가 할 수 있는 것은 한정되어 있어."

지수는 최 전무가 했던 말을 떠올렸다. 이영원의 초능력이 비대칭 전투력으로 실현될 수 있다고 그는 짐작하고 있었다. 그 점에서는 지수도 어느 정도 동의할 수밖에 없었다. 현재로서는 모든 가능성을 열어 놓고 탐색해야만 한다.

　"영원이 꾸는 꿈을 해석해 보는 것은 어떨까요?"

　"꿈?"

　"네. 현실에서 일어나는 상황을 영원이는 전혀 받아들이지 못하고 있습니다. 왜 미래의 일이 보이는지, 어떻게 하면 되는지도 모릅니다. 그렇다면 무의식을 추적하는 게 대안이 될 수도 있겠죠."

　소장은 생각에 잠겼다. 어느 때보다 신중한 태도였다.

　"은영과 현서의 경우처럼 최면 요법을 써보는 건 어떨까요?"

　지수의 제안에 소장은 손가락으로 팔걸이를 톡톡 두드렸다.

　"은영이 때와는 달라. 그때는 과거의 기억을 되살리는 일이었지만 영원이의 경우는 실제로 존재하지 않는 미래의 시간을 들여다보는 거야. 더구나 꿈의 해석은 쉬운 일이 아니네. 프로이트라는 작자가 그 말을 해서 많은 심리학자가 도전했지만 대부분 실패했네. 논리적 오류가 많은 자의적 해석으로 끝나고 말았지. 과학이라는 간판이 무색할 정도로 역술가들의 해몽 수준에서 그치고 말았어. 유럽에서 유행해 이런저런 이론을 생산해 냈지만, 뇌의 화학적 활동을 연구 대상으로 삼은 현대 심리학의 공세에 무력하게 무너졌네."

　지수는 짧게 한숨을 내쉬었다. 이 상황에서 소장이 왜 과학 논리 운운하는지 이해할 수 없었다. 지수의 표정을 읽은 소장이 다시 밀을 이었다.

　"자신은 없지만, 자네가 원한다면 시도는 해보겠네. 그러나 내가 하는 일은 극히 주관적인 견해에 불과하다는 걸 알아야 하네."

"방법이 없는 건 아니군요?"

"수 세기 동안 꿈은 미래를 알려 주는 도구로 여겨졌어. 이건 내가 지어낸 말이 아니라 프로이트가 『꿈의 해석』이라는 책에서 한 말이야. 그는 미래와 꿈의 연관을 세 가지로 분류했어. 첫 번째는 꿈속에서 직접 받는 예언oraculum, 두 번째는 코앞에 닥친 사건의 예고visio, 마지막으로는 해석이 필요한 상징적 꿈somnium이네."

집중해서 들었지만, 지수는 완전히 이해하지는 못했다.

"어쨌든 해석할 수 있다는 거군요?"

지수의 질문에 소장의 얼굴이 조금 굳어졌다.

"왜 그렇게 서두르나?"

지수는 마땅한 대답이 떠오르지 않아 "죄송합니다"라고 간단히 말했다.

"프로이트 역시 미래를 알리는 꿈의 예언적인 힘에 대해서는 결론이 나지 않았다고 말했어. 이 말은 우리의 시도가 오류에 봉착할 수도 있다는 걸 의미하네. 그래도 해보겠나?"

지수는 대답 대신 고개를 끄덕였다. 시간이 없었다. 초조한 마음에 지수가 무심코 손목시계를 들여다봤다.

"오늘은 돌아가서 쉬도록 해. 그동안 나는 방법을 생각해 보겠네."

안전가옥으로 돌아가는 차 안에서 지수는 운전대를 잡은 채 상념에 잠겼다. 반면 영원은 긴장을 풀고 음악에 귀를 기울였다.

"뭘 그렇게 생각해?"

영원의 갑작스러운 질문에 지수는 대답 대신 고개를 돌려 영원의 얼굴을 바라봤다. 이상하게 가슴이 뛰었다. 마치 오래전부터 알고 지낸 것처럼 그녀의 눈동자와 목소리가 낯설지 않았다.

"소장님과 무슨 이야기 했어?"

"그냥 이런저런 이야기들. 특별한 건 없었어."

"시간이 없어. 빨리 사건을 풀어야 해."

아버지와 딸이 만났을 뿐이라고 생각했는데 자신의 의도와 다른 말이 불쑥 나왔다. 지수는 자신의 성급함을 마음속으로 질타했다. 영원은 좀 더 인간적인 대화를 기대했을 것이다. 소장과 영원 사이에 놓여 있던 무형의 벽은 아직 허물어지지 않았을지도 모른다. 영원의 의식적인 미소에서 지수는 그녀의 감정 상태를 느꼈다. 아버지를 이해하려고 노력하고 있지만 몸과 마음이 따라오지 않았다. 두 사람이 화해하고 서로를 진심으로 받아들이기 위해서는 긴 시간이 필요했다. 그런데도 그는 소장과 영원을 현실의 부조리한 혼돈 속으로 떠밀고 있었다. 자신에게는 해결해야 할 사건이 있었다.

"아버지에게서 박물관의 돌 이야기를 들었어. 혹시 스트로마톨라이트stromatolite라고 들어 봤어?"

지수는 얼마 전 암석에 대한 기초 보고서를 읽은 기억을 떠올렸다.

"산소를 내뿜는다는 돌인가?"

"맞아. 원핵 미생물인 시아노박테리아의 생명 활동을 발견할 수 있는 화석이야."

영원의 설명을 들으니 기억이 분명해졌다. 층 모양의 줄무늬가 있는 회색 암석이었다. 호주 어딘가에 대량으로 분포해 있고 한국에서도 몇 군데에서 발견된 석회암이었다.

"돌 색깔이 틀리지 않아?"

"아니, 그 돌이 스트로마톨라이트라고 생각한 건 아냐. 그냥 그 돌 생각이 났어. 돌에서 생명의 근원을 찾을 수 있다는 게 놀라웠거든."

지수는 소장과 나누었던 대화를 떠올렸다. 소장은 새로운 돌을 소개했다. 앨런 힐스 84001 운석. 화성에서 날아온 것으로 여겨지며, 운석에서 유기물의 흔적을 찾았다고 나사가 발표해서 유명해진 돌이었다.

"과학은 잘 모르지만, 만약 지구에서 새로운 생명의 진화가 일어난다면 현재 모습과는 다를 거라고 생각해. 아버지와 돌 이야기를 하면서 그런 생각을 했어. 만약 아버지의 짐작대로 그 돌이 인류가 생각하지 못하는 새로운 생명의 씨앗을 품고 있다면 우리가 상상하는 역사와 전혀 다른 세계가 나타날 수도 있겠다는 생각이 들었어."

"예를 들면?"

"글쎄, 아마도 말하는 코끼리가 나온다든가, 지능을 가진 꽃이 등장하는 세계가 아닐까?"

"이상한 나라의 앨리스와 같은 세계?"

지수의 말에 영원은 미소를 지었다. 그녀의 미소에 다시 가슴이 뛰었다. 지수는 자신이 루이스 캐럴이 만들어 낸 환상의 세계에 들어와 있는지도 모르겠다고 생각했다. 미래를 볼 수 있는 초능력자 영원이 그의 옆에 앉아 있었다. 영원은 회중시계를 든 말하는 토끼만큼이나 이상한 존재였다. 순진한 앨리스가 토끼를 따라 괴상한 나라로 들어갔듯이 자신도 영원을 따라 기묘한 여행을 떠나야만 한다.

"새로운 세계는 유머와 판타지로만 이루어져 있으면 좋겠어."

그렇게 말하고 나서 영원은 지수를 바라보며 묘한 미소를 지었다. 지수는 긍정의 의미로 고개를 끄덕였다. 그러나 이미 그의 앞에 펼쳐진 세계는 동화와 전혀 다른 방향으로 흘러가고 있었다. 동백꽃의 죽음은 어떤 의미에서든 농담이 될 수 없었다. 고문을 받아 풍선처럼 부풀어 오른 동백꽃의 얼굴이 떠오르자 마음이 다시 무겁게 가라앉았다. 지수는 영원을 안가에 내려 주었다. 영원이 낮은 목소리로 말했다.

"아버지의 눈에서 자꾸 죽은 동생 모습이 어른거렸어. 동생은 단지 싸우는 게 싫었던 거야. 아버지는 그런 단순한 사실을 받아들이지 못했고."

영원은 지수의 대답을 기다리지 않고 차에서 내렸다.

국정원으로 돌아가는 길에 지수는 자신의 냉정한 대응에 조금 화가 났다. 영원이 아버지와의 해후에서 무엇을 느꼈는지 좀 더 관심을 가졌어야 했다. 그런데도 그는 계속 시계만 확인하며 초조해했다. 어쩌면 최 전무의 말처럼 자신이 원하는 건 불가사의한 사건의 해결이 아니라 단순한 복수일지도 모른다는 생각이 들었다. 동백꽃을 위한 복수, 죽은 자를 위한 복수. 헝클어진 머릿속만큼이나 퇴근 시간의 도로는 엉망이었다.

14

　마음의 빛, 명상 센터. 마룻바닥으로 포근한 햇살이 떠다니고 있었다. 이번 만남은 지수의 강한 요구로 성사되었다. 일련의 사건을 해석하기 위해서는 무엇보다 영원이 가진 초능력의 실체를 파악하는 것이 중요했다. 소장은 이 수수께끼를 풀 적임자였다. 두 사람 사이에 아직도 해묵은 갈등이 존재하는 것을 지수도 잘 알고 있었다. 무엇보다 영원이 아버지의 변화를 인정하지 못했다. 그러나 두 사람의 오해가 자연스럽게 풀릴 때까지 손 놓고 기다릴 수만은 없었다. 동백꽃이 살해당했고 살인 용의자인 요이치 무리와 정체불명의 중국인들이 뒤를 쫓고 있었다.

　트레이닝팬츠와 티셔츠 차림의 영원이 소장의 지시에 따라 몸을 풀었다. 지수는 옆에서 그 모습을 지켜봤다. 처음 해보는 요가 형식의 스트레칭이었지만 영원은 곧잘 따라 했다. 오히려 시범을 보이는 소장보다 더 유연하게 몸을 움직였다. 대화는 거의 없고 영원이 내뱉는 숨소리만 간혹 들렸다. 소장 앞이라 그런지 영원은 평소보다 어려

보였다. 검은 리본으로 머리를 뒤로 묶고 맨발이었다. 잠시 후 스트레칭을 마친 소장이 지수를 불렀다. 은영과 현서에게 적용한 최면 요법을 영원에게 해볼 참이었다. 소장은 자신 없어 했지만, 지수가 고집을 부렸다. 영원의 무의식 속에 자리 잡은 불가사의한 초능력의 실체를 파악하는 게 목적이었다.

"그럼, 시작하지."

소장이 메마른 목소리로 말했다. 그러고는 딸에게 최면을 유도했다. 영원은 곧 트랜스 상태에 들어갔다. 10여 분 이어진 최면에서 얻어 낸 정보는 아무것도 없었다. 영원은 꿈을 표현하지 못했다. 검고 어두운 땅, 화약 냄새, 총소리, 하늘을 메운 거대한 그림자, 비릿한 풀 냄새 같은 모호한 표현으로 단편적인 인상만 나타냈을 뿐, 구체적인 형태를 묘사하지는 못했다.

지수는 팔짱을 낀 채 두 사람의 대화에 귀를 기울였다. 영원이 있는 장소도, 그곳에서 일어나는 일이 무엇인지도 그려 낼 수 없었다. 괴상하고 기묘한 판타지일지라도 스토리가 존재하면 그 세계를 이해할 수 있는데, 영원이 있는 장소에서는 어떠한 이야기도 이어지지 않았다.

"어쩌면 자의식이 너무 강해서일지도 모르겠군."

소장이 지수를 바라보며 힘없이 말했다. 최면에서 깨어난 영원은 지수에게 미안한 표정을 지었다. 세 사람은 사무실로 돌아가 점심을 먹었다. 누구도 실패에 대해 거론하지 않았다.

그렇게 닷새가 흘렀다. 봄은 절정을 맞았고 거리에는 꽃향기가 가득했다. 지수는 거의 꽃을 보지 못하고 지나쳤다. 두꺼운 겨울 재킷을 벗는 것마저 잊고 살았다. 태양이 뜨거워질수록 지수의 실망감은 커졌다. 이러다가 언젠가는 놈들의 기습 공격을 받을 거라는 생각에 점점 초조해졌다. 할 수만 있다면 영원의 내면에 자리 잡은 추상적인 막을 칼로 찢어서라도 그녀의 꿈속으로 들어가고 싶었다. 도대체 그곳에서 무슨 일이 벌어지는 것일까?

토요일 오후, 영원을 데려가기 위해 지수가 안가에 도착했다. 내실로 들어서기 전 지수는 마당 한편에 만든 화단에 핀 붉은 꽃을 발견하고 발걸음을 멈추었다. 영원이 한 말이 떠올랐다. '지능을 가진 꽃이 등장하는 세계.' 만약 그런 무대가 펼쳐진다면 세계는 어떻게 변할까? 꽃은 육식 동물과 초식 동물 사이에서 어떤 선택을 할까? 아마도 자신에게 해를 끼치지 않는 육식 동물과 동맹을 맺을 가능성이 크다. 반면 사슴과 양, 염소 같은 초식 동물에는 적대감을 보일 것이다. 그렇다면 인간은? 지수는 망상에서 벗어나 집 안으로 들어갔다. 꽃이 인간을 공격하는 초현실적인 세계는 오지 않는다.

신발을 벗고 거실에 들어서면서 지수는 멈칫했다. 테이블 위에 낯선 고양이 한 마리가 고개를 빳빳이 들고 자신을 바라보고 있었다. 지수도 우두커니 서서 고양이를 응시했다. 잠시나마 두려웠다. 혹시 고양이가 말을 하는 것은 아닐까? '이봐, 여기 사는 인간들은 모두 떠나 버렸어. 자네도 어서 도망치는 게 좋을걸.' 지수는 품속의 글록 18을 떠올렸다. 그러나 무방비 상태의 고양이에게 권총을 겨눌 수는 없었다. 녀석은 굳어 버린 화석처럼 움직이지 않고 지수를 노려봤다. 눈빛이 독특했다. 거실 창으로 들어온 햇빛에 새하얀 털이 포토샵 처리를 한 솜뭉치처럼 빛났다. 지수는 벽에 세워진 괘종시계로 고개를 돌렸다. 초침은 어김없이 움직였다. 상상 속의 세계가 아니었다.

지수가 헛기침하자 고양이의 고개가 아주 조금 흔들렸다. 고양이는 엉덩이를 바닥에 대고 앞발을 가지런히 모은 채 도도한 자세로 지수를 째려봤다. 지수는 짧게 심호흡을 하고 소파로 천천히 걸어갔다. 고양이는 여전히 움직이지 않고 지수의 행동을 눈으로 좇았다. 지수는 테이블 앞 소파에 앉았다. 비로소 고양이가 몸을 움직였다. 지수가 머뭇머뭇 손을 내밀었다. 고양이는 앞발을 살짝 들어 올렸지만, 지수의 손을 막지는 않았다. 손바닥으로 녀석의 머리를 쓰다듬자 고양이가 약간 귀찮은 표정으로 몸을 움찔거렸다. 그런 다음 길게 하품을 하고 몸을 길게 쭉 폈다. 그러고는 탁자에서 가볍게 점프해 지수가 앉은 옆자리에 발랑 드러누웠다. 녀석은 원치 않으면서도 DNA에 저장된 정보에 따라 인간에게 친근감을 표시했다. 그때 2층에서 영원이 내려왔다.

"생각보다 일찍 왔네?"

지수는 고양이의 배를 손으로 쓰다듬었다. 그 모습을 보며 영원이 웃었다. 지수가 어서 말하라는 표정으로 영원을 바라보았다.

"정희 씨가 키우는 고양이야."

정희는 여자 경호원의 이름이었다.

"내가 온 이후 동물 병원에 맡겨 놓았는데 정희 씨가 걱정하기에 데려오라고 했어. 이름이 추추야."

"추추?"

"좀 특이한 이름이지? 수컷이라 남자는 싫어한다고 들었어."

영원이 신기하다는 표정으로 지수와 고양이를 번갈아 쳐다봤다.

"고양이가 그런 걸 가려?"

그렇게 말하고 지수는 고양이를 내려다봤다. 코에 손을 대자 발톱이 있는 앞발로 지수의 손을 툭 내리쳤다. 자신이 강아지라고 착각하는 것 아닐까?

"모두 어디 갔어?"

"뒷마당에 있을 거야. 수도관에 문제가 생겨서 아침부터 공사 중이야."

지수는 고개를 끄덕였다. 경호원은 모니터로 지수가 대문을 열고 들어오는 걸 확인하고는 뒷마당으로 갔을 것이다. 지수는 벽 한편에 세워 놓은 MP5A5 서브머신 건을 곁눈질로 봤다. 시간이 지날수록 경호 상태가 조금씩 허술해지고 있었다. 경호원을 탓할 문제는 아니었다. 긴장이 풀리지 않는 게 이상할 정도로 안가의 생활은 평화로웠다.

"고양이 좋아해?"

지수는 고개를 저었다. 하지만 손은 여전히 고양이의 배에 머물러 있었다.

"좋아하는 것처럼 보여."

"친절하게 대하지 않으면 녀석이 날 공격할까 봐 그러는 거야."

영원이 함박웃음을 지었다. 영원은 집 안에서 입는 편안한 복장이었다.

"지금 가야 해. 외출복으로 갈아입지."

지수의 말에 영원이 조금 망설였다.

"아버지에게서 연락이 왔어. 오늘은 그냥 쉬는 게 좋겠다고 말씀하셨어."

지수가 눈썹을 치켜떴다. 지수는 그런 연락을 받지 못했다.

"사실은 내가 먼저 쉬자고 했어."

지수는 설명을 기다렸다.

"급한 건 아는데, 오늘은 그냥 쉬고 싶어. 아버지를 만나는 건 좋아. 그런데 최면은 좀 그래. 아버지가 조금 낯설게 느껴진다고 할까?

최면이 끝나면 이상하게 부끄러운 생각이 들어."

지수는 이해했다. 자신이 고집을 부려 아무런 성과도 없는 일을 일주일 내내 반복하고 있었다. 소장과 영원 모두에게 피로감을 줄 뿐이었다. 은영과 현서가 과거의 일을 기억해 낸 것과 영원이 꾼 꿈을 해석하는 일은 본질적으로 달랐다. 최면이 아니라 뭔가 다른 방법을 찾아야 하는데 지수는 그 방면에 아는 지식이 없었다.

"좋아, 그렇게 해."

지수의 말에 영원의 얼굴이 밝아졌다. 영원이 자리에서 일어나 냉장고에서 요구르트를 가져왔다. 요구르트는 차가웠다. 영원이 고양이를 들어 자신의 무릎에 올리고는 비밀을 털어놓듯 작은 목소리로 말했다.

"추추가 뭘 원하는지 알아?"

영원이 손가락으로 녀석의 머리를 부드럽게 쓰다듬으며 말했다.

"참치와 새우 통조림이야."

영문을 몰라 지수는 영원을 바라보기만 했다.

"네가 오기 전에 일어난 일인데 나도 약간 놀랐어. 지금처럼 추추가 무릎에 앉아서 잠깐 잠든 거야. 귀여워서 머리를 쓰다듬었는데 갑자기 손끝으로 이상한 감각이 전달됐어."

지수가 허리를 세우고 귀를 기울였다.

"추추가 꾸는 꿈이 머릿속으로 그려졌어. 믿을 수 있겠어?"

꿈이라는 말에 지수는 긴장했다.

"어느 골목길이었어. 장소는 정확히 모르겠는데, 그냥 평범한 동네였어. 추추가 담벼락을 타고 넘어서 어느 집으로 들어갔어. 그러고는 열린 창문을 통해 방 안으로 들어가는 거야. 몇 번인가 방 안을 빙글빙글 돌고 서랍장 위로 올라갔어. 거기에 뭐가 있었는지 알아?"

"참치와 새우 통조림?"

지수의 대답에 영원이 만족스러운 웃음을 지었다.

"그럼 고양이의 꿈을 읽었다는 거야?"

영원이 고개를 끄덕였다.

"이상하지 않아? 내 꿈은 도무지 기억나지 않는데 고양이가 꾸는 꿈은 보인다는 게? 이것도 초능력의 일종인가?"

영원은 아무렇지 않게 말했는데 지수는 충격을 받았다.

"왜 이전에 말하지 않았어?"

"바보! 나도 지금 알았단 말이야. 고양이가 꾸는 꿈을 보게 될 줄은 몰랐어."

지수는 망치로 한 방 맞은 기분이었다. 고양이와 대화를 나눌 수 있다는 사람은 들어 봤어도 고양이의 꿈을 읽는다는 이야기는 처음이었다.

"그게 정말 고양이의 꿈이었어? 네가 잠깐 졸았던 것 아닐까?"

지수가 다그쳐 물었다. 지수의 반응에 영원은 조금 맥 빠진 표정을 지었다.

"내가 왜 그런 거짓말을 하겠어. 그리고 나는 참치가 든 통조림을 찾아 헤매는 꿈은 꾸지 않아."

지수의 심장이 뛰었다. 어쩌면 이게 해결 방법 아닐까?

"그럼 사람은 어때? 사람의 꿈도 볼 수 있을까?"

지수가 과장되게 진지한 표정을 지었다.

"해보지 않아서 자신할 수 없어."

"그럼 시도해 보면 되지. 내 꿈을 읽어 보는 거야."

지수의 말에 영원의 눈동자가 흔들렸다. 뭔가 깊은 생각에 잠긴 표정이었다.

"무슨 말인지는 알겠어. 하지만 네가 원하는 건 내가 꾸는 꿈이잖아."

영원의 말에 지수는 멈칫했다. 영원의 말이 옳았다. 자신의 꿈을 알아낸다고 달라지는 건 없었다. 문제는 미래를 보는 영원의 꿈이었다.

"그렇긴 한데, 재미있을 것 같아."

영원이 호기심 가득한 얼굴로 표정을 바꾸며 말했다.

"지난번에 꿈에서 귀신을 봤다고 했지?"

지수가 고개를 끄덕였다.

"우리 해볼까?"

영원이 눈을 반짝였다.

"글쎄, 내 꿈을 본다고 해서 달라지는 게 있을까?"

지수는 망설였다. 누군가 자신의 꿈을 본다는 게 달갑지만은 않았다.

"그렇지 않아. 이건 네가 생각하는 것보다 훨씬 중요한 의미일 수도 있어."

영원의 표정은 단호했다. 물러설 기세가 아니었다.

"넌 내가 누구인지 아는 게 무엇보다 중요해. 내가 무엇을 할 수 있는지 알아내는 게 목표잖아."

"이번에도 악몽을 꾸면 어쩌지? 정말 귀신을 보고 싶어?"

지수는 겁을 주어 영원의 마음을 돌리려고 했다.

"상관없어. 귀신은 무섭지 않아. 더구나 네 꿈속에 나오는 귀신이라면 나와 상관없어. 해보자, 어렵지 않을 거야. 넌 잠만 자고 난 네 꿈을 보면 되는 거야. 실패해도 손해 볼 것 없어. 그냥 낮잠을 조금 자는 것뿐이니까."

영원이 만면에 미소를 지으며 말했다. 지수가 주저하며 말했다.

"어떻게 해야 하지?"

"간단해. 잠만 자는 거야. 최면을 거는 건 아니니까, 긴장하지 않아도 돼."

목소리에도 장난기가 묻어났다. 영원이 주위를 두리번거리고 나서 말했다.

"내 방으로 올라가자. 내 침대에 누우면 잠이 잘 올 거야."

"여기서 하면 안 돼?"

"안 돼. 고양이와 똑같은 조건을 만들어야 해. 내 무릎에 머리를 대고 잠드는 거야. 그리고 내가 네 이마에 손을 올리는 거야. 그래야 똑같아져. 그리고 중간에 누가 들어오면 방해될 수도 있어."

설득력 있는 이야기였다. 그렇긴 해도 여전히 지수는 망설였다. 지수가 결정을 내리지 못한 반면 영원은 거침없이 행동했다. 소파에서 일어나 무작정 지수의 손을 잡고 2층으로 향하는 계단으로 걸어갔다. 지수가 뒤돌아보니 고양이가 무심한 표정으로 자신을 응시하고 있었다.

침대 끝에 앉은 영원이 손바닥으로 매트리스를 톡톡 두드렸다. 지수는 위기에 처했을 때처럼 목과 어깨의 관절을 풀며 서 있을 뿐이었다. 방에는 침대와 나무 책상, 그림 한 장이 전부였다. 영원이 미소를 띤 채 말했다.

"최면에 걸리는 게 어떤 기분인지 이해할 수 있겠지?"

대답 대신 지수가 어깨를 으쓱거렸다.

"여기 와서 앉아. 좀 이상하겠지만, 어차피 이 침대는 나와 상관 없어."

탈북자를 비롯한 몇몇 사람이 이 방을 거쳐 갔을 것이다. 모두 국 정원의 보호가 필요한 사람들이었다. 젊은 여자의 방이라고 오해해 서는 안 된다.

"정말 그게 가능할까? 내 꿈을 읽는 것 말이야."

"나도 몰라. 하지만 참치 통조림을 찾아 헤매는 추추의 꿈은 정확 히 봤어. 일단 시도해 봐야지."

영원은 지수의 말투를 흉내 냈다. 지수는 침대에 풀썩 주저앉았다.

"이런 상태로 잠들 수 있을까?"

진심이었다. 잠이 부족한 건 사실이지만 몸은 지나치게 경직되어 있었다. 영원의 방, 여자의 방이라는 단어가 그의 근육에 필요 이상 의 자극을 주었다.

"뭔가 나쁜 생각을 하는 건 아니지?"

영원이 놀리는 듯한 표정을 지으며 지수를 바라봤다.

"좋아, 그럼 시작해 보자. 이건 국정원 요원인 차지수의 공식적인 임무야. 내 말 알지?"

영원은 그렇게 말하고 침대 위로 올라가 다리를 포개어 앉았다.

"자, 이제 여기로 와서 누워."

영원은 자신의 무릎을 손바닥으로 쳤다. 지수는 마음의 결정을 내 렸다. 여기서 꼬리를 내리고 도망칠 수는 없었다. 실험 대상인 고양 이 역할을 맡는 것으로 생각해야 한다. 흰 털 고양이 추추처럼 얌전 하게 몸을 맡기면 된다. 지수는 재킷을 벗었다. 권총집도 풀어 바닥 에 내려놓은 뒤 침대에 올라 영원의 무릎 위로 머리를 두었다. 여자의 무릎에 머리를 대는 건 처음이었다. 시선을 어디에 둘지 몰라 지수는 눈을 감았다. 목과 뺨이 그녀의 살에 닿자 독특한 감각이 전달되었다. 지수는 소장에게 배운 호흡법으로 심장 박동을 조절했다. 이마 위로 영원의 손이 올라왔다. 영원이 그의 이마와 앞머리를 천천히 쓰다듬었다. 깔끔한 로션 냄새가 코로 밀려들어 왔다. 이런 상태에서 잠들 수 있을까. 그러나 두근거림은 오래가지 않았다. 영원의 손끝에서 나온 따뜻한 기운이 그의 몸에 일어난 자극을 가라앉혔다. 신기하게도 그는 졸렸다. '에로틱한 꿈을 꾸면 어쩌지?' 하는 걱정과 동시에 그는 깊은 잠에 빠져들었다. 주위가 점점 어두워졌다. 숲에서 불어오는 신선한 공기가 늪처럼 그를 빨아 들였다.

영원은 자신의 무릎을 베고 누운 지수를 내려다봤다. 어이가 없어서 웃음이 나왔다. 이 남자는 왜 이렇게 단순하지? 잠을 자라고 했더니 정말 잠들어 버렸다. 그것도 자신의 무릎을 베고서. 아버지에게서 최면을 유도받을 때 영원은 집중하지 못해 꽤 힘들었다. 지수가 옆에서 지켜보고 있어 자신도 모르는 말이 튀어나올까 두려웠다. 그런데 지수는 자신의 방에 들어와서 잠깐 어색해했을 뿐, 이내 몸을 맡기고 잠들어 버렸다. 학교에서 교사와 학생으로 만났다면 무척 귀여웠을 거라는 생각이 들었다. 교사의 지시에 충실한 모범생. 그런데 어쩌다가 이 남자와 이렇게 친해져 버렸지? 영원은 지수의 속눈썹을 손끝으로 부드럽게 만졌다. 남자치고는 길고 예쁜 속눈썹이었다. 가슴이 두근거렸다. 영원은 천천히 지수의 이마에 손을 올려놓았다. 깊이 잠든 것인지 미열이 느껴졌다. 영원은 숨을 깊게 들이마셨다. 두근거림은 잠시 잊어야 한다. 영원은 지수가 고양이라고 생각했다. 참치와 새우 통조림을 찾아 골목길을 어슬렁거리는 고양이처럼 지수도 어딘

가로 걸어가고 있을 것이다. 추추의 날렵한 발걸음을 떠올리자 들뜬
마음이 가라앉았다. 지수는 어디로 가고 있을까? 이렇게 하면 정말
그의 꿈이 보일까?

　꽃이 핀 야산의 좁은 길. 영원은 자신의 옷차림새를 살폈다. 소매
없는 흰 원피스였다. 천이 너무 얇아서 가슴과 허리, 다리의 윤곽이
그대로 드러났다. 바람이 거의 불지 않는데도 옷은 몸에 착 달라붙었
다. 게다가 맨발이었다. 누군가 잔디 깎는 기계를 타고 지나간 것처
럼 잔풀들은 정리가 잘되어 있었다. 새로 문을 연 호텔 복도의 부드
러운 카펫을 밟는 기분이었다. 아지랑이 위로 노랑나비가 날고 어디
에서인가 풀벌레 소리가 들려왔다.
　지수가 조금 굳은 표정으로 자신을 바라보며 곁에 서 있었다. 지
금 상황이 이해되지 않는다는 듯 눈동자가 흔들렸다. 어딘지 겁먹은
소년의 얼굴처럼 보이기도 했다. 장난기가 발동한 영원이 지수의 손
을 잡았다. 꿈이니까, 이 정도는 괜찮지 않을까? 긴장을 풀어 줄 의
도였는데, 지수의 경직된 몸은 풀어지지 않았다. 영원은 힘을 주어
지수의 손을 잡았다. 그러고는 그를 이끌어 앞으로 걸어갔다. 지수의
꿈속 세계. 그가 무엇을 보고 있는지 확인하고 싶었다. 대화를 시도
해 보려 했지만, 말이 나오지 않았다. 오감은 섞여 있거나 해체되어
있었다. 시각과 청각이 겹쳐지고 후각과 촉각은 따로 떨어져 모순된
정보를 가져왔다. 감각에 의지해서는 안 된다. 지수의 손에서 땀이
배어 나왔다.
　영원은 지수를 이끌고 언덕길을 올라갔다. 정상에 다다르자 곧 내
리막길이 나타나고 풍경이 바뀌었다. 무릎까지 자란 풀밭을 지나 짙

은 그늘이 드리워진 숲이 나타났다. 어둠에 가려진 숲이 지수가 향하는 세계의 중심이란 걸 느낄 수 있었다. 기대감으로 가슴이 두근거렸다. 그러나 지수는 움직이지 않았다. 땅속 깊숙이 박아 놓은 말뚝처럼 꼼짝하지 않았다. 영원은 숲과 지수를 번갈아 바라보았다. 숲의 입구에는 거대한 아카시아 줄기가 진초록 잎을 늘어뜨린 채 유유히 흔들거렸다. 손에 힘을 줬지만, 지수는 요지부동이었다. 영원은 불안했다. 꿈은 영원히 지속되지 않는다. 지금 숲으로 들어가지 않으면 숲의 입구는 닫혀 버릴지도 모른다는 생각에 그녀는 초조했다.

영원이 몸을 돌려 지수를 응시했다. 가까이 다가가 발끝을 세우고 그의 볼에 입술을 댔다. 영원은 마음속으로 속삭였다. '지금이 마지막 기회야. 용기를 내.' 입술을 떼고 다시 지수의 눈을 바라보았다. 여전히 지수의 검은 눈동자는 흔들렸다. '두려워하는 걸까?' 영원은 다시 숲을 주시했다. 숲의 어둠이 점점 깊어졌다. '늦게 도착하면 모든 것이 사라지고 없을 거야.' 마음을 굳힌 영원은 잡았던 손을 놓았다. 혼자서라도 가볼 생각이었다. 아쉬운 표정을 지으며 영원은 숲을 향해 돌아섰다. 그리고 천천히 걸어갔다. 부드러운 카펫을 밟는 감각은 어느새 사라지고 대신 딱딱한 자갈과 부러진 나뭇가지들이 밟혔다. 지수가 곧 뒤따라올 거라는 기대를 안은 채 영원은 어둠이 지배하는 숲으로 들어갔다.

영원과 지수는 침대에 누워 있었다. 영원은 지수의 꿈을 읽다가 졸음을 이기지 못하고 잠들어 버렸다. 영원의 손은 여전히 지수의 이마에 놓여 있었다. 단출한 가구가 있는 작은 방은 완벽한 정적에 싸인 채 외부와 단절되었다. 두 사람이 내뱉는 낮은 숨소리만이 깊은 강물이 되어 보이지 않는 세계로 흘러갔다. 그리고 지수와 영원의 꿈이 겹쳐졌다.

지수는 어떻게 자신이 영원의 꿈속에 들어왔는지 이해할 수 없었다. 어쩌면 영원의 꿈이 아닐 수도 있었다. 타인의 꿈이라고 하기에는 너무나 생생한 장면이 눈앞에 펼쳐졌다. 이성의 잣대로 판단하면 생생하다는 표현이 무색할 정도로 비현실적인 구도의 그림이기도 했다. 골목은 턱없이 좁고 구불구불하게 이어졌다. 높은 건물 지붕이 맞닿은 빈 공간 사이로 푸른 하늘이 폐쇄 회로 카메라처럼 걸려 있었다. 누군가 지켜보고 있다는 자각과 별개로 몸의 움직임은 대단히 자유로웠다. 가파른 언덕길을 올라도 숨이 차지 않고 다리의 근육도 피로를 느끼지 못했다. 전속력으로 달리면 풍뎅이처럼 날개를 펼치고 날아오를 것 같은 기분마저 들었다. 지수는 주위를 돌아보며 영원을 찾았다. 그러나 영원은 보이지 않았다. 눈을 돌릴 때마다 각기 다른 풍경이 펼쳐졌다. 지수는 발걸음을 멈추고 생각에 잠겼다. 이곳에서는 무엇이든 일어날 수 있다. 불가능한 일은 없다. 오직 흐름에 몸을 맡기면 된다. 이야기가 시작되는 꿈의 세계, 그곳에서 영원이 기다리고 있을 것이다.

꿈은 영원처럼, 또는 전쟁처럼 길었다. 실제로 지수는 영원의 꿈속에서 전쟁과 대면했다. 전쟁은 그가 상상하던 것과 전혀 다른 세계였다.

지수는 눈을 떴다. 키튼 사이로 들어온 햇살이 눈부셔 손바닥으로 빛을 가렸다. 현실감을 회복하는 데 많은 시간이 걸렸다. 빛에 익숙해지자 꼼짝 않고 누워서 천장을 바라보기만 했다. 서서히 자신과 외부 세계가 구별되고 사물이 본모습을 되찾았다. 국정원 안가, 영원이 사용하는 2층 방 침대 위였다. 고개를 돌려 옆을 바라봤다. 영원이 웅크린 채 잠들어 있었다. 꿈을 읽겠다며 자신을 침대에 눕게 했는데, 영원이 꿈속에 들어왔을까? 원형 벽시계의 시간은 정확히 30분이 흘러 있었다. 길고 의미 있는 꿈을 꾸기에는 짧은 시간이었다.

영원은 지수의 왼손을 양손으로 감싸 안아 가슴에 묻고 있었다. 손끝으로 그녀의 체온과 부드러운 가슴의 감촉이 느껴졌다. 몸을 틀어서 영원을 마주 봤다. 한낮의 짧은 잠치고는 깊이 잠들어 있었다. 지수는 평양 김일성 광장에서 영원을 잃어버렸을 때의 감각을 기억해 냈다. 꿈속에서 그는 눈물을 흘렸고 불가해한 고통을 느꼈다. '단순한 꿈이다. 꿈을 믿어서는 안 된다.' 영원은 사라지지 않았고 자신 곁에서 잠들어 있었다. 오른손을 올려 영원의 입술에 살짝 갖다 댔다. 마른 입술이 벌어지면서 따뜻한 숨이 손가락에 와 닿았다. 지수는 자신이 꾼 꿈을 기억하지 못했다. 잠든 영원의 얼굴을 보며 지수는 영원이 자신의 꿈을 기억해 내지 않기를 바랐다. 전쟁의 참혹함은 혼자만의 경험으로 충분했다.

눈을 뜬 영원은 지수의 시선을 느끼고 얼굴을 붉혔다. 지수의 손이 여전히 그녀의 가슴에 머물러 있었다. 영원이 미소를 지으며 슬며시 손을 풀었다.

"혹시 내 꿈속에 들어오지 않았어?"

지수가 말없이 고개를 끄덕였다. 지수는 상황을 이해했다. 두 사람은 각자 다른 사람의 꿈속으로 들어갔다. 정작 자기 자신의 꿈은 기억하지 못한 채 상대가 꿈꾸는 세상을 돌아다녔다. 영원이 전쟁을 보지 못한 것은 확실했다.

"나쁜 일이 있었어?"

호기심과 두려움이 뒤섞인 표정으로 영원이 물었다. 지수는 망설였다. 꿈은 비논리적이었고 현실의 공간으로 나오는 순간 구성과 묘사가 엉망인 삼류 스토리로 전락하기 쉬웠다.

"배고프지 않아?"

대답 대신 영원은 호기심 가득한 얼굴로 지수를 뚫어지게 바라보았다.

"내려가서 밥부터 먹자. 꿈 이야기는 나중에 하고."

지수는 침대에서 몸을 일으켰다. 일어나면서 장난스럽게 영원의 볼에 입술을 댔다. 지수는 영원의 표정을 살피지 않고 바닥에 내려놓은 X반도 권총집을 어깨에 착용한 뒤 성큼성큼 침실을 빠져나갔다. 수도관을 다 고친 경호원들이 된장국을 곁들인 쌈밥을 차려 놓고 아래층에서 기다리고 있었다.

지수는 영원을 안가에 남겨 둔 채 이방우 소장의 사무실로 향했다. 영원이 특별한 능력을 가진 것은 분명했다. 은영과 현서가 갖게 된 새로운 능력과는 차원이 달랐다. 그녀는 미래를 볼 수 있을 뿐만 아니라 슈퍼컴퓨터보다 빨리 복잡한 계산을 처리하고 타인의 꿈속까지 들여다볼 수 있었다. 시간이 지날수록 그녀가 가진 초능력이 점점 더 강화되는 느낌이었다. 그러나 정작 지수를 놀라게 한 것은 영원이 가진 초능력이 아니었다. 영원을 대하는 자신의 감정적 대응과 태도에서 이전과 다른 점이 나타나고 있었다. 영원은 자신이 공적으로 보호해야 할 인물이었다. 사적인 감정이 끼어들지 않도록 거리를 두어야 마땅했다. 그러나 자신이 마음속으로 그어 놓은 선을 넘어선 것이

분명했다. 꿈은 불완전하지만, 자신의 감정은 영원의 꿈속에서 너무나 생생하게 드러났다. 황색 군복을 입은 중국인이 영원을 데려갔을 때, 그는 그 사실을 분명히 자각했다. 안타까움과 기대감이 뒤섞인 불안이 그의 마음을 흔들었다. 지수는 룸미러로 자신의 얼굴을 확인했다. 불시에 나타난 사랑은 기묘한 얼굴을 하고 있었다.

소장은 자리에 없었다. 신혜원에게 연락해 달라고 부탁한 뒤 소파에 누워 낮잠을 잤다. 한 시간 정도 지나 소장이 사무실로 들어왔다. 소장은 조금 지쳐 보였다. 의자에 걸어 놓은 수건으로 이마의 땀을 닦으며 지수를 물끄러미 바라보았다.

"영원이는 왜 데려오지 않았나?"

"오늘은 쉬라고 했습니다."

그렇게 대답하고서 지수는 약간 자신 없는 말투로 말을 이었다.

"영원이 보는 미래에 대해 제가 뭔가 알아낸 것 같습니다."

피로에 지쳐 있던 소장이 눈을 반짝였다. 지수는 소파에서 일어나 간이 식수대로 가서 물을 한 잔 마셨다. 그리고 오전에 있었던 일에 대해 소장에게 털어놓았다. 자신의 꿈도 아닌 타인의 꿈에서 본 세계를 현실의 언어로 재구성하기란 생각보다 쉽지 않았다. 일관성이 결여된 전투 장면과 비약이 심한 등장인물, 개연성이 부족한 결론, 안타까움과 두려움, 질투가 혼합된 감정 상태를 묘사하느라 진땀을 흘렸다. 그러나 자신이 본 세계는 또한 살아 있는 세계의 명확한 투사이기도 했다.

소장은 가끔 눈을 껌뻑이거나 헛기침을 했을 뿐, 지수의 말을 제지하지 않고 차분하게 들었다. 김일성 광장과 대포동 미사일, 요격 로켓 등의 구체적인 단어가 나올 때는 자신도 모르게 몸을 들썩였다.

중심 줄거리는 황색 군복을 입은 군인들이 북한의 수도 평양을 공격해 전쟁을 일으킨다는 것이었다.

이야기를 끝마쳤을 때 두 사람은 동시에 한숨을 내쉬었다. 짧은 침묵이 흘렀다. 소파 팔걸이에 손을 올린 소장은 패전을 앞둔 장수처럼 결연한 태도를 보였다.

"결국, 미래에 전쟁이 일어난다는 예언이군."

그의 목소리는 조금 떨렸다.

"꿈이 현실화된다는 건 은유적 표현 아닐까요?"

"그럴 수도 있겠지. 이제껏 나타난 모든 예언은 은유와 비유에 기초해 만들어졌어. 성경 역시 예외가 아니지. 메타포를 해석하는 능력이 인간이라는 종을 특별하고 고유한 존재로 만들었네. 인간이 불행해진 이유이기도 하지만."

"황색 군대가 중국의 군대를 상징한다고 보는 건 너무 단순한 결론인가요?"

"그럴 수도 있고 아닐 수도 있어. 자네 말대로 그건 꿈속에서 이루어진 일이니까, 성급하게 결론을 내릴 필요는 없지. 그러나 현실 정치에서 보면 중국이 북한을 공격하는 건 충분히 납득할 수 있는 가정이야."

지수의 눈이 조금 커졌다.

"예로부터 중국은 외부 세계에 대해 순망치한脣亡齒寒 전략을 구사했어. 입술이 없으면 이가 시리다는 말인데, 북한이 한국과 일본, 미국과 같은 자본주의 국가의 세력 침투를 막아 주는 완충지 역할을 하고 있다는 것을 빗댄 비유지."

"그건 곧 중국이 북한을 보호해 주는 당위성을 위한 논리 아닌가요? 꿈에서처럼 중국이 북한을 공격한다면 그 논리와 직접적으로 모순되는 것 같은데요."

"지금 시대에는 모순으로 보이겠지. 그러나 북한이 미국과 관계를 개선하고 남과 통일 논의를 한다면 상황이 달라지지 않겠어? 중국이 한반도의 통일을 원하지 않는다는 건 누구나 아는 사실이니까. 중국으로서는 자기 앞마당에 힘을 가진 새로운 통일 국가가 등장하는 게 마땅치 않을 거야. 그것 말고도 또 하나의 시나리오가 있어. 이 논리가 앞의 가설보다 더 현실적일지도 모르겠군. 김일성이 구축한 1인 독재의 한계를 극복하지 못하고 북한이 자멸하는 경우야. 지금도 많은 탈북자가 국경을 넘어 중국으로 유입되고 있어. 당연히 중국은 비상사태를 대비하고 있을 거야. 현재 중국 공산당 지도부는 북한 붕괴에 직접 개입할 명분을 차곡차곡 쌓아 가고 있어. 어떻게 보면 동북공정이라는 것도 그 일환인지 모르겠군."

"위급한 시기에 중국 군대가 북한으로 들어온다는 말씀입니까?"

"국군과 미군이 휴전선을 넘어 평양으로 들어가는 것보다는 더 가능성이 크지 않겠나? 형제 국가를 자처하는 중국이 내전 사태에 빠진 북한을 돕겠다는 명분을 내세워 군대를 보낸다면 국제 사회도 막기 어려울 거야. 지금보다 한층 커진 중국의 힘이 표출되는 거지. 지난 세기 미국이 해온 일을 중국이 대신하는 거야. 문제는 우리가 생각하는 것보다 훨씬 심각할 수 있어. 중국인 중 몇몇은 한반도 일부가, 정확히 말하면 평양을 포함한 한강 이북 지역의 땅이 자신들의 영토라고 생각하고 있어. 이런 믿음을 가진 사람들이 소수이긴 하지만, 왜곡된 역사 교육이 지금처럼 공공연히 진행된다면 중국의 다수 인민이 거짓말에 세뇌될 날이 올지도 몰라. 그때가 되면 끔찍한 일이 벌어질 수도 있어. 지금도 중국은 세계 각국과 영토 분쟁을 겪고 있지 않은가."

지수는 불안했다. 차라리 소장이 꿈에 너무 개의치 말라고 답해주었으면 좋았을 거라는 생각이 들었다. 전쟁은 한 인간이 감당하기에 지나치게 큰 주제였다.

"그렇다고 너무 심각해질 필요는 없어. 아직은 중국이 우리와 좋은 관계를 유지하고 있지 않은가. 그리고 어디선가 들은 이야기인데, 중국의 평범한 사람들은 전쟁을 원치 않는다고 하더군. 개혁 개방의 물결로 중국인들은 개인의 행복을 최고의 가치로 여기고 공멸을 의미하는 전쟁은 거부한다는 거야."

"방금 소장님께서 하신 말씀에 비추어 보면 지나친 낙관론 아닌가요?"

"그럴 수도 있지. 미래를 섣부르게 판단하는 건 언제나 위험하네."

중국 이야기는 생각보다 길어졌다. 지수는 소장의 해박한 지식에 놀라워하며 그의 이야기를 들었다. 군복을 벗고 명상 센터에서 새로운 직업을 구했지만, 소장은 타고난 군인이었다. 양 떼를 모는 콜리처럼 오감을 동원해 사방에 도사린, 눈에 보이지 않는 위험을 감지하고 있었다.

"만약 시간과 주체에 제약을 두지 않는다면 나는 미래의 한반도에서 전쟁이 일어나는 것에 내기를 걸겠네. 수천 년 동안 한반도에서는 전쟁이 끊이지 않았어. 전면전이 일어난 것도 불과 60년 전이야. 그런데 어떻게 앞으로 전쟁이 일어나지 않는다고 장담할 수 있겠나. 영원이가 본 미래는 현실이 될 가능성이 커. 핵심은 영원이가 본 것처럼 가까운 미래에 중국이 전쟁을 일으키느냐 하는 거지."

지수는 생각에 잠겼다. 전쟁을 한 개인이 막을 수 있을 것 같지는 않았다. 군대를 움직일 수 있는 최고 권력을 쥐지 않는 한 그런 일은 불가능했다. 따라서 전쟁이 일어날 것인지, 일어나지 않을 것인지 따지는 건 무의미했다. 더구나 영원이 보는 미래의 꿈은 경마장에서 일어난 일처럼 불완전했다. 미래가 어떻게 될지는 아무도 알 수 없었다.

"전쟁과 같은 큰 주제에 대해서는 잘 모르겠습니다. 꿈에서도 그 이유를 몰랐고 현재 눈을 뜬 상태에서도 잘 모르겠습니다. 다만 저는 영원이 이 전쟁과 무슨 관련을 맺고 있는지 확인하고 싶습니다."

"그건 나도 마찬가지야. 왜 정체불명의 중국인 초능력자 그룹이 영원이 뒤를 쫓는지 알아내야 해. 일본인의 수수께끼를 포함해서 말이야."

소장이 갑자기 화난 사람처럼 목소리를 높여 지수는 조금 놀랐다. 소장이 얼마나 불안해하고 초조해하는지 느낄 수 있었다. 더는 이야기를 빙빙 돌리며 기다릴 필요가 없었다. 지수는 영원의 꿈속에서 본 마지막 장면을 떠올렸다. 북한의 ICBM이 화염을 일으키며 하늘로 솟구쳤다. 그리고 기다렸다는 듯 요격 로켓이 날아와 ICBM을 파괴했다. 요격 로켓이 어디에서 날아왔는지는 불분명했다. 그러나 힌트가 없지는 않았다. 중국인 군인에게 납치되어 사라진 영원의 얼굴이 강렬한 예감처럼 폭파 장면과 함께 교차해서 나타났다. 요격 로켓 뒤에 인간의 상상을 뛰어넘는 초능력을 지닌 영원이 버티고 서 있었다. 자력으로 인공위성 발사에 성공한 이후 북한의 미사일 기술은 빠르게 진보했다. 추진체 은하 3호의 성공은 꿈과 현실의 경계를 무너뜨렸다.

"2007년 중국은 로켓을 쏘아 올려 자국의 인공위성을 파괴했습니다. 이 이야기는 들어 보셨나요?"

지수의 질문에 소장은 머뭇거리며 답했다.

"아니, 금시초문일세."

"미국이 1985년 위성 공격 실험에 성공한 이후 처음 있는 일이었습니다. 중국의 선진화된 로켓 공학에 여러 국가가 놀랐습니다. 파괴된 위성의 잔해가 우주 공간으로 퍼져 나간 것도 문제지만, 실제적인 위협은 중국의 미사일 능력에 있었죠. 깜짝 놀란 일본이 즉각 성명을 발표했습니다. 그동안 천문학적인 돈이 들어가는 미국의 대미사일 방어 체제 구상에 회의적이었던 일본이 이 일로 미국이 주도하는 MD 프로그램에 적극적으로 참여하겠다는 의사를 밝혔습니다."

"국방부 교육에서 MD 이야기를 들은 적은 있네. 적국의 핵탄두 미사일을 우주에서 요격하겠다는 방어 시스템인데 작전 코드명이 스타워즈였나?"

"네. 정확히 말해 스타워즈란 레이건 행정부 시절에 계획된 SDI Strategic Defense Initiative, 즉 전략 방위 구상을 일컫는 말입니다. MD는 거기에서 진일보해 조지 W. 부시 대통령이 발표한 대미사일 방어 구상입니다."

"알겠네. 그런데 왜 지금 그 이야기를 하는 건가?"

지수는 영원의 꿈속에서 보았던 마지막 장면을 떠올리고는 심호흡을 한 뒤 천천히 말했다.

"잘못 보았을 가능성도 있지만, 제 판단엔 북한의 미사일 발사장에서 발사된 미사일이 대륙 간 탄도 미사일이었습니다. 흔히 우리가 대포동이라 부르는 미사일이죠."

소장은 지수의 말에 귀를 기울였다.

"꿈속에서는 미사일이 발사되었습니다. 그런데 공중으로 치솟은 미사일이 얼마 되지 않아 반대편에서 날아온 요격 로켓에 맞아 그 자리에서 폭발했습니다. 그것이 제가 본 마지막 장면입니다."

소장이 마른침을 꿀꺽 삼켰다. 지수가 빠르게 말을 이었다.

"영원이와 헤어진 장소는 김일성 광장이었습니다. 황색 군복을 입은 중국인이 영원이를 데려갔죠. 막으려고 했지만 제 힘으로는 역부족이었습니다. 영원이를 잃고 저는 미사일 발사장으로 갔습니다. 거기서 미사일이 폭발하는 장면을 봤습니다."

소장이 미간을 찌푸렸다.

"영원이가 그 일에 관여했단 말인가?"

"장담할 수는 없습니다. 그러나 현재 세계 어느 나라도 다른 나라에서 쏘아 올린 미사일을 그렇게 빠르고 정확하게 요격할 수 없습니다. 공항에서 테러가 일어났을 때 영원이가 보여 준 능력은 놀라웠습니다. 복잡한 계산은 물론 우연에 기초한 모든 우발적인 변수를 정확히 짚어 냈습니다. 미래를 예측하지 못한다면 불가능한 일이죠. 제아무리 발달한 요격 시스템일지라도 대포동을 그렇게 정확히 쏘아서 맞힐 수 없습니다. 두 사건 사이에는 연결 고리가 존재합니다."

소장의 입에서 옅은 한숨이 나왔다. 소장은 여전히 믿지 못하겠다는 얼굴이었다.

"중국이 미국에 앞서 대미사일 방어 체제를 완성한다면 중국이 세계의 패권을 잡는 날도 빨라질 겁니다."

두 사람은 말없이 서로 바라볼 뿐이었다. 갑자기 찾아온 침묵이 점점 무거워졌다. 전화 벨이 울리지 않았으면 두 사람은 그렇게 한참 동안 얼어붙어 있었을 것이다. 최 전무였다. 그는 언제나 절묘한 타이밍에 등장했다. 감정이 배제된 그의 사무적인 목소리는 먼 은하에서 들려오는 기괴한 음향 같았다. 통화는 5분 정도 걸렸다. 소장은 돌부처처럼 굳은 얼굴로 지수를 바라보았다. 전화를 끊었을 때 지수는 자신이 아직도 영원의 꿈에서 헤매는 것은 아닌지 의심스러웠다.

"최 전무가 뭐라고 하던가?"

지수는 잠시 망설이고 나서 대답했다.

"중국으로 갈 준비를 하라고 했습니다."

두 사람은 서로의 얼굴을 멍하니 바라봤다. 지수는 자세한 설명을 해주어야 한다고 생각했지만, 한편으로 그런 일이 모두 무의미하게 여겨졌다. 화살이 날아가는 경로는 이미 사전에 계획된 것 아니었을까 하는 생각이 들자 모든 것이 귀찮아졌다. 그러나 현실 세계를 지탱하는 개연성과 인과성의 논리를 포기할 수는 없었다. 흥분된 가슴을 가라앉히고 천천히 소장에게 최 전무와의 통화에서 얻은 정보를 털어놓았다. 상하이에서 활동하는 국정원 소속 비밀 요원이 박물관의 미스터리한 돌의 정보를 획득한 것 같다는 내용이었다. 이야기를 들은 소장은 고개를 끄덕였지만, 완전히 이해하지는 못한 표정이었다. '검은 돌'은 불가사의한 영역에 속해 있을 때만 의미 있었다. 인간의 언어로 표출되는 순간 신비에 싸인 돌의 힘은 허공에 뜬 신기루처럼 변해 버렸다.

"어떻게 할 작정인가?"

"가야죠. 가서 무엇이 진실인지 알아내겠습니다."

지수는 머릿속의 혼란과 반대로 허황한 의지를 내보였다. 그것은 명백한 거짓말이었다. 그는 검은 돌이라는 단어를 들었을 때부터 두려워하고 있었다.

15

안가의 거실. 영원은 지수의 이야기를 조용히 들었다. 여느 때보다 한결 정서적으로 안정을 취한 듯 편안한 표정이었다. 지수가 꿈 이야기를 했고 영원은 마치 타인의 꿈 이야기를 듣는 듯한 태도로 경청했다. 이방우 소장과 나눈 대화에서처럼 꿈을 현실에 비추어 구체적으로 해석하지는 않았다. 전쟁이 일어난 장소가 북한이고 대포동 미사일이 요격 로켓에 격추되었다는 말도 하지 않았다. 영원은 지수가 뭔가 숨기고 있다는 사실을 눈치채지 못했다. 자신이 지수의 꿈에서 구체적인 현실을 보지 못했기 때문에 지수가 불분명한 묘사와 서술로 꿈을 설명하는 것에 의심을 품지 않았다.

그러나 꿈 이야기가 끝나고 현실로 돌아왔을 때는 다른 태도를 보였다. 지수는 영원에게 상하이 출장 사실을 알렸다. 아무 일도 아니라는 듯, 마치 슈퍼에 맥주를 사러 갔다 오겠다는 식으로 가볍게 말했다. 그러나 영원이 눈빛을 반짝였다.

"상해? 얼마나 걸려?"

"글쎄, 그건 잘 모르겠어. 삼사 일이 될 수도 있고, 일주일이 될지도 몰라."

영원이 그윽한 눈으로 지수를 바라보았다. 지수는 자신도 모르게 영원의 검은 눈을 바라봤다. 영원의 눈에서 나온 에너지가 자신의 몸을 감싸고 도는 느낌이 들자, 지수는 허공에 내던져진 것처럼 불안했다. '이게 뭘까?'

영원이 시선을 거두고는 냉장고에서 물을 꺼내 마신 뒤 돌아왔다. 그녀의 얼굴은 평상시처럼 편안해 보였다. 그러나 영원이 꺼낸 이야기는 뜻밖이었다.

"나도 가고 싶어."

지수가 이해하지 못했다는 듯 어깨를 으쓱였다.

"상해에 나도 가겠어. 괜찮지?"

지수는 얼떨떨했다.

"왜?"

무심코 말이 튀어나왔다.

"이유는 없어. 하지만 꼭 가야 해."

목소리는 부드러웠지만, 눈빛은 단호했다. 지수가 서둘러 말했다.

"이건 공적인 일이야. 네가 결정할 수 있는 일이 아니야. 그리고 중국은 너무 위험해. 이곳에서처럼 널 보호해 줄 수가 없어."

영원이 진지한 표정으로 지수를 바라보며 말했다.

"방금 내가 뭘 봤는지 알아?"

그 짧은 순간 영원이 자신에게 다가올 미래를 봤다는 이야기인가?

"섬에서 본 일본인 남자가 나타났어. 네가 중국에 간 사이 그 남자가 찾아와서 날 데려가는 미래야. 그래도 좋아?"

요이치 이야기에 지수의 심장이 쿵 하고 내려앉았다.

"내가 미래를 본다는 건 네가 제일 잘 알 거야. 지금 우리가 떨어지면 불행한 일이 일어나. 그걸 원하는 건 아니지?"

영원의 표정이 묘했다. 지수는 판단을 내릴 수 없었다.

"미래의 일이 눈에 보인다는 게 어떤 건지 넌 모를 거야. 어떻게 해서든 미래를 바꾸고 싶어."

단호한 표정으로 말하는 영원을 바라보며 지수는 이 세상 어딘가에 있을 검은 돌을 떠올렸다. 어쩌면 돌이 영원을 끌어당기는 것 아닐까 하는 생각이 들었다.

최 전무는 영원의 중국행을 반대했다. 섬에서 사라진 중국인이 아직 한국에 남아 있는지 중국으로 돌아갔는지 확인되지 않은 시점이었다. 총격 사건이 터진 이후 그들은 철저히 비합법적 루트를 통해 이동하고 있었다. 제아무리 국정원이라 할지라도 공식 인구만 13억이 넘는 중국인 중에서 용의자를 가려내기란 불가능했고, 사건의 특성상 중국 정부 당국자의 협조를 기대할 수도 없는 상황이었다. 언제 어디서 그들이 공격해 들어올지 몰랐다.

최 전무는 영원의 끈질긴 설득에 결국 승낙하고 말았다. 그녀의 적극적인 모습을 보며 전무는 새로운 계획을 구상했다. 이번 기회에 그녀의 초능력을 시험해 볼 수도 있지 않을까 하는 생각이었다. 결정을 내린 뒤에는 모든 일이 일사천리로 진행되었다. 최 전무는 마치 영원을 새로운 정보 요원으로 받아들인 것처럼 행동했다. 다음 날 최 전무는 완전히 다른 사람이 되어 작전을 지시했다.

"안전은 신경 쓰지 않아도 돼. 백곰이 알아서 처리해 놓았을 거야."

백곰은 상하이 주재 비밀 요원의 암호명이었다.

비자가 나오길 기다리면서 지수는 잠깐 은행에 들렀다. 경마장에서 생긴 돈을 영원의 이름으로 이방우 소장 계좌에 송금했다. 소장이라면 그 돈을 의미 있게 쓸 것 같았다. 돈을 확인하고 어리둥절해할 소장의 얼굴이 떠올랐다. 소장은 영원의 상하이 동행 소식에 특별한 반응을 보이지 않았다. 태연한 척 영원의 결정을 받아들였다. 지수는 두 사람 관계에서 변화의 징후가 보이지 않는 것이 계속 마음에 걸렸다. 소장과 영원 모두 아무렇지 않은 듯 행동했지만 그들 사이에는 제거할 수 없는 앙금이 남아 있었다. 책임감을 느끼는 소장은 머뭇거렸고 영원은 단절된 시간에서 파생된 괴리를 뛰어넘지 못했다.

아버지와 딸은 어정쩡한 태도로 서로의 주위를 배회하고 있었다. 지수의 설득과 노력만으로 두 사람이 화해하기란 원천적으로 불가능했다. 인간의 감정이란 높고 견고한 성에 몸을 숨긴 망명자처럼 불안하고 히스테릭한 존재였다. 벽을 부수고 오해에서 비롯된 공포를 제거하려면 자발적인 의지가 필요했다. 그러나 두 사람은 선뜻 지수의 의견에 동의하지 않았다. 아니, 모른척하며 무시했다. 시간이 흐르자 지수도 두 사람의 어정쩡한 관계에 동화되고 말았다.

현실에서 주도권을 쥔 사람은 영원이었다. 영원이 미래를 보는 것을 완벽히 믿지는 않았지만, 그녀가 일단 '다가올 미래'라고 선언한 일에 대해서는 반론을 제기할 수 없는 상황이었다. 그녀가 지닌 초능력은 특별했다. 지수는 그 힘을 곁에서 느꼈다. '미래를 보는 힘'은 그가 생각했던 것보다 훨씬 강력했고 영원은 자신이 의도하는 방향으로 미래를 이끌어 갈 수 있었다.

마침내 비행기에 몸을 실었다. 얼마 전까지만 해도 국제공항의 관제사로 일한 영원은 마치 비행기를 처음 타는 사람처럼 주위를 두리

번거리며 신기해했다. 이륙하며 기체가 떠오를 때는 지수의 팔짱을
껴 그를 웃게 만들었다. 비행은 짧았다. 김포 공항에서 날아오른 비
행기는 불과 두 시간도 되지 않아 상하이 훙차오 공항에 도착했다.
중국은 생각보다 훨씬 더 가까운 거리에 있었다. 중국 지식인들의 오
랜 수도이자 정치 운동의 인큐베이터였던 도시에 지수와 영원이 마
침내 발을 디뎠다.

"상하이에 오신 걸 진심으로 환영합니다!"

백곰이 두 팔을 들어 올리고 너털웃음을 지으며 말했다. 흰 와이셔
츠에 넥타이를 맨 젊은 운전기사가 빠른 동작으로 그들의 여행 가방
을 챙겼다. 백곰이 큼직한 손을 내밀어 지수의 손을 잡았다. 서울에서
봤을 때보다 더 살이 찐 모습이었다. 백곰은 암호명만 들어도 이미지
를 연상할 수 있는 거구의 사내였다. 185센티미터의 키에 120킬로그
램은 족히 되어 보였다. 바지 주머니에 항상 손수건을 넣어 가지고
다니며 땀을 닦았다. 지수는 서울에서 그를 만난 기억을 떠올렸다.
동백꽃은 조신하고 신중한 태도인 반면, 그는 유쾌하고 활발한 성격
의 소유자였다. 첫 만남에서부터 강남의 룸살롱에서 2차를 하자고
떠들던 그를 달래느라 애를 먹었다.

백곰의 요란한 환영 인사와 달리 공항 터미널은 조용했다. 푸둥 신
공항이 생기면서 훙차오 공항은 예전의 소란스럽던 분위기가 사라져
지방 도시의 한적한 공항에 온 것 같은 느낌마저 들었다. 평일 오후라
그런지 여행객은 적었고 주차장도 거의 비어 있었다. 백곰의 운전기
사가 재빠르게 가방을 트렁크에 실은 다음 시동을 걸었다. 좌석 배치
가 조금 특이했다. 영원에게 문을 열어 주고, 곧장 백곰이 뒷좌석에
올라탔다.

"동생, 불만 없지?"

백곰의 너스레에 지수는 웃음을 지으며 조수석에 올랐다.

"사장님들이 뒷좌석을 좋아한다는 건, 저도 잘 알고 있습니다."

지수의 말에 백곰이 호탕하게 웃었다. 백곰의 이름은 황희석, 나이는 마흔셋, 공식 직함은 상하이에 본사를 둔 '(주) 삼화 철강' 대표이사였다. 한국에서 대학을 졸업하고 중국으로 유학을 와 이곳에서 중국인 아내를 만나 결혼했고, 상하이에서 현재의 사업체를 차린 게 표면적으로 드러난 이력이었다. 그가 어떤 경로로 국정원과 관계를 맺었는지는 조직 내부에조차 알려지지 않았다. 국비 장학생이 되었을 때이거나 해병대에서 정보과 장교로 복무했을 때일 거라는 추측뿐이었다. 지수는 그의 이력에 관심을 두지 않았다. 중요한 것은 그가 현재 중국에서 광범위한 첩보 활동을 벌이는 유능한 정보원이라는 사실이었다. 최 전무가 전적으로 신뢰하는 인물이니, 그에 대한 지나친 관심은 오히려 독이 될 거라고 지수는 판단했다.

공항을 벗어난 차는 곧장 백곰의 자택으로 향했다. 애초에는 백곰의 집에서 가까운 호텔에 숙소를 정할 계획이었으나 보안상의 이유로 그의 집에 머물기로 수정했다. 백곰이 자신의 신분이 드러날 수 있는 위험을 감수하면서까지 적극적으로 협조하게 된 배경에는 동백꽃의 갑작스러운 죽음이 있었다. 동백꽃과 백곰의 유대가 얼마나 깊었는지는 확인할 수 없지만, 동백꽃의 사망이 큰 영향을 끼친 것은 틀림없어 보였다.

지수는 백곰의 이야기를 들으며 거리 풍경을 살폈다. 이곳이 중국임을 알리는 붉은색과 황금색 간판이 눈에 자주 띄었다. 백곰의 이야기는 갈피를 잡을 수 없이 중구난방으로 이어졌다. 그런데도 그의 이야기를 듣고 있으면 절로 웃음이 나왔다. 독특한 개성을 지닌 인물이었다. 뚱뚱한 데다 마초적인 외모에 독선과 선민의식에 사로잡힌 인물로 보이기도 했지만, 대화 상대의 기분을 꿰뚫어 보는 능력이 있어 상황에 따라 태도를 자유자재로 바꾸었다. 정보 분야가 아닌 정식 외교관의 길을 걸었어도 성공했을 것 같았다. 같은 공무원이긴 하지만 외교관과 국정원 직원은 달랐다. 외교관이 세상에 공개된 스파이라면 국외에서 활동하는 국정원 요원은 말 그대로 암중비약하는 간첩이었다. 첩보 활동이 드러나면 목숨까지 위협받았다. 지수는 어쩌면 백곰이 잘못된 길을 선택했는지도 모르겠다는 생각이 들었다.

상점이 밀집한 거리를 벗어나자 주택가가 나왔다. 백곰의 차는 차단막을 내린 경비 초소로 들어섰다. 번호판을 확인한 경비원이 차단막을 올리고 경례를 붙였다. 잔디가 깔린 정원을 타고 올라가니 복층의 타운하우스 건물이 나왔다. 그곳이 백곰의 집이었다. 차에서 내린 지수는 바로크식으로 화려하게 장식한 건물의 외벽을 바라보며 놀라워했다. 상하이의 부동산이 엄청나게 올랐다는 이야기를 들은 적이 있는데, 도대체 얼마나 나가는 집인지 짐작조차 할 수 없었다. 지수는 그제야 국정원의 비밀 요원인 백곰의 모습이 아니라, 상하이에서 사업체를 운영하는 성공한 비즈니스맨 황희석 사장의 모습을 볼 수 있었다. 백곰이 "여기 사는 사람들 반이 한국인이야"라고 말하며 지수의 어깨를 툭 쳤다. 건물은 타운하우스와 콘도미니엄을 섞어 놓은 구조였다. 첨단 보안 시설이 달린 현관문이 열리자 대리석이 깔린 복도가 나타났다. 백곰이 당당한 모습으로 앞장서서 걸어갔다.

지수와 영원이 묵을 방은 2층에 있었다. 영원은 손님 접대용 방을 썼고 지수는 백곰의 아들 방을 사용했다. 아이들은 당분간 아래층의 빈방에서 지내기로 했다. 아이들이 돌아오는 시간에 모두 모여 늦은 저녁을 먹었다. 집 근처 한식집이었다. 아버지를 닮아서인지 아이들은 쾌활했고 젊은 지수와 영원에게 친근하게 대했다. 유쾌한 농담과 행복한 웃음이 넘쳐나는 자리여서 지수도 기분이 좋았다. 마치 영원과 중국으로 여행을 온 듯한 기분이 들기도 했다.

식당을 나와 집으로 돌아가는 길은 상쾌했다. 지수와 영원은 조금 뒤처져서 걸었다. 그때 영원이 다가와 지수의 팔짱을 꼈다. 자연스러운 동작이어서 지수는 무슨 일이 일어난 것인지 깨닫지 못했다. 두 사람은 이전에도 그랬던 것처럼 상대의 체온을 느꼈다. 집으로 돌아와서 아이들이 방으로 들어가자 백곰이 길게 하품을 했다. 지수와 영원은 부인에게 고맙다는 인사를 하고 2층으로 올라갔다. 지수가 먼저 샤워를 했고 영원이 뒤이어 욕실로 들어갔다. 두 사람은 조금 어색한 미소를 나눈 뒤 각자의 방으로 들어갔다.

두 시간도 채 안 되는 짧은 비행이지만 상하이는 낯선 외국 도시였다. 졸음이 몰려왔다. 지수는 스탠드를 켠 채 침대에 기대어 앉아 멍하니 벽을 바라봤다. 벽에는 아이의 하루 일과표와 2급 필수 한자와 토플 영어 단어를 뽑은 A4 용지가 붙어 있었다. 그때 노크도 없이 문이 열리고 줄무늬 파자마 팬츠에 흰 러닝셔츠를 입은 백곰이 들어와 침대에 풀썩 앉았다. 체중 탓에 매트리스가 출렁거렸다. 그는 손에 들고 있던 검은 서류 가방을 열었다.

"이걸 구하느라 꽤 애먹었어."

그의 목소리는 메마르고 단조로웠다. 가방에는 글록 18권총과 탄환이 들어 있었다. 지수가 능숙하게 탄창을 결합했다. 몸에 밴 익숙한 감각이 손끝으로 전달되었다. 고맙다는 인사를 하기도 전에 백곰은 일어나 문으로 걸어갔다. 덩치에 어울리지 않는 재빠른 동작이었다. 그는 등을 보인 채 오른손을 슬쩍 들어 보이고는 문을 닫았다. 지수는 자리에서 일어나 커튼을 열고 창밖을 살폈다. 자정을 넘긴 주택지는 고요한 어둠에 잠겨 있었다.

다음 날 그들은 주자자오朱家角로 향했다. 상하이 시내에서 서쪽으로 50킬로미터 떨어진 중국의 대표적인 수향水鄕인 주자자오는 상하이에 온 여행객 대부분이 다녀가는 관광지였다. 뒷좌석에 앉은 영원은 백곰이 건네준 팸플릿에서 마을의 사진과 영어로 된 안내문을 읽었다. 상하이의 베네치아라는 문구가 눈에 띄었고 아치형 돌다리 밑을 통과하는 기다란 나무배가 인상적이었다. 운전기사 없이 백곰이 직접 차를 몰았다. 유한부인이 애용할 것 같은 둥근 테의 샤넬 선글라스가 그의 커다란 배와 잘 어울렸다. 길을 잘 아는 듯, 백곰은 내비게이션도 켜지 않았다.

모처럼 가족적인 분위기에서 잠을 자서 그런지 지수는 몸이 가벼웠다. 이대로 중국 횡단 여행을 떠나도 좋을 것 같았다. 백곰은 쉬지 않고 이야기를 했고, 지수와 영원은 그의 이야기를 귀담아들으며 상하이 외곽 지역의 한가로운 풍경을 감상했다. 고속도로는 시원하게 뚫려 있어 백곰의 BMW는 거침없이 질주했다. 스피드를 즐기는 듯 속도계는 좀처럼 떨어지지 않았다. 백곰은 주로 개혁 개방 이후 중국에서 일어난 변화에 대해 이야기했다. 공산당 일당 독재 정치 체제에 자본주의 경제 체제를 운용하는 중국에서는 연일 놀라운 일이 일어나고 있었다. 민족주의와 사회주의, 배금주의, 관료주의, 유교주의, 개인주의 등 인류가 만들어 낸 모든 이념과 사상이 같은 시간과 장소에 공존하면서 각종 마찰과 갈등을 낳고 있었다. 놀라운 경제 성장이라는 긍정적인 면이 있는 반면, 극단적인 빈부 격차라는 부정적인 결과를 낳기도 했다. 백곰은 중국을 한 문장으로 규정지을 수 없다며 혀를 내둘렀다.

"예전에 어느 여성이 텔레비전 프로그램에 나와 한 이야기가 이슈가 된 적이 있어. 제 딴에는 솔직하게 속마음을 털어놓은 건데, 공개적인 장소였던 게 문제였지. 'BMW에 앉아 울지언정 자전거 뒤에 앉아 웃지 않겠다.' 제법 근사한 말이지 않아?"

백곰이 룸미러로 뒷좌석을 바라보며 미소 지었다.

"반발이 엄청났어. 돈만 밝히는 속물이라는 원색적인 비난이었지. 체면을 중시하는 중국인이 떼로 덤벼들어 여자를 짓밟았어. 여자의 생각에 문제가 없는 건 아니지만, 그녀의 말이 대다수 중국인의 속마음인 것만큼은 틀림없어. 이곳에서는 돈, 오직 돈이 최고거든."

지수는 무심코 고개를 끄덕이며 호응했다. 그러고는 한국도 별반 다를 게 없다는 생각을 했다. 그가 아는 한 배금주의와 속물주의는 자본주의와 불가분의 관계였다.

"마오이즘은 아주 먼 옛날이야기가 되어 버렸어. 기념품을 파는 가게에서나 마오쩌둥 아저씨를 볼 수 있는 세상이 온 거야."

백곰은 개운치 않은 듯 입맛을 다셨다. 과거를 그리워하는 듯한 백곰의 말에서 지수는 뭔가 이상하다는 느낌을 받았다. BMW를 타고 고급 주택에 사는 그가 돈만 밝히는 현 세태를 비난하는 듯한 태도가 이율배반적으로 보였다.

목적지에 가까워지면서 화제가 영원의 초능력으로 옮아갔다. 지수는 멈칫했으나 백곰이 자연스럽게 이야기를 꺼냈다.

"미래를 본다는 건 멋진 일이야. 그런데 그게 진짜 초능력인가?"

영원은 의자에 몸을 파묻고 지수를 응시했다. 지수가 어떤 대답을 할지 궁금했는데 그는 생각에 잠긴 듯 즉답을 하지 않았다.

"현대를 사는 사람들은 대부분 미래를 보는 거야. 그렇지 않아?"

두툼한 손으로 운전대를 잡은 백곰이 몸을 흔들며 말했다.

"차지수, 주식에 투자해 본 적 있어?"

난데없는 질문이라 지수가 웃으며 답했다.

"아뇨, 그럴 여유가 없어서요."

백곰이 호탕하게 웃으며 말했다.

"그래? 그럼 넌 미래를 보지 못하는 거야. 주식을 사지 않는다는 건 미래를 보지 못한다는 것과 같은 말이야."

지수는 호기심 어린 표정으로 백곰을 바라보았다.

"주식 시장이라는 건 간단히 말해 미래의 부를 지금 당장 실현하자는 거야. 미래에 수익을 낼 것 같은 회사에다 돈을 투자하는 게 주식이거든. 그러니까 주식에 투자하는 사람들은 모두 실제로는 미래를 예측한다는 말이 돼. 상하이에 거주하는 대다수가 주식 투자를 하는 건 잘 알고 있을 거고, 결국 그렇게 따지면 중국에서만 수억 명이 미래를 전망하며 현재를 산다는 이야기가 되는 거지."

듣고 보니 그럴듯한 논리였다. 지수가 날카로운 분석이라며 백곰을 치켜세웠다. 그가 윗사람에게 아부성 발언을 한 것은 처음이었다. 덕분에 분위기는 좋아졌다. 백곰이 고개를 돌려 영원을 보며 말했다.

"미래를 보는 사람이 영원 씨 혼자는 아니니까, 너무 고민하지 않아도 됩니다."

농담으로 한 말인지 진심으로 한 말인지 구별되지 않는 말투였다.

영원은 미소로 화답했다. 그사이 그들은 목적지인 주자자오의 공영 주차장에 도착했다.

주차장을 벗어나자 상점과 관청, 병원 등이 길을 따라 밀집해 있었다. 한국의 시골 마을과 유사한 풍경이어서 영원은 마음이 차분히 가라앉았다. 평일인데도 관광객이 많아 지도를 살피는 사람들과 단체 여행을 온 사람들이 곳곳에 눈에 띄었다. 백곰이 약국을 발견하고 특이한 음료수를 사서 지수와 영원에게 권했다.

"흥분을 가라앉히는 데 특효가 있어."

백곰은 재킷 호주머니에서 은박지에 싼 약을 꼭꼭 씹은 다음 음료수를 마셨다. 그것이 청심환이라는 건 묻지 않아도 알 수 있었다. 지수는 가슴에 품은 권총이 제대로 있는지 확인했다. 백곰의 허리춤에는 존 브라우닝이 설계한 명품 권총 콜트 45구경이 있었다. 베레타로 교체되기 전까지 60년간 미군의 제식 권총으로 사용된 클래식한 총이었다. 청심환을 삼킨 백곰은 만족스러운 웃음을 짓고 앞장서서 걸어갔다. 한국에서 온 듯한 신혼부부 한 쌍이 릭샤를 타고 그들을 지나쳤다. 영원이 다가와 지수의 팔짱을 꼈다. 영원은 어딘지 모르게 방심한 표정으로 거리를 두리번거렸다.

그들은 대로를 벗어나 좁은 골목길로 접어들었다. 직사각형의 돌바닥에서 울리는 구둣발 소리가 기분 좋게 들렸다. 유선형으로 이어진 골목길 사이로 중국식 옛 가옥들이 다닥다닥 붙어 있었다. 관광객들이 줄이어 지나다니는 좁은 길인데도 러닝셔츠에 슬리퍼를 신은 초로의 사내가 바닥에 쭈그리고 앉아, 사람들의 시선에는 아랑곳하지 않고 화덕에서 생선을 굽고 있었다. 민가를 빠져나오자 기념품 가게와 각종 전통 음식을 파는 상점들이 밀집한 골목이 나왔다. 백곰이 속도를 줄이지 않고 걸었기 때문에 가게를 자세히 살펴볼 여유가 없었다. 영원은 아쉽다는 표정을 지으며 가게 내부를 빠르게 살폈다. 기념품 가게는 저마다 특색이 있었다. 종이부채와 각종 장식품, 중국식 피리, 표주박, 슬리퍼, 천으로 만든 신발, 공책, 액자 등이 가게마다 수북이 쌓여 있었다. 영원은 금실로 화려하게 장식한 손지갑과 붉은 수로 끝단을 마무리한 책갈피에 관심을 가졌다. 군것질 가게에서는 댓잎에 싼 밥과 양념에 조린 족발이 눈길을 끌었다. 몇몇 사람이 가게 앞에 서서 대나무 잎에 싸놓은 주먹밥을 먹었다. 정신을 집중하기에 조금 산만한 장면들이 계속해서 나타났다.

골목길을 나와 마침내 수로가 흐르는 거리에 도착했다. 시야가 넓어져 마음이 한결 안정되었다. 백곰은 망설이지 않고 아치형 돌다리 위로 걸음을 재촉했다. 높은 곳이어서 마을을 제대로 조망할 수 있었다. 하천을 따라 수상 가옥들이 줄지어 붙어 있고 강에서는 관광객을 태운 뱃사공들이 노를 젓고 있었다. 흰 페인트로 외벽을 칠한 수상 가옥 위로 끝이 뾰족한 중국식 기와가 맵시를 뽐내고 처마 밑으로는 커다란 홍등이 주렁주렁 매달려 있었다. 물은 기대했던 것보다 깨끗하지 않았지만, 동양의 베네치아라고 불릴 만큼 정취 있는 전경이었다. 창밖으로 빨래를 걸어 놓은 장면과 강물에 대걸레를 씻는 모습이 정감 있게 다가왔다.

다리를 건너자 유행이 지난 와이셔츠와 양복바지 차림의 사내가 친절한 미소를 띠며 중국말로 말을 붙였다. 사내가 손으로 나무 보트를 가리키자 옆에 있던 뚱뚱한 아줌마가 기회를 놓치지 않겠다는 듯 빠른 동작으로 비닐봉지에 담은 금붕어를 내밀었다. 배를 타고 물고기를 방생하라는 의미 같았다. 뒤를 돌아본 백곰이 손사래 치며 뭐라고 하자 두 사람은 길을 비켜 주었다. 지수는 영원의 얼굴에서 아쉬워하는 기색을 읽었다.

"다음에 우리끼리 올까?"

지수의 속삭임에 영원이 미소를 지으며 팔짱을 낀 손에 힘을 줬다. 말은 그렇게 했지만, 지수는 속으로 자신을 탓했다. 연애 감정에 휘둘릴 때가 아니었다.

백곰은 잔뜩 긴장한 채 앞장서서 걸어갔다. 그는 좌판을 펴고 장사하는 노인들이 모인 골목 입구에서 걸음을 멈추었다. 플라스틱 대야에 자라와 민물 게가 들어 있었다. 지수는 대야를 힐끗 쳐다보고는 백곰을 바라봤다.

"여기서부터는 조심하는 게 좋아."

백곰이 인상을 잔뜩 찌푸린 채 말했다. 그의 말에 영원이 팔짱을 풀었다. 지수는 더 이상 관광객 행세를 하지 않아도 된다는 신호로 받아들였다. 백곰은 주위를 쓱 둘러보고 나서 그늘진 골목길로 들어갔다. 두 사람이 오갈 수 있는 넓이였는데 백곰의 덩치 때문에 앞 시야가 가려졌다. 작은 가게들이 빼곡 들어찬 골목과는 분위기가 판이했다. 관광객의 모습은 보이지 않았다. 미로처럼 꼬인 길을 백곰은 주저하지 않고 걸어갔다. 그는 사냥에 나선 곰처럼 온 신경을 곤두세우고 있었다. 그의 널찍한 등판 위로 숨어 있던 근육이 꿈틀거렸다. 상하이에서 잘나가는 사업가 황 사장이 아니라 냉철한 판단력에 괴력을 지닌 것으로 유명한 스파이 백곰으로 돌아온 것이다.

세 사람은 줄지어 그렇게 10여 분을 걸었다. 깊은 곳으로 들어갈수록 주위가 점점 황폐해졌다. 비쩍 마르고 털에 흙탕물이 튄 늙은 개 한 마리가 어슬렁거리다 다가오는 백곰의 눈치를 보며 뒷걸음질

쳤다. 마을 사람들의 모습도 거의 보이지 않았다. 길 사이로 벽돌로 지은 낡은 집이 있었지만 대부분 버려진 집이었다. 무너진 벽 너머로 가난의 때가 묻은 살림살이들이 널브러져 있었다. 사람이 살 수 있는 환경이 아니었다. 주변 분위기 탓인지 맑았던 하늘마저 침울하게 보였다.

백곰이 멈춰 선 곳은 잡초가 우거진 돌계단 앞이었다. 그가 뒤를 돌아다보며 숨을 돌렸다. 넓고 도톰한 이마에서 굵은 땀방울이 흘러내렸다. 지수는 주위를 돌아보며 지형을 살폈다. 위급한 상황이 닥쳐도 달아날 길은 오직 하나였다. 왔던 길로 되돌아가는 것. 영원을 데려온 것이 잘한 일인지 확신이 들지 않았다.

백곰이 고개를 끄덕이고 나서 돌계단을 올랐다. 그가 내뱉는 숨소리가 일정한 리듬으로 들렸다. 힘겹게 돌계단을 오른 백곰이 허리를 펴고 숨을 돌렸다. 지수는 수풀이 우거진 너른 공터를 응시했다. 30여 미터 전방에 낡은 시멘트 건물이 낮은 산을 등지고 위태롭게 서 있었다. 힘을 주어 흔들면 금방이라도 무너질 것 같은 오래된 건물이었다. 외양만으로는 건물의 용도를 파악하기 어려웠다. 백곰이 숨을 깊이 들이마신 뒤 앞장섰다. 체중이 실린 발에 짓밟힌 마른 가지가 힘없이 부서지자 숲 속에 숨어 있던 산새 한 마리가 날카로운 비명을 지르며 공중으로 날아올랐다. 녹슨 철문 앞에 서서 백곰이 솥뚜껑 같은 커다란 손으로 문을 내리쳤다. 지수는 불현듯 기시감에 휩싸였다. 언젠가 같은 장소에 왔던 것 같은 느낌이 들었다.

잠시 후 기분 나쁜 소리를 내며 두꺼운 철문이 열렸다. 등이 굽은 늙은 사내가 지팡이에 몸을 의지한 채 그늘 속에 서 있었다. 백발이지만 아직 힘이 사라지지 않은 듯 머리카락이 빳빳했다. 낡은 반팔 티셔츠에 쥐색 면바지 차림인데 혁대 대신 얇고 가느다란 천으로 바지가 흘러내리지 않도록 꽁꽁 묶고 있었다. 검고 주름진 얼굴에는 오랜 노동으로 인한 피로와 고통이 고스란히 남아 있었다. 노인은 백곰의 큰 체구에 주눅 들지 않은 채 고개를 치켜세우고 상대를 노려봤다. 눈빛만큼은 풍상의 세월을 비켜 간 듯 살아 있었다. 백곰이 중국어로 빠르게 말했다. 마치 화난 사람처럼 큰 목소리를 냈기 때문에 뒤에서 지켜보던 지수는 조금 당황했다. 백곰의 말을 들은 노인이 속을 꿰뚫는 듯한 기세로 두 사람을 꼼꼼히 훑어 내렸다. 노인은 마른기침을 쏟아 내며 바닥에 침을 뱉은 다음 갑자기 몸을 돌렸다. 그러고는 지팡이로 시멘트 바닥을 탁탁 내리치며 앞으로 걸어갔다. 좁은 복도에는 백 년은 족히 되었을 짙은 그늘이 거드름을 피우는 거인처럼 길게 누워 있었다. 팔과 등줄기로 서늘한 기운이 파고들고 곰팡내가 코를 찔렀다. 노인의 굽은 등이 시계추처럼 흔들거렸다. 지하로 향하는 계단 앞에 이르러 노인이 멈추어 섰다. 가파른 계단을 따라 내려간 끝 지점에 깊은 웅덩이에서나 볼 수 있는 어둠이 도사리고 있었다. 노인이 지팡이로 계단을 내리치자 지하 어둠 속에서 기괴한 소리와 함께 한 줄기 빛이 새어 나왔다. 지수는 눈을 가늘게 뜨고 어둠 속에서 고개를 내민 사내를 내려다봤다. 북조선 인민무력부 소속 정찰총국 대남 정보 수집 요원을 직접 본 것은 이때가 처음이었다.

지하실은 어림짐작했던 것보다 규모가 컸다. 가내 수공업을 하는 공장이 들어설 수 있는 면적에 천장도 높았다. 천장 중앙에 커다란 형광등이 불을 밝히고 있지만 주위를 모두 밝힐 만큼 충분한 빛을 쏟아 내지는 못했다. 흐릿한 불빛이 산발적으로 사물을 비추었다. 형광

등 아래로 큼직한 날개가 달린 팬이 천천히 돌고 있어 팬의 그림자가 지하실 바닥 위로 놀이공원의 목마처럼 빙글빙글 돌았다. 중앙에 허리까지 올라오는 높은 탁자가 있고 세 명의 사내가 그 뒤에 정렬해 있었다. 문을 열어 준 사내가 탁자 가장자리에 서서 양손으로 경기관총을 든 채 지수와 백곰의 움직임을 주시했다. 총구는 바닥으로 향해 있지만, 경계 태세가 완벽했다. 다른 쪽 모서리에 선 사내 역시 날카로운 눈매로 팔짱을 끼고 지수를 노려봤다. 그의 앞에는 날카로운 단검이 놓여 있었다. 중앙에 선 말끔한 양복 차림의 남자가 팀의 리더였다. 나이는 대략 삼십 대 후반에서 사십 대 초반으로 보였다. 질감은 좋지만 스타일은 최신 유행에서 떨어진 양복을 입은, 보통 키에 첫인상이 뚜렷하지 않은 평범한 얼굴의 사내는 의식적인 미소를 지었다.

"오랜만에 봤는데, 총까지 들고 환영할 것까지는 없지 않소?"

백곰이 너털웃음을 지으며 긴장된 분위기를 진정시키려 했다. 그러나 폐쇄된 지하 공간에서의 우렁찬 목소리는 오히려 신경을 자극했다.

"황 사장님의 숨겨 놓은 총 때문이겠지요."

사내가 어깨를 으쓱거리며 답했다. 허경철은 부드러운 어조로 완벽한 표준어를 구사했다. 목소리와 달리 그는 손가락으로 백곰의 가슴을 직접 겨냥했다. 백곰의 설명에 따르면 허경철은 북한과 국경을 맞댄 지린 성과 랴오닝 성에서 주로 활동하는 북한 공작원이었다. 일대에 식당과 무역업체를 차려 놓고 외화벌이에 앞장서고, 뒤에서는 탈북자들의 뒤를 쫓아 검거해 본국으로 송환하는 임무를 맡고 있었다. 국외 활동 경력이 오래되지 않아 아직 그의 정체를 정확히 파악하지는 못했다고 백곰이 말했다.

지수는 허경철을 주시하며 곁에 선 두 사내의 움직임에 신경을 곤두세웠다. 글록 18 권총이 가슴에 있지만, 경기관총을 든 사내가 언제든 총구를 겨눌 수 있으므로 절대적으로 불리한 상황이었다.

"불청객을 달고 오셔서 조금 놀랐습니다."

허경철이 지수 곁에 선 영원을 주시하며 말했다.

"아, 사전에 연락드리지 못해 미안합니다. 하지만 걱정하지 않아도 좋습니다. 우리 회사 직원은 아니지만, 어시스턴트라고 보면 돼요. 아무튼 예쁜 아가씨가 있으면 더 좋지 않겠소?"

백곰의 농담에 아무도 웃지 않았다. 허경철은 어깨를 으쓱 하고는 마지못해 미소를 지었다. 지수는 허경철의 머릿속에 어떤 생각이 잠복해 있는지 궁금했다. 김평남의 암살과 대라리에서의 총격전에 대해 얼마나 알고 있을까? 북한 정보 당국자가 이번 사건에 관심을 두는 것은 백곰의 설명이 없어도 충분히 이해할 수 있었다. 그들 역시 국정원만큼이나 초조하게 이 사건의 배후를 쫓고 있을 것이 틀림없었다. 일본에서 살해당한 동백꽃은 조총련에도 정보를 제공하던 이중 첩자였다. 이번 만남은 양쪽 모두에게 필요한 거래였다. 그러나 무엇을 주고 무엇을 숨겨야 할지 쉽게 판단이 서지 않았다. 지수는 재차 허경철의 인상착의를 살폈다. 지나치게 평범한 얼굴이라 인상을 기억하기 어려웠다.

"좋습니다. 이제 본격적인 거래를 하죠."

허경철이 지수에게 시선을 돌리며 말했다. 그러고는 벽으로 빠르게 걸어가 비밀 지하 통로로 향하는 문을 열었다. 길고 좁은 통로 왼쪽에 작은 방이 마련되어 있었다. 허경철과 지수, 영원은 방으로 들어가고 나머지 세 남자는 그 자리에 남았다. 방에는 크고 검은 중국식 나무 의자가 놓여 있었다. 허경철이 자리에 앉아 두 사람에게 맞은편 의자를 권했다. 그는 담담한 표정으로 영원에게 시선을 고정시켰다. 영원은 마치 훈련받은 요원처럼 포커페이스를 유지하며 그의 노골적인 눈빛을 견뎠다.

대화는 생각보다 길게 이어졌다. 허경철은 김평남 암살 건과 관련된 사건을 시작으로 이야기를 풀었다. 그는 객관적이고 논리적인 태도를 취했지만 사건의 본질적인 핵심에서는 의도적으로 말꼬리를 흐렸다. 기대와 달리 시간이 지날수록 지금까지 나타난 사건의 본질적인 모습이 더 흐릿해졌다. 어쩌면 허경철이 가져온 정보가 허접쓰레기일지 모르겠다는 생각이 들었다. 지수는 자연스럽게 영원의 존재를 숨겨야겠다고 마음먹었다.

"지금까지 말한 모든 정보는 지극히 개인적인 관심사라는 것을 이해했으면 좋겠습니다."

허경철이 힘주어 말했다.

"개인적인 관심사라는 건 무슨 의미죠?"

지수의 질문에 허경철은 눈을 두어 번 깜박이고 나서 말했다.

"당과 공화국은 오늘 우리가 만난 사실을 모르고 있습니다. 이해되셨나요?"

지수는 미심쩍은 눈빛으로 그를 주시했다.

"실은 김평남이 남긴 돈이 있습니다. 현재 마카오의 한 은행에 잠자고 있죠. 그 돈은 엄밀히 말하면 공화국의 돈입니다. 남조선 정부가 권리를 주장할 수 없는 돈이죠."

허경철은 이전보다 단호한 태도였다. 그가 왜 자신을 순순히 만나

줬는지 지수는 그제야 이해할 수 있었다.

"처음 듣는 이야깁니다. 제가 이 자리에서 확답을 드릴 문제가 아닌 것 같군요."

지수의 딱딱한 어투에 그가 인상을 구기며 말했다.

"상부에 보고하면 금방 해결될 문제죠. 많은 돈도 아니고, 남쪽과 아무 관련 없는 돈입니다. 공화국 인민의 피와 땀으로 만든 돈이죠."

지수는 잠깐 망설인 다음 말했다. 어차피 자신에게는 아무런 결정권이 없는 사안이었다. 그렇다면 공수표를 남발한다고 해도 책임질 이유는 없었다. 허경철은 돈이 공화국의 권리라고 말하면서도 오늘 만남을 사적인 회합으로 치부했다. 논리적 모순이 따르며 책임감 없는 태도였다.

"좋습니다. 허 사장님의 입장을 정확히 전달하도록 하겠습니다."

지수의 대답에 허경철은 만족스러운 웃음을 지었다.

"하지만 허 사장님께서 주신 정보에 대해서는 자신 없군요. 이런 빈약한 정보를 가져가면 제가 곤란한 처지에 빠질 수도 있습니다. 좀 더 확실한 정보를 주시면 마카오의 계좌를 푸는 데 힘을 쏟을 수 있을 것 같습니다."

허경철의 표정이 미묘하게 변했다. 그는 안주머니에서 담배를 꺼내 지퍼 라이터로 불을 붙인 다음 지수에게 권했다. 지수가 미소를 지으며 사양했다.

"동업자끼리 허심탄회하게 이야기합시다. 그래야 일이 잘 풀리지 않겠소?"

"저도 같은 생각입니다."

"음모론이란 건 말이오, 믿을 수가 없소."

허경철이 쓴웃음을 지으며 말을 이었다.

"김평남이 어떤 경로로 '중화의 꽃'이라는 비밀 조직과 접촉했는지는 우리도 제대로 파악하지 못했소. 공화국에 있을 때일 가능성도 있고 미국으로 도망쳤을 때일 수도 있죠. 우리가 알고 있는 것은 김평남의 개인 비서를 족쳐서 알아낸 정보뿐입니다."

지수는 그가 한 이야기를 머릿속으로 정리했다. '중화의 꽃'이란 중국에서 생겨난 비밀 결사체의 이름이었다. 민족주의를 내건 신흥 종교 단체라는 사실만 알려졌을 뿐 조직 구성과 대내외 활동은 드러난 적이 없었다. 교단을 이끄는 주체도 지향점도 불분명했다. 다만 '중화의 꽃'이라는 이름에서 연상할 수 있듯이 21세기 패권국이 되려는 중국의 변화를 단적으로 보여 주는 한 사회 현상으로 볼 수 있었다. 어느 국가나 힘이 강해질수록 민족주의와 보수주의에 기반을 둔 단체들이 우후죽순 생겨난다. 지수는 이방우 소장의 말을 떠올렸다. '중국은 서구인이 만든 국민 국가라는 개념에 익숙하지 않아. 그들은 중국이 세계의 중심에 있고 위대한 문명을 일으킨 문화인이라는 자부심을 품고 있어. 따라서 국민국가 대신 중화 문명을 앞세운 문명국가라는 새로운 형태의 국가 체제를 선호하지.' 그런 점에서 본다면 '중화의 꽃'이라는 이름의 의미가 분명해진다. 중국 문명이 절정의 꽃을 피운 영광스러운 '과거의 부활'이 그들 밀교密敎의 궁극적인 목적이었다.

"의화단이 그들의 전신이라는 말이 나돌지만, 소문일 뿐이죠."

허경철이 묘한 미소를 지으며 말했다. 지수는 의화단 이야기에 흥미를 느꼈다. 의화단은 청나라 말기 배외排外·반그리스도교를 기치로 내걸고 활동한 결사 조직이었다. 각종 무술을 연마하는 비밀 결사체 의화권義和拳을 중심으로 세가 확장됐는데 수령이 직접 신도에게 권술과 봉술 같은 무술을 지도했다고 알려졌다. 특이한 점은 불과 물을 마음대로 다룰 수 있는 초능력과 같은 힘이 의화단 내부에서 회자되었다는 것이다. 아쉽게도 초현실적인 능력의 진위는 역사에서 밝혀지지 않았다. 의화단은 함대를 이끌고 온 서양 군대를 맞이해 영적인 힘을 빌려 맨주먹으로 맞서 싸웠고, 중국 근대사에서 서구 제국주의에 저항한 중국 인민의 상징적 존재가 되었다. 19세기 말에는 교인 수가 수십만 명에 이르렀다.

"유언비어라는 근거는 그들 조직의 전신으로 또 하나의 비밀 조직인 천지회天地會가 꼽힌다는 점을 들 수 있습니다. 알겠지만, 천지회는 청조를 지키려는 의화단과는 성격이 조금 다릅니다. 이처럼 상응할 수 없는 두 조직이 전신으로 꼽히는 점만 봐도 '중화의 꽃'이라는 조직을 파악하기 어렵다는 걸 쉽게 알 수 있죠. 실체는 용이 물 위로 떠올라야 제대로 볼 수 있지 않겠습니까?"

허경철의 입가에 의미심장한 미소가 흘렀다.

"태평천국의 난을 이끌었던 홍수전이 한 말이 있어요. '외국인을 경계하라. 그를 우리 땅에 들여놓으면 다시는 떠나지 않을 것이다.' 중국의 속마음을 꿰뚫어 볼 수 있는 흥미로운 말이라는 생각이 들지 않습니까?"

지수는 자신이 허경철의 말장난에 놀아나고 있다는 느낌을 받았다. 중요한 것은 배경 지식이 아니라 실재적인 정보였다.

"좋습니다. 일단 김평남이 '중화의 꽃'이라는 비밀 조직에 관여했다고 치죠. 그럼 그가 일본인에게 준 정보가 무엇이었을까요? 어떤 정보를 줬기에 중국인이 그를 암살했을까요?"

지수의 질문에 허경철의 입꼬리가 위로 올라갔다.

"그걸 알면 내가 순순히 털어놓을 것 같습니까?"

태연한 표정으로 봐서 허경철은 구체적인 정보를 가지고 있지 않은 게 분명했다. '중화의 꽃'이라는 단체의 일원이었던 김평남이 일본인에게 준 정보에서 가장 중요한 물건은 영원이 박물관에서 찍은 여고생들의 사진이었다. 머릿속으로 사진이 떠오르자 박물관의 검은 돌이 뇌리를 스치고 지나갔다. 허경철은 돌의 존재를 알고 있을까? 그렇지 않을 것이다. 그는 겉으로 드러난 표면적인 정보를 취득했을 뿐이다. 당연히 중국인 초능력자의 존재에 대해서도 모를 가능성이 컸다. 한편으로는 실망스러웠지만 다른 한편으로는 그가 정확한 정보를 모르는 것에 안심되었다.

"박찬영 씨의 죽음은 어떻게 설명할 수 있습니까?"

박찬영은 북한에서 사용하는 동백꽃 하상동의 가명이었다. 허경철은 동백꽃의 이름이 나오자 인상을 찌푸렸다. 그는 재킷 주머니에서 두 번째 담배를 꺼내어 입에 물었다. 그러더니 라이터 불을 켜지 않고 담배를 다시 손에 쥐고 천천히 입을 열었다.

"일본에는 수를 셀 수 없을 만큼 많은 극우 집단이 활동하고 있어요. 그들이 가장 두려워하는 존재가 바로 중국이죠. 동백꽃은 부지불식간에 그들을 자극하고 말았습니다. 속사정이야 당신네 사람들이 더 잘 알고 있으리라 생각하는데."

동백꽃은 양쪽 모두에게 대화의 주제로 올리기에 껄끄러운 존재였다. 불편한 긴장감이 두 사람 사이에 흘렀다. 허경철이 침묵을 깨며 말했다.

"만약 복수를 원한다면 차후에라도 놈들의 존재를 알려 줄 수 있습니다. 물론 우리가 모든 일을 해결한 다음이겠지만."

　지수는 그가 아랫입술을 지그시 깨무는 것을 지켜봤다. 그들 역시 동백꽃의 죽음에 분노하고 있었다. 지수는 잠깐이나마 혼란스러웠다. 동백꽃은 왜 이념과 체제가 다른 두 개의 조국을 선택했을까?

　"범인을 찾아낸다고 해도 복수가 쉽지는 않을 겁니다. 상대를 만만하게 보면 실수를 저지르게 되죠."

　지수의 말에 허경철이 피식 웃음을 터트렸다.

　"남조선에서는 야쿠자 깡패를 무서워하는지 몰라도 우린 아닙니다. 마음만 먹으면 언제든 처단할 수 있죠."

　허경철은 자신만만한 웃음을 지었다. 이로써 북한이 요이치의 존재에 관한 정보를 가지고 있지 않음이 분명해졌다. 초능력자와 신비스러운 돌로 얽히고설킨 미스터리에 허경철 일당은 근접하지 못한 상태였다. 허경철은 오직 김평남이 숨겨 놓은 몇 푼 되지 않는 돈에만 집착했다. '중화의 꽃'이라는 밀교에 대한 정보도 그들에게는 아무런 의미가 없었다. 허경철은 전형적인 관료로, 국가라는 거대 조직의 힘을 맹신했다. 그에게는 정체성이 불분명한 종교 집단보다는 북한의 실익과 관련된 중국 공산당 지도부의 결정이 무엇보다 중요했다. 핵탄두와 대륙 간 탄도 미사일을 보유한 나라에서 온 스파이는 과한 자신감에 차 있었다. 그는 겉으로 보기에는 사소하지만, 미래를 바꿀 수도 있는 중요한 정보를 놓치고 있었다. 지수는 영원의 꿈을 떠올렸다. 김일성 광장에서 바라본 평양의 모습이 생생하게 그려졌다. 황색 군대의 무자비한 폭격으로 도시는 초토화되었고 살아 있는 인간의 모습은 보이지 않았다. 지수는 잠깐 생각한 다음 목소리를 낮추어 말했다.

"북한이 지나치게 중국에 기대고 있다는 생각이 드는데 제가 잘 못 본 것인가요?"

순간 허경철의 얼굴이 굳어졌다. 화를 내고 증오심을 내보이자 오히려 그의 인상이 정확하게 들어왔다. 미소와 부드러운 어조는 그의 본 얼굴을 가리는 가면이었다.

"조선의 영웅이신 대원수께서는 우리 인민에게 주체적 삶을 명령하셨소. 미 제국주의자에 빌붙어 민족 통일을 방해하는 남조선 모리배는 죽었다 깨어나도 알 수 없는 진실이오."

지수는 물러서지 않았다.

"중국이 패권국이 되면 예전처럼 주변국에 조공을 원할 것이라는 전망이 나오고 있습니다. 그런 일이 미래에 실현되지 않으리라고는 누구도 장담하지 못합니다. 그때가 되면 남과 북이 같은 처지에 놓이는 거죠. 일본이 두려워하는 것도 그 때문이라고 생각합니다."

허경철은 화를 누그러뜨리고 천천히 지수의 얼굴을 살폈다. 그러고는 소리 내어 웃었다.

"동무는 오지도 않은 미래를 두려워하고 있군!"

그의 유쾌한 웃음소리가 작은 지하 방을 가득 채웠다. 지수는 소통에 실패했다고 생각했다. 더 이상의 대화는 무의미했다. 허경철이 건네준 메모지를 확인했다. 메모지에는 '중화의 꽃'에서 심부름꾼 역할을 한 사내의 주소가 적혀 있었다. 소득이 없는 것은 아니었다. 메모지를 주머니에 찔러 넣은 뒤 지수는 자리에서 일어났다.

만면에 미소를 지은 허경철이 지수를 올려다보며 말했다.

"마카오의 은행 계좌를 잊지 마시오."

순조롭게 북한 공작원과 접선을 끝냈다는 지수의 생각은 착각이었다. 같은 시각, 중국인으로 구성된 암살자 무리가 여행객들로 붐비는 주자자오의 아치형 다리를 건너고 있었다. 그들은 고도의 심리전과 각종 무술을 섭렵한 영적 지도자에게서 중국 고대로부터 내려오는 암살 비법을 전수받은 전문 킬러였다. 무리를 이끄는 리더는 여자였다.

16

    백곰은 땀을 뻘뻘 흘리며 지수를 기다렸다. 두 명의 정찰총국 요원과 아무 말도 없이 긴 시간 대치했으니 무척 힘들었을 거라고 지수는 생각했다. 허경철은 만족스러운 미소를 지으며 마지막 인사를 하려고 백곰에게 손을 내밀었다. 그때 영원이 비틀거리며 지수의 팔을 잡았다. 영원은 한 손으로 이마와 관자놀이를 누르며 고통스러워했다. 다섯 명의 사내가 영원을 주시했다. 머신건을 든 사내가 눈썹을 치켜떴다. 영원이 바닥을 내려다보며 겨우 입을 열었다.

    "달아나야 해, 그들이 왔어."

    모두가 영원의 말을 똑똑히 들었다. 그러나 누구도 상황을 이해하지 못했다. 침묵이 흘렀다. 고통이 가신 듯 영원히 허리를 펴고 지수를 응시했다.

    "이곳으로 오고 있어. 우리가 여기에 있다는 걸 알고 있어."

    지수는 영원의 검은 눈을 바라보았다. 눈에 공포가 서려 있었다. 경기관총을 든 사내가 갑자기 총구를 들자 지수가 반사적으로 권총을 꺼내 사내의 머리를 겨누었다. 순식간에 일어난 일이었다. 뒤이어 허경철과 나머지 사내가 권총을 꺼내고 백곰이 가장 늦게 콜드 45구경을 꺼냈다. 지수가 총구를 허경철의 심장을 향해 돌렸다.

"무슨 개수작이야!"

허경철이 고함을 질렀다. 지수가 발걸음을 옮겨 영원을 몸으로 막고 나지막이 말했다.

"방아쇠를 당기면 모두 죽는 겁니다."

지수의 목소리는 차가웠다.

"개죽음당하지 않으려면 여자의 이야기를 들어야 합니다."

허경철의 눈동자가 불안하게 흔들렸다.

"노인이 사라졌어요. 그들에게 길 안내를 할 거예요."

영원의 말에 허경철이 황당한 표정을 지었다. 그러나 그는 위기 상황에 대처하는 법을 몸에 익힌 사내였다. 허경철이 고갯짓하자 오른쪽에 있던 사내가 계단 출입구를 향해 달려갔다. 그가 돌아오기까지 침묵의 대치가 이어졌다. 백곰은 이마에서 흘러내리는 땀을 손바닥으로 닦아 냈다. 그동안 지수는 만약의 사태에 대비해 총을 쏘는 순서를 머릿속으로 그렸다. 허경철을 쏘고 경기관총을 든 사내를 쏠 예정이었다. 운이 좋으면 영원을 구해 낼 수 있을 거라고 생각했다. 그때 밖으로 나갔던 사내가 계단을 타고 내려와 허경철에게 바짝 다가서며 말했다.

"영감이 보이지 않습니다."

말을 하면서도 사내의 시선과 총구는 지수를 향했다. 허경철이 이를 악물었다. 지수는 아무 말도 하지 않았다. 그가 상황을 이해할 때까지 기다려야 했다.

"이런, 쌍."

허경철은 말을 아꼈다. 그러더니 총구를 내리며 혼잣말을 하듯 중얼거렸다.

"미래를 보는 초능력자가 있다고 들었는데."

그의 말에 지수의 가슴이 덜컥 내려앉았다. 허경철은 알고 있었던 것이다.

"허무맹랑한 개소리인 줄 알았더니 사실이란 말이지."

허경철의 얼굴에 후회와 분노의 감정이 뒤섞여 나타났다. 지수의 등 뒤에 몸을 가리고 숨어 있던 영원이 앞으로 나서며 말했다.

"죽기 싫으면 지금이라도 달아나요!"

왕할쯔는 노인의 곱사등에 시선을 고정한 채 좁은 골목길을 걸어 들어갔다. 상부에서 연락이 왔을 때 그녀는 깜짝 놀랐다. 교단의 뒤를 캐고 다니는 외국인 무리가 나타났다는 소식이었다. 김평남을 암살하고 이영원의 뒤를 쫓기 시작하면서 본격적인 활동에 돌입했기 때문에 어느 정도 예측했지만 상황이 생각보다 빠르게 전개되고 있었다. 게다가 상대가 북한 공작원이라는 사실은 예상외였다. 이영원을 한국에 남겨 둔 채 중국으로 돌아왔을 때는 불가피하게 사기가 저하되었다. 변명할 수 없는 작전 실패였다. 조직의 허가가 떨어졌다면 차후라도 이영원을 데려오는 데 문제가 없었을 것이다. 그러나 지도부는 한국 정부를 자극할 수 있는 정면 대결을 원치 않았다. 이영원의 소재가 파악된 이상 서두를 것 없다는 것이 지도부의 입장이었다.

지도부가 느긋하게 판단을 내린 것과 달리 눈앞에 닥친 사태는 단순하지 않았다. 이제 한국의 국정원과 북한의 정보국 요원까지 뛰어

들어 상황이 점점 꼬이고 있었다. 왕할쯔는 초조한 마음으로 노인의 뒤를 쫓았다. 하달된 명령은 북한 공작원을 모두 제거하라는 것이었다. 곳곳에서 조직의 비밀이 새어 나가고 있었다. 교단은 아직 실체를 드러낼 준비를 마치지 못한 상태였다. 북한 공작원만 제거하면 사태가 봉합될까? 이번 작전만 해도 치밀한 계획 없이 우발적으로 진행되었다. 더구나 팀을 이끌어야 할 위제와 쉬징레이가 베이징으로 출장 가 있는데 혼자서 작전을 무사히 수행할 수 있을까? 왕할쯔는 뒤따르는 조직원들이 눈치채지 못하도록 몰래 호흡을 가다듬었다. 곱사등 노인은 나이에 어울리지 않게 지나치게 활동적이었다. 피 냄새를 맡은 노인이 코를 벌름거리며 신나서 지팡이를 탁탁 두드리는 소리가 골목에 리드미컬하게 울려 퍼졌다.

건물에서 나온 지수와 허경철은 퇴로를 확보하기 위해 각자 지형을 살폈다. 길은 오직 하나뿐이었다. 인도로 나가려면 정면 대결을 피할 수 없었다. 그렇지 않으면 건물 뒤쪽의 숲을 타야 하는데, 수풀이 우거진 숲의 반대편에는 강이 가로막고 있었다. 시간이 없었다.

"모두 몇 명이오?"

허경철이 미심쩍은 얼굴로 영원을 노려보며 물었다.

"여자를 포함해 일곱 명이에요."

"일곱이라, 우리가 여섯이니까 대략 비슷하군. 해볼 만하겠는데."

영원의 얼굴이 굳어졌다.

"숲으로 달아나요. 시간이 없어요."

영원의 말에 허경철이 쓴웃음을 지었다.

"줄행랑을 치자는 말이지?"

고개를 저으며 그가 말을 이었다.

"중국 놈들이 얼마나 대단하지 갑자기 궁금해졌어. 황 사장은 어떻소?"

백곰은 잔뜩 인상을 쓴 채 그의 말을 무시했다. 영원이 싸늘한 시선으로 허경철을 바라보며 말했다.

"당신은 지금 오는 여자의 상대가 되지 못해요."

허경철과 지수가 동시에 놀라 영원을 바라봤다. 신중하지 못한 발언이었다. 이 상황에서 허경철을 자극해 좋을 일이 없었다.

"그렇다면 궁금해서라도 놈의 얼굴을 봐야겠군."

농담으로 하는 말이 아니었다. 백곰이 지수의 곁에 와서 낮은 목소리로 속삭였다.

"결정을 내려. 숲으로 도망칠 건지, 아니면 놈을 도울 건지."

무조건 영원의 결정을 따라야 한다. 그러나 머릿속의 생각과 달리 몸은 다른 방향으로 움직였다. 지수는 허경철을 이해할 수 있었다. 놈들이 얼마나 대단한지 확인하고 싶었다. 숲으로 달아나서 강으로 뛰어든다는 계획이 성공하리라는 보장도 없었다. 정면 돌파가 효과적일 수도 있었다. 수적으로 열세도 아니고 무장한 상태였다. 여태까지 상상을 하거나 이야기를 들었을 뿐 초능력을 눈으로 직접 확인한 적은 없었다. 이번 기회에 폭력적인 힘을 가진 초능력자를 보고 싶다는 호기심이 일었다. 곁에 선 영원이 머뭇거리며 지수의 눈치를 살폈다. 영원이 지수의 마음을 읽었다. 테러가 일어난 날 관제탑에서와 마찬가지로 흥분된 가슴이 차분하게 가라앉았다. 영원은 두 남자가 물러나지 않으리라는 것을 감지했다. 흘러내린 머리카락을 쓸어 올리며 그녀가 말했다.

"좋아요. 대신 내 지시를 따라야 두 사람 모두 살 수 있어요."

휴대 전화가 울렸다. 쉬징레이였다. 왕활쯔는 조직으로부터 내려온 명령을 빠르게 설명했다. 쉬징레이는 잠자코 그녀의 말을 들었다. 그 시각 쉬징레이는 특급 호텔의 창을 통해 베이징 시내의 스카이라인을 조망하고 있었다. 쉬징레이는 전화기로 왕활쯔의 목소리를 들으며 그녀 앞에 펼쳐진 그림을 맞추려고 노력했다. 버려진 가옥과 미로처럼 얽힌 골목길의 이미지만 보일 뿐 구체적인 사물이 눈에 들어오지 않았다.

"예감이 좋지 않아요."

쉬징레이의 대답에 왕활쯔가 멈추어 섰다. 모든 신경 세포가 쉬징레이의 목소리에 맞춰졌다. 뒤따르는 일행과 노인 역시 발걸음을 멈추고 왕활쯔를 바라보았다.

"눈에 보이는 그림이 있어?"

베이징과 상하이의 거리만큼이나 쉬징레이의 대답은 느렸다.

"아뇨, 하지만 함정이 있을 것 같아요."

왕활쯔가 한숨을 내쉬었다. 길을 재촉하듯 노인의 고개가 아래위로 흔들렸다.

"알았어. 이 일은 내게 맡겨."

왕활쯔의 말에 쉬징레이는 아무런 대답도 하지 않았다. 전화를 끊고 왕활쯔는 긴장한 표정의 대원들에게 말했다.

"지금부터 살아 있는 것은 모두 죽인다."

그녀의 지시에 따라 대원들은 품속에 숨긴 무기를 꺼냈다. 노인의 주름진 얼굴에 미소가 번지면서 표정이 심하게 일그러졌다.

"여섯 놈이 황천길을 떠나겠군."

노파가 중얼거리는 것을 왕활쯔는 놓치지 않았다. 그녀가 노인의 어깨를 잡아챘다.

"지금 여섯이라고 했어?"

처음 상황을 전달받았을 때와 다른 숫자였다. 노인은 지금 상황을 즐기는 듯 키득거리며 말했다.

"세 명이 더 나타났습니다, 아가씨. 외국인 여자와 남자 둘입죠."

왕할쯔의 가슴이 내려앉았다. 계획이 틀어졌다. 그녀는 노인의 어깨에 양손을 올렸다. 노인이 새로 나타난 인물과 물리적으로 접촉했다면 그들의 정보가 노인의 몸에 남아 있을 것이다. 정신을 집중해서 노인의 눈을 응시했다. 최면에 걸린 듯 노인의 눈이 초점을 잃고 흔들렸다. 흐릿하게나마 세 개의 이미지가 나타났다. 노인의 몸이 그들과 직접 닿지는 않은 듯 세부적인 인상착의는 보이지 않았다. 왕할쯔가 노인을 밀쳐냈다. 벽으로 뒷걸음친 노인이 중심을 잃고 바닥으로 뒹굴었다. 단단한 돌에 이마가 부딪혀 이내 묽고 탁한 붉은 피가 흘러내렸다. 몸을 추스른 노인은 잘못을 인정하듯 허리를 숙인 채 머리를 조아렸다. 그러나 입가에는 여전히 미소가 흘렀다.

노인이 '중화의 꽃'이라는 밀교의 전령을 만난 것은 최근의 일이었다. 노인은 전령의 말을 제대로 이해하지 못했지만, 외국인을 몰아내고 새로운 중화 제국을 건설한다는 말에 탄복했다.

대장정이 시작되던 해에 노인은 겨우 다섯 살 어린아이였다. 그러나 노인은 당시의 기억을 지우고 산 적이 한 번도 없었다. 불과 3년 뒤 난징 대학살이 일어났고 부모를 잃었다. 일본군은 아버지를 생매장하고 어머니를 강간한 다음 휘발유를 끼얹어 불을 붙여 태웠다. 그런 노인에게 외국인이란 부모의 원수와 다름없는 말이었다. 젊은 여자의 발밑에서 나뒹구는 치욕쯤은 얼마든지 감수할 수 있었다. 왕할

84

쓰를 바라보는 노인의 얼굴이 눈물과 이마에서 흘러내린 피로 뒤범 벅되었다. 노인은 성모의 신성을 왕할쓰에게서 보았다. 그녀가 극악 무도한 오랑캐에게 벌을 내릴 것이다. 공포와 쾌감이 뒤섞여 몸이 부 들부들 떨렸다.

왕할쓰가 돌계단을 다 오르기도 전에 첫 총성이 울렸다. 계단 옆 으로 난 수풀 언덕을 오른 조직원이 방심한 상태에서 머리에 총을 맞 고 넘어졌다. 시신이 된 몸뚱이가 언덕 밑으로 공처럼 굴러 내렸다. 모든 조직원이 바닥으로 몸을 엎드렸다. 왕할쓰의 노한 눈빛이 노인 에게 꽂혔다. 노인이 말을 더듬었다.

"저, 저는 모르는 일입니다요. 저, 절대 마, 말하지 않았습니다요."

자신들이 공격해 오고 있음을 저들이 어떻게 알았을까? 왕할쓰의 머릿속이 텅 비어 갔다. 적은 한 치의 망설임도 없이 총을 쏘았다. 자 신들의 신분을 정확하게 파악하지 않고서는 불가능한 일이었다. 그 러나 지금은 전후 관계를 따지고 들 시간적 여유가 없었다. 이미 희 생자가 나왔다. 결정을 내려야만 한다. 적들은 건물 안에 숨어 몸을 은폐하고 총구를 겨누고 있었다. 절대적으로 불리한 대치 상황이었 다. 무방비 상태의 적을 기습적으로 공격하는 것이 이번 작전의 핵심 계획이었다. 그런데 상황이 반전되었다. 첫 총성이 터지고 주위는 적 막에 잠겼다. 왕할쓰는 손을 뻗어 공기의 흐름을 읽었다. 정체불명의 기운이 돌계단을 따라 내려오고 있었다. 왕할쓰는 두려웠다. 자신이 감당할 수 있는 에너지가 아니었다. '중화의 꽃'이 나타난 것일까? 노인의 말이 기억났다. '외국인 여자와 남자 둘.' 만약 노인이 지칭한 외국인 여자가 '중화의 꽃'이라면.

총을 쏜 것은 경기관총을 든 사내였다. 허경철과 지수는 건물에 남아 방어하기로 했다. 허경철이 왼쪽을 맡고 지수가 오른쪽을 맡았다. 두 사람은 좁은 창을 통해 잡초가 무성히 자란 전방의 공터를 주시했다. 영원의 말대로 괴한이 모습을 드러냈다. 건물과 돌계단까지의 거리는 불과 30여 미터였다. 경기관총을 든 북한 공작원이 정확하게 괴한의 머리를 맞추었다. 미처 말릴 겨를도 없는 상황이었다. 지수가 허경철을 바라보며 눈을 부릅떴다. 허경철이 어깨를 으쓱하며 미소를 지었다.

"놈들이 우릴 죽이려고 왔다는 사실을 잊은 건 아니겠지?"

허경철의 목소리에는 비웃음과 경멸이 묻어 있었다. 지수는 영원에게로 시선을 돌렸다. 그녀는 벽에 등을 대고 눈을 지그시 감은 채 생각에 잠겨 있었다. 총소리에 놀란 것 같지는 않았다. 오히려 이전보다 냉정한 표정이었다. 그녀가 눈을 떴다.

"내가 이곳에 있다는 걸 알아챈 사람이 있어."

영원이 속삭이듯 말했다. 그녀의 말에 지수가 정신을 차렸다. 지금은 꿈속의 비현실적인 전투가 아니었다. 실수하면 영원을 잃게 된다. 지수는 창문으로 돌계단이 시작되는 지점을 응시했다. 인간의 움직임은 보이지 않았다. 퇴로가 막혀 있지만, 기습 공격을 당한 것이 아닌 이상 승산이 있었다. 허경철도 그것을 알고 여유를 부리는 것이었다. 적이 모습을 보이면 총을 쏘면 된다. 30미터나 되는 넓은 공간에 적이 몸을 숨길 은폐물은 없었다. 그때 유리창을 깨고 쇳덩이가 건물 안으로 들어왔다. 수류탄이라고 생각한 지수는 영원을 몸으로 막았다. 그러나 쇳덩이는 폭발하지 않았다. 대신 쇳덩이의 벌어진 틈 사이로 짙은 황색 연기가 피어올랐다. 호랑나비의 화려한 날개 빛처럼 짙은 색깔의 연기가 공중에서 사방으로 퍼져 나갔다. 가스를 마신 백곰이 가슴을 손으로 부여잡고 토악질을 했다. 지수는 호흡을 멈추고 영원을 바라보았다. 영원도 숨을 멈추고 있었다. 북한인 세 남자가 창문을 부수고 건물 밖으로 뛰쳐나갔다.

지수는 창문을 깨뜨리고 백곰을 부축해서 창밖으로 밀어냈다. 동시에 돌계단 쪽에서 총소리가 터졌다. 경기관총을 든 사내가 무차별 사격으로 응사하면서 순식간에 공터는 아수라장이 되었다. 엄호 사격을 하며 지수와 영원은 건물을 빠져나왔다. 앞쪽에 암석으로 만든 탁자와 의자가 보였다. 백곰은 땅바닥에 얼굴을 대고 침과 피를 토해 냈다. 허경철 일행은 낡은 고철 더미 밑에 겨우 몸을 숨기고 있었다. 바닥에 핏자국이 흥건했다. 칼잡이 사내가 배에다 손을 대고 신음을 토해 냈다. 복부에 세 발의 총을 맞은 사내는 곧 숨이 끊어졌다. 그 상태로 교전이 시작되었다. 지수가 새 탄창을 장전하는 동안 영원은 백곰이 쥐고 있던 총을 낚아채 사격을 가했다. 놀란 지수가 영원을 끌어당겼다.

"미쳤어!"

지수가 소리쳤지만, 영원은 듣지 못한 것 같았다. 옆에서 비명이 터졌다. 경기관총을 든 사내가 무릎을 꿇고 꼬꾸라졌다. 붉은 피가 공중으로 분수처럼 솟구쳤다. 순식간에 부하 둘을 잃은 허경철은 제정신이 아니었다. 기관총을 빼들고 방아쇠를 당기자 후드득 탄피가 튀었다. 지수는 그제야 상황을 제대로 파악했다. 중국인들의 사격은 허경철 패거리에게 집중되었다. 중국인들이 영원의 존재를 알아차리고 영원이 있는 쪽으로는 총을 쏘지 않았다.

정신을 잃은 허경철은 몸을 가리지도 않고 무차별 사격을 가했다. 곧 관자놀이에 총탄을 맞은 허경철이 바닥으로 쓰러졌다. 널브러진 몸뚱이로 소나기처럼 총알이 쏟아졌다. 피로 물든 그의 눈이 지수를 향했다. 북한 정찰총국 소속 공작원 셋이 허망하게 죽었다. 그리고 총성이 멎었다. 교전을 통해 허경철과 그의 부하가 죽인 중국인은 다섯 명이었다. 수적으로 따지면 허경철이 이긴 싸움이었다. 그러나 싸늘한 시체가 됐으니 아무런 의미도 없는 승리였다.

양쪽 모두 탄알이 떨어졌다. 왕할쯔와 지수는 동시에 그 사실을 알아차렸다. 총소리를 들은 중국 공안이 나타나려면 시간이 얼마나 걸릴까? 그때까지는 버텨야 한다. 지수는 백곰의 상태를 확인했다. 그는 여전히 땅에 얼굴을 박은 채 신음하고 있었다. 영원은 가쁜 숨을 몰아쉬었다. 총격전에서 살아남은 이유는 하나였다. 영원이 곁에 있기 때문이었다. 중국인들은 위험을 감수하고 북한 공작원들에게만 집중적으로 사격을 가했다. 논리적으로 예상해 보면 이번 싸움에서 지더라도 영원만은 살아남을 것이다. 그들은 영원의 목숨을 원하는 것이 아니었다. 지수는 호흡을 가다듬었다. 영원보다는 자신과 백곰의 목숨을 보전하는 것에 초점을 맞추어야 한다. 마음을 굳힌 지수가 자리에서 일어섰다.

돌계단 위로 두 명의 중국인이 모습을 드러냈다. 여자 한 명과 남자 한 명이었다. 지수는 그들이 다가오길 기다렸다. 잠시 후 곱사등 노인이 지팡이를 짚으며 나타났다. 나머지는 모두 죽었거나 상처를 입었을 것이다. 지수는 중국인 남녀의 움직임을 관찰했다. 남자가 한 발짝 앞서 걸어왔다. 검은 군복 바지와 티셔츠 차림의 사내는 가벼운 소재의 전투화를 신고 있었다. 뒤따르는 여자의 복장도 비슷했다. 고도의 격투 기술을 익힌 군인 출신이 틀림없었다. 남자의 오른손에는 유선형의 황동색 칼이 들려 있었다. 몽골족과 돌궐족이 주로 사용한 중국식 검 다오였다. 흔히 튀르크 몽골 사브르라 불리는 그 칼은 앞쪽이 넓고 두꺼워서 파괴력이 센 것으로 유명했다. 전장에서는 참수용 칼 대용으로 쓰였다.

지수는 유사한 칼을 든 김 관장과 대련한 기억을 떠올렸다. 칼의 움직임이 크고 화려한 만큼 허점도 쉽게 찾을 수 있는 무기였다. 당시 지수는 손잡이가 달린 곤봉, 톤파를 양손에 끼고 김 관장과 맞섰다. 그러나 지금은 톤파 없이 맨손으로 칼을 막아 내야 한다. 지수는 칼의 움직임보다 상대의 걸음에 시선을 맞추었다. 칼을 든 사내가 주저하지 않고 성큼성큼 다가왔다. 지수의 눈이 뒤따르는 여자에게로 향했다. 여자가 멈추어 서서 무표정으로 지수를 바라봤다. 서구적인 이목구비에 균형 잡힌 몸매였다. 기관총보다는 명품 가방을 드는 것이 어울릴 여자였다. 김 관장이 섬에서 만난 초능력자 중 한 명이라는 사실을 지수는 이내 알아차렸다. 그녀가 팀의 리더였다. 여자는 부하의 공격을 지켜볼 요량인 듯했다. 지수에게는 다행스러운 상황이었다. 남자를 해치운 뒤 여자를 처리하기로 마음먹고 지수는 칼을 든 남자에게 다가섰다.

왕할쯔는 불안했다. 비록 조직원 다섯 명을 잃었지만, 북한 공작원은 모두 제거했기 때문에 소기의 목적은 달성했다. 굳이 평가한다면 절반의 성공이었다. 게다가 그녀의 눈앞에 뜻하지 않게 중화의 꽃이 나타났다. 한국 국정원 요원을 제압하고 이영원을 데려가기만 하면 될 일이었다. 상대도 총알이 떨어졌기 때문에 절대적으로 유리한 상황이었다. 수년간 고대 중국 무술과 암살 기술을 익힌 부하와 자신이 한국의 애송이 정보원에게 일대일로 맞서 패한다는 것은 상상할 수도 없었다. 그런데도 마음이 진정되지 않았다. 뒤에 버티고 선 이

영원의 강력한 에너지 때문일까? 가슴속 깊은 곳에서 승리에 대한 확신이 흔들렸다.

왕할쯔는 정신을 집중해 남자의 몸에서 뿜어져 나오는 기를 느끼려고 노력했다. 처음 경험하는 이질적인 에너지가 남자를 감싸고 있었다. 왕할쯔는 심적 동요를 느꼈다. 도대체 이 에너지는 어디에서 나오는 것일까? 이영원에게서 나오는 것일까, 아니면 남자로부터일까? 그때 부하가 양손으로 쥔 칼을 크게 휘두르며 선공에 나섰다. 대각선으로 그어진 칼날이 햇빛을 받아 반짝였다. 칼날은 남자의 얼굴을 살짝 빗겨 갔다. 왕할쯔는 남자의 시선이 향한 곳을 바라봤다. 남자는 부하의 발 움직임을 좇고 있었다. 몸의 중심을 잃은 부하가 휘청거리며 한 발을 앞으로 내디뎠다. 칼을 피한 남자가 몸을 틀어 주먹을 날렸다. 군더더기 없이 간결하고 정확한 동작이었다. 주먹은 부하의 갈비뼈를 파고들었지만, 다행히 급소를 피해 갔다. 두 사람의 위치가 엇갈렸다. 상당한 타격을 입었음에도 부하는 칼을 휘둘렀다. 춤을 추는 듯한 칼날이 남자의 머리를 향해 날아갔다. 그러나 이번에도 남자는 허리를 이용해 아슬아슬하게 칼날을 피했다. 몇 가닥의 머리카락이 잘려 허공으로 날아갔을 뿐 부하의 공격은 실패했다.

몸을 추스른 두 사람은 다시 격투 자세를 취했다. 늑골에 입은 타격으로 부하의 얼굴이 심하게 일그러졌다. 왕할쯔는 망설였다. 지금 나서지 않으면 부하가 남자에게 당할 것 같았다. 그런데도 그녀는 남자가 구사하는 무술을 조금 더 보고 싶다는 호기심을 떨쳐내지 못했다. 중국 무예에서는 보지 못한 독특한 자세와 움직임이었다. 미처 예상하지 못한 상황이었다. 한국의 정보국 요원이 중국의 정통 무술 유단자와 맞서 겨룰 수 있을 거라고는 생각하지 못했던 것이다. 부하가 칼을 어깨 위로 올려 최후의 일격을 준비했다. 날카로운 기합 소리와 함께 부하의 몸이 공중으로 치솟았다. 왕할쯔는 남자가 뒷걸음칠 것으로 생각했다. 그러나 남자는 예상과 반대로 정면으로 몸을 날렸다. 공중으로 몸을 날린 남자는 몸을 비틀어 발을 뻗었다. 보통의 경우라면 부하의 칼이 먼저 상대의 몸에 닿았겠지만, 속도가 문제였다. 무거운 칼은 무디게 떨어졌고 남자의 발은 전광석화처럼 나왔다. 남자의 발등이 부하의 턱을 정확히 때렸다. 왕할쯔의 예민한 귀로 부하의 아래턱뼈가 부서지는 소리가 파고들었다. 그녀는 후회했다.

이영원을 보호하는 한국인 남자는 결코 만만한 상대가 아니었다. 부하와 힘을 합해 2대 1로 맞서야 했다는 걸 그녀는 늦게야 깨달았다. 그러나 이미 엎질러진 물이었다. 카운터블로를 맞은 부하는 정신을 잃고 흙바닥으로 쓰러졌다. 이 모든 장면을 뒤에서 지켜보던 노인은 쥐고 있던 지팡이마저 놓치고 미친 듯이 기침을 쏟아 냈다. 왕할쯔는 거추장스러운 방탄복을 천천히 벗었다. 그리고 무릎을 굽혀 발목에 숨겨 둔 칼을 꺼냈다. 그녀가 쌍칼을 꺼낸 것은 위제와의 대련이후 처음 있는 일이었다.

지수는 숨을 몰아쉬며 호흡을 가다듬었다. 크고 날카로운 칼날이 몸을 스치고 지나간 감각이 아직 살아 있었다. 그러나 두려움과 공포보다는 짜릿한 희열이 그의 신경 세포를 자극했다. 칼날을 피해 적의 턱에 발등을 정확히 때렸을 때는 이전에 느낄 수 없었던 말초적 감각이 한꺼번에 분출되어 나왔다. 지수는 대검을 든 사내의 아래턱이 부서지는 것을 발등으로 정확하게 느꼈다. 벽돌이나 기왓장을 격파하는 것과 다른 차원의 감각이었다. 사내가 쓰러지고 공중에 뜬 몸이 지상에 안착하자 둑을 부수고 흘러내리는 급류처럼 아드레날린이 온

몸에서 쏟아졌다. 교감 신경의 말단에서 분비된 호르몬은 살아 있는 모든 근육 세포로 원초적인 감각을 전달했다. 몸은 하늘을 날듯 가벼웠다.

흥분이 채 가시지 않은 상태에서 지수가 전방을 주시했다. 중국인 여자가 자신을 향해 걸어오는 것이 보였다. 양손에 길고 뾰족한 칼을 들었는데 그립이 특이했다. 오른손으로는 칼날을 치켜들었고 왼손으로는 칼끝이 뒤쪽을 향하도록 쥐었다. 오른쪽 칼은 베는 목적이고 왼쪽 칼은 찌르는 용도였다. 칼자루에 화려한 색채의 돋을새김 장식을 해놓은 것으로 보아 여자가 애용하는 무기라는 것을 알 수 있었다. 빈틈을 보이며 무작정 대검을 휘두른 사내와는 비교도 안 되는 고수였다. 여자는 공격 사정거리 반 발자국 앞에서 멈추어 섰다. 웨이브 진 긴 머리카락 끝이 산들바람에 흩날렸다. 홍조가 도는 입술과 물기를 머금은 검은 눈동자를 제외하고 전체적인 피부색은 하얗고 차가웠다.

이 여자가 지닌 초능력의 실체는 무엇일까? 치명적인 공격 수단이 될 염려가 아니라면 승산이 있었다. 여자가 미간을 좁히며 중국어를 쏟아 냈다. 하이 톤이지만 위엄을 갖춘 목소리였다. 갑작스러운 여자의 말에 공격 태세에 들어간 지수는 멈칫했다. 통역이 필요하지는 않았다. 여자는 순순히 영원을 내놓을 것을 종용했다. 지수는 대답 대신 몸으로 응답했다. 칼날이 뒤로 향한 왼쪽 손으로 빠르게 발을 뻗었다. 여자가 살짝 비켜서며 발길질을 피했다. 관성으로 360도 빙그르르 회전한 여자의 몸에서 예리한 칼날이 번쩍였다. 칼날은 지수의 목을 불과 몇 센티미터 남겨 두고 빗나갔다. 여자의 휘날리는 머리카락이 뺨에 닿을 정도로 가까운 거리였다. 지수가 허리를 숙여 여자의 겨드랑이 밑을 파고들며 턱을 향해 주먹을 날렸다. 그러나 주먹이 닿기도 전에 어느새 반대편 칼날이 날아와 지수의 손등을 베었다. 붉은 피가 후드득 바닥으로 떨어졌다. 지수는 몇 발자국 옮겨 다시 거리를 유지했다. 여자의 얼굴빛은 변함없이 창백했다. 1차 공격을 통해 여자의 움직임이 자신보다 빠르다는 사실은 분명해졌다. 속도에서는 여자를 따라잡을 수 없었다.

심장이 쿵쿵 뛰었다. 김 관장과 수차례 실전 같은 대련을 했지만 이처럼 빠른 공격은 받은 적이 없었다. 맨손으로 상대할 수 있는 적이 아니었다. 지수는 몸을 날려 쓰러진 중국인 사내 옆에 버려진 중국 검 다오를 집었다. 속도가 뒤지면 힘으로 맞서야 한다. 여자의 입가에 기묘한 미소가 번졌다. 두 사람이 선 자리가 바뀌었기 때문에 지수는 영원을 정면으로 볼 수 있었다. 영원은 무릎을 꿇은 상태로 백곰을 부축하며 두 사람의 대결을 지켜보았다. 그녀가 어떤 미래를 보고 있을지 궁금했다. 중국인 여자를 물리치고 무사히 이 장소를 빠져나가는 미래를 보고 있을까, 아니면 자신이 중국인 여자의 칼에 찔려 죽는 미래를 보고 있을까?

지수는 정신을 집중해 금빛 칼을 휘두르며 공격 자세를 취했다. 상대적으로 긴 칼을 들었기 때문에 충분한 거리를 유지하는 것이 유리했다. 순간 짧은 기합 소리와 함께 여자의 몸이 스프링처럼 튀쳐나왔다. 지수는 칼을 크게 휘두르며 응전했다. 대검과 암살용 단검이 금속성 마찰음을 내며 부딪쳤다. 힘의 우위를 확보했다는 생각은 착각이었다. 완력으로 누르려고 했지만, 대검은 여자의 칼에 부딪혀 튕겨 나왔다. 날카로운 칼날이 충돌하며 불꽃이 튀었다. 여자의 쌍칼은 현란하게 요동쳤다. 한쪽 칼을 막으면 다른 쪽 칼이 번뜩이며 날아들어왔다. 지수는 발과 주먹을 사용해 가까스로 여자의 공격을 막아 냈다.

어느새 지수는 공격보다 방어에 치중하고 있었다. 앞으로 나가려고 했지만 뒷걸음치는 횟수가 늘어났다. 그나마 긴 칼로 거리를 유지했기 때문에 사방에서 날아오는 칼날을 피할 수 있었다. 합이 늘어나면서 지수의 호흡이 거칠어졌다. 여자는 상대적으로 고른 숨을 내쉬었다. 자신의 손등에서 날아간 핏방울이 여자의 얼굴과 목에 묻어 있었다. 지수는 자신의 피를 바라보며 새로운 대안을 찾았다. 여자의 쌍칼을 계속해서 피하기는 불가능하다. 힘이 떨어지고 속도가 떨어지면 결국 칼날이 몸을 파고들 것이다. 중국인 여자는 그때를 기다리며 완급을 조절하고 있었다. 지수는 김 관장과의 마지막 수업을 떠올렸다. 그의 지시에 따라 쇠꼬챙이를 맨팔뚝에다 꽂았다. '어때, 고통을 떨쳐 버린 기분이?' 김 관장이 웃음 짓던 모습이 생생하게 떠올랐다. 칼날을 두려워할수록 고통은 커진다. 이대로 뒷걸음만 쳐서는 적을 제압할 수 없다.

마음을 굳힌 지수는 대검을 들어 올려 칼끝으로 여자의 심장을 겨눈 다음 짧고 빠른 보폭으로 달려갔다. 여자는 오른쪽 칼로 지수의 칼을 밀쳐 내며 왼쪽으로 몸을 비틀었다. 지수는 고개를 옆으로 돌려 여자의 얼굴을 바라보았다. 예상대로 여자의 왼쪽 칼이 공중에서 자신의 어깨를 향해 내리꽂혔다. 이전 같으면 몸을 돌려 칼을 피했겠지만, 지수는 오히려 낙하하는 칼끝을 향해 어깨를 내밀었다. 뾰족하고 날 선 칼이 왼쪽 어깨를 파고들며 등에 꽂혔다. 두 사람의 거리가 밀착되자 지수는 여자의 당황한 눈빛을 읽었다. 마지막 기회였다. 지수는 칼을 버리고 오른쪽 팔꿈치를 휘둘러 여자의 얼굴을 가격했다. 둔

탁한 소리와 함께 여자가 휘청거렸다. 충격으로 여자는 왼손에 든 칼을 놓쳤다. 반대편 칼은 지수의 어깨에 그대로 꽂혀 있었다. 지수는 360도 몸을 회전시켜 발차기를 날렸다. 최후의 일격이라 생각했는데 여자는 쓰러지면서도 손을 내밀어 지수의 발차기를 막아 냈다. 지수는 이를 악물고 오른손으로 자신의 어깨에 박힌 칼을 뽑았다. 기회를 놓치지 않겠다는 듯 필사적으로 지수는 쓰러진 여자를 향해 몸을 날렸다. 피 묻은 칼날이 여자의 목을 향해 날아갔다. 가까스로 여자가 고개를 돌려 칼은 땅에 박혔다. 마지막 절호의 기회가 날아가 버렸다. 여자는 몸을 굴려 지수에게서 멀어졌다.

지수는 겨우 몸을 추스르고 일어났다. 분노에 찬 얼굴로 여자는 그를 노려보았다. 지수는 몇 걸음 떨어진 곳에 버려진 대검을 허망하게 바라보았다. 여자는 여전히 오른손에 칼을 쥐고 있었다. 전세가 불리했지만 물러설 공간이 없었다. 여자가 빠른 속도로 달려와 양손을 이용해 칼을 세차게 내밀었다. 지수의 왼쪽 어깨는 붉은 피로 물들어 있었다. 통증을 느끼지는 못했지만 많은 피를 흘린 탓에 현기증이 났다. 이미 전력을 다했기 때문에 서 있을 힘조차 없었다. 지수는 자신의 복부로 날아오는 칼날의 예리한 섬광을 무기력하게 내려다봤다. 그때 측면에서 거대한 벽이 부딪쳐 왔다. 동시에 지수의 몸이 옆으로 튕겨 나갔다.

바닥으로 쓰러진 지수는 정신을 차리고 자신과 충돌한 물체를 바라보았다. 백곰이었다. 백곰이 자신을 밀치고 대신 여자의 칼을 받았다. 칼은 백곰의 옆구리를 파고들었다. 그러나 백곰의 우악스러운 두 손이 칼을 든 여자의 양 손목을 움켜쥐고 있었다. 여자는 놀란 눈으로 백곰을 바라보며 칼을 빼내려고 힘을 줬다. 그러나 백곰은 움켜쥔 여자의 손목을 놓지 않았다. 백곰은 힘에서는 누구에게도 밀리지 않는 장사였다. 양손을 붙잡힌 여자의 얼굴에 당황한 기색이 역력했다. 백곰의 얼굴은 고통으로 일그러졌다. 그의 입에서 들짐승이 내는 비명이 터져 나왔다. 기적적으로 찾아온 기회였다. 지수는 초인적인 힘으로 도움닫기를 해 공중으로 몸을 날렸다. 그의 발등이 정확하게 여자의 턱을 때렸다. 동시에 백곰이 움켜쥔 여자의 손목을 놓았다. 무릎이 꺾이며 여자의 몸이 통나무 인형처럼 힘없이 앞으로 고꾸라졌다. 지수는 바닥에 떨어진 여자의 칼을 집어 들고 쓰러진 여자의 몸을 돌려 눕혔다. 제정신이 아닌 상태에서 무릎을 꿇고 칼을 양손에 쥔 채 높이 치켜들었다. 여자를 죽일 마지막 기회였다. 칼끝이 여자의 심장으로 향했다.

그때 뒤에서 날카로운 비명이 들렸다. 영원이었다. 영원이 달려와 무릎을 꿇고 피로 뒤범벅된 지수의 몸을 뒤흔들며 그를 바라보았다. 영원의 눈이 절망적으로 흔들렸다. 그녀가 울먹이며 소리치는 모습이 보였다. 그러나 진득한 피가 고막을 틀어막은 것인지 그의 귀에는 아무 소리도 들리지 않았다. 지수는 천천히 손을 내려 칼을 바닥에 버렸다. 그리고 고개를 들어 하늘을 바라봤다. 벌어진 입에서 절로 얕은 신음이 나왔다. 뭉게구름이 산발적으로 뜬 하늘은 믿을 수 없을 만큼 푸르고 맑았다.

17

지수와 영원은 시내에서 조금 벗어난 한적한 교외 호텔로 거처를 옮겼다. 상하이에 도착하자마자 지원 팀이 나와 뒷수습을 했다. 총영 사관 파견 요원이 지원 팀을 이끌었다. 옆구리와 어깨에 각각 상처를 입은 백곰과 지수는 한국인이 운영하는 병원에서 응급 치료를 받았다. 병원에 오래 머물 수 없어 봉합 수술을 한 다음 급하게 병원을 빠져나왔다. 지원 팀을 맡은 요원은 국외 근무에 이력이 난 인물이었다. 중동과 남미에서 전쟁과 테러를 직접 경험한 베테랑이었는데도 주자자오 사건의 경위를 듣고는 혀를 내둘렀다. 특히 그는 북한의 정예 요원들이 모두 죽은 상황에서 세 사람 모두 무사히 빠져나온 점에 놀라움을 금치 못했다. 중국에서 활동하는 정보원 모두에게 비상 대기 명령이 떨어졌다. 팀장은 중국 공안과 언론의 동향을 캐려고 동분서주했다. 그러나 어느 쪽에서도 주자자오에서 일어난 총격전에 관한 소식을 들을 수 없었다. 중국인들은 아무 일도 일어나지 않은 듯 태연하게 하루를 보내고 있었다.

밤이 되자 17억이 넘는 사람들 대부분이 텔레비전으로 오락 프로 그램을 보며 평화롭게 하루를 마감하고 있었다. 사람들이 잠자리에 들려고 욕실로 향했을 때, 마치 귀찮은 골칫거리가 생겼다는 식으로 마감 뉴스에 짧게 주자자오의 총격전이 보도되었다. 관영 CCTV는 주자자오의 야산에서 흉악범이 총을 쏘며 난동을 부려 사망자가 나왔다고 보도했다. 심층 보도나 논평은커녕 짤막한 내용 설명도 없었다. 신장 자치구에서 연쇄 테러 사건이 터졌을 때 사건을 축소 보도한 것과 비슷한 상황이었다.

지수는 20층 높이의 호텔방에서 상하이의 야경을 내려다봤다. 밤을 잊은 사람들과 차량 행렬이 대로를 따라 끝없이 이어졌다. 다량의 진통제를 투여했지만, 아직 어깨가 욱신거렸다. 칼날이 뼈를 관통하지 않은 게 다행이었다. 지수는 백곰과 나눈 대화를 떠올렸다. '이제 퇴물이 된 것 같아. 칼이 옆구리로 들어올 때는 나도 모르게 눈물이 왈칵 쏟아지더군. 아이들 얼굴이 떠올라서……' 백곰은 말을 끝맺지 못했다. 그는 국정원 비밀요원 백곰보다는 외국에서 사업체를 운영하는 비즈니스맨 황희석 사장이 더 어울리는 신분과 나이가 되었다. 지수는 백곰에게 진심으로 고마움을 표했다. 그가 없었다면 살아 나오지 못했을 것이다.

침대에 누워서 지수의 뒷모습을 바라보던 영원이 일어나 그의 곁으로 다가왔다. 영원은 탁자에 놓인 권총을 힐끗 본 다음 지수의 왼쪽 어깨에 살며시 손을 올렸다.

"아파?"

지수는 웃음으로 대신했다. 영원도 자신의 질문이 멋쩍었는지 미소를 지었다. 사건 이후 처음 보는 웃음이었다. 지수는 왼손을 뻗어 영원의 허리에 둘렀다. 두 사람의 눈빛이 부딪쳤다. 보안 문제 때문에 같은 방에 묵었지만 이제 그런 표면적인 이유는 두 사람에게 거추장스러웠다. 지수는 감정에 솔직해져야 한다고 생각했다. 불과 몇 시간 전에 죽음의 문턱까지 갔었다. 영원이 지그시 눈을 감았다. 지수는 그녀의 입술로 얼굴을 가져갔다. 영원이 사라지면 아무런 의미도 없는 싸움이었다. 그녀를 사랑하는 것이 자신에게 주어진 미래였다. 길고 뜨거운 입맞춤이 이어졌다. 영원의 눈에서 굵은 눈물이 뺨으로 흘러내렸다. 지수는 엄지손가락으로 눈물을 닦아 주었다.

불현듯 총을 맞고 쓰러진 허경철의 마지막 모습이 떠올랐다. 죽은 자는 어디로 사라지는 것일까? 잘게 쪼개지고 분해된 그들의 영혼이 어두운 밤하늘을 배회하고 있을지도 몰랐다. 공간이 무서운 것은 그 때문이었다. 상념을 걷어 내고 지수는 영원의 얼굴을 내려다보았다. 깊고 투명한 검은 눈동자가 그를 응시했다. 절망과 두려움의 그림자는 보이지 않았다. 영원이 그의 품으로 파고들었다.

지수는 영원의 가슴에 얼굴을 대고 그녀의 심장이 뛰는 소리를 들었다. 영원은 지수의 어깨를 감싼 흰 붕대를 손가락으로 매만졌다. 피로 얼룩진 죽음의 현장에서 벗어나 어느새 그들은 쾌적한 호텔 침대에 누워 있었다. 두 공간이 인과의 사슬에 의해 연결되어 있다고는 생각할 수 없었다. 지수가 낮은 목소리로 읊조렸다.

"어느 날 저녁, 나는 무릎에 아름다움을 앉혔다. 그런데 가만히 보니 그녀는 맛이 썼다. 그래서 욕설을 퍼부어 주었다."

영원의 작고 단단한 젖꼭지가 눈앞에서 흔들렸다. 지수가 살짝 힘을 주어 젖꼭지를 손가락으로 쥐었다.

"무슨 말이야?"

영원이 지수의 이마와 콧날을 내려다보며 말했다.

"「지옥에서 보낸 한 철」이라는 시인데, 시인이 누군지는 잊어버렸어. 보들레르였던가 랭보였던가?"

"……."

"왜 갑자기 그 시가 떠올랐을까?"

대부분의 현대인처럼 지수는 시를 읽지 않았다. 그 시는 대학의 교양 과목에서 리포트를 쓰려고 읽은 거였다.

"아마 제목 탓 아닐까?"

영원이 자신 없는 목소리로 말했다. '지옥에서 보낸 한 철?' 그럴지도 모른다. 지수는 후회했다. 낭만적이고 아름다운 시구가 떠올랐으면 좋았을 것이다.

지수는 영원의 가슴에서 시선을 떼고 탁자 위에 놓인 자신의 권총을 확인했다. 손잡이에 붉은 선혈이 묻어 있었다. 희고 부드러운 영원의 피부와 대조를 이루는 물건이었다. 어둡고 불길한 증후를 노골적으로 드러냈다. 그러나 권총이 없으면 영원을 지킬 수 없다. 영원이 몸을 빼 지수와 마주 보며 누웠다. 어깨에 통증을 느낀 지수가 몸을 비틀며 자신도 모르게 신음을 내뱉었다.

"내게 숨기는 것 있지?"

영원이 지수의 눈을 똑바로 응시하며 말했다. 지수는 흘러내린 그녀의 머리카락에 손가락을 넣어 뒤로 쓸어 넘겼다. 분홍빛이 도는 입술이 답을 재촉했다.

"내 꿈속에 들어와서 무엇인가 봤어. 그들이 날 원하는 진짜 이유가 그 꿈속에 들어 있어."

영원이 천천히 눈을 깜빡이며 말했다. 꿈이라는 단어를 듣자 지수는 어지럼증이 났다. 지수는 정신을 집중하려고 애썼다.

"미래를 볼 수 있는 능력은 누구에게나 일어나는 일이 아니야. 옆에서 지켜보면서도 나는 아직 받아들이지 못하겠어."

지수가 솔직하게 말했다.

"그건 나도 마찬가지야. 왜 그 사람들이 나를 쫓는지 도무지 이해할 수가 없어. 단서가 꿈속에 들어 있었을 거야. 너는 내 꿈속에 들어온 유일한 사람이야."

지수는 헝클어진 머릿속을 정리했다. 꿈속에서 일어난 전쟁을 묘사하기란 쉽지 않았다. 꿈이 시작된 곳은 영원의 내면 깊숙한 곳에 둥지를 튼 무의식이었다. 부적절한 묘사와 비논리적인 상황 전개에도 영원은 지수의 이야기를 놓치지 않고 따라왔다. 애초에 그녀가 이끌고 주도하는 길이었다.

이야기를 듣는 영원의 표정이 점점 어두워졌다. 지수에게는 비현실적으로 느껴지는 꿈속의 장면이 영원에게는 실재적인 고통으로 다가왔다. 그녀는 전쟁이 무엇인지 알고 있었다. 지옥과 다를 바 없는 암울한 세계의 미래를 그녀는 매일 밤 직시하고 있었다. 그러나 전투가 일어난 무대가 구체적인 장소로 언급되고 전쟁 결과가 현실적인 해석으로 바뀌면서 영원은 이야기의 흐름을 놓치기 시작했다. 김일성광장과 대포동 미사일, 대미사일 방어 체제인 MD와 같은 단어는 영원에게 낯설고 생소했다. 청결한 시트가 깔린 호텔 침대 위에서 사랑하는 남자와 눈을 맞추며 할 대화가 아니었다. 영원은 지수가 말을 마칠 때까지 끈기 있게 기다렸다. 시간이 지날수록 두려움과 흥분으로 들뜬 감정이 서서히 식었다. 호기심과 회의로 눈동자가 빛나기 시작했다.

"내가 중국인을 도와 미사일을 쏜다는 거지?"

"정확히 말하면 요격 미사일을 쏘는 거야. 핵탄두를 탑재한 ICBM이 발사되는 순간 날아가서 격추하는 거야."

"무슨 말인지 알겠어. 하지만 내가 왜 그런 일을 하는 거야?"

지수가 머릿속을 정리하며 말했다.

"대량 살상 무기가 보편화된 현대전에서는 재래식 무기의 양적 증대가 무의미해졌어. 미사일 한 방이면 말 그대로 전쟁이 끝나는 거야. 그러나 이런 전쟁에서는 누구도 승자가 될 수 없어. 나만 핵무기를 가진 게 아니거든. 유일한 방법은 적국의 미사일이 자국 영토에 떨어지지 않도록 막는 거야. 최후의 방어 수단으로 요격 미사일을 쏘는 거지. 미국이 천문학적인 돈을 들여서 MD 체제를 완성하려는 이유를 생각하면 이해될 거야."

쉬운 말로 설명하려고 했는데 잘 되지 않았다. 영원은 여전히 의문이 가득한 표정으로 지수를 바라봤다.

"지구 상에 MD 체제를 완벽히 구현한 국가는 없어. 현대 기술로는 불가능하다는 이야기도 나오고, 미국의 패트리어트 미사일을 시작으로 기술 개발이 진행되고 있지만 완벽한 시스템을 구축하려면 아직 풀어야 할 난제가 곳곳에 산재해 있어."

영원이 참지 못하겠다는 듯 눈을 지그시 감았다가 떴다.

"미사일 이야기는 아무리 들어도 모르겠어."

"우리는 지금 실현되지 않은 미래 세계를 그려 내는 거야. 유일한 단서는 미래를 볼 수 있는 너의 초능력과 네 꿈이 보여 주는 세계를 해석하는 것뿐이야. 공항에서 일어난 일과 꿈을 토대로 추리하면 지금의 결론이 나와. 실제로 그런 일이 일어날지는 아무도 장담하지 못해. 경마장에서 일어난 일처럼 네가 전망한 미래는 언제든 틀어질 수 있어. 그러나 현재 우리를 쫓는 사람들은 허황한 믿음을 가지고 있어. 주사위를 던지면 반드시 자신이 기대한 숫자가 나올 거라고 믿는 거지. 그들에게 미래란 신념에 구속된 고정불변의 세계야. 만약 그들에게 힘이 없다면 그런 믿음은 무의미해지겠지. 그러나 상황은 우리의 기대와 다르게 전개되고 있어. 그들은 강력한 힘을 가지고 있고 더욱더 강해지길 원해. 일본인도 중국인도 마찬가지야. 네가 가진 힘을 원하는 거야. 어쩌면 우리도 그들과 마찬가지일 거야."

지수는 그렇게 말하며 최 전무의 얼굴을 떠올렸다. 최 전무는 이미 초능력자로 구성된 특수 부대를 구상하고 있었다.

"그들은 정당한 전쟁이 존재한다고 믿고 있어."

지수는 멈칫했다. 자신 역시 정당한 전쟁에 참여했었다. 불과 몇 시간 전만 해도 그는 살아 있는 사람을 죽이고자 총을 쏘았다.

"미사일이 중요한 게 아니야. 문제는 내가 가진 힘 때문이야. 이 힘이 사라지지 않는 한 싸움은 계속될 거야."

영원이 메마른 목소리로 말했다. 그녀는 조금 지쳐 보였다. 영원은 눈을 감고 지수의 가슴에 얼굴을 파묻었다. 지수는 손을 올려 그녀를 감싸 안았다. 그녀의 몸은 부드럽고 따뜻했다.

"이대로 영원히 네 품속에서 살 수는 없을까?"

그녀의 호흡이 가슴에 부딪히며 눈에 보이지 않는 파문을 만들었다. 지수는 영원의 이마에 입을 맞추고 그녀의 머리를 감싸 안았다. 내일을 위해 잠깐이라도 잠을 자야만 했다. 지수는 시구를 다시 떠올렸다.

'예전에, 내 기억이 정확하다면, 나의 삶은 모든 사람이 가슴을 열고 온갖 술이 흐르는 축제였다. 어느 날 저녁, 나는 무릎에 아름다움을 앉혔다.'

그 뒤는 기억나지 않았다. 조금 전에도 영원에게 들려줬는데 까맣게 잊어버렸다. 지수는 눈을 감기 전, 탁자의 권총을 다시 확인했다. 시구는 잊어버려도 되지만 권총의 위치는 놓치면 안 된다. 영원이 팔에 힘을 주어 지수를 끌어안았다.

눈을 뜨자 새로운 세상이 펼쳐졌다. 지난밤의 우울하고 불길한 분위기는 거짓말같이 사라졌다. 맑고 깨끗한 피를 새로 공급받은 것처럼 싱싱한 피가 혈관을 타고 내렸다. 심장 박동도 규칙적이고 감각 기관도 활발하게 작동했다. 약효가 떨어졌을 텐데도 어깨의 통증이 거의 느껴지지 않았다. 영원은 아직 잠들어 있었다. 지수는 자신을 향해 누워 있는 그녀를 바라봤다. 날씬한 다리와 적당한 크기의 가슴에 눈길이 갔다. 지수는 아침에 일어난 자신의 변화를 이해할 수 있었다. 영원이 그의 몸속에 들어온 것이다. 그녀의 몸과 영혼이 그의 피와 근육을 변화시키고 그의 내면에 잠들어 있던 두려움과 공포의 광기를 쫓아냈다. 지수는 몸을 굽혀 영원의 볼에 입을 맞추었다. 살포시 눈을 뜬 영원이 지수의 목에 팔을 둘렀다.

지원 팀에서 보낸 요원이 호텔 로비에서 기다리고 있었다. 그가 건넨 자동차 열쇠와 새로운 휴대 전화를 받았다. 패키지 관광을 온 일본인 여행객들이 아침부터 분주하게 로비를 서성이고 있었다. 요원과 헤어진 지수는 구석에 놓인 소파에 앉아 최 전무에게 전화를 걸었다. 통화는 짧게 끝났다. 지원 팀을 통해 모든 상황을 보고받았기 때문에 특별한 이야기는 없었다. 몸조심하라는 말에 지수는 고맙다고 답하고 전화를 끊었다. 그런 뒤 백곰에게 전화를 걸었다. 그는 병원 입원실에 누워 있었다. 백곰의 당당하고 힘찬 목소리를 듣자 한결 마음이 안정되었다. 두 사람은 죽음의 문턱에서 살아 돌아온 동료만이 느낄 수 있는 특별한 감정을 나눴다. 그사이 조식 뷔페에 들른 영원이 엘리베이터를 타고 내려왔다. 손에 샌드위치와 커피를 들고 있었다.

마치 가까운 곳으로 소풍을 떠나는 사람처럼 가벼운 발걸음으로 두 사람은 호텔을 나왔다. 지수는 국산 사륜구동 SUV 뒷문을 열고 좌석 밑에 만들어 놓은 비밀 도구 상자에서 경기관총과 수류탄을 확인했다. 시동을 걸고 콘솔 박스를 열었다. 요원의 말처럼 주사기와 약봉지가 있었다. 어깨에 입은 부상을 치료하기 위한 약이었다. 영원의 걱정을 덜려고 지수는 신속하게 어깨에 주사를 놓았다. 그리고 약을 먹었다. 내비게이션에 도착지의 주소가 입력되어 있었다. 모든 준비를 마치고 지수는 가속 페달을 밟았다. 출발 직전의 행동 탓에 약간 분위기가 무거워졌지만, 샌드위치와 커피로 아침을 먹으면서 영원의 얼굴이 조금씩 밝아졌다.

목적지는 아름다운 시후 호가 있는 도시 항저우였다. 저장 성으로 향하는 고속도로는 시원하게 뻗어 있었다. 상하이를 벗어나자 중국이라는 거대한 땅의 크기가 피부에 와 닿았다. 단조로운 지평선이 자칫 지루한 느낌이 들 수도 있었는데 옆에 영원이 있어서 오히려 시간이 짧게 느껴졌다. 그녀와 함께라면 지구 끝까지 달려도 피로를 느끼지 않을 것 같았다.

허경철이 건넨 쪽지에는 중국인 사내의 이름과 연락처가 적혀 있었다. 이름은 가명이고 통상 '오아시스'라는 암호명으로 불리는 사내였다. 정보를 준 허경철은 오아시스가 누구인지, 어떤 일을 하는지에는 관심이 없었다. 그는 오로지 김평남이 남긴 마카오 은행의 돈을 찾으려고 혈안이었다. 허경철이 죽은 지금 돈의 향방은 불투명했다. 새로운 임무를 부여받은 북한의 요원이 비공식 루트를 통해 다시 접촉해 올 가능성이 컸다. 돈은 이 세계를 움직이는 최대 동력이었다.

국정원에서 긴급으로 넘어온 오아시스의 인적 정보는 지극히 빈약하고 추상적이었다. 오아시스가 북한 정권과 처음 인연을 맺은 것은 1991년 통일교 문선명 교주가 북한을 방문해 김일성을 만났을 때라고 기술되어 있었다. 그가 통일교 내에서 구체적으로 맡은 역할과 신분상의 서열은 모호하지만, 교단의 일원으로 막후에서 상당한 영향력을 행사한 것으로 추측하고 있었다. 그는 4개 국어에 능통한 장점을 충분히 발휘해 미국과 일본, 유럽을 오가며 통일교의 국외 선교 활동을 이끌었다. 암호명이나마 공개적으로 드러난 것은 그 시기가 유일했다.

그러던 어느 날 갑자기 오아시스라는 이름이 교단에서 완전히 사라졌다. 비밀스러운 거대 조직을 운용하는 데 탁월한 능력을 보인 오아시스는 사막의 신기루처럼 증발해 버렸다. 파문당했다는 말과 자진해서 교단을 떠나 개종했다는 말이 나돌았다. 엄청난 자금을 횡령해서 라스베이거스의 카지노에서 탕진했다는 루머까지 생겨났지만, 한국의 정보기관은 물론 누구도 사태의 진실을 정확히 파악하지 못했다. 그는 신비에 싸인 인물이었다. 그런 그가 마침내 모습을 드러낸 것이다.

항저우에 도착하자 가슴이 두근거렸다. 지수는 차에서 내려 잔물결이 이는 시후 호의 검푸른 수면을 응시했다. 오아시스라는 사나이가 '중화의 꽃'이라는 밀교의 실체를 보여 줄지, 아니면 지금까지의 미스터리를 더 복잡하게 만들지 궁금했다. 지수는 권총의 장전 상태를 점검하고 호수를 향해 걸어갔다. 영원이 그림자처럼 그의 곁을 따랐다.

지수와 영원은 나룻배에 올랐다. 오아시스가 통보해 온 접선 방법은 단순했다. 지정된 나루에서 빨간색 나이키 모자를 쓴 뱃사공의 배를 타라는 것이었다. 최대 여섯 명 정도가 탈 수 있는 작은 나무배였다. 뱃사공이 고물에 서서 노를 저었다. 흰 와이셔츠에 회색 바지를 입은 육십 대 사공은 친절한 미소를 지으며 느릿느릿 노를 저어 배를 호수의 중앙으로 이끌어 갔다. 지수와 영원이 앉은 자리에는 햇빛을 가리기 위한 천장이 있었지만, 뱃사공은 따가운 햇볕에 그대로 노출되었다. 노인의 손과 얼굴은 검었고 온몸에 반점과 기미가 피어 있었다. 혈관은 툭 튀어나오고 주름은 밭 사이로 난 고랑처럼 깊었다. 상하이에서 본 부유한 중국인과는 사뭇 다른 인상이었다. 노를 저으며 중국 민요를 흥얼거리는 노인은 이방인을 향해 토착민 특유의 정감 있는 미소를 보여 주었다. 촌로의 궁색한 차림새에도 신상품 나이키 모자가 썩 어울렸다.

지수는 사공에게서 눈을 떼고 주변을 살폈다. 어느새 배가 육지에서 꽤 멀어졌다. 종교 단체에서 능력 있는 활동가로 암중비약한 오아시스가 어떤 식으로 모습을 드러낼지 궁금했다. 주변에 난고봉과 베이고봉, 위치안 산이 보이고 멀리 항저우 도심의 스카이라인이 보였다. 북송 시대 제일의 시인이었던 소동파가 사랑한 호수라 알려졌지만, 둘레만 15킬로미터에 이르는 큰 호수라 한눈에 아름다움을 알아차리기는 어려웠다. 첫눈이 내리는 초겨울에 오면 좋겠다고 생각했다. 지수는 주변 풍경을 감상하며 근처에 다른 배가 있는지 살폈다. 그러나 시간이 지날수록 그들이 탄 배는 주변 유람선과 멀어지며 고립되었다. 지수는 초조하게 시계를 확인했다. 영원도 불안한 듯 지수의 손을 놓지 않았다. 때맞춰 서쪽 하늘에서 먹구름이 몰려왔다. 그때 특이한 창법으로 이어지던 노랫소리가 그치고 익숙한 한국말이 들렸다.

"서호에 오신 소감이 어떻소?"

뱃머리에 서서 노를 젓던 노인이 어느새 자리에 앉아, 모자의 챙으로 부채질하며 땀을 식히고 있었다. 노인이 바로 오아시스였다. 놀란 지수가 갑자기 일어나자 배가 조금 기우뚱거렸다.

오아시스의 한국어는 독특했다. 연변 사투리와 북한 사투리를 묘하게 겹쳐 놓은 억양인데도 풍부한 어휘와 구체적인 표현력을 갖춘 완벽한 표준 문장을 구사했다. 시후 호를 서호로 발음한 것만 봐도 그가 한국어에 얼마나 능통한지 알 수 있었다. 다만 합쇼체와 하오체를 자주 혼용해 그가 외국인임을 입증해 주었다. 나이는 대략 육십 대 중반으로 보이지만 검게 탄 얼굴과 깊이 팬 주름 탓에 섣불리 짐작하기 어려웠다. 턱밑으로 억세고 흰 수염이 듬성듬성 자라 있었다.

뱃사공 노인의 정체가 오아시스라는 걸 알자 그의 천연덕스러운 미소가 더는 자연스럽고 순진하게 보이지 않았다. 그는 상황에 따라 자신의 모습을 연출할 줄 아는 인간이었다. 중상모략을 일삼는 사기꾼이나 염탐꾼인 스파이가 아닌 보통 인간은 그런 능력을 갖추지 못한다. 지수가 조심스럽게 그의 미소와 질문에 응했다.

한동안 호수와 날씨에 관한 이야기가 이어졌다. 몇 마디 대화를 나눴을 뿐인데도 그가 여러 분야에 해박한 지식을 가지고 있음이 느껴졌다. 그는 거대 조직을 효율적으로 지휘 통제할 수 있는 타고난 활동가인 동시에 날카롭고 영민한 지성을 가진 이론가였다. 더불어 감수성이 풍부한 예술가적 기질을 드러내기도 했다. 지수는 화술에 현혹되지 않도록 조심하며 그의 말에 귀를 기울였다. 육지에서 꽤 멀어졌기 때문에 발밑으로 흐르는 물소리 외에는 거의 들리지 않았다. 독특한 리듬과 톤을 지닌 그의 목소리가 낭랑하게 울려 퍼졌다. 초여름을 목전에 둔 시기라 햇볕이 꽤 따가웠는데도 그는 그늘이 있는 곳으로 자리를 옮기지 않고 뒷전에 앉아 햇볕을 받았다.

"젊은이가 날 찾아온 건 주가각에서 일어난 사건과 관련이 있겠지요?"

마침내 오아시스가 본론을 꺼냈다. 지수는 그의 빠른 첩보 능력에 조금 놀랐다. 주자자오에서 일어난 총격전은 보도 통제가 되어 언론 기사가 거의 나가지 않았다. 흉악범이 총질했다는 짧은 보도가 있었을 뿐이다.

"젊은이도 그곳에 있었나요?"

지수가 묵묵히 고개를 끄덕였다.

"허경철 동무가 죽었나요?"

그는 사태의 진상을 얼마나 알고 있을까? 지수의 대답에 그의 검게 탄 얼굴이 더욱 어두워졌다. 마치 허경철의 죽음을 처음 듣는 듯한 반응이었다. 가늘고 예리한 시선이 낮은 산봉우리가 있는 먼 곳을 향했다.

"잠깐이지만 연변에서 그의 아내와 아들을 본 적이 있소. 아주머니가 꿩고기를 넣은 만두를 잘 빚었던 기억이 나는군요. 죽음은 살아

남은 사람에게 기억을 남기지만 결국 그 기억도 언젠가는 사라지는 법이지요."

중국 공안이 허경철과 그 부하들의 시신을 어떻게 처리했는지는 지수가 관여할 사항이 아니었다. 허경철은 위험을 선택한 사내였다. 그의 죽음이 필연인지 우연인지는 누구도 답할 수 없었다. 지수는 오 아시스의 우울한 표정을 종교인의 몸에 밴 습관으로 이해했다. 그들은 신성을 앞세워 인간의 죽음을 애도하는 데 익숙한 사람들이었다. 악인이건 선인이건 상관없이 망자에 대해서는 동정과 자비심을 스스 럼없이 내보였다.

"선생님께서 중화의 꽃이라는 단체에 대해 알고 계신다고 들었습 니다."

오아시스가 시선을 돌려 지수를 바라봤다.

"젊은이가 꽤 성미가 급하시군."

오아시스가 처음으로 공격적이고 도전적인 시선으로 지수를 노려 봤다.

"여행을 온 것은 아니니까요."

지수도 피하지 않고 되받아쳤다.

"일련의 사건으로 많은 사람이 상처를 입고 죽음을 당했습니다. 제게 주어진 시간이 얼마 없습니다. 선생님께서 도와주시면 고맙겠 습니다."

정중한 어조로 말하자 굳어 있던 그의 표정이 조금 누그러졌다.

"중화의 꽃이라, 그래 무엇을 알고 싶소?"

갑자기 그의 정체성에 의심이 들었다. 오아시스라는 사내에 대한 인적 정보는 극히 한정되어 있었다. 과거의 공개적인 활동만 드러났을 뿐, 현재 어떤 일에 종사하는지는 밝혀지지 않았다. 만약 그가 아직도 중화의 꽃이라는 교단과 관계를 맺고 있다면 이쪽의 패를 자진해서 모두 공개하는 꼴이었다. 이중간첩으로 활동한 동백꽃과 마찬가지로 그 역시 양쪽을 오가는 신분일 수 있었다.

"선생님께서 아는 정보를 모두 듣고 싶습니다. 중화의 꽃이라는 단체의 배경과 조직 구성을 포함한 모든 세부 사항을 말입니다."

지수의 말에 오아시스가 느닷없이 웃음을 터트렸다.

"젊은이는 아직 비밀 결사 조직이라는 게 무엇인지 전혀 모르는 것 같군요. 어떻게 시작할까요? 소비에트를 건설하기 위해 만든 레닌의 점조직부터 이야기할까요?"

목소리는 부드럽지만, 그가 자신을 어린아이 취급한다는 걸 지수는 느낄 수 있었다.

"인류 역사를 통해 만들어진 모든 비밀 결사체는 하나의 공통점을 가지고 있소. 바로 조직의 비밀이 새어 나가지 않는다는 거요. 만약 비밀이 공개되면 그 조직은 비밀 결사의 범주에서 벗어나는 거지요. 역사가들이 자료를 수집하고 도서관에 정보가 쌓인다면 그건 이미 사멸된 조직이라고 봐야지요."

그가 웃음기를 거두고 말을 이었다.

"중화의 꽃은 우리 발밑에서 유영하고 있을지도 모르는 괴물과 같은 조직이오."

교단의 인적 구성과 활동 상황에 대해서는 자신도 모른다는 항변이었다.

"선생님께서 그 단체와 인연을 맺었다고 들었습니다. 과정만이라도 알려 주실 수 있나요?"

"불쑥 찾아온 당신에게 왜 그 사실을 털어놓아야 하지요?"

지수가 그의 눈을 응시했다. 가느다란 눈에 박힌 작은 눈동자가 호기심으로 반짝였다. 거래를 성사시키려면 이쪽에서도 선물을 내놓아야 한다.

"검은 돌에 얽힌 수수께끼는 선생님도 관심 있어 하실 테지요?"

그의 내면이 크게 흔들리는 것을 지수는 놓치지 않았다.

"돌이 지닌 신비스러운 힘에 대해서는 저희도 어느 정도 파악하고 있습니다."

오아시스는 지수가 한국의 정보기관 요원이라는 사실을 알고 있었다. 지수는 그의 약점이라고 생각되는 점을 파고들었다.

"저희가 안다는 건 정보가 미국으로 넘어갈 수도 있다는 걸 의미합니다."

그를 자극해서 어떻게든 대화에 끌어내려고 지수는 미국이라는 카드를 꺼냈다. 오아시스의 얼굴에 기묘한 미소가 번졌다.

"나는 젊은이가 생각하듯이 민족주의자나 애국주의자는 아니요. 오히려 세계 시민을 자처하는 사람이오."

"선생님께서 과거에 종교계에서 활동하신 일은 알고 있습니다. 선교를 목적으로 미국과 일본, 유럽 선진국을 방문했고 그들의 문화에도 익숙하시죠. 그러나 선생님은 부정할 수 없는 중국인입니다. 중국인 대부분은 중화 문명을 자랑스러워하죠. 그렇지 않습니까?"

오아시스는 대답하지 않고 웃음으로 넘겼다. 지수는 개의치 않고 말을 이었다.

"처음 중화의 꽃이라는 이름을 들었을 때 매우 절묘하다고 생각했습니다. 중국인이라면 무조건 좋아할 수 있는 이름이라는 생각이 들었습니다. 선생님도 예외는 아니시겠죠?"

"……."

"외국의 종교를 위해 일했을 때와 달리 각별한 애정을 가지셨겠죠. 솔직히 말씀드려서 저는 종교에 대해서는 잘 모릅니다. 지금 제가 하는 일은 종교와 아무런 상관이 없습니다."

골똘히 생각한 다음 오아시스가 말했다.

"뭔가 오해가 있는 것 같소."

얼굴을 찌푸리며 오아시스가 말을 이었다.

"젊은이와 마찬가지로 나는 종교에 관심이 없어요. 나는 변함없는 무신론자요."

오아시스가 통일교의 선교 단체에서 활동한 이력은 부정할 수 없었다. 이렇게 나오면 원천적으로 대화가 막힐 수 있었다.

"통일교에서 활동한 선생님의 이력과 그 때문에 북한과 인연을 맺은 사실을 알고 있습니다."

"맞아요, 젊은이의 말 그대로요. 그러나 내가 무신론자라는 사실 역시 틀림없는 진실이오."

선교 활동까지 한 사실을 인정하면서 무신론자임을 내세우는 것은 앞뒤가 맞지 않았다. 오아시스는 손에 쥐고 있던 나이키 모자를 머리에 썼다. 해가 그의 얼굴을 정면으로 비추었다.

"좋습니다. 젊은이가 원하는 방식으로 거래해 봅시다. 내가 무엇을 줄 수 있을지는 잘 모르지만 우선 오해를 풀도록 합시다. 나는 젊은이가 생각하듯이 종교에 예속된 인물이 아닙니다. 오히려 그 반대라고 해야겠지요. 나는 사이언티스트입니다."

과학자? 기대하지 못한 엉뚱한 답이었다.

"베트남 전쟁이 한창이던 시기에 나는 미국의 대학에서 공부했습니다. 젊은이 같은 세대는 그 시대가 무엇을 의미하는지 잘 모를 겁니다."

지수는 머릿속으로 베이비 붐, 반전 반핵 운동, 68 혁명 등의 단어를 떠올렸다. 부정적인 이미지로 마리화나, 섹스, 시위, 동성애 등이 떠올랐다. 모든 단어는 박물관의 화석과 같은 존재였다.

"당시 나는 프린스턴에서 분자 생물학을 공부하고 있었습니다. 일반적으로 DNA의 구조와 특성을 연구하는 학문으로 알려져 있죠. 같은 대학에서 박사 학위를 받았습니다. 젊은이가 내 말을 믿지 못한다는 건 잘 알고 있어요. 자의든 타의든 나는 그동안 여러 차례 신분 세탁을 해왔으니까."

"선생님께서 오아시스라는 암호명으로 불린다는 사실은 부정하지 않으시겠죠?"

그의 얼굴에 미소가 번졌다.

"오아시스라! 오랜만에 들어 보는 말이군요. 맞아요, 내가 오아시스요."

깊게 팬 주름살 사이로 비밀스럽고 화려했던 과거가 사라지지 않고 잠복해 있는 느낌이었다. 웃음을 거두고 그가 천천히 다시 입을 열었다.

"미국에서 나는 외톨이였소. 백인들이 주도하는 사회에서 중국인 유학생이 할 수 있는 일은 별로 없었소. 또래 학생들이 인종 차별을 철폐하라는 시위를 벌였을 때도 나는 소외되어 있었소. 그들에게 시위란 그들만의 축제였소. 실제로 그들의 관심은 딴 곳에 있었지. 무한정의 자유. 놀고 즐기기 위한 무제한의 자유를 원했던 거지요. 하

지만 나는 달랐소. 그들이 자유를 외치는 동안 나는 연구실에서 핵산
과 단백질을 현미경으로 관찰하며 시간을 보냈습니다. 그때 이후 달
라진 건 없습니다. 지금도 연구를 계속하고 있죠. 젊은이를 위해 분
자 생물학 원론에 대해 간단히 설명하겠소. 이 이야기를 이해하면 앞
으로 남은 대화를 원활하게 이어 갈 수 있으니 지겹더라도 참고 들어
주기 바랍니다."

　그는 DNA와 RNA, 단백질을 포함한 계열의 유전자를 설명한 다
음, 유전에 직접적인 영향을 미치는 이들 유전자의 기본적인 구성에
대한 연구가 분자 생물학의 중추를 이루는 핵심 연구 과제임을 간략
히 말했다. 또한 분자 생물학이 여타 다른 학문과 이론에 끼친 영향
도 설명했다. 진화론과 생리학, 유전 공학과의 연계를 현대 과학계에
서 이루어진 실례를 들어 논증을 이끌었다. 지수는 그의 설명을 들으
면서 오아시스가 해박한 지식으로 자신을 과학자로 꾸며 내는 것은
아닌지 의심해 보았다. 그러나 한정적인 정보를 토대로 섣부른 판단
을 내리는 행위는 위험했다. 지수는 그의 말에 집중했다. 그가 실제
로 과학자든 원하는 대로 모습을 바꿀 수 있는 사기꾼이든, 중요한
것은 그의 정체성이 아니었다. 돌의 미스터리에 접근하려면 그의 정
보가 절대적으로 필요했다. 이야기가 원론에서 벗어나 점점 구체성
을 띠었다.

　"결국 나는 생명의 유한성이라는 한계에 직면하고 말았습니다.
생명 분야에서 연구하는 학자들이 한 번씩 겪는 딜레마에 빠져든 거
지요."

　"그래서 종교를 선택하셨나요?"

　"너무 앞서 가지는 마시오. 나는 예전이나 지금이나 무신론자입

니다. 물질을 이루는 최소 단위의 입자를 연구하는 사람이 신을 찾는 다는 건 거짓말을 하는 것과 마찬가지입니다."

"그러나 선생님께서 통일교의 일원이었다는 사실은 부정할 수 없 습니다."

"그렇게 볼 수도 있겠죠. 교회에서 나를 선전 도구로 사용한 것을 묵인했기 때문에 그런 일이 일어난 겁니다."

오아시스의 낯빛이 조금 어두워졌다.

"내가 교단에 참여한 것은 교회가 가진 풍부한 자금력 때문이었 소. 그들은 내게 많은 시간과 돈을 약속했습니다. 당시로서는 거부할 수 없는 거액이었죠."

"조국으로 돌아올 생각은 하지 않으셨나요?"

"미국은 매우 이상한 나라요. 나는 미국인들이 외치는 무한정의 자유를 혐오하면서도, 시간이 지나자 점점 그들이 누리는 개인의 자 유에 동화되었소. 물론 당시 미국 사회는 지극히 폐쇄적이며 보수적 인 곳이기도 했습니다. 종교계 인사들이 권력을 행사했고 커뮤니티 는 각각의 배타성을 유지하고 있었죠. 그러나 그것조차 공산주의 시 스템보다는 훨씬 유연하고 자율성을 띠고 있었습니다. 나는 조국을 배신한 것이 아니라 자유롭게 숨 쉴 장소가 필요했소. 그러나 이 모 든 이유는 부차적입니다. 앞서 말한 대로 나는 내가 원하는 연구를 지속적으로 할 수 있도록 보장해 줄 보호 대상을 선택했고, 이유가 어찌 됐든 그 이후 신분을 속이기 시작했습니다."

"연구 주제가 무엇이었나요?"

"내게 주어진 연구는 영생과 인간 복제였습니다. 영생은 교회에 서 준 황당하고 비과학적인 과제였습니다. 실제로 내가 하고 싶었던 연구는 인간 복제였죠. 시대가 바뀌어 생명 복제의 래디컬한 성격이 사라졌지만, 당시로서는 매우 급진적인 이론이었습니다."

"교회에서 인간 복제에 관한 연구에 관심을 보였다는 겁니까?"

"내가 통일교와 인연을 맺은 것은 선택 이후의 일입니다. 세상에 교회가 한 곳만 있다고 생각하는 건 아니지요? 종교계 지도자들은 그들이 가진 전제적 권력 때문에 자연스럽게 영생에 대한 환상을 가지게 되지요. 나는 그들을 적절히 이용해 내 연구를 진행할 수 있었습니다. 그들이 누군지는 말할 수 없어요. 비밀을 유지하는 것이 그들이 내게 보여 준 호의에 대한 최소한의 예의죠."

이야기가 조금 비상식적으로 흘렀다.

"한 가지 힌트를 주면 이런 겁니다. 영원히 살고 싶다는 인간의 욕망은 누구에게나 존재한다는 거죠. 결코 비난받을 일이 아닙니다. 내가 조선민주주의인민공화국과 인연을 맺은 것은 그 때문이에요. 그곳에도 영생을 바라는 자가 있었습니다. 결국 그 꿈을 이루지 못하고 미라가 되어 유리관 속에 누워 있지만 말입니다. 레닌과 마오쩌둥의 뒤를 따른 거지요."

"여러 단체와 조직에서 도움을 받고 활동했다는 말로 이해하라는 겁니까?"

"영원히 살고 싶다는 욕망을 버리지 않는 한 이 연구는 계속될 겁니다. 현대 의학과 과학의 발전은 이 욕망에 빚을 지고 있지요."

지수는 선입관을 떨치고 노인의 참모습을 보려고 애썼다. 겉모습은 영락없는 촌부였다. 투박한 손과 노동에 찌든 얼굴, 순진무구한 미소가 그의 진짜 모습을 가리고 있었다.

"영생에 실패하자 인간 복제가 대안으로 떠올랐습니다. 사람들은 자신의 유전자가 영원히 살아남는 것으로 꿈을 수정했죠. 나쁘지 않은 선택이었습니다. 인간 복제에 관한 연구는 현재 세계 각국에서 시행되고 있어요. 미국과 캐나다, 이탈리아에서 특히 활발하게 진행되고 있죠. 그중에서도 클로네이드Clonaid라는 인간 복제 전문 회사가 적극적이죠. 클로네이드는 '라엘리언 무브먼트RAELIAN MOVEMENT'라는 종교 단체에서 만든 생명 공학 회사입니다. 미국 식품의약청인 FDA가 허용 금지 방침을 내리자 지하로 잠적했는데 인간 복제에 성공했다는 발표를 하기도 했어요. 클로네이드가 한국의 황우석 박사를 스카우트하겠다고 공식 제안해서 소동이 난 적도 있는데, 알고 있나요?"

지수는 고개를 저었다.

"그럼 라엘리언 무브먼트라는 단체의 이름도 처음 들었나요?"

오아시스는 조금 어이없다는 표정이었다. 지수가 망설이자 그때까지 두 사람의 대화를 조용히 듣고 있던 영원이 끼어들었다.

"외계에서 온 과학자가 유전자 조작을 통해 인간을 창조했다고 믿는 종교 단체라고 알고 있어요."

오아시스의 얼굴이 환하게 밝아졌다.

"맞아요, 아가씨가 정확히 알고 있군요."

영원은 오아시스에게서 시선을 떼지 않고 말했다.

"『어느 섬의 가능성』이라는 소설에서 인간 복제 문제를 다룬 것을 읽은 적이 있어요. 복제를 통해 젊음과 영원한 삶을 유지할 수 있다는 아이디어가 소설에 등장하는데, 꽤 흥미로웠어요."

"그런가요? 기회가 되면 읽어 보겠습니다. 작가가 누구지요?"

"미셸 우엘벡."

오아시스는 작가의 이름을 다시 외고는 야릇한 눈빛으로 영원을 주시했다. 젊고 아름다운 여자에 대한 관능적인 시선과 호기심 많고 지적인 여학생을 대하는 교사의 애정 어린 시선이 혼재되어 나타났다. 영원이 대화에 참여해 미묘한 불신과 긴장감이 가라앉고 호의와 진정성이 담긴 대화 분위기로 바뀌었다.

"중화의 꽃이라는 단체도 비슷한 경로로 접촉하셨나요? 인간 복제와 관련해서 말이죠."

"그 문제는 젊은이의 상상에 맡기겠습니다. 다만 내가 해줄 수 있는 말은 이런 겁니다. '우연히 그곳에 간 것이 아니라, 돌이 나를 선택했다.' 젊은이가 이 말뜻을 이해했으면 좋겠군요."

돌이 선택했다?

"무한한 가능성을 품은 자들은 언제나 자신이 누구인지 드러내길 원합니다. 우린 그들을 못 본 체 지나칠 수 없습니다. 자연과 문명은 실상 그들이 만들어 낸 창조물이며 놀이의 결과물에 불과합니다."

지수의 굳은 얼굴을 바라보며 오아시스가 말을 이었다.

"젊은이는 메타포를 좋아하지 않나 보군요."

그의 표정에 웃음기가 가득했다.

"좋습니다. 직접적인 설명을 하도록 하죠. 클론에 관한 연구가 괄목할 만한 성과를 거두었을 때입니다. 비공식적인 라인을 통해 연락을 받았는데 '신비한 돌'이 나타났다는 소식이었죠. 중화의 꽃이라는 단체와 선이 닿은 것도 그때였습니다. 나는 분자 생물학 전문가로 그 단체의 초대를 받았습니다. 돌을 관찰할 수 있는 기회를 잡은 거죠. 그들은 내가 돌의 과학적 진실을 밝혀내길 원했습니다."

오아시스가 갑자기 몸을 일으켜 지수에게 다가왔다. 지수는 경계하는 눈빛으로 그를 바라보았다. 가까이 다가선 그가 허리를 숙여 지수가 앉은 자리 밑에서 아이스박스를 꺼냈다. 얼음 사이로 플라스틱 휴대용 물통 두 개가 보였다. 오아시스는 자신이 하나를 갖고 다른 하나는 지수에게 건넨 뒤 제자리로 돌아갔다.

"용정에서 나온 일급품 차로 만든 겁니다."

지수가 뚜껑을 열어 영원에게 먼저 녹차를 권했다. 영원이 마신 뒤 지수에게 물통을 건넸다. 녹차 특유의 쌉쌀한 미각이 혀를 자극했다. 두 사람의 모습을 보며, 만족스러운 표정으로 오아시스가 말을 이었다.

"그 돌은 지구 상에 존재하지 않는 새로운 물질입니다. 내가 받은 충격과 흥분을 젊은이는 상상하지 못할 겁니다."

"역시 외계에서 온 돌인가요?"

지수는 그동안 돌의 정체를 파악하기 위해 자신과 이방우 소장이 했던 갖가지 추리를 떠올렸다. 우주비행사 제임스 어윈이 달에서 가져온 창세기의 돌과 빌 클린턴의 운석으로 알려진 앨런 힐스 84001 등이 기억났다. 영원은 산소를 내뿜는다는 암석 스트로마톨라이트를 언급했었다.

"어떤 의미에서 그것은 진실이지만 동시에 거짓이기도 합니다."

오아시스가 모호한 표정을 지으며 말했다.

"지구 상에 존재하지 않으니 외계에서 온 물질이 틀림없지만, 우주의 어느 영역에도 속하지 않는 물질이므로 그렇게 단정 지을 수 없다는 말입니다."

"상식적으로 이해할 수 있는 정의는 아니군요."

지수는 그가 과학자를 자처하고 있음을 상기하고 말했다.

"상식의 토대는 일상 경험이지, 원자의 내부나 초기 우주의 과거를 깊숙이 들여다볼 수 있는 경이로운 과학 기술을 통해 드러난 우주는 아니다."

그렇게 말하고 오아시스가 빙그레 미소를 지었다.

"스티븐 호킹이 한 말입니다. 만약 젊은이가 우주를 좀 더 정확히 이해하길 원한다면 상식의 담론에서 벗어나는 것부터 배워야 할 겁니다."

어감은 부드럽지만 단호한 목소리였다.

"양자 물리학을 필두로 한 현대 물리학은 고전 물리학의 상식과 범주를 벗어났습니다. 매 순간 확정된 역사의 진로를 밟아 가던 세계의 미래는 원자와 아원자의 기이하고 예측 불허한 운동이 밝혀지면서 파괴되었습니다. 아인슈타인은 죽을 때까지 신은 주사위 놀이를 하지 않는다고 말하며 양자 물리학에 비판적인 입장을 견지했지만, 과학사는 그가 틀렸음을 증명하고 있습니다. 우주는 우연과 불확정한 인과의 결과물로 이루어진 거대한 도박장입니다."

알쏭달쏭한 이야기였다. 지수가 생각을 정리한 다음 말했다.

"돌의 과학적 정의는 제쳐 놓기로 하죠. 저희가 선생님을 찾아온 건 그 때문이 아닙니다."

오아시스가 고개를 끄덕이며 말했다.

"물론 우린 그런 이유 때문에 만난 것이 아니지요. 그러나 대화를 진척시키기 전에 분명히 짚고 넘어갈 부분이 있어요. 젊은이가 말한 것처럼 우리는 서로에게 줄 선물이 있어요. 젊은이가 가져온 선물이 무엇인지 알고 싶군요."

지수가 입을 다물고 오아시스의 눈을 바라봤다. 그의 진정성은 어느 정도 확인되었다. 지수가 결심하기 전에 영원이 먼저 나섰다.

"중화의 꽃에서 저를 쫓고 있어요."

영원의 목소리는 차분하고 담담했다. 오아시스는 얼핏 이해하지 못한 표정이더니 지수와 영원의 눈을 번갈아 바라보며 이내 상황을 이해했다. 자신만만하던 목소리가 조금 떨렸다.

"아가씨가 바로 중화의 꽃이군요."

오아시스의 벌어진 입술이 좀처럼 다물어지지 않았다.

지수는 영원과 관련된 일들을 구체적인 지명이나 인명은 언급하지 않고 차례로 이야기해 나갔다. 뜻밖에도 오아시스는 지수의 이야기에 큰 관심을 기울이지 않았다. 허경철의 죽음을 접하고 보인 동정심과 인간적인 면모는 찾아볼 수 없었다. 그는 세계에서 일어나는 자질구레한 일상사에 초연한 태도를 보이는 은둔자처럼 지수의 말을 흘려들었다. 의외의 반응에 지수는 긴장감이 반감되었다.

"이상이 선생님께 들려줄 수 있는 이야기입니다."

오아시스는 고개를 끄덕이며 수면을 바라봤다. 날개를 펼친 새 한 마리가 물과 맞닿을 듯 아슬아슬하게 저공비행하고 있었다.

"젊은이의 이야기는 잘 들었습니다. 나와 상관없는 일이라는 생각이 드는군요. 이곳 호수에서 얼마 떨어지지 않은 곳에 내 밭이 있습니다. 여러 가지 작물이 부드러운 흙 속에서 자라고 있죠."

그는 잠깐 말을 멈춘 다음 항변하듯 질문했다.

"세계가 어떻게 변하든 나와 무슨 상관이 있을까요?"

지수는 가만히 있었다. 그의 밭에서 자라는 오이와 호박은 외국에서 일어나는 기이하고 초현실적인 사건과는 아무런 관련을 맺고 있지 않다. 오아시스는 그 점을 지적하고 있었다.

"좋습니다. 젊은이를 실망시키고 싶지는 않아요. 이제는 내가 젊은이에게 선물을 줄 시간이군요. 젊은이는 어떤 선물을 기대하고 있나요?"

"무엇보다 돌의 정체가 궁금합니다. 현 단계에서 과학적 설명이 불가능하다는 선생님의 말뜻은 이해했습니다. 그러나 미스터리는 언젠가 풀리기 마련입니다. 제가 풀 수 있다면 더욱 좋겠죠."

"긍정적인 사고를 유지하는 태도는 훌륭하군요."

그의 얼굴에 다시 웃음기가 나타났다.

"젊은이도 인지한 것처럼 돌의 과학적 정의는 불가능합니다. 과학자인 내가 할 수 있는 역할은 객관적이고 논리적이며 과학적인 결론을 도출해 내는 것인데, 그것 자체가 불가능한 상황이니 나는 무용지물이 되어 버렸습니다. 결국 돌을 둘러싼 주변 이야기를 늘어놓는 것 외에는 다른 대안이 없군요. 신흥 종교나 정치적 비밀 결사체에는 나름의 비밀이 존재합니다. 비밀은 신화나 예언 형태로 모습을 드러내기도 하고 잠언이나 암호화된 문서로 존재하기도 하죠. 어떤 형태를 취하든 비밀은 그 자체로 신비에 둘러싸여 있습니다. 공론이 일어날 만큼 양상이 발전하면 비밀은 사멸되는 것이죠. 중화의 꽃이라는 결사체는 그 비밀을 해석한 예언자의 등장으로 시작되었습니다. 교단의 교주이기도 한 예언자가 실존 인물인지 아니면 역사적 가공인물인지는 단언하기 어렵습니다. 내가 만난 교단 내부의 누구도 예언자를 만났다고 말한 적이 없으니 그렇게 생각하고 있습니다. 억지 주장처럼 들릴지도 모르지만, 인류가 만들어 낸 종교는 모두 비슷한 처지에 놓여 있습니다. 구세주의 강림을 약속하지만, 구세주의 실체를 증명할 수는 없죠."

오아시스의 목소리 톤이 조금씩 가라앉았다.

"중화의 꽃을 해석한 예언자에게는 비서秘書가 있었습니다. 인류의 미래를 알려 주는 예언서였죠. 세상의 다른 예언서들과 마찬가지로 그가 해독한 예언은 대부분 상징과 은유로 이루어진 문학적 텍스트였습니다. 노스트라다무스의 예언서를 떠올리면 쉽게 이해될 것입니다. 예언 자체보다는 해석이 문제죠. 알려진 바로는 그 예언서의 내용이 그렇게 충격적이지는 않았던 것 같습니다. 예언이 해독된 이후에도 교단의 세가 폭발적으로 일어나지는 않았으니까요. 대신 예언은 대중의 열광적인 환영을 피해 소수 엘리트 집단 내부로 흘러들어 갔습니다. 예언의 중심 내용을 이 자리에서 모두 거론하기는 어렵지만 분명히 짚고 넘어가야 할 사실이 하나 있습니다. 바로 예언이 권력자의 입맛을 충족시켜 줬다는 사실이죠. 중화의 꽃이라는 교단의 이름에서 알 수 있듯이 세계의 중심이 중국으로 회귀한다는 것이 예언의 핵심이었습니다. 그러나 이 예언만으로는 한계가 있었죠. 중국의 부상은 어느 정도 예측 가능한 미래였거든요. 물론 청 왕조 말기의 망국적 상황을 떠올리면 그런 예언은 허무맹랑한 이야기일 수도 있었겠죠. 곳곳에 비슷한 예언이 넘쳐나던 시절이니 변별성이 떨어지기도 했고요. 그러던 중 상황이 급변했습니다. 신비의 돌이 나타난 거죠."

오아시스가 말을 멈추고 영원을 힐끗 쳐다보았다.

"중화의 꽃은 교단의 이름이기도 하지만 실제로는 돌의 선택을 받은 존재를 지칭하는 말이기도 합니다. 구세주를 뜻하는 엘로힘이 바로 중화의 꽃이죠. 교단의 리더 그룹을 중심으로 예언의 현실화가 임박했다는 믿음이 생겨났습니다. 신비의 돌이 인간에게 초능력을 전달하기 시작했기 때문이죠. 이 과정에서 우리가 알지 못하는 여러

가지 비밀스러운 일이 일어났는데 종교적인 의미의 기적과 초현실적인 현상이 복잡하게 뒤얽혀 있습니다. 장님이 눈을 뜨고 앉은뱅이가 일어나고 불치병이 치료되었다는 식의 소문과 다를 바 없었죠."

"좀 더 구체적으로 말씀해 주실 수 있나요?"

"돌이 초능력에 가까운 힘을 준다는 것을 중국 전통 철학에 정통한 몇 사람이 알아냈습니다. 도가와 주역에 통달한 연구가들이었죠. 그들이 예언을 증명하기 시작하면서 중화의 꽃이라는 믿음이 고정불변의 진리가 되었죠. 이 모든 일은 돌이 있었기 때문에 가능했습니다. 돌이 어떻게 해서 교단에 흘러들어 갔는지는 알지 못합니다. 몇 가지 풍문이 있었지만, 소문에 대해서는 무관심했습니다. 과학자로서 나는 돌의 화학적 구조와 성분을 밝혀내는 작업에만 정신을 집중했죠. 과학적 근거를 마련할 수 없다는 결론에 이르러서야 돌의 초현상적 실례에 주목하기 시작했습니다."

오아시스가 미간을 좁히며 말했다.

"실패를 거듭했지만 나는 돌에 이름을 붙이기도 했습니다. 아쉽지만 교단 내에서 내가 임의로 만들어 낸 학명을 사용하는 것 같지는 않더군요. 어쩔 수 없는 일이죠."

"이름이 뭐죠?"

"울트라라이트Ultralite 19. 초극을 의미하는 접두사 울트라ultra에 운석을 의미하는 에어로라이트aerolite를 결합해 만들어 낸 합성어입니다. 19라는 숫자는 돌의 무게가 19킬로그램이어서 따왔습니다."

지수는 울트라라는 단어가 그의 입에서 나오자 조금 놀랐다. 울트라는 이방우 소장과의 대화에서 등장한 단어였다. 소장은 정치적 극단주의자와 신념에 기대어 폭력을 정당화하는 자를 지칭하기 위해 울트라를 사용했다. 이것은 미스터리를 이어 주는 또 다른 연결 고리인가.

"숫자를 붙였다는 건 또 다른 돌이 존재한다는 것을 염두에 둔 것인가요?"

"정보국 요원이라 추리가 빠르군요. 돌은 하나가 아닙니다. 내가 눈으로 본 돌은 울트라라이트 19뿐이지만, 그 돌이 여러 형태를 취한 복수의 존재임을 나는 확신합니다. 교단에서도 그것은 정설로 되어 있지요. 남극의 빙하에 묻혀 있을 수도 있고 마추픽추 신전의 계단 돌로 쓰이고 있을지도 모릅니다. 어쩌면 훌리건이 던진 짱돌 신세가 되어 경찰의 바리케이드를 향해 날아가고 있을지도 모르죠."

그는 자신의 농담이 마음에 들었는지 함박웃음을 지었다. 연쇄 납치를 시도한 일본인 요이치 무리가 또 다른 돌을 가지고 있을 가능성이 생겨났다.

"그렇다면 박물관에서 제가 본 돌은 어떤 돌인가요?"

영원의 질문에 오아시스는 멈칫했다. 그는 영원을 똑바로 응시했다. 마치 그녀의 머릿속을 읽는 듯한 표정이었다.

"그 질문의 답은 아가씨가 더 정확히 알고 있겠죠."

또다시 정적이 흘렀다. 호수의 잔물결이 깊이 잠든 덩치 큰 짐승의 심장이 느리게 수축 운동을 하듯 흘러갔다. 영원이 질문을 바꾸었다.

"중화의 꽃이 절실하게 찾는 존재라면 당연히 중국인이지 않을까요?"

영원의 질문은 미스터리의 모순을 증폭시키는 핵심적인 부분이었다. 왜 하필이면 한국인인 영원인가? 지수 역시 그 문제가 가장 궁금했다.

"예언이 정확하다고 이야기한 적은 없습니다. 교단이 신봉하는 비과학적인 논거는 내게 무의미했습니다. 다만 돌의 선택에는 현대인이 설정해 놓은 인위적인 경계와 한계가 적용되지 않는다고 추측할 따름입니다. 우주에서 온 돌이 중국인과 한국인을 구분할 필요는 없지 않았을까요?"

"……."

"한국사를 공부하다 우연히 알게 된 사실입니다만, 조선의 유학자들은 자진해서 스스로를 소중화小中華라고 불렀더군요. 중국인과 한국인이 역사적으로 밀접한 관계를 맺고 있음을 보여 주는 사례라고 생각합니다."

소중화라는 단어에 지수와 영원의 얼굴이 조금 굳어졌다.

"물론 이런 생각이 조선의 유생들에게서 보이는 극단의 사대주의적 발상이라고만 치부할 수는 없겠죠. 오히려 당시 동북아의 정세에 비추어 중국 다음으로 조선이 우월한 문명을 가지고 있다는 유생들의 자부심으로 해석할 수도 있을 겁니다."

지수는 머리를 흔들며 생각을 정리했다. 여기는 조선 유학자의 사상을 검증하기 위해 마련된 자리가 아니었다. 지수가 오아시스에게 다시 물었다.

"돌은 한국의 한 종교 단체를 통해 반입되었습니다. 그 단체가 중화의 꽃과 연계되어 있다고 가정해도 그들이 어떻게 돌을 한국으로 보낼 생각을 했을까요?"

"어려운 질문이군요. 중화의 꽃을 찾기 위한 노력은 수십 년, 아니 수백 년 동안 지속되어 왔습니다. 비서와 예언이 언제 처음 세상에 나타났는지조차 모르는 상황에서 추정만으로 판단하기는 어렵겠죠. 다만 10여 년 전부터 중화의 꽃을 찾는 대대적인 사업을 벌였다는 소식은 들었습니다. 교단 내부에는 일반인의 상상을 뛰어넘는 초능력자들이 존재하고 있습니다. 그들은 각각 특별한 능력을 지니고 있죠. 그들이 합심해서 어떤 결론을 도출해 냈다고 가정하면, 겉으로 보이는 현상을 이해하는 데 도움이 될 겁니다."

모호한 대답이어서 지수는 만족할 수 없었다.

"무엇보다 '선택'이라는 단어에 집중할 필요가 있습니다. 교단의 영 능력자들 사이에서 떠돈 말이기는 하지만 돌이 인간을 선택한다는 이야기가 있습니다. 돌의 신비스러운 힘이 누구에게나 전달되는 것은 아니라는 말이죠. 어느 종교에서나 구원의 약속이 선별적으로 이루어지는 건 인류에게 상식에 가까운 일이죠."

지수는 선택이라는 단어를 마음속으로 읊조렸다.

"마치 돌이 지적 생명체일 가능성을 염두에 둔 이야기처럼 들리는군요."

오아시스는 어깨를 약간 으쓱거렸다.

"울트라라이트 19라고 이름 짓고 나서 나는 곧 후회했습니다. 그 돌은 무기물이나 유기물이라는 범주 어디에도 맞아떨어지지 않았습니다. 따라서 그 돌을 스톤stone이라고 부르는 것은 인간의 무지에서 비롯된 것이죠."

대화가 진전을 보이지 않았다. 그의 이야기를 통해 돌의 정체를 둘러싼 표면적이고 가시적인 정보에 접근했지만 본질적인 핵심에 이르지는 못했다.

"인간이 미래를 앞서 볼 수 있다는 데 동의하십니까?"

지수의 질문에 오아시스는 생각에 잠긴 표정을 지었다.

"양자 물리학은 고전 물리학의 기계론적 결정론을 거부했습니다. 미래는 결정되어 있지 않다는 것이 현대 물리학이 내린 결론이죠. 그러나 다소 유화적인 대안을 내놓기는 했습니다. 바로 확률에 의한 새로운 형태의 결정론을 도출해 낸 것이죠. 특정한 조건이 주어진 시스템에서 자연 법칙은 미래와 과거를 정확하게 결정하기보다는 확률적으로 정의한다는 것입니다."

미래의 확률적 정의? 지수가 생각을 정리한 다음 질문했다.

"선생님의 말씀대로라면 중화의 꽃이라는 존재에 모순이 생겨나지 않나요?"

"좋은 지적입니다. 미래를 정확히 예측하는 것은 케플러와 뉴턴으로 이어지는 고전 물리학의 신화에 불과하죠. 그러나 믿음을 가진 자들에게는 신비의 돌이 있습니다. 돌은 그들에게 불가능의 영역을 보여 줬고 그들의 믿음은 점점 커지고 있죠. 중화의 꽃이라는 존재는 그들의 믿음이 사라지지 않는 한 계속될 것입니다. 과학과는 별개의 문제죠."

오아시스의 모호한 화법과 세속을 초탈한 태도에 지수는 조금 화가 났다. 같은 시각 영원의 뒤를 쫓는 무리가 다가오고 있을지도 모를 일이었다. 과학과 종교의 개념적 정의의 문제가 아니라 생존의 문제였다.

"젊은이가 총을 꺼내 나를 쏠 확률은 얼마나 될까요?"

"네?"

"변수와 확률 이야기를 해보도록 하죠. 젊은이는 나를 죽일 생각을 하고 있습니까?"

지수가 고개를 저었다.

"다행이군요. 그러나 젊은이가 나를 죽일 확률이 제로라고는 단언하지 못합니다. 언제나 가능성은 열려 있는 거죠. 인간의 행동은 수많은 변수가 축적되어 복잡한 계산을 거쳐 결정됩니다. 따라서 인간의 행동을 예측하는 것은 불가능하다고 봐야지요. 인간의 몸은 무한대에 가까운 분자들로 이루어져 있는데, 이 분자들이 충돌하면서 만들어 낸 방정식의 결과가 인간의 행동으로 나타납니다. 이 방정식을 풀려면 수십억 년의 시간이 필요합니다. 젊은이가 총을 꺼내 나를 쏠 것인지 판단하기 위해 나는 수십억 년의 시간을 소비해야 합니다. 자연과 우주가 수학적인 조화와 질서에 따라 움직인다는 것이 고전 물리학의 결론이죠. 확률이 제로에 가깝기는 하지만 확률이 제로가 아닌 것 또한 사실입니다. 양자 이론이 이끌어 낸 맹점이죠. 다시 이야기를 좁혀 보도록 하죠. 미래를 정확히 예측하는 중화의 꽃이 존재하려면 수십억 년이 걸리는 시간의 틈새를 메울 수 있는 매개체가 필요합니다. 과학적 설명이 불가능하지만, 이 매개체 역할을 현재 울트라라이트 19가 수행하고 있습니다. 광속의 한계를 넘어서기 위해 타키온이라는 입자가 필요한 것과 유사하죠. 젊은이가 제정신을 잃고 총을 꺼내 쏜다면 나는 죽겠지만, 중화의 꽃인 아가씨는 미리 그 사실을 알고 도망칠 수도 있을 겁니다. 물론 도망치지 않고 선제공격을 할 수도 있겠죠. 왜 그들이 중화의 꽃을 구세주라고 부르는지 이제 이해하시겠습니까?"

"……."

"그런데 정말 아가씨가 중화의 꽃인가요?"

오아시스와의 만남은 예상치 못한 성과였다. 허경철에게서 쪽지를 건네받았을 때만 해도 지수는 큰 기대를 걸지 않았다. 피상적인 정보로 돈을 뜯어내려는 사기꾼 정도로 생각했다. 비록 중화의 꽃이라는 비밀 결사의 인적 구성과 소재를 정확히 파악하지는 못했지만 일련의 사건을 설명할 수 있는 인과의 사슬을 파악하는 데 도움이 되었다.

이야기를 마친 오아시스는 다시 평범한 뱃사공으로 돌아갔다. 자리에서 일어나 노를 저으며 중국 민요를 흥얼거렸다. 중국어를 모르는 지수는 민요가 전달하려는 속뜻은 이해하지 못한 채 남은 녹차를 마시며 호수의 풍경을 감상했다. 들뜬 표정의 관광객을 태운 유람선들이 물결을 일으키며 그들 곁을 지나쳤다. 헤어지기 전 오아시스가 영원에게 작은 선물 상자를 건네며 말했다.

"부탁이 있는데, 들어주시겠습니까?"

영원이 그의 눈을 응시했다.

"나의 미래가 어떻게 될지 이야기해 줄 수 있습니까?"

영원은 대답하지 않았다. 다소 불편한 침묵이 흘렀다.

"신의 계시를 깨닫기에는 제가 아직 미천한 존재인가 보군요."

오아시스의 말에 영원은 곤혹스러운 표정을 지었다. 그러나 오아시스는 촌부의 맑고 투명한 눈으로 영원을 바라보며 그녀의 말을 기다렸다. 쉽게 포기하지 않을 태세였다. 영원은 난처한 표정을 거두고 마침내 입을 열었다.

"영원한 삶이란 존재하지 않아요. 과학이 발전한다고 해도 이 벽을 뛰어넘을 수는 없을 거예요."

영원의 답은 오아시스를 만족시키지 못했다. 그는 좀 더 구체적인 미래를 원했을 것이다. 그러나 그는 노련하게 상황을 정리했다.

"이해합니다. 미래에 관한 예언은 다중적인 의미의 메타포로 이루어져 있죠. 메타포를 현실의 언어로 끄집어내면 예언의 실체적 진실은 사라집니다. 아가씨가 어떤 심정일지 이해할 수 있어요. 아가씨의 말을 기억하겠습니다."

오아시스는 다소 과장된 웃음을 지었다.

"우주에는 거대한 공허가 존재합니다. 우주가 팽창하며 생명력을 유지하는 한 우리는 이 공허 속에 갇혀 있을 겁니다. 그리고 어느 순간 우주가 사라지겠죠. 종말이 닥칠 때까지만이라도 내가 살았음을 기억해 주는 사람이 있다면 좋은 일이겠죠. 이것은 내가 주는 선물입니다. 나를 잊지 말아 주시오."

오아시스는 다소 허망한 미소를 지었다. 영원은 상자를 받고 하늘을 올려다보며 주문처럼 혼잣말을 했다.

"동쪽에서 먹구름이 몰려오고 있어요."

지수와 오아시스는 동시에 동녘 하늘을 응시했다. 노을이 지는 서녘 하늘과 대조적으로 동녘 하늘은 구름 한 점 없이 맑았다. 그녀의 말은 단순한 날씨 이야기처럼 들리기도 하고 의미 있는 메타포가 숨은 암시처럼 들리기도 했다. 그러나 영원은 끝내 아무런 말도 하지 않았다. 오아시스가 묘한 미소로 어색한 상황을 정리했다. 헤어질 시간이었다. 그는 두 사람과 악수를 하고 빈 배를 저어 다시 호수로 나갔다. 청동 거울과도 같은 호수 위에서 중국 노인의 모습이 점점 멀어졌다. 지수와 영원은 망연히 그 모습을 바라보았다. 마치 그를 태운 배가 우주의 거대한 공간 속으로 빨려 들어가는 느낌이 들었다. 나룻배가 만든 파문이 고요한 수면 위에서 부드럽게 출렁였다.

얼굴이 보이지 않을 만큼 배가 멀어지자 두 사람은 주차장으로 돌아갔다. 차에 올라 지수는 곧장 오아시스가 준 상자를 풀었다. 종이

박스 안에는 플라스틱 CD 케이스가 들어 있었다. 지수가 케이스를 열고 CD를 꺼내 틀었다. 암호나 힌트가 들어 있을지도 모른다는 생각에 가슴이 두근거렸다. 그러나 두 사람의 기대와 달리 스피커에서는 평범한 록 음악이 흘러나왔다. CD에 담긴 노래는 단 한 곡이었다. 미스터리를 풀 실마리라고 여길 것은 없었다. 노래가 끝나고 영원이 다시 재생 버튼을 눌렀다. 이번에는 노랫말에 귀를 기울였다. 지수는 노래를 들으며 오아시스가 한 말을 떠올렸다. '젊은이는 메타포를 좋아하지 않나 보군요.' 웃음 가득한 얼굴로 그가 말했었다. 어쩌면 노랫말 속에 결정적인 암호가 들어 있지 않을까? 영원이 노래의 후렴구 가사를 스마트폰에 입력해서 노래를 검색했다. 스마트폰을 들여다보는 그녀의 얼굴에 미소가 흘렀다.

"찾아냈어."

"그래? 단서가 될 만한 게 나왔어?"

영원이 미소 띤 얼굴로 지수를 바라보며 고개를 저었다.

"이 노래를 부른 밴드의 이름이 오아시스야. 암호는 없어."

영원은 시종 미소를 지으며 노래에 귀를 기울였다.

"꽤 유머 감각이 있는 분이야."

영원의 말에 지수는 아무런 응수도 하지 않았다.

고속도로는 일직선으로 뻗어 있었다. 저장 성을 넘어 다시 거대 도시에 이르자 땅거미가 져 있었다. 지수는 옆에서 곤히 잠든 영원의 얼굴을 곁눈질했다. 긴장이 풀린 듯 영원은 깊은 잠에 빠졌다. 마치 길고 힘든 숨바꼭질 놀이에 지친 계집아이 같은 얼굴이었다. 시내에 도착하면 터프하고 끈질긴 술래를 피해 새로운 호텔을 찾아야 한다. 지수는 손을 뻗어 스테레오의 볼륨을 줄였다.

18

    초여름을 알리는 비가 베이징 도심에 내렸다. M 호텔 스위트룸, 짧은 핫팬츠와 어깨가 드러나는 스포츠 탑 차림으로 쉬징레이가 창에 기대 러시아워에 갇힌 차량 행렬을 내려다보고 있었다. 천장에서 쏟아지는 에어컨 바람에 온몸에서 돌기처럼 소름이 돋아났다. 얼마 전까지만 해도 손에서 놓지 않던 MP3 플레이어는 다른 소지품들과 함께 킹사이즈 침대 위에 아무렇게나 놓여 있었다. 쉬징레이는 이제 음악을 듣지 않아도 괜찮다고 생각했다. 멜로디와 리듬에 몸을 맡기고 눈을 감은 채 눈앞에 펼쳐진 현실 세계를 거부하던 어린아이는 그녀의 몸에서 빠져나갔다. 숯덩걸로 변해 버린 부모의 시체도 더는 어른거리지 않았다. 그녀는 그림책을 처음 접한 소년이 책장을 넘길 때처럼 호기심 가득한 눈으로 세상을 응시했다. 살아 움직이는 세계는 아무리 보아도 질리지 않았다. 고정된 그림은 없었다. 회색빛 건물만 바라봐도 그녀는 그 앞으로 흘러가는 바람의 움직임을 읽을 수 있었다. 두꺼운 말뚝에 박혀 꿈쩍하지 않던 고정불변의 세계가 무너지자 그녀는 자신의 호흡이 우주의 거대한 질량 속에 포함되어 있음을 느꼈다.

쉬징레이는 몸을 돌려 침대 위를 확인했다. 근처 편의점에서 산 생리대에 눈길이 갔다. 광둥 사투리가 심한 청년이 생리대의 바코드를 찍고 거스름돈을 내주었다. 내용물이 훤히 들여다보이는 흰 비닐봉지를 들고 편의점에서 호텔까지 걸어와 엘리베이터를 탔다. 그녀가 생리대를 샀다는 사실을 주목하는 사람은 아무도 없었지만, 쉬징레이의 가슴은 두근거렸다. 생리대를 마지막으로 사용한 것이 언제인지조차 기억나지 않았다. 모든 것이 순식간에 변해 버렸다. 육체의 변화는 그녀의 이성과 지성을 앞질러 내달렸다. 그녀는 짧게 한숨을 내쉬고 침대 앞으로 걸어갔다.

겉봉투를 찢어 생리대 한 장을 들고 화장실에 들어가려는데, 온몸이 비에 젖은 위제가 문을 열고 들어왔다. 빗줄기가 굵었는지 샤워를 한 것처럼 머리카락이 흠뻑 젖어 있었다. 평소의 침착한 모습을 잃은 채 위제는 화가 나 있었다. 쉬징레이가 수건과 따뜻한 차를 들고 맞은편 소파에 앉을 때까지도 위제는 이마에서 흘러내리는 빗물을 닦지 않았다. 그가 앉은 가죽 소파 주위로 빗물이 흥건했다. 뜨거운 녹차 컵을 받은 위제가 천천히 말문을 열었다. 왕할쯔와 조직원 여섯 명이 주자자오에서 당했다는 소식이었다. 쉬징레이는 놀라지 않았다. 왕할쯔와 전화 통화를 했을 때, 그녀는 이미 상황을 어느 정도 예상하고 있었다. 불길한 예감이 맞아떨어진 것뿐이었다.

"언니는……."

"목숨은 건졌다고 하더군."

쉬징레이는 안도의 한숨을 내쉬었다. 그리고 동시에 죄책감을 느껐다. 자신이 미래를 정확하게 예측했더라면 피해를 줄였을 것이다. 그러나 베이징과 상하이는 1,300킬로미터 넘게 떨어져 있었다. 시속 300킬로미터로 달리는 고속 철도를 타도 4시간 40분이나 걸리는 먼 거리였다. 시공간을 뛰어넘어 미래를 예측하는 능력은 쉬징레이에게 없었다. 최대한 가까운 거리에서 행동의 주체를 관찰하고 감각 기관을 통해 미세한 변화를 느껴야만 미래가 보였다. 공간에 많은 양의 공적인 정보가 노출되어 있거나 변수를 이루는 모든 정보가 통합적인 시스템에 포함되면 어느 정도 시공간의 한계를 극복할 수 있지만, 원칙적으로 지구 반대편에서 일어날 일을 예측하는 것은 불가능했다. 위제를 비롯한 조직의 리더들도 그 점을 알고 있었다.

"알려 줄 소식이 하나 더 있어."

위제가 마침내 마른 수건으로 얼굴을 닦았다.

"네 말대로 중화의 꽃이 나타났어."

'중화의 꽃.' 쉬징레이는 그 단어를 속으로 되뇌었다. 한국의 해안 마을에서 그녀를 처음 본 기억이 떠올랐다. 그날 중화의 꽃을 데려오는 작전은 실패했지만, 그녀와의 대면을 통해 조금 더 분명한 미래의 그림을 그릴 수 있었다. 쉬징레이는 중화의 꽃이 곧 중국에서 스스로 모습을 드러낼 것이라고 통보했고, 조직은 그녀의 예측을 받아들였다. 그들은 빈손으로 한국에서 철수했다. 그리고 오늘 중화의 꽃이 중국에 나타났다. 산란을 위해 회귀하는 은어처럼 그녀가 스스로 중화의 심장부로 들어온 것이다. 제아무리 중화의 꽃일지라도 운명을 피해 달아날 수는 없었다.

"그럼 오늘 밤 상하이로 가는 건가요?"

"아니, 그 전에 해야 할 일이 있어."

위제는 팩스가 있는 테이블에서 서너 장의 서류를 가지고 돌아왔다.

"계획이 바뀌었다. 오늘 밤 이 일을 모두 처리하고 상하이로 간다."

위제는 서류를 쉬징레이의 무릎 위에 던졌다. 쉬징레이가 종이를 집자 위제는 일어나 자신의 방으로 걸어갔다. 위제는 젖은 옷을 훌훌 벗고 옷장에서 마른 새 옷을 꺼내 입었다. 속옷까지 갈아입은 위제가 거울로 자신의 얼굴을 살핀 다음, 큰 소리로 쉬징레이에게 말했다.

"오늘이 베이징에서의 마지막 밤이야."

쉬징레이는 테이블 위에 서류를 놓고 옷장 앞으로 다가갔다. 사나운 비를 막아 줄 우비가 있으면 좋겠다는 생각이 들었다. 청바지와 티셔츠로 갈아입기 전에 쉬징레이는 브래지어와 팬티 차림으로 서 있는 자신의 모습을 거울 앞에서 살폈다. 가슴이 커지고 허리와 엉덩이로 이어지는 라인이 이전보다 부드러워진 것 같았다. 청바지에 발을 끼우자 이전처럼 매끈하게 들어가지 않고 불편한 느낌이 들었다. 마른 작대기처럼 밋밋했던 그녀의 몸이 여성스럽게 변했다. 힘을 주어 청바지 단추를 잠근 다음, 낮게 한숨을 내쉬었다. 미래를 보는 초능력은 정작 자신에게 아무런 도움이 되지 못했다. 외모에 신경 쓰지 않고 지내 왔기 때문에 거울에 비친 모습을 보는 것이 조금 곤혹스러웠다.

응접실로 나가자 팔짱을 낀 위제가 우두커니 서서 기다리고 있었다. 그는 쉬징레이의 변화된 모습을 눈치채지 못했다. 두 사람은 아무 말도 하지 않고 M 호텔의 스위트룸을 나왔다. 지하 주차장에는 벤츠 SLS AMG 걸윙이 두 초능력자를 기다리고 있었다.

쉬징레이의 스마트폰으로 새로운 메시지가 들어왔다. 리샤오펑이 판타지아 레스토랑에 도착했다는 메시지였다. 쉬징레이는 호텔에서 읽은 리샤오펑의 파일을 떠올렸다. 나이는 서른일곱, 초등학교만 졸업했고 두 번의 성추행 전과가 있었다. 동년배 독신 남자들을 모아 서구식 갱을 흉내 낸 '스네이크X'를 조직해 보스로 활동하다가, 올림픽 이후 베이징으로 근거지를 옮겼다. 농촌의 어린 여성을 납치해 중소 도시의 매춘 조직에 팔아넘긴 혐의와 불법 범죄 조직을 만든 혐의로 수년 전부터 공안의 수배령이 떨어진 상태였다. 쉬징레이는 스마트폰에 저장된 사진으로 리샤오펑의 얼굴을 다시 한 번 확인했다. 무뚝뚝한 표정에 눈매가 매서운 사내였다. 못생긴 얼굴과 저학력 등의 이유로, 유년 시절부터 여성에 대한 콤플렉스를 갖게 되었다는 짧은 분석 글이 기억났다. 그 외 구체적인 성장 과정이나 스네이크X를 조직한 이후 활동에 대해서는 보고된 내용이 없었다.

쉬징레이는 비에 젖은 거리를 바라보며 얕은 한숨을 내쉬었다. 한국에서의 작전 이후, 조직에서 하달된 첫 번째 공식 임무였다. 작전의 모든 내용은 리더인 위제가 도맡아 처리했기 때문에 자신이 책임질 문제는 없었다. 서울에서 김평남 암살 작전을 실행했을 때와 마찬가지였다. 바뀐 것이 있다면 외국인에서 내국인으로 암살 대상이 바뀐 것뿐이었다.

빗속을 뚫고 미끈한 스포츠카가 도심의 대로를 질주했다. 1년에 현금 2천만 위안 이상은 쓸 수 있어야 부자 소리를 듣는 거대 도시에서 비에 젖은 벤츠 SLS는 특별한 존재가 아니었다. 10여 분 지나자 차의 속도가 떨어졌다. 위제가 내비게이션의 전원을 내렸다. 차가 레스토랑 뒤편 주차장으로 이동하는 동안 쉬징레이는 정신을 집중해 미래의 그림을 불러냈다. 화려한 샹들리에 아래로 대리석이 깔린 바닥이 보였다. 칸막이를 설치한 방 안에 두꺼운 원목 테이블이 놓여 있고, 검은색 정장을 입은 종업원이 몽골식 샤브샤브를 요리하고 있었다. 손님들은 느긋한 표정으로 맥주를 마시면서 양고기가 익기를 기다렸다. 리샤오펑을 찾아야 한다. 그의 움직임을 읽어 내지 못하면 위제가 어려움을 겪는다. 조직에서는 사람들의 이목을 끌지 않고 비밀리에 작전을 완수하기를 원했다. 마침내 쉬징레이가 눈을 떴다.

"2층 왼쪽 가장 끝자리에 그들이 있어요. 테이블 번호는 23."

쉬징레이가 손목시계를 확인했다.

"지금부터 15분 뒤 리샤오펑이 경호원 한 명과 화장실로 갈 거예요. 화장실에서 리샤오펑을 처리하고 기다리세요. 테이블의 다른 경호원이 펑웨이만 남겨 두고, 화장실로 올 거예요."

쉬징레이의 말에 위제는 고개를 끄덕인 뒤 망설이지 않고 차에서 내렸다. 흰 와이셔츠에 명찰을 단 소년이 황급히 달려와, 위제의 머리에 우산을 받쳤다. 위제가 나가자 쉬징레이가 운전석으로 자리를 옮겼다. 작전은 30분 정도면 충분했다. 식당 내부에 폐쇄 회로 카메라가 설치되어 있지만 걱정할 필요는 없었다. 작전이 끝나면 조직원들이 투입되어 사후 처리를 하기로 되어 있었다.

쉬징레이는 두 번째 표적인 펑웨이의 파일을 떠올렸다. 범죄 조직의 두목인 리샤오펑과 달리 펑웨이의 인적 정보에서는 눈여겨볼 대목이 거의 없었다. 파일만 보면 펑웨이는 지극히 평범한 사내였다. 나이는 서른셋, 7년 전 결혼해 아내와 딸이 후베이 성의 작은 농촌 고향 마을에서 살고 있었다. 딸의 출산과 동시에 가족을 부양할 일거리를 찾아 펑웨이 혼자 도시로 나온, 이른바 농민공農民工이었다. 대략 2억 명 넘는 농민공이 중국 각지의 도시에서 가족과 떨어져 혼자 생활하고 있었다. 농민공의 등장으로 무제한에 가까운 노동력을 확보한 중국은 10퍼센트 웃도는 경제 성장을 이루었다. 그들은 대도시의 고학력자들이 이런저런 이유로 꺼리는 궂은일을 도맡아 했다. 쉬징레이는 왜 이런 평범한 남자에게 범죄 조직의 우두머리인 리샤오펑이 관심을 두었는지 이해할 수 없었다. 그리고 농민공에 불과한 펑웨이를 왜 조직에서 암살 리스트에 올렸는지도 알 수 없었다. 그녀가 가진 초능력만으로는 모든 상황을 꿰뚫어 볼 수 없었다.

만약 쉬징레이가 최근 베이징 외곽에서 일어난 농민공의 시위에 관심을 뒀더라면 상황을 이해하는 데 도움이 되었을 것이다. 펑웨이는 우발적으로 일어난 시위에서 뜻하지 않게 주도적인 역할을 맡아 이후 농민공 시위 지도부의 핵심 인물이 되었다. 시위는 폭동으로 발전했고 지역을 폐쇄하고 엄청난 수의 공안이 동원되고 나서야 겨우 진압되었다. 폭동은 진정되었지만, 시위를 주도했던 지휘부는 살아남아 새로운 형태의 조직화를 꾀했다. 정확히 말해, 오늘 작전의 주 타깃은 범죄자 리샤오펑이 아니라 중국의 조화를 위협하는 농민공 펑웨이였다. 조화는 중국 공산당 지도부가 인민을 설득하기 위해 사용하는 연설문에서 가장 많이 등장하는 단어다. 펑웨이는 중국의 사회적, 정치적 안정을 의미하는 조화를 훼손시키려는 불순분자였다.

식당에 들어선 위제는 건물의 내부 구조와 동선을 살폈다. 폭우가 내린 탓에 손님이 평소보다 적었다. 시간을 확인한 뒤 위제는 2층 화장실로 향했다. 실내에는 양고기 삶는 냄새가 은은하게 퍼져 있었다. 카트를 밀며 분주하게 움직이는 종업원들은 위제를 눈여겨보지 않았다. 위제는 곧장 화장실로 들어갔다. 베이징 상류층이 단골손님인 식당 화장실은 이맛살이 찌푸려질 만큼 지나치게 화려했다.

위제는 황금색으로 도금한 세면대 앞에 서서 거울을 노려보았다. 그리고 천천히 숫자를 세었다. 60을 채 세지 않았는데 화장실 문이 열렸다. 검은 양복을 입은 남자와 회색 양복을 입은 남자가 들어왔다. 짧은 머리에 검은 양복을 입은 남자가 리샤오펑의 경호원이었다. 놈은 전문 칼잡이였다. 생각할 여유를 줘서는 안 된다. 위제는 몸을 돌려 곧장 검은 양복에게 접근했다. 경호원의 눈썹이 치켜 올라가는 동시에 위제의 날카로운 손날이 그의 목을 향해 날아갔다. 급소를 맞은 경호원은 반항 한 번 하지 못하고 정신을 잃었다. 위제는 놈의 목을 겨드랑이 사이로 끼워, 닭 모가지를 비틀듯 단숨에 꺾었다. 팔을 빼자 경호원이 쿵 소리를 내며 바닥으로 쓰러졌다.

위제는 리샤오펑에게 고개를 돌렸다. 리샤오펑은 겁에 질려 입을 벌리고 서 있었다. 너무 놀라 비명조차 지르지 못했다. 오줌을 지렸는지 회색 바지가 축축이 젖어 갔다. 위제는 심약한 인간의 얼굴에 동정심을 느꼈다. 악랄한 인신매매 조직의 두목이지만, 이 순간은 죽음의 공포에 굴복한 나약한 인간일 뿐이었다. 위제가 다가서도 리샤오펑은 움직이지 못했다. 위제는 왼손으로 놈의 목을 움켜쥐었다. 커진 눈에서 눈알이 빠져나올 것 같았다. 위제는 오른손 바닥을 펼쳐 심장을 향해 일격을 날렸다. 수십 톤의 강철 해머를 맞은 듯 리샤오펑의 심장과 주변 장기들이 납작하게 오그라들었다. 위제는 시신의 상태도 확인하지 않고 거울 앞으로 다가가 옷매무새를 살폈다. 염불을 외우듯 눈을 감고 다시 숫자를 세었다. 두 번째 타깃이 그를 기다리고 있었다.

잠시 후 위제는 화장실을 나갔다. 오른쪽으로 돌면 펑웨이가 있는 23번 테이블이지만, 위제는 반대 방향인 왼쪽으로 돌아갔다. 보스가 돌아오지 않는 것을 수상히 여긴 경호원이 화장실로 갈 시간을 줘야 했다. 23번 룸에서 몇 발자국 떨어진 위치에서 위제는 발걸음을 멈추었다. 곧 검은 양복을 입은 사내가 고개를 갸우뚱거리며 룸에서 나왔다. 경호원은 위제가 바로 곁에 서 있는 것을 알아채지 못했다. 사내가 화장실 쪽으로 사라지자 위제는 소리 없이 방 안으로 들어섰다. 원탁 중앙에 훠궈 냄비가 끓고 주변으로 맥주병과 술잔이 어지럽게 놓여 있었다. 위제의 갑작스러운 등장에 펑웨이는 어리둥절했다.

후베이 성의 농촌 마을에서 옥수수와 고구마를 재배하던 펑웨이는 농민공이 되어 도시 생활을 시작했다. 한 끼 식사가 자신의 한 달 월급과 맞먹는 최고급 식당에 온 것은 오늘이 처음이었다. 모든 것이 어색했다. 부드러운 양고기를 감칠맛 나는 소스에 찍어 입안에 넣었을 때, 펑웨이는 자신의 삶이 달라질지도 모르겠다고 생각했다. 그는 자신도 모르게 유력한 인물이 되어 가고 있었다. 모든 것이 폭동과 함께 시작되었다. 위제는 펑웨이의 때 묻은 옷과 노동에 지친 얼굴을 천천히 살폈다. 군인이 되지 않았다면, 자신도 어쩌면 펑웨이와 같은 운명을 맞았을지 모른다는 생각이 들었다.

위제는 양손을 펼쳐 기를 모았다. 펑웨이는 위제의 기이한 행동을 주시하며, 최고급 식당이 VIP에게 제공하는 특별한 서비스라고 추측했다. 위제는 펑웨이에게 고통 없는 죽음을 주고 싶어 모인 기를 일격에 내던졌다. 무방비 상태로 돌아간 펑웨이가 젓가락으로 물컹물컹한 돼지의 뇌를 집으려는 순간, 그의 심장이 멈췄다. 위제가 팔을 내리자 펑웨이의 상체가 테이블 위로 넘어졌다. 위제는 펑웨이의 목에 손을 올려 맥을 확인한 다음 방을 나왔다.

식당 입구에서 기다리고 있던 쉬징레이는 위제가 직접 차 문을 열고 타자마자 거칠게 액셀러레이터를 밟았다. 위제는 말없이 전방을 주시했다. 깡패와 무명의 노동자 한 명이 죽었을 뿐이다. 그들의 죽음에 관심을 둘 베이징 시민은 없을 것이다. 폭우가 잦아들고 있었다. 새로 지은 육중한 건물들이 천년 고찰을 지키는 사천왕처럼 고압적인 자세를 취하고 서 있었다. 대부분 거대 국영 기업의 헤드쿼터와 외국계 회사의 지점 건물이었다.

"펑웨이의 파일에는 어떤 정보도 없었어요."

정면을 응시한 채 쉬징레이가 말을 걸었다. 위제는 고개를 옆으로 돌려 운전하는 쉬징레이를 보았다. 위제는 쉬징레이가 조금 달라진 것을 처음으로 느꼈다. 옷과 머리 모양은 변하지 않았지만 뭔가 다른 분위기였다. 조직의 명령에 의문을 던진 것도 이번이 처음이었다.

"우린 군인이야."

쉬징레이는 대답하지 않았다. 위제는 매번 똑같은 대답을 할 사람이었다. 그러나 막상 그의 목소리를 듣자 답답해졌다. 위제는 그녀의 마음을 읽었다.

"펑웨이는 네가 생각하는 것 이상으로 위험한 인물이었어. 그는 반란을 도모했다."

쉬징레이는 위제의 말을 믿지 않았다.

"오늘 밤 리샤오펑을 만난 사실이 그의 부정한 마음을 증명하고 있어."

"……."

"리샤오펑은 펑웨이를 이용해 조직의 힘을 키우려고 했어."

위제의 진단은 어느 정도 사실이었다. 범죄자가 되기 전까지, 리샤오펑은 중국에서 심화되고 있는 사회 불평등 현상의 희생자로 볼 수 있었다. 전통적인 남아 선호 사상으로 중국에는 남자아이의 수가 여자아이의 수를 앞지르며 인구 구성비가 심하게 왜곡되어 있었다. 수적으로 많은 남자아이들이 자신도 모르는 사이 피해자가 되었고, 그 대표적인 예가 리샤오펑이었다. 혐오스러운 외모에 저학력 독신 자였던 리샤오펑이 여자를 만날 방법은 매춘과 폭력을 사용하는 것 뿐이었다. 그는 비슷한 처지에 놓인 사내들을 모아 서구식 갱 조직을 만들었다. 인신매매를 통한 갱 조직의 성공으로 음지에서 부를 축적 했지만, 주류 사회에 대한 그의 불만은 오히려 더 공고해졌다.

자신의 조직이 커질수록 그는 중국 공산당과 정부에 반감을 품었 다. 그러던 중 베이징 외곽에서 일어난 농민공 시위에 관심을 갖게 되었다. 별 볼 일 없던 농민공들이 공안의 바리케이드를 넘어 당과 정부를 비판하는 구호를 외쳤을 때, 리샤오펑은 깜짝 놀라 무릎을 쳤 다. 불만 세력이 혁명을 통해 권력을 쟁취한 예는 중국 역사에서 흔 하게 찾아볼 수 있었다. 마오쩌둥이 이끈 중국 공산당과 팔로군이 가 장 가까운 예였다.

그날 이후 리샤오펑은 모반을 꿈꿨다. 펑웨이를 만난 것도 그 때 문이었다. 리샤오펑은 시위에서 주도적인 역할을 한 펑웨이를 만나 자신이 농민공 저항 단체의 재정적인 후원자가 될 수 있는지 타진해 보고 싶었다. 당장 소득을 올릴 수 있는 사업은 아니지만, 만약 국가 전복 사태가 온다면 그에게 돌아올 혜택은 엄청날 것이었다. 2억 명 에 이르는 농민공의 수를 생각하면 허황된 꿈은 아니었다. 그들을 규 합해 정치 세력화하면 혁명도 가능할 것이었다. 리샤오펑은 펑웨이 를 자신의 역모를 실현하는 첫 디딤돌로 삼고자 했다.

"펑웨이는 자기가 무슨 일을 하는지도 모르는 멍청이였어."

위제는 죽음이 임박한 것도 모른 채, 순진무구한 미소를 짓던 펑웨이의 얼굴을 떠올리며 말했다.

"인민은 갈등이 아니라 조화를 원하고 있어."

쉬징레이는 대꾸하지 않았다. 논쟁은 필요없었다. 쉬징레이는 내비게이션의 방향 지시에 정신을 집중했다. 베이징 북서쪽 교외에 있는 대학의 캠퍼스가 두 번째 목적지였다.

강희 황제의 별궁이 있던 자리에 들어선 C 대학은 백 년의 역사를 지녔음에도 고색창연한 느낌보다는 현대적인 분위기를 풍겼다. 후진타오와 시진핑을 비롯한 중국의 대표적인 지도자를 배출한 것으로 유명해진 학교였다. 쉬징레이는 1천만 평에 이르는 매머드 캠퍼스를 별다른 감정 없이 물끄러미 바라봤다. 평범한 삶을 살았다면 자신도 대학의 구성원이 되었을 것이다. 부모가 불의의 사고를 당하기 전까지 쉬징레이는 전형적인 '소공주小公主'의 삶을 살았다. '한 가구 한 자녀 정책'이 시행된 이후, 전국에서 1억 명 넘는 외동아이가 생겨났고, 아이들은 소황제와 소공주로 불리며 부모로부터 전폭적인 지원을 받았다. 그러나 과거의 아름답고 행복했던 추억은 말끔히 사라졌다. 그녀는 이제 외동아이도, 소공주도 아니었다.

쉬징레이는 캠퍼스를 거니는 또래 학생들을 무심히 응시했다. 경제적으로 윤택한 삶을 산 사람들은 소비 지향적인 삶을 추구했고, 개인의 자유를 종교로 삼았다. 중화의 부활이라는 이념적 세뇌를 받으며 격리된 공동체에서 십 대의 대부분을 보낸 자신과는 근본적으로 다른 인간이었다.

늦은 시간이지만 건물 곳곳에 불이 켜져 있었다. 중국에서 공부를 가장 많이 한다는 대학이었다. 암살이 일어날 장소로는 어울리지 않는 평화로운 세계. 위제가 손가락으로 한 건물을 가리켰다. 지시에 따라 쉬징레이는 천천히 차를 몰았다. 메타세쿼이아 아래로 차를 숨길 만한 공간이 있었다. 위제가 스마트폰으로 메시지를 확인했다. 스케줄이 변경되는 일은 일어나지 않았다. 식당에서와 마찬가지로 쉬징레이의 설명을 들은 뒤, 위제는 차에서 내렸다. 10여 분 뒤면 연구실에서 책을 읽던 노교수가 지난했던 생을 마감할 것이다.

쉬징레이는 위제가 돌아오길 기다리며 차창 밖을 살폈다. 건물 입구 계단에 대학생 커플이 앉아 두런두런 이야기를 나누고 있었다. 언뜻 보아도 자신과 비슷한 나이의 학생들이었다. 쉬징레이는 정신을 집중해 두 사람의 미래를 그려 보았다. 그러나 아무런 그림도 나타나지 않았다. 평범하지만 이질적으로 느껴지는 에너지가 그들 주변에 떠돌며 쉬징레이의 힘을 방해했다. 그녀는 한숨을 내쉬고 긴장을 풀었다. 돌계단에 앉은 커플의 모습이 선명하게 보였다. 남녀의 거리가 좁혀졌다. 쉬징레이는 연인의 키스 장면을 담담히 바라봤다. 입맞춤은 그녀의 생각보다 길게 이어졌다. 건물 내부에서 나오는 빛이 한층 따뜻하게 두 사람을 감쌌다.

쉬징레이는 눈을 감고 방금 본 장면을 머릿속에서 지우려고 애썼다. 애정이라는 나약한 감정에 휩쓸려서는 대의를 완수할 수 없었다. 사랑이 형이상학적 관념의 사치든 본능의 발로든 자신은 보통 인간들이 만든 좁은 울타리에 갇혀 안주해서는 안 된다. 쉬징레이는 어두운 밤하늘 아래 흘러가는 거대하고 깊은 강을 떠올렸다. 상념이 강물을 따라 흘러가도록 내버려 두었다.

위제가 돌아왔다. 쉬징레이는 시동을 켜고 차를 돌렸다. 그사이 건물 입구의 커플은 어디론가 사라지고 없었다. 위제가 세 번째 임무를 말했다. 얼마 떨어지지 않은 B 대학교였다. 두 대학은 경쟁자이자 상호 협력적인 관계였다. 비가 그쳐 시야가 넓어졌다. 쉬징레이는 마지막으로 리스트에 오른 스물다섯 살 청년의 얼굴을 떠올렸다. 사흘 전, 위제와 쉬징레이는 대학 도서관 회의실에서 열린 한 학술 토론 회의를 참관했다. 그곳에서 암살 대상자 목록에 오른 C 대학 교수와 B 대학 청년을 보았다. 심포지엄 주제는 '중국의 미래와 민주주의'였다. 쉬징레이로서는 이해할 수 없는 어려운 말들이 오갔다. 회의의 초점은 최근 가택 연금에서 해제되어 공적인 활동을 시작한 C 대학 교수에게 맞춰졌다. 교수가 쏟아 내는 말이 어렵기는 했지만, 정부와 공산당을 향한 강한 비판이라는 것쯤은 쉽게 알 수 있었다.

두 사람을 태운 차가 어느새 B 대학 기숙사에 도착했다. B 대학은 20세기 초 일어난 신문화 운동의 중심이었고 톈안먼 사태의 발원지로도 유명했다. 위제는 망설이지 않았다. 교수와 청년이 중국의 미래를 어떻게 보았는지는 그가 판단할 몫이 아니었다. 그들은 반역자고 사회적 조화를 해치는 불순분자였다. 기숙사는 교수의 연구실이 있는 건물과 달리 어수선한 분위기였다. 쉬징레이는 물끄러미 기숙사 외벽을 올려다보았다. 많은 사람이 모인 곳에서 암살할 만큼 청년이 위험한 인물일까? 그러나 명령을 거부할 수는 없었다.

차에서 내린 위제가 성큼성큼 기숙사 건물로 들어갔다. 쉬징레이는 머릿속을 비우고 오로지 대시보드의 디지털시계에 시선을 고정했다. 위제가 돌아오기까지는 정확히 12분 걸렸다. 차 문을 연 위제가 고개를 끄덕이며 오케이 사인을 냈다. 기숙사 주변은 여전히 일상의 평화를 유지하고 있었다. 잠시 후면 청년의 주검이 발견되고 소동이 일어날 것이다. 심장 마비로 죽은 청년이 B 대학 학생 운동 그룹의 리더라는 사실이 밝혀지기까지는 꽤 많은 시간이 흘러야 할지도 모른다. 교수와 청년의 동시다발적인 죽음의 연관성을 해석하려면 더 많은 시간이 걸릴 것이다. 리샤오펑과 펑웨이 암살 작전 때와 달리 쉬징레이는 아무 질문도 하지 않았다. 자정이 가까워지면서 도로는 한산해졌다.

"오늘 밤 일로 분명한 경고 메시지를 전달받았을 거야."

위제가 혼잣말을 하듯 내뱉었다. 쉬징레이는 무심코 고개를 끄덕였다. 단조로운 위제의 목소리에는 옅은 피로감이 묻어났다. 일주일 동안 계획한 일을 하룻밤 사이에 처리해 버렸으니 제아무리 냉혈한이라고 해도 심적 동요를 느끼는 게 당연했다.

"내일 상하이로 간다. 중화의 꽃이 우리를 기다리고 있어."

운전대를 잡은 쉬징레이의 가녀린 팔에 작은 소름이 돋아났다. 밤안개가 걷히며 시야가 넓어졌지만, 사물의 중심을 꿰뚫어 보는 그녀의 초능력은 점점 흐릿해졌다. 쉬징레이는 하루라도 빨리 중화의 꽃을 만나고 싶었다. 그녀를 만나 그녀가 보는 미래는 무엇인지 묻고 싶었다. 정말, 중화의 꽃은 답을 알고 있을까?

지수와 영원이 주자자오에서 북한 공작원 허경철을 만나던 시각, 푸둥 국제공항 로비에 깔끔한 세미슈트를 차려입은 일본 청년이 모습을 드러냈다. 그는 방금 도착한 JAL 여객기에서 내린 여행자였다. 비즈니스맨과 관광객이 뒤섞인 공항에서 남자는 어느 쪽에도 융화되지 못하고 겉돌았다. 서울에서 말끔한 얼굴로 도요타 영업 사원 행세를 하던 때와는 사뭇 다른 분위기였다. 구레나룻에서 갸름한 V라인 턱으로 이어지는 친커튼 스타일의 수염이 남자다운 강렬한 인상을 풍겼다. 입국장 로비에서 기다리고 있던 요원이 다가와 90도로 허리를 굽혀 인사했다. 렉서스 리무진 뒷좌석에 오르기 전 그는 짙은 선글라스를 썼다. 새로 지은 공항과 상하이의 다소 요란스러운 도시 풍경에 어지럼증을 느꼈기 때문이다.

"마침내 상하이란 말이지."

드디어 중국의 심장부에 도착한 사실이 실감 났다. 요이치는 천천히 숨을 들이마시며 생각을 정리했다. 짧은 비행이었는데도 몸속에 불쾌한 기운이 남아 있었다. 누굴 먼저 죽여야 하는지, 아무리 생각해도 가닥이 잡히지 않아 요이치는 인상을 찌푸렸다.

대라리에서 이영원을 한국의 국정원 요원에게 빼앗긴 뒤, 요이치는 밤잠을 설쳤다. 북한 잠수함까지 동원해 치밀하게 계획한 작전이 실패로 끝나자 교단 지휘부에서는 그의 능력과 자질을 의심했다. 무엇보다 조직의 실체가 공개될 정도의 위기로 몰린 점이 뼈아팠다. 상대는 한국의 정보기관이었다. 요이치는 선배들의 증언과 문헌을 통해 국정원의 전신인 KCIA, 한국중앙정보부가 일본에서 저지른 일련의 사건을 알고 있었다. 비록 과거의 일이긴 하지만, KCIA는 일본의 관청과 민간 기업에 내부 정보원을 심어 놓고 공작을 일삼았다. 불법 체포는 물론 공갈, 협박, 강도까지 저지른 단체였다. 결코 만만한 상대가 아니었다. 요이치는 물러서지 않았지만, 교단은 여전히 신중한 태도를 보였다. 당장 서울로 돌아가 이영원을 데려오겠다는 요이치의 제안을 지휘부는 간단히 묵살했다. 교단의 늙은 간부들은 KCIA에 대한 공포를 떨치지 못하고 겁에 질려 있었다. 사태가 호전되기 전까지 '무기한 대기'하고 있으라는 어이없는 지령이 내려왔을 뿐이다.

국정원의 스파이를 색출해 처단한 일이 요이치의 들끓는 증오를 조금이나마 진정시켜 주었다. '동백꽃'이라는 암호명을 쓰는 조선인 스파이가 겁도 없이 교단의 비밀 집회에 접근해 왔다. 이영원이 언제 중국인의 손에 넘어갈지 몰라 극도로 예민해져 있을 때라 놈은 운이 나쁜 편이었다. 직접적인 위협을 느낀 교단은 태도를 바꿔 강경하게 대처했다. 놈을 처형해 국정원에 정식으로 경고장을 보냈다. 그러나 급반전할 것 같던 분위기는 시간이 지날수록 냉랭하게 가라앉았다.

국정원이 대규모 공세를 펼칠 거라는 지도부의 예상은 빗나갔다. 국정원은 사냥에 나선 암사자처럼 느릿느릿 움직였다. 요이치는 그들이 무엇인가 기다리고 있다는 느낌을 받았다. 이영원을 보호하는 국정원 요원이 돌을 둘러싼 미스터리의 핵심을 조심스럽게 캐고 있었다. 의외의 결론이어서 요이치는 충격을 받았다. 한 나라의 정보기관이 종교적이며 초현실적인 현상에 관심을 기울일 것이라고는 생각지 못했던 것이다. 만약 이대로 사태가 진전된다면 제1의 적이 '중화의 꽃'에서 한국의 정보기관으로 바뀔 가능성마저 있었다. 요이치뿐만 아니라 교단 지도부에서도 위험을 느꼈다.

요이치는 바다에서 만난 젊은 국정원 요원의 얼굴을 떠올렸다. 놈의 나약한 판단으로 운 좋게 목숨을 건질 수 있었다. 긴 시간이 흘러서야 그에 대한 정보가 조직으로 넘어왔다. 차지수. 요이치는 그의 이름을 곱씹었다. 중간에 놈이 끼어들지만 않았다면 작전은 성공했을 것이고, 이영원은 자신의 차지가 되었을 것이다. 요이치는 갑판 위에 서 있던 이영원의 창백한 얼굴을 떠올리며 한숨을 내쉬었다. 여자의 차갑고 흰 손을 잡았을 때의 감각이 사라지지 않고 몸속에 남아 있었다. 어쩌다 그녀를 잃었을까? 천금 같은 기회를 허공에 날려 보내고 아무런 성과도 없이 빈손으로 돌아가 지도부와 동료의 비난과 경멸을 받으며 치욕을 견뎌야만 했다.

가짜 평화에 도취된 사람들이 꽃과 술로 축제를 즐기는 동안 자신은 지하 어두운 방에서 수련과 명상으로 몸과 마음을 다스렸다. 그러던 중 갑자기 상황이 돌변했다. 이대로 가라앉아 떠오르지 않을 것 같던 기회가 제 발로 다시 찾아왔다. 국정원의 안가에 몸을 숨기고 있던 이영원이 상하이행 비행기를 탔다는 정보였다. 돌발적인 사태여서 처음엔 믿지 않았다. 그러나 틀림없는 첩보였다. 요이치는 이번이 마지막 기회라는 것을 직감했다.

요이치를 태운 리무진이 푸둥 지구에 위치한 그랜드하얏트 상하이에 도착했다. 호텔은 초고층 복합 빌딩인 진마오 타워에 있었다. 바로 옆에 중국에서 가장 높은 건물인 상하이 세계금융센터가 높이 492미터의 위용을 뽐내며 당당하게 서 있었다. 관광객들이 고개를 들고 건물을 올려다보며 요란을 떠는 모습과 달리 요이치는 무심하게 건물을 지나쳤다. 그는 시골에서 올라온 가난한 중국인들이 푸둥의 고층 빌딩을 보며 중국이 곧 세계의 중심이 될 거라는 허황된 믿음을 갖는 것을 비웃었다. 그의 경멸과 업신여김은 미래 지향적인 거대한 중국에 대한 무의식적인 두려움과 뒤섞여 복잡한 양상으로 나타났다. 요이치는 중국의 부상을 어쩔 수 없이 인정하게 하는 푸둥 지구에 호텔을 예약한 부하의 부주의를 속으로 탓했다.

54층에 있는 호텔 로비로 향하는 엘리베이터에 오를 때까지도 언짢은 심기는 가시지 않았다. 대라리에서 만난 중국인 초능력자의 얼굴이 머릿속에서 지워지지 않아 그는 점점 냉정을 잃어 갔다. 요이치는 이 전쟁이 어쩌면 개인적인 복수극으로 치달을 가능성이 있음을 느꼈다. 그는 은연중에 천황과 교단에 대한 충성의 맹세를 잊고 있었다. 한시라도 빨리 중국인 놈과 대적하고 싶었다. 힘으로 자신을 압도하던 인간을 처절하게 부숴 버리겠다는 욕망이 마음 한편을 지배했다. 그러기 위해서라도 서둘러 이영원을 찾아내야만 했다.

상하이에서 정보기관의 보호를 받는 한국인 여성을 찾는 것은 해변에서 바늘 찾기처럼 어려운 일이지만, 단서가 전혀 없지는 않았다. 김평남의 개인 비서로 일한 조선인이 최근 북한을 탈출해 중국으로 넘어와 교단의 하부 조직원과 접촉했다는 소식이 들어왔다. 그가 요이치를 만나기 위해 상하이에 도착해 있었다. 요이치는 김평남이라는 인물에게 관심이 없었다. 그가 가져온 '중화의 꽃'에 관련된 정보는 대부분 쓸모가 없었다. 이미 조직에서 파악한 교단의 정보를 흘리며 김평남은 돈을 요구했다. 그러던 중 사진이 나왔다. 한국의 한 박물관에서 찍은 여고생들의 사진이었다. 김평남이 그 사진을 입수한 내막은 밝혀지지 않았지만, 사진은 조직에 큰 파문을 몰고 왔다. 중화의 꽃에서 풍문처럼 회자되던 예언이 현실화될 가능성이 생겨난 것이다. 사진을 건넨 직후 김평남이 살해당한 것으로 미루어 사진의 진위는 가려졌다. 요이치는 사진 속 여고생들에게만 주의를 기울인 자신의 실수를 떠올리며 얼굴을 붉혔다. 같은 실수를 반복하지 않는다.

요이치는 흥분된 마음을 가라앉히며 호텔을 나섰다. 접선 장소는 공방과 갤러리가 모여 있는 타이캉루 예술인단지泰康路 田子坊였다. 외국인 관광객이 많이 모이는 장소여서 접선 장소로는 나쁘지 않았다. 요이치는 부하의 안내를 받아 좁은 골목길을 걸어갔다. 중국 건축과 서양 건축을 적절히 혼합한 스쿠먼 양식의 집들이 다다다닥 붙어 있어 이국적인 정취를 풍겼다. 골목 깊숙한 곳의 한 노천카페에서 김평남의 개인 비서였던 장영호가 줄담배를 피우며 돈을 가지고 올 요이치를 기다리고 있었다. 부하가 장영호를 손가락으로 가리키자 요이치는 인상을 찌푸렸다. 작달막한 키에 곱슬머리인 장영호는 역사 속으로 사라진 북한의 미치광이 정치가를 닮아 있었다.

요이치는 선글라스를 벗지 않고 장영호의 맞은편에 앉았다. 그의 괴상한 일본어 인사말에 요이치는 쓴웃음을 지었다. 요이치가 TV에서만 봤던 김정일에게 느끼는 감정은 초강대국 미국을 적국으로 두고서도 절대 권력을 유지하는 당찬 사내의 모습이었다. 일본의 유약하고 기회주의적인 정치인들에 비해 김정일은 강력한 카리스마를 지닌 정치인이었다.

요이치는 손을 들어 콜라를 주문했다. 말총머리에 검은 앞치마를 두른 여종업원이 요이치를 물끄러미 바라보며 오케이라고 짧게 대답했다. 손님에게 상냥하고 다정한 미소를 짓는 일본과는 확연히 다른 분위기였다. 요이치는 괘념치 않고 장영호를 응시했다. 재떨이에 담배를 비벼 끈 장영호가 더듬더듬 일본어로 이야기를 풀어 놓았다. 요이치는 낮은 지붕들 사이로 쏟아지는 햇살과 미풍을 즐기며 북한 사내의 이야기를 들었다. 시간이 흘러 어느덧 콜라에 넣은 얼음이 녹기 시작했다.

"이야기 잘 들었습니다. 그러나 내겐 필요 없는 정보군요."

요이치의 말에 장영호는 이해가 안 된다는 표정이었다.

"중화의 꽃에 대해 알고 싶다고 하지 않았소?"

신경질적인 목소리였으나 눈빛은 애절했다. 어떻게든 돈을 뜯어내겠다는 의지가 엿보였다. 선글라스 뒤에 숨은 요이치의 눈이 맹렬하게 장영호를 쏘아보았다.

"중국인 교단 이야기는 하지 않아도 됩니다. 나는 여자를 쫓고 있습니다. 한국 국적의 여자."

요이치의 말에 장영호는 얼떨떨한 표정이었다.

"거기에 대해 아는 내용이 없다면 오늘 만남은 무의미합니다. 그럼 먼저 일어나도 되겠습니까?"

정중하게 말했지만, 요이치의 태도는 단호했다. 급해진 장영호가 팔을 내밀어 요이치를 붙잡았다.

"잠, 잠시만 시간을 주시오. 전화 한 통화만 하면 새로운 정보를 구할 수 있소."

장영호의 눈빛은 간절했다. 잠깐 생각한 다음 요이치가 어깨를 으쓱이며 오케이 사인을 줬다. 장영호에게 동정심을 느낀 것이 아니라 노천카페에 앉아 좀 더 휴식을 취하고 싶었기 때문이다. 급하게 휴대 전화를 꺼낸 장영호는 꾸벅 고개를 숙이고는 전화를 걸기 위해 그늘진 골목길로 들어갔다. 요이치는 싸구려 재킷을 걸친 장영호의 굽은 등과 어깨를 눈으로 쫓았다. 나라가 못살면 국민이 고생하는 법이다. 그런 면에서 김정일은 최악의 정치인이었다.

요이치는 큰 기대를 걸지 않고 햇살을 즐겼다. 유럽에서 온 관광객들이 그의 앞을 지나쳐 갔다. 10여 미터 떨어진 곳에 줄무늬 고양이 한 마리가 중국 전통 항아리 위에서 낮잠을 자고 있었다. 골목길을 지나는 사람마다 고양이를 보며 감탄사를 터뜨렸다. 카메라를 든 여자들 대부분이 고양이 사진을 찍었다. 사람들의 관심을 받는 것에 익숙한지 고양이는 꼼짝 않고 낮잠만 잤다. 요이치는 고양이와 관광객에게서 눈을 떼고 먼 하늘을 올려다봤다. 팔자 좋은 고양이보다 힘겨운 삶을 사는 인간들이 셀 수 없을 만큼 많은 것이 이 세계의 속사정이었다. 하늘을 보는 것도 지겨워지자 그는 빨대로 김빠진 콜라를 마시며 장영호가 돌아오길 기다렸다. 잠시 후 장영호는 요이치가 기대하지 못한 선물을 가지고 돌아왔다.

리무진 뒷좌석에 몸을 파묻은 요이치는 상념에 빠져 있었다. 장영호가 가져온 정보의 퍼즐을 꿰어 맞추려면 불가피하게 상상력을 동원해야만 했다. 동북3성에서 활동하는 북한 정보원이 급하게 상하이로 떠났다는 것이 정보의 핵심이었다. 장영호는 그가 김평남 수사를 전담하는 요원이라고 말했다. 그가 왜 상하이로 왔는지는 모르지만, 자신의 뒤를 쫓아 상하이로 온 것은 아니라고 강조했다. 장영호는 뒷일은 알아서 추측하라고 말하며 애절한 눈빛으로 요이치를 바라보았다. 요이치는 만족하지 않았다. 북한의 정보원이 상하이에서 국정원 요원을 만난다는 가정은 그럴듯하게 들렸다. 그러나 그런 정보만으로는 이영원의 뒤를 추적할 수 없었다. 상하이는 2300만 명이 사는 거대 도시였다. 요이치가 난색을 표하자 장영호가 마지막 선물을 풀어 놓았다.

"상하이로 오기 전에 누군가를 급히 찾고 있었다고 하는데, 혹시 오아시스라고 들어 본 적 있소?"

요이치는 태연하게 팔짱을 끼고 장영호의 눈을 주시했다. 장영호는 급하게 말을 쏟아 냈다. 자신은 오아시스가 누구인지 모르며 북한의 정보원이 왜 그를 수소문하는지도 모른다고 했다. 그러나 이 정도 정보면 당신에게 도움이 되지 않느냐며 항변하듯이 말했다. 요이치가 손을 들어 장영호를 제지했다. 요이치가 고개를 끄덕이자 옆에 있던 부하가 엔화 지폐 다발이 든 봉투를 장영호 앞에 던졌다. 요이치는 장영호의 다음 행동을 살피지 않고 자리에서 일어났다. 더는 장영호에게서 나올 정보가 없다는 것을 요이치는 알고 있었다.

'오아시스!' 그 이름을 듣는 순간 요이치는 전율했다. 왜 국정원이 위험을 감수하고 상하이까지 이영원을 데리고 왔는지 추측할 수 있었다. 오아시스는 중화의 꽃이라는 밀교의 비밀을 아는 유일한 외부인이었다. 오아시스의 존재가 없었다면 일본에서도 밀교의 존재를 파악하지 못했을 것이다. '오아시스가 아직 살아 있다?' 요이치는 일본으로 전화를 걸어 무슨 수를 써서라도 오아시스의 행방을 찾으라고 일렀다. 세계 전역에 퍼져 있는 교단의 정보원들이 오아시스를 찾으려고 움직일 것이다. 문제는 시간이었다. 오아시스를 먼저 찾아내면 이영원을 되찾을 수 있다. 만약의 경우 이영원을 일본으로 데려가지 못하면 그녀를 죽여서라도 중화의 꽃을 파괴해야 한다. 호텔이 가까워지자 푸둥의 마천루가 눈에 들어왔다. 짙은 선글라스 아래 요이치의 눈이 신경질적으로 번뜩였다.

자정 직전에 벨이 울렸다. 샤워를 끝낸 요이치는 목욕 가운만 걸치고 문을 열었다. 문밖에는 붉은 비단 치파오를 입은 여자가 긴장한 얼굴로 서 있었다. 허벅지를 겨우 가리는 짧은 미니 원피스 아래로 희고 긴 다리가 눈길을 사로잡았다. 타이트한 디자인에 옆트임을 주어 전통 의상임에도 현대적인 스타일이 살아 있었다. 요이치가 비켜서자 여자가 아랫입술을 살짝 깨물며 방 안으로 들어섰다. 옆으로 찢어진 치마 사이로 여자의 엉덩이 라인이 살짝 드러났다. 문이 닫히고 탁자 위의 휴대 전화가 울렸다. 부하는 여자가 나타난 상황을 설명하고 전화를 끊었다. 요이치는 아무 말도 하지 않았다.

여자는 방 안에 우두커니 서서 요이치의 말을 기다렸다. 요이치는 고갯짓으로 여자에게 의자에 앉으라고 지시했다. 여자는 의자를 힐끗 쳐다보고는 곧장 냉장고가 있는 곳으로 걸어갔다. 허리를 숙인 여자는 냉장고에서 헝가리 토카이 지역에서 재배된 피노그리 품종의 화이트 와인을 꺼내 들고 왔다. 하이힐을 신은 여자의 몸이 조금 기우뚱거렸다. 요이치는 검지를 입술에 대며 여자에게 기다리라는 신호를 했다. 그러고는 가운을 벗었다. 수련으로 다져진 요이치의 몸이 드러났다. 그의 몸을 보며 여자는 자신도 모르게 한숨을 내뱉었다. 요이치는 벌거벗은 몸으로 침대 위에 올라 가부좌를 틀고 명상에 들어갔다. 자정이면 빠뜨리지 않고 치르는 그만의 의식이었다. 명상은 10분 정도 짧게 이어졌다. 그동안 중국인 콜걸은 요이치의 벗은 몸을 감상하며 그가 눈을 뜨기를 기다렸다.

명상이 끝난 뒤, 요이치는 산도가 풍부한 백포도주를 마셨다. 창밖으로 푸둥 지구의 화려한 야경이 펼쳐져 있었다. 요이치는 크리스마스트리를 연상케 하는 불빛을 응시하며 차가운 바람 속에 서 있던 이영원을 생각했다. 차가우면서도 지적인 눈동자 속에는 비밀스럽고 관능적인 욕망이 숨어 있었다. 그녀를 직접 본 것은 짧은 시간에 불과했지만, 머릿속에 남은 강렬한 인상은 지워지지 않았다. 이영원을 만나면서 단단했던 그의 내면에 균열이 일기 시작했다. 이영원은 다른 여자와 달랐다. 요이치의 눈에 이영원은 단순히 발가벗은 젊은 여자로 존재하지 않았다. 그녀는 차원이 다른 세계로 향하는 문을 가진 여자였다. 그녀의 몸을 열고 들어가면 신세계가 펼쳐진다는 생각에 요이치는 자신도 모르게 전율했다. '그녀를 얻으면, 무적이 된다'라는 생각이 모든 상념을 집어삼키며 그의 정신을 한 곳으로 몰아갔다.

중국인 콜걸이 그런 요이치를 호기심 어린 눈으로 살폈다. 현실로 돌아온 요이치의 눈이 치마 사이로 보이는 여자의 허벅지에 머물렀다. 요이치는 이영원의 얼굴을 머릿속에서 지우고 중국인 여자를 바라보았다. 도톰한 입술과 도발적인 검은 눈동자를 지닌 중국인 콜걸의 풍만한 가슴이 그의 눈길을 끌어당겼다.

중국인 여자. 요이치는 천천히 그 단어를 마음속으로 되뇌었다. 불과 백 년 전만 해도 중국은 일본의 발밑에서 지금의 콜걸처럼 허우적거렸다. 상하이는 대일본 제국이 대륙으로 진출하는 교두보이자 핵심 거점이었다. 역사를 그때로 되돌려야 한다. 요이치는 여자의 양팔을 잡고 일으켜 세워 유리창 가로 데려갔다. 여자가 손바닥을 창에 대고 엉덩이를 뒤로 내밀자 요이치는 다소 거칠게 여자의 치파오를 걷어 올렸다. 작고 흰 여자의 둔부가 조명을 받아 적도의 흰 모래사장처럼 빛났다. 그는 발밑으로 펼쳐진 푸둥의 화려한 야경을 응시했다. 상하이는 신세계가 아니었다. 중국은 아편에 찌든 노파이거나 늙은 호랑이일 뿐이었다. 강하게 몸을 부딪치자 여자가 교성을 내질렀다. 참을 수 없다는 듯 여자가 리드미컬하게 몸을 움직였다. 중국인 콜걸의 얼굴에는 환희와 만족감이 가득했다. 요이치는 여자의 목을 가볍게 누르며 여자의 치파오를 찢었다.

최고조의 쾌락을 맛본 중국인 콜걸은 점점 노골적으로 요이치에게 매달렸다. 동이 트고 나서야 두 사람은 겨우 눈을 감고 잠을 청했다. 온몸의 에너지를 방출했기 때문에 어느 때보다 깊은 잠을 잤다. 정오가 가까워졌을 때에야 가까스로 요이치는 눈을 떴다. 전라의 여자가 자신의 가슴에 얼굴을 파묻은 채 자고 있었다. 그때 찬물을 끼얹는 듯한 날카로운 전화벨이 울렸다. 옆방에서 대기하고 있던 부하였다. 목소리에서 생동감이 넘쳐났다. 낭보가 틀림없었다.

"오아시스를 찾았습니다."

다음 날 아침, 항저우로 가는 차 안에서 요이치는 전화로 상황을 보고받았다. 지난밤 마감 뉴스를 통해 알려진 주자자오 총격 사건에 대한 분석 정보였다. 상하이 외곽에서 흉악범들이 총을 쏘며 싸웠다는 것이 겉으로 드러난 뉴스의 핵심이었다. 그러나 조직에서 분석한 정보는 언론 보도 내용과 달랐다. 구체적인 인물은 밝혀지지 않았지만, 총격전의 주체가 남북한의 정보국 요원과 '중화의 꽃'에서 보낸 암살단인 것 같다는 정보였다. 이영원이 현장에 있었다는 첩보도 있었다. 예상과 달리 상황이 빠르게 전개되고 있었다. 휴대 전화를 잡은 그의 손이 가늘게 떨렸다. 요이치는 지도부의 무사안일과 늙은이들의 더딘 판단을 탓했다. 그들이 빠르게 결정을 내렸더라면 이영원을 일본으로 데려올 수 있었을 것이다. 비록 이영원이 국정원의 보호를 받고 있었을지라도 무력을 동원해서 국정원을 제압했다면 지금처럼 상황이 복잡하게 꼬이지는 않았을 것이다. 지금 상황으로 볼 때 국정원은 이영원을 둘러싼 미스터리를 풀 수 있는 중핵에 다가서고 있었다. 북한의 요원을 만나 오아시스의 존재를 파악했다는 사실이 현 상황을 방증했다.

요이치는 자신도 모르게 손바닥으로 이마를 짚었다. 무엇보다 북한과 남한이 협력해서 정보를 주고받고 중화의 꽃과 대치한 상황이 좋지 않았다. 남북한의 정보기관 요원이 같은 편에 서서 총을 쏘았다는 것에 상징적인 의미가 있었다. 두 집단은 결코 화해해서는 안 되는 종족이었다. 일본의 안위와 천황의 세세만년 제국을 이어 가려면 한반도의 분할이 필수적이었다. 다쿠쇼쿠 대학의 우노 교수가 시국 초청 강연에서 했던 말이 떠올랐다. '남과 북이 전쟁을 하면 일본은 전쟁 특수를 누릴 수 있다.' 요이치는 우노 교수의 말을 믿었다. '조센징은 찢어 놓아야 한다.' 그런데도 다수 일본 국민은 정치적으로 무감한 반응을 보였다. 그들은 '양심적 지식인과 민주주의 시민'이라는 허울을 뒤집어쓴 채 탈정치화라는 어리석은 길을 선택했을 뿐만 아니라, 일본인의 정체성을 오염시키는 한국 드라마와 한국 노래에 취해 있었다. 요이치는 그들의 행태를 서구에서 유입된 소시민의 극단적인 이기주의에서 발현된 것으로 보았다. 국민의 무지와 이기심을 일거에 쓸어버리기 위해서는 긴장을 고조시켜 그들을 전선의 전위대로 끌어들이는 방법이 가장 효과적이었다.

항저우에 도착했을 때 교단에서 새로운 지령이 내려왔다. 오아시스를 제거하라는 명령이었다. 주자자오에서 일어난 사건으로 뒤늦게나마 교단의 노인들이 과오를 인정한 것이다. 동정심을 보이면 고양이에게 덤비는 쥐가 생겨나는 법이다. 차에서 내린 요이치는 주변을 둘러봤다. 멀리 서산 하늘 위로 붉은 노을이 번지며 저녁 해가 떨어지고 있었다. 요이치는 냉정함을 잃고 서둘렀다.

오아시스의 거처는 자동차가 진입할 수 없는 곳에 있었다. 현지인의 안내를 받아 요이치와 그의 부하는 산을 오르기 시작했다. 야트막한 언덕에 자리 잡은 마을을 지나자 짙은 녹색의 차밭이 나타났다. 아무리 둘러봐도 차밭만 보였다. 중국에서도 이름 높은 룽징 차밭이었다. 요이치는 평화롭고 아름다운 정경에는 눈길을 주지 않았다. 오직 오아시스라는 늙은이와 국정원 요원이 만나지 않았기를 바라며 산길을 올랐다. 첩보에 의하면 국정원 요원과 이영원이 총격전에서 무사히 빠져나온 것으로 되어 있었다. 정보가 사실이라면 놀라운 일이었다. 밀교의 정예 암살단이 급습했는데도 살아남았다는 것은 단순한 요행이 아님을 증명했다. 요이치는 젊은 국정원 요원의 얼굴을 떠올렸다. 놈이 무엇을 알고 있을까?

한 시간 정도 산길을 올라 목적지에 도착했다. 안내를 맡은 현지인이 부하가 준 돈을 받아들고 재빨리 사라졌다. 요이치는 썩은 나무와 거적으로 얼기설기 엮어 놓은 움막을 한참 동안 쏘아보았다. 그늘진 숲과 초라한 움막을 보자 이시하라 선사 밑에서 수련받을 때의 기억이 되살아났다. 비바람이 들이치는 초막에서 단 한 벌로 춘하추동을 보낸 그였다. 잡념을 떨쳐 내며 요이치는 움막 안으로 들어섰다. 빛이 들지 않는 구석에서 한 늙은이가 쪼그리고 앉아 삶은 고구마를 삼키고 있었다. 오아시스였다.

오아시스는 자신이 먹던 고구마와 차를 요이치에게 권했다. 요이치는 움막 내부를 살펴봤다. 도저히 정상적인 생활을 할 수 있는 환경이 아니었다. 요이치의 입가에 싸늘한 미소가 흘렀다. 은둔자 흉내를 내는 노인이 가소로웠다. 교활한 늙은이는 위장술을 펼치고 있었다. 외국계 은행에 거금을 넣어 놓고 때를 기다리는 것이었다. 항저우 특급 호텔의 스위트룸을 빌려 놓고 의뭉을 떨고 있었다. 요이치는 교단의 비밀 집회에서 오아시스를 처음 보았다. 당시 요이치는 교단의 정예가 아니었기 때문에 VIP인 오아시스를 가까이에서 볼 수 없었다. 그러나 시간이 흘러 상황은 바뀌었다. 노인의 목숨이 요이치의 손아귀에 있었다.

"오늘은 날 찾는 손님이 많구먼."

오아시스가 희고 차가운 느낌의 이를 보이며 말했다. 흠잡을 데 없는 완벽한 일본어였다. 노인의 말에 요이치의 가슴이 철렁 내려앉았다. 한발 늦었던 것이다. 국정원 요원보다 늦었다면 이 만남은 아무런 의미가 없었다. 요이치는 흥분을 가라앉히기 위해 어금니를 앙

다문 뒤 천천히 말을 꺼냈다.

"조센징에게 무슨 말을 했나?"

요이치의 질문에 오아시스는 대답하지 않고 손에 든 고구마를 입에 가져갔다. 그러고는 녹차를 후후 불어 마신 뒤, 만족스러운 미소를 띠었다.

"내가 무슨 말을 했건 젊은이에게 무슨 상관인가? 어차피 그대가 날 죽일 텐데, 녹차나 마시는 게 좋을 것 같군."

요이치는 화를 억눌렀다.

"돌의 비밀을 털어놓았나?"

요이치의 말에 오아시스의 주름진 얼굴이 기묘하게 일그러졌다. 환희와 절망이 뒤섞인 표정이었다.

"젊은이는 공부를 더 해야겠어. 나는 과학자지 돌의 미신을 믿는 미치광이가 아니야."

요이치의 떨리는 손바닥에서 살기가 일어났다. 그러나 아직 일렀다.

"돌이켜보면 내 삶에는 무수한 행운이 있었어. 그 때문에 목숨을 부지할 수 있었지."

요이치는 오아시스의 말을 무시했다.

"두 번째 예언도 발설했나?"

"두 번째 예언? 그래 이제야 이해하겠구먼. 젊은이가 왜 내게 증오심을 보이는지. 돌이 중화의 꽃을 선택하는 것이 첫 번째 예언이고, 중화의 꽃이 선택한 자가 새로운 시대의 초인이 된다는 것이 두 번째 예언이지. 내 말이 맞나?"

오아시스의 목소리에는 경멸과 비웃음이 담겨 있었다.

"젊은이도 무적의 초인이 되고 싶은 거군."

기괴한 웃음소리가 움막 안에 울렸다. 웃음소리의 파동에 따라 등 잔불이 흔들렸다. 그러더니 갑자기 웃음소리가 그쳤다. 오아시스는 날카롭게 요이치를 쏘아봤다.

"힘을 가진 자들은 언제나 전쟁을 일으켰어. 그런 점에서는 중국 이나 일본이나 마찬가지지."

"일본인은 평화를 사랑하는 민족이다."

오아시스는 웃지 않았다. 대신 의미심장한 표정을 지으며 물었다.

"중국이 그렇게 무서운가?"

요이치의 얼굴 근육이 파르르 떨렸다. 노여움으로 심장이 터져 버 릴 것 같았다. 살기를 움켜쥔 오른손이 저도 모르게 튀어 나갔다. 에 너지는 노인의 앙상한 어깨뼈를 부숴 놓았다. 썩은 통나무에 앉아 있 던 오아시스가 엉덩방아를 찧으며 뒤로 벌렁 넘어졌다. 노인은 비명 을 내지르지 않았다. 겨우 몸을 추스른 노인이 다시 통나무 의자에 앉았다. 노인의 얼굴에는 진흙이 덕지덕지 묻어 있었다. 신음과 다름 없는 목소리가 노인의 입에서 흘러나왔다.

"울트라라이트 8의 선택을 받은 일본인이 있다는 이야기를 들은 적이 있는데, 그게 바로 젊은이군."

"……."

"이해할 수 있네. 젊은이가 왜 미쳐 버렸는지. 지금의 불완전한 힘이 자네를 죽이고 있어. 그렇지 않은가?"

"중화의 꽃 역시 완벽하지는 않다."

요이치의 대답에 오아시스의 얼굴이 굳어졌다. 부서진 어깨의 고 통은 잊은 듯한 얼굴이었다.

"그걸 알면서도 미신과 예언을 믿는가?"

"힘을 갖지 못한 너는 이해할 수 없다."

요이치는 오아시스와의 대화가 지겨웠다. 서둘러 노인을 죽이고 냄새 나는 움막을 벗어나고 싶었다.

"조센징의 거처를 알고 있나?"

그의 질문에 오아시스는 답하지 않고 딴소리를 했다.

"마지막 예언이 존재할 가능성이 있다고 생각해 본 적은 없겠지?"

"……."

"전쟁은 곧 파괴를 의미하지. 지구 상의 모든 예언은 세계의 종말을 부르고 있어."

"열성 인종이 사라지는 것은 자연의 이치다."

마음을 굳힌 표정으로 요이치가 자리에서 일어났다. 요이치의 움직임에 오아시스의 시선이 자연스럽게 따라 왔다.

"나폴레옹이 나타났고 그다음엔 히틀러가 나와 세상을 어지럽혔지. 그들은 실패했지만, 세 번째로 나타날 초인은 틀림없이 세계를 종말로 이끌 거야."

오아시스의 말에 요이치가 비아냥거리며 답했다.

"유대교 종말론 따위는 믿지 않는다. 과학자를 자처하면서 적그리스도Antichrist를 찾는 거냐?"

경멸을 담은 요이치의 말에 오아시스의 단호한 표정이 절망감으로 일그러졌다.

"나는 여기서 죽지 않는다. 그 이유를 말해 줄까?"

조금 다급해진 목소리로 오아시스가 말했다.

"DNA 복제가 완성되면 나는 영생을 얻는다. 어리석은 힘을 주는 돌 따위와는 비교할 수 없지. 너희가 얻으려는 건 궁극적으로 불멸의 삶이겠지?"

맹렬한 눈빛과 대조적으로 노인의 목소리는 심하게 떨렸다. 죽음은 인간을 초라하게 만든다고 요이치는 생각했다.

"나는 영원히 살아남아, 기록을 통해 너희 종족의 무지를 이 세상에 알릴 것이다."

요이치는 노인의 말을 무시했다.

"나를 죽이려는 진짜 이유가 뭔가?"

요이치는 인상을 찌푸렸다. 겁에 질린 노인의 눈에서 동정심을 느꼈다.

"지식은 때로 독이 되지. 넌 너무 많은 걸 알고 있어."

요이치의 말에 오아시스가 웃음을 터뜨렸다. 감정의 변화가 요동쳤다. 더는 노인을 상대하고 싶지 않았다. 요이치는 걸어가서, 앉아있는 오아시스 뒤에 섰다. 그러고는 천천히 양팔을 펼쳐 노인의 머리 주변으로 손을 가져갔다. 염력을 이용해 두개골을 부수고 뇌를 찢어 놓을 생각이었다. 오아시스는 저항하는 대신 천천히 눈을 감았다. 노인은 요이치의 손아귀에서 벗어나지 못한다는 것을 직감했다. 낮에 만난 중화의 꽃이 한 말이 떠올랐다. '동쪽에서 먹구름이 몰려오고 있어요.' 동쪽에서 온 먹구름이란 20세기 초 제국주의 시대에서나 가능했던 낡고 닳은 이념에 경도된 이 일본인 살인귀를 지칭하는 것이었나? 죽음을 목전에 둔 지금 그러한 분석은 부질없었다. 뜻하지 않게 노인의 얼굴에 희미한 미소가 어렸다. 오아시스는 젊은 일본 청년에게 마지막 비수를 꽂고 싶은 욕망을 느꼈다.

"일본의 왕은 섬나라에 갇혀 있으면 된다. 대륙의 황제가 나타나면 무릎을 꿇어야 한다."

요이치의 입술 주변이 노기로 실룩거렸다. 어쩔 수 없는 중국 놈. 요이치는 손바닥에 모인 에너지를 일시에 풀었다. 노인의 두개골이 우지끈 부서졌다. 죽음을 앞두고 오아시스는 자신의 DNA가 보관된 실험실을 떠올렸다. 푸른빛으로 가득한 실험실 내부가 일시에 암전된 것처럼 어두워졌다. 고통은 없었다. 갈라진 두개골 사이로 찢겨 나간 오아시스의 뇌수가 스멀스멀 흙바닥으로 흘러내렸다.

바닥 위로 쓰러진 시신을 남겨 둔 채 요이치는 움막을 나왔다. 대기하고 있던 부하가 움막 안으로 들어가 사정을 살피고 돌아왔다. 요이치는 팔짱을 낀 채 우두커니 서서 발밑으로 펼쳐진 끝없는 차밭을 내려다보았다.

"조센징이 어디에 있는지 알아내셨습니까?"

부하의 질문에 요이치는 고개를 가로저었다.

"그럼 이제 어떻게 합니까?"

시체를 본 탓인지 부하의 목소리는 들떠 있었다. 요이치가 고개를 돌려 부하를 쏘아보며 말했다.

"오아시스는 교활한 늙은이야. 중화의 꽃을 만났는데 고이 돌려보냈을 리가 없어. 날이 새기 전까지 놈의 아지트를 찾아내도록 해. 그곳에 단서가 있을 거야."

그렇게 말하고 요이치는 앞장서서 차밭을 내려갔다. 굶주린 까마귀 한 마리가 썩은 나뭇가지에 앉아 두 사람이 마을로 걸어가는 모습을 지켜보았다.

다음 날 늦은 새벽, 두 명의 일본인이 항저우 시내의 한 호텔 스위트룸에 몰래 잠입했다. 방에는 여러 개의 위조 여권과 미화와 엔화 다발이 숨겨져 있었다. 가방을 든 부하가 영어로 된 문서를 포함한 오아시스의 개인 물품을 쓸어 담았다. GPS 위치 추적 장치는 벽장에 걸어 둔 아르마니 재킷 안주머니에서 나왔다. 모니터가 장착된 최신 기기였다. 붉은 신호가 뜨는 곳은 상하이의 한 호텔 주차장이었다. 중국으로 온 뒤, 처음으로 요이치의 얼굴에 환한 미소가 번졌다.

19

영원이 눈을 떴다. 낯선 호텔의 침대 위였다. 커튼 사이로 도시의 불빛이 스며들고 있었다. 영원은 고개를 돌려 지수의 잠든 얼굴을 바라보았다. 창백한 느낌의 이마와 짙고 긴 속눈썹이 조화를 이루어 아름다웠다. 다문 입술에는 고집스러운 소년의 모습이 남아 있었다. 지수의 잠든 얼굴을 보자 어린 시절의 기억이 떠올랐다. 학교에서 돌아오니 아버지 혼자 마루에 누워 낮잠을 자고 있었다. 부대에서 수백 명 넘는 병사를 지휘하는 아버지는 어린 영원에게 경외의 대상이었다. 더구나 그날은 대규모 사단 훈련을 마치고 일주일 만에 집으로 돌아온 것이라 아버지가 더욱 어렵고 서먹했다. 군복은 흙먼지로 덮여 있고, 얼굴에는 위장으로 칠한 숯검정이 그대로 묻어 있었다. 영원은 아버지와 단둘이 남은 상황이 난감했다. 메모도 남기지 않고 외출한 엄마와 남동생이 원망스러웠다.

아버지가 누운 마룻바닥으로 따뜻한 봄 햇살이 쏟아져 내렸다. 키가 큰 아버지는 동물원 우리에 갇힌 거인처럼 보였다. 신학기여서 영원은 새로 산 원피스를 입고 있었다. 그녀는 맨발로 서서 아버지가 머리맡에 풀어 놓은 군용 벨트와 권총을 내려다봤다. 처음으로 아버지의 권총에 눈길이 갔다. 현관 입구에는 영어 학원에 갈 수 있도록 엄마가 준비해 놓은 가방이 있었다. 그대로 가방을 들고 학원으로 가면, 깨어난 아버지와 단둘이 남는 어색한 자리를 피할 수 있었다. 그런데도 영원은 머뭇거렸다. 검은 가죽 권총집에 든 작고 앙증맞은 물건이 그녀를 끌어당겼다. 호기심은 곧 그녀를 사로잡았다. 영원은 마음을 굳히고 소리 없이 걸어가 국방색 벨트 앞에 섰다. 무릎을 꿇고 권총집으로 손을 내밀었다. 가슴이 두근두근 뛰었다. 권총집 사이로 나온 권총 손잡이에 살며시 손을 올렸다. 매끄럽고 딱딱한 물체에서 전달된 감각이 손끝을 타고 온몸으로 전달되었다. 처음으로 남자의 몸에 손이 닿은 소녀처럼 그녀는 두려움과 흥분을 느꼈다.

영원은 멈추지 않았다. 권총집 덮개의 단추를 풀어 권총을 꺼내려고 하는데 갑자기 아버지의 시선이 느껴졌다. 숯검정으로 위장한 검은 얼굴 위로 유난히 큰 눈이 희번덕거렸다. 순간적으로 영원은 정신을 잃을 뻔했다. 아버지가 무슨 말을 하는지 알아들을 수 없었다. 사납고 억센 손이 그녀의 여린 팔을 움켜쥐었다. 그녀는 성난 파도에 휩쓸린 듯 무력하게 쓰러졌다. 영원은 눈을 감았다. 거대한 나무뿌리 같은 아버지의 팔이 그녀의 온몸을 칭칭 동여매는 느낌이었다. 숨조차 제대로 쉴 수 없었다. 눈을 뜨면 시뻘건 불이 타오르는 지옥의 문이 열릴 것 같았다. 그러나 가슴속의 공포와 달리 아무 일도 일어나지 않았다.

영원은 점차 현실감을 회복했다. 아버지의 품속에 안겨 있는 자신의 모습이 서서히 보이기 시작했다. 아버지는 어느새 다시 잠들어 있었다. 아버지의 규칙적인 숨소리를 들으며 영원은 눈을 떴다. 군복에서 땀 냄새가 배어났다. 익숙한 아버지 냄새였다. 아버지가 자신을 안아 준 것은 그때가 마지막이었다. 영원은 그날 오후 학원에도 가지 않고 아버지의 품속에서 깊은 잠을 잤다.

그렇게 유년이 끝나고 새로운 세계가 펼쳐졌다. 사춘기를 거쳐 그녀는 여자로 성장했다. 그리고 동생이 어느 날 갑자기 허무하게 죽었다. 동생의 죽음은 가족과 자신을 변화시켰다. 아버지를 원망했고 그날의 끔찍했던 기억이 머릿속에서 지워지지 않았다. 영원은 아버지에게서 달아나고 싶었다. 누구나 한 번쯤 겪는 삶의 고통으로 받아들이기에는 공포와 절망의 무게가 너무 컸다. 아버지 품에서 벗어나고 나서야 안도할 수 있었다. 그런데 다시 아버지가 나타났다. 그것은 곧, 강제된 힘이 정당화되고 적을 쓰러트려야만 생존할 수 있는 극단의 세계로 회항했음을 의미했다.

영원은 손으로 지수의 볼을 어루만졌다. 성인 남자의 피부치고는 부드럽고 매끄러웠다. 영원은 몸을 밀착해 지수의 품속으로 파고들었다. 잠든 상태였는데도 지수가 팔을 뻗어 그녀를 감싸 안았다. 영원은 마지막으로 아버지의 품속에서 잠든 그날의 기억을 떠올렸다. 이제 자신 곁에는 지수가 있었다. 아버지 머리맡에 놓여 있던 검은 총은 어떻게 되었을까? 시간이 거꾸로 되돌아간 듯 지수의 머리맡에도 권총이 있었다. 지수가 없으면 나는 어떻게 될까? 그녀는 어렸을 때와 마찬가지로 현기증을 느꼈다. 깊이 잠들 수 없는 밤이었다.

영원은 다시 눈을 떴다. 오아시스! 그의 죽음이 눈에 나타났다. 스크린을 보듯 생생하게 장면이 보였다. 양팔을 펼친 일본인 남자가 오아시스의 등 뒤에 서 있었다. 영원의 눈에 눈물이 고였다. '나의 미래가 어떻게 될지 이야기해 줄 수 있습니까?' 오아시스의 목소리가 귓가에서 울렸다. 왜 이제야 그의 미래가 보이는 것일까? 왜 그때는 보이지 않았을까? 아무 말도 하지 못하고 그가 건넨 CD만 받았다. 슬픔이 가라앉자 화가 났다. 그제야 기적을 느낀 지수가 자신의 가슴에 얼굴을 파묻은 영원에게 말을 건넸다.

"무슨 일이야?"

지수의 음성은 부드럽고 달콤했다. 영원이 눈물을 참으며 낮은 목소리로 말했다.

"돌을 만나면 미래를 더 정확히 볼 수 있을까?"

지수는 대답하지 못하고 천장을 올려다봤다. 녹차 향이 은은하게 밴 낯선 호텔방이었다. 영원의 몸은 차갑게 식어 있었다. 마치 사방이 얼음으로 둘러싸인 방에 들어온 느낌이었다. 지수는 영원에게서 한 과학자의 죽음에 관한 이야기를 들었다. 이야기를 듣는 동안 지수는 마치 영원의 꿈속을 돌아다니는 듯한 느낌을 받았다. 잔잔한 호수에서 노를 저으며 먼 하늘을 바라보던 노인의 죽음은 지극히 비현실적인 인상만 남겼다. 오아시스가 영원의 말대로 죽었을까? 영원이 입을 닫자 이국적인 호텔방은 다시 침묵으로 가라앉았다. 지수는 영원의 입술에 가볍게 입맞춤하고 속삭이듯 말했다.

"미래를 보는 건 불가능한 일이야. 누구도 널 비난할 수 없어."

영원은 지수의 검은 눈동자를 바라볼 뿐이었다.

단체 관광객이 없어서 식당은 한산했다. 독일인 노부부와 호주에서 온 일가족만이 조용히 아침 식사를 하고 있었다. 조식 메뉴는 토스트와 흰죽으로 단출했다. 독일어로 자연스럽게 아침 인사를 건네는 할머니에게 지수가 미소로 답했다. 쌀죽과 오렌지주스를 선택한 영원이 창가 테이블에 앉아서 그를 기다리고 있었다. 지수는 머그잔에 커피를 가득 채워 영원에게 다가갔다. 출근을 서두르는 부지런한 사람들의 모습이 창밖으로 보였다. 지수가 맞은편에 앉았는데도 영원은 스푼을 들지 않았다. 초점이 흐릿한 눈동자는 창밖을 향해 있었다. 딱히 무엇을 보는 것 같지는 않았다. 그녀를 바라보며 지수는 커피를 마셨다.

"이제 어떻게 할 거야?"

고개를 돌린 영원이 힘없이 말했다.

"한국으로 돌아가야지."

지수의 대답에 영원은 입술을 다물며 침묵을 지켰다. 부연 설명을 원하는 표정도, 그렇다고 실망한 표정도 아니었다.

"중국에 오래 있으면 위험해. 지원 팀에 연락해서 오후 비행기를 타도록 하자."

영원은 여전히 묵묵부답이었다. 지수는 지난밤 잠결에 들은 말을 떠올렸다. '돌을 만나면 미래를 더 정확히 볼 수 있을까?' 이해할 수 없는 말이었다.

"돌아가자. 이곳에서 우리가 할 수 있는 일은 없어."

식사를 끝내고 방으로 올라가는 엘리베이터에 독일인 노부부가 함께 탔다. 상하이 시내 지도를 든 독일인 할머니가 엘리베이터에서 내리며 다시 독일어로 지수에게 인사를 건넸다. 이번에도 지수는 미소로 인사를 대신했다.

방에서 쉬는 동안 영원은 아침의 우울했던 기분을 털어 냈다. 오전의 햇살이 방 안 가득 밀려들어 왔다. 두 사람은 햇빛을 이불 삼아

마주 보고 누워 잠깐 눈을 붙였다. 잠시 후 한국행 항공권을 구했다는 메시지가 도착하자 짐을 챙겨 곧장 지하 주차장으로 내려갔다. 시동을 켜자 디젤 엔진이 걸걸한 소리를 냈다. 영원이 오아시스에게서 받은 CD 케이스를 무심코 집었다. 케이스를 열고 CD를 플레이어에 넣으니 일렉트릭 기타 음이 가슴으로 파고들었다. 제목이 '스탠 바이 미Stand by me'라고 했었나? 지난밤 반복해서 들어서인지 멜로디를 흥얼거릴 수 있었다. 지수가 천천히 차를 출발시켰다. 그때 영원이 CD 케이스를 뚫어지게 내려다보며 말했다.

"이게 뭐지?"

영원의 말에 지수가 음량을 줄이며 CD 케이스를 힐끗 살펴보았다. 어디에서나 볼 수 있는 평범한 플라스틱 투명 상자였다. 영원이 검지로 케이스의 중앙에 박힌 은색 단추 모양의 물체를 가리켰다. 지수가 급브레이크를 밟자 영원이 놀라 지수를 바라봤다. 지수가 케이스를 낚아챘다. 정체가 불분명한 은색 물체가 CD를 고정하는 홈 사이에 끼여 있었다. 물체를 손톱으로 꺼내어 손바닥에 올렸다. 마치 단추 모양의 수은 전지처럼 보였다. 지수가 미간을 좁히며 인상을 썼다. 오아시스의 음악이 여전히 낮은 볼륨으로 차 안에 흐르고 있었다. 맥 빠진 목소리로 지수가 말했다.

"위치 추적 장치야."

그 순간 영원은 지수의 말을 듣지 못했다. 대신 그녀는 자신을 향해 다가오는 미래의 위험을 읽어 냈다.

"일본인이야!"

영원이 짧은 비명을 지르듯 말했다. 일본인? 요이치란 말인가? 머릿속이 뒤죽박죽되었다. 오아시스는 무슨 목적으로 위치 추적 장치를 달았고, 왜 하필 이 순간 요이치가 나타난 것인가? 생각을 정리할 시간이 없었다. 위험이 코앞에 있었다.

　지하 주차장을 나오자 환한 태양 빛이 쏟아져 들어왔다. 선글라스를 썼기 때문에 강한 햇빛에도 사물을 정확히 볼 수 있었다. 불과 20여 미터 거리에서 검은 자동차가 속도를 줄이지 않고 쏜살같이 달려오는 것이 보였다. 렉서스 리무진이었다. 지수는 액셀러레이터를 강하게 밟으며 호텔에서 지하 주차장으로 이어지는 진입 도로를 벗어나려고 시도했다. 그러나 가속도가 붙은 렉서스를 따돌릴 수 없었다. 핸들을 크게 돌려 정면충돌을 피하는 게 최선이었다. 돌진한 리무진이 지수와 영원이 탄 SUV의 측면 뒷부분을 강하게 들이박았다. 충돌과 동시에 앞바퀴 한쪽이 낮은 화단으로 밀려 올라가 차체가 기울어졌다. 지수는 유리창을 내리고 망설임 없이 총을 겨누었다. 렉서스의 운전자가 뒤늦게 총을 들어 올렸다. 평일 오전의 한가로운 거리에 울린 총성은 순식간에 공포를 몰고 왔다. 렉서스의 옆 유리창을 관통한 탄환은 운전자의 심장과 머리에 박혔다. 호텔 앞마당을 어슬렁거리던 손님들과 직원들이 놀라 비명을 지르며 건물 안으로 뛰어 들어갔다.

　지수는 다시 가속 페달을 밟았다. SUV가 요란한 엔진 소리를 내며 좁은 공간을 빠져나왔다. 급하게 룸미러로 뒤를 살폈다. 렉서스 뒷좌석에서 턱수염을 기른 남자가 내리는 것이 보였다. 남자의 손에는 자동 소총이 들려 있었다. 요이치! 어떻게든 호텔을 빠져나가야 한다. 그러나 총알은 자동차 바퀴보다 빨랐다. 권총 소리와는 비교할 수 없는 굉음을 내며 자동 소총의 탄환이 SUV로 쏟아져 내렸다. 유리창이 깨지고 뒷바퀴가 터졌다. 충격으로 차체가 심하게 요동쳤다. 주저앉은 차체가 아스팔트에 쓸리면서 불꽃이 튀고 균형을 잃은 SUV가 주차 중이던 관광버스를 들이받았다.

지수와 영원은 동시에 차에서 내렸다. 지수는 곧장 자동 소총을 든 사내를 향해 응사했다. 요이치가 렉서스 뒤로 몸을 숨겼다. 영원이 허리를 숙이고 버스 뒤편에 있는 택시를 향해 달렸다. 운전석 문을 열고 겁에 질려 있는 운전기사의 어깨를 붙잡고 차에서 끌어 내렸다. 운전기사가 놀라 바닥으로 쓰러졌다. 차의 시동이 켜져 있었다. 지수가 엄호 사격으로 총알을 모두 써버린 다음 택시를 향해 달려갔다. 문이 채 닫히기 전에 영원이 가속 페달을 세차게 밟았다. 관광버스에 가려 요이치가 있는 자리에서는 그들의 모습이 제대로 보이지 않았다. 요이치는 자동 소총을 렉서스 뒷좌석으로 던지고 운전석에 앉았다. 그사이 지수와 영원이 탄 택시는 요란한 타이어 소리를 내며 호텔을 빠져나갔다.

그 시각, 도심지에서 멀지 않은 중화의 꽃 상하이 지부 건물에서 위제와 쉬징레이는 왕할쯔를 만나고 있었다. 왕할쯔는 주자자오에서 입은 부상에서 완전히 회복된 상태였다. 쉬징레이는 반가운 얼굴로 왕할쯔를 대했지만, 위제는 조직의 정예 부대를 동원하고도 작전에서 실패한 왕할쯔를 다소 무뚝뚝하게 대했다. 이영원이 현장에 있어 기습 공격이 사전에 누출되었다는 변명은 그에게 통하지 않았다. 위제는 차가운 시선으로 왕할쯔를 바라본 뒤 자리를 피했다.

그의 머릿속은 상하이에 나타난 중화의 꽃, 이영원의 생각으로 가득했다. 베이징에서부터 누적된 피로도 그의 열의를 굴복시키지 못했다. 그는 휴식 없이 곧장 체육관으로 가서 몸을 풀었다. 한 시간 뒤 전령이 와서 긴급 상황을 보고했다. 상하이 시내에서 총격전이 벌어졌다는 소식이었다. 위제는 옷을 갈아입고 건물 앞마당으로 나갔다. 쉬징레이와 왕할쯔가 이미 차에서 대기하고 있었다. 목적지는 상하이에서도 인파가 많이 몰리기로 유명한 위위안 상청豫園商場이었다.

"이번에는 반드시 중화의 꽃을 데려온다."

뒷좌석에 앉은 위제가 말했다. 두 여자는 대답하지 않고 짧게 고개를 끄덕였다.

지수의 작전은 단순했다. 복잡한 거리로 뛰어들어 일본인의 추격을 따돌리는 것이었다. 앞 범퍼가 파손되었지만, 최대 속도로 추격해 오는 최신 모델 렉서스를 구형 폴크스바겐 택시로 계속 앞질러 달리기는 불가능했다. 더구나 영원이 운전하고 있어 따라잡히는 것은 시간문제였다. 사이드미러로 뒤를 살핀 지수가 빠르게 말했다.

"여기서 우회전!"

영원은 급히 핸들을 꺾어 오른쪽의 좁은 도로로 진입했다. 타이어가 아스팔트에 쓸리며 요란한 소리를 냈다. 뒤따르던 렉서스는 가속도 때문에 방향을 틀지 못하고 교차로 한가운데에서 급브레이크를 밟았다. 요이치를 따돌릴 수 있는 절호의 기회였다. 그러나 택시는 채 50미터도 가지 못하고 정지했다. 2차선 도로는 차들로 막혀 있었다. 지수와 영원은 서둘러 택시에서 내렸다. 보도에 선 행인들이 놀라 두 사람을 쳐다보았다. 지수는 영원의 손을 잡고 교차로를 돌아보았다. 렉서스 운전석에서 선글라스를 낀 남자가 내리는 것이 보였다. 렉서스가 교차로를 막고 있었기 때문에 성난 상하이 운전자들이 사방에서 경적을 울려 댔다. 요이치가 차를 버려 두고 그들을 향해 달려오기 시작했다. 일본인의 손에 자동 소총이 없는 것을 확인한 지수는 영원의 손을 잡고 내달렸다. 그 역시 총알이 떨어졌다면 작전을 다시 세워야 했다. 골목으로 유인해 일대일 정면 대결로 승부를 걸어 볼 만하다고 지수는 생각했다. 주자자오에서 중국인 초능력 여자를 제압한 기억이 지수에게 자신감을 불어넣었다.

쇼핑을 나온 사람들과 관광객, 호객꾼이 뒤섞여 거리는 혼잡했다. 각종 상점이 밀집한 시장통을 벗어나자 위위안 상청으로 통하는 상하이 라오제上海老街가 나왔다. 라오제 거리를 따라 명나라와 청나라 시대의 전형적인 건축 양식을 모방한 건물들이 늘어서 있었다. 끝이 뾰족하게 솟은 기와지붕으로 된 복층 건물에는 포목점과 금은방, 옛날 찻집, 주점, 무역관장, 극장, 백화점, 도예 가게 등이 빽빽하게 모여 있었다. 거리를 오가는 사람들은 대부분 지방이나 국외에서 온 관광객이고 자동차는 들어올 수 없는 거리였다. 지수는 달리면서 판단을 내렸다. 영원과 함께 있으면 결국 따라잡히고 만다. 비교적 인적이 드문 골목길에 접어들자 지수가 멈추어 서서 빠르게 말했다.

"여기서 헤어지자."

"무슨 말이야?"

영원이 숨을 몰아쉬며 말했다.

"내가 놈을 유인해 시간을 벌 테니 넌 백곰 형님에게 도움을 청해."

지수는 백곰의 명함을 지갑에서 꺼내 영원에게 줬다. 영원은 얼떨결에 명함을 받았다. 그녀는 미래의 그림을 보려 했지만, 머릿속이 텅 비어 있었다.

"놈이 노리는 건 너야. 내 걱정은 말고 달리기나 해!"

지수는 영원의 등을 떠밀었다.

"놈을 해치우고 뒤따라갈게. 서둘러!"

영원은 지수를 바라보며 천천히 발걸음을 옮겼다. 지수 뒤로 일본인이 속도를 늦춰 천천히 걸어오는 모습이 보였다. 짙은 선글라스 탓에 눈이 보이지는 않았지만 맹렬한 시선이 느껴졌다. 대라리에서 자신을 납치한 남자였다.

"뛰어!"

그제야 정신을 차린 영원이 달리기 시작했다.

지수는 뒤돌아서서 요이치를 바라보았다. 다가서던 요이치가 몇 발짝 앞에서 멈추었다. 요이치는 한국인 국정원 요원의 의도를 이해하지 못했다. '왜 놈은 달아나지 않을까? 나와 맨손으로 맞서려는 것인가?' 멀리, 놈의 등 뒤로 달려가는 이영원의 뒷모습이 보였다. 여자가 왼쪽 골목으로 방향을 꺾었다. 시간이 없었다. 그러나 이영원을 잡으려면 먼저 놈을 상대해야 한다.

"Go away from me!"

일본어 억양이 심했지만, 지수는 정확히 요이치의 말을 알아들었다. 짧은 순간에 여러 가지 생각이 뇌리를 스쳤다. 현서와 은영을 납치하고 최보라를 죽인 놈이다. 대라리에서 영원을 납치하고 일본에서 동백꽃을 무자비하게 고문해서 죽였다. 만약 바다에서 주저하지 않고 놈을 사살했다면 동백꽃은 죽음을 피했을 것이다. 같은 실수를 되풀이해서는 안 된다. 지수는 이를 앙다물었다. 요이치의 얼굴에 비웃음이 어렸다. 자신이 염력을 지닌 초능력자임을 알면서 정면 대결을 하려 하다니 어이없다는 듯 요이치가 다가섰다.

놈을 쓰러뜨리는 게 목적이 아니라 영원이 달아날 수 있도록 시간을 벌어야 한다. 지수는 뒤로 물러나는 시늉을 한 다음, 빠른 풋워크로 다가서며 기습적으로 주먹을 날렸다. 요이치는 지수의 스트레이트 주먹을 왼손바닥으로 툭 치며 가볍게 피했다. 동시에 지수의 무릎이 요이치의 오른쪽 갈비뼈를 향해 튀어 올랐다. 이번에도 요이치는 오른팔로 공격을 막아 냈다. 그때 예기치 않게 요이치의 눈으로 검은 물체가 들어왔다. 지수의 머리통이었다. 지수의 머리가 정확하게 요이치의 광대뼈를 타격했다. 충격을 받은 요이치는 몇 발짝 뒷걸음질 쳤다. 지수도 공격을 멈추고 자세를 바로잡았다. 요이치의 팔에 부딪힌 왼쪽 무릎이 시큰거렸다. 놈의 팔은 쇳덩이처럼 단단했다. 뒤로 물러선 요이치는 지수를 바라봤다. 찢어진 광대에서 붉은 피가 배어 나왔다.

"I don't want to kill you."

지수는 요이치의 말뜻을 이해하지 못했다. 지수는 품속에 숨겨 놓은 잭나이프를 꺼내 오른손에 쥐었다. 놈의 진의 따위를 따질 때가 아니었다. 잭나이프를 빙그르르 돌리며 지수가 요이치에게 다가섰다. 그때 지수의 왼쪽에서 낯선 물체가 날아들어 왔다. 반사적으로 허리를 뒤로 젖혀 가까스로 날아오는 물체를 피했다. 지수는 놀란 눈으로 자신의 오른편 바닥에 떨어진 물건을 내려다봤다. 삽이었다. 요이치가 염력을 이용해 벽에 세워져 있던 삽을 날린 것이었다. 왼쪽 벽에는 아무도 없었다. 지수는 직접 눈으로 확인했음에도 믿을 수 없었다. 무심코 골목으로 들어선 관광객이 지수의 손에 들린 칼을 보고 놀라 달아났다. 지수의 시선은 여전히 삽을 향해 있었다. 그의 의심을 지우기라도 하듯 바닥에 떨어진 삽이 요란한 소리를 내며 떨렸다.

지수는 심장이 쿵쿵 뛰었다. 삽은 공중으로 치솟아 미사일처럼 곧장 지수의 목을 향해 날아왔다. 속도가 빨라 미처 피하지 못하고 양팔로 얼굴을 보호하며 삽을 막아 냈다. 무딘 삽날이 살을 찢으며 뼈에 부딪혔다. 손에 쥔 잭나이프를 놓쳤다. 요이치는 주자자오에서 만난 중국인 여자와는 격이 달랐다. 초능력이 곧 공격 무기였다. 그때 요이치가 성큼성큼 다가서며 지수의 턱으로 주먹을 날렸다. 충격적인 장면을 목격한 뒤라 지수의 몸이 무거웠다. 턱을 맞은 지수가 휘청거렸다. 곧 발등이 얼굴로 날아왔다. 이번에도 무방비 상태에서 발에 맞았다. 입술이 터지면서 피가 바닥으로 떨어졌다. 지수는 비틀거리며 사정거리에서 벗어나려고 했다. 그러나 이미 전세는 요이치에게 넘어갔다. 공중으로 솟구쳐 오른 요이치가 무릎으로 지수의 등을 내리찍었다. 지수는 무거운 암석이 등 위로 내리꽂힌 듯한 충격에 바닥으로 쓰러졌다.

고통으로 온몸이 떨렸다. 비명조차 나오지 않았다. 지수는 입을 벌린 채 침과 피를 쏟아 냈다. 근육이 뒤엉킨 듯 심한 경련과 함께 일부 근육에서는 마비 증세가 나타났다. 요이치가 쪼그리고 앉아 지수의 머리 위로 양손을 펼쳤다. 오아시스를 죽일 때와 마찬가지로 두개골을 부숴 버릴 작정이었다. 지수는 마치 총을 맞은 짐승처럼 바닥에 쓰러져 간헐적으로 몸을 떨었다. 몸은 움직이지 못했지만, 의식은 생생하게 살아 있었다. 요이치가 양손을 펼쳤을 때 지수는 죽음을 직감했다. 그것은 이전에 경험하지 못한 공포였다. 두려움으로 눈조차 감을 수 없었다. 사형 집행인은 냉정했다. 지수는 마지막으로 영원의 얼굴을 떠올렸다. 이상하게도 그녀의 얼굴이 기억나지 않았다. 그때 멀리서 신경질적인 호루라기 소리가 들려왔다. 요이치는 양손에 담은 마성의 에너지를 일시에 풀었다. 지수의 눈에서 흘러내린 눈물이 차가운 돌바닥을 적셨다.

영원은 비틀거리며 바닥에 주저앉았다. 마주 오던 행인이 놀라 반사적으로 물러섰다. 사십 대 중년의 부인 한 명이 영원의 어깨를 부축하며 중국말로 연신 질문을 쏟아 냈다. 마지막 힘을 짜내 영원은 자리에서 일어났다. 고개를 숙여 부인에게 고맙다는 인사를 하고 인파가 모인 광장으로 걸어갔다. 더는 달아날 힘이 없었다. 청나라 시대 복장에 동그란 안경을 쓴 사내가 영원을 유심히 바라봤다. 남자는 요지경 가게의 주인이었다. 남자 뒤로 나무 의자에 앉은 중국인 가족이 요지경을 들여다보고 있었다. 영원은 남자의 시선을 무시하고 앞으로 걸어갔다.

광장에는 관광객이 밀집해 있었다. 기와 처마 밑으로 눈에 익숙한 커피 전문점 간판이 보였다. 영원은 노천카페에 자리를 잡고 앉아 재킷 주머니에서 지수가 준 명함과 휴대 전화를 꺼냈다. 백곰에게 연락을 취해야 하는데 휴대 전화를 탁자 위에 올려놓았을 뿐 전화를 걸지 않았다. 머릿속으로 흐릿한 그림들이 뒤섞여 나타나고, 갈피를 잡을 수 없는 장면들이 스냅 사진처럼 나타났다 사라졌다. 논리적인 개연성도, 줄거리도 없는 그림이었다. 영원은 그림 속에서 지수를 찾았다. 그러나 그의 모습이 보이지 않았다. 집중할수록 그림 속의 군상이 점점 형태를 잃고 일그러졌다. 영원은 그런 자신에게 화가 났다. 정작 자신이 보고자 하는 미래는 그려지지 않았다. 그녀에게 주어진 초능력은 수동적이고 마조히즘적인 경향으로 변질되었다. 발가벗겨진 채 군중 앞에 선 느낌이었다.

옆자리에서 그녀의 불안한 모습을 관찰하고 있던 금발의 외국인 남자가 영원에게 영어로 말을 걸었다. 영원은 상황을 이해하지 못한 채 남자를 쳐다봤다. 갑자기 남자의 미래가 선명하게 보였다. 침대 위에서 동양인 여자와 뒹구는 장면이었다. 영원은 차가운 표정으로 얼굴을 돌렸다. 서양인 남자는 멋쩍은 표정을 지으며 어깨를 으쓱였다. 영원은 쟁반에 물컵을 받친 종업원을 불렀다. 낚아채듯 물 컵을 받아 단숨에 물을 마셨다. 그때 느닷없이 지수의 죽음이 보였다.

지수는 도륙 난 주검이 되어 바닥에 누워 있었다. 굳어 버린 몸뚱이에는 시퍼런 멍과 선혈 자국이 선명했다. 찢어진 옆구리 사이로 장기 일부가 흘러나와 있었다. 영원의 손끝이 파르르 떨렸다. 영원은 강한 햇살이 쏟아지는 광장에 서 있는 남자를 보았다. 대라리에서 보았던 중국인 남자가 팔짱을 끼고 서 있었다. 남자가 팔을 풀고 영원이 앉아 있는 곳으로 걸어왔다. 옅은 미소를 지으며 천천히 손을 내밀었다. 영원은 공포에 휩싸여 남자의 손을 잡았다. 다시 그림이 사라졌다. 마침내 영원이 뒤섞인 그림의 수수께끼를 풀었다. 자신이 그들을 피할수록 고통은 커진다. 선택은 피할 수 없다. 지수를 살리기 위해서는 자신이 그들을 따라가야 한다. 돌이 그녀를 부르고 있다. 운명을 피하는 방법은 죽음뿐이다.

상하이 라오제에 검은 벤츠 리무진이 도착했다. 차에는 중국인 초능력자들이 타고 있었다. 앞좌석에 앉은 위제는 베레타 권총에 탄창을 결합했다. 눈을 감은 쉬징레이가 낮은 목소리로 말했다.

"중화의 꽃이 우리를 기다리고 있어요."

위제와 왕할쯔가 놀라 그녀를 동시에 바라봤다.

쉬징레이의 말대로 이영원이 노천카페에 앉아 있었다. 위제는 광장 입구 요지경 가게 근처에 멈추어 서서 상황을 지켜봤다. 왕할쯔와 쉬징레이가 영원을 향해 걸어갔다. 영원은 창백해진 얼굴로 자신을 향해 걸어오는 두 여자를 바라봤다. 키가 큰 여자가 눈동자를 굴리며 주변을 살피고 있었다. 주자자오에서 만난 여자였다. 그녀 옆에 키가 작고 앳된 여자가 멈추어 서서 손을 내밀었다.

"상하이에 오신 걸 환영합니다."

영원은 요지경 가게 앞에 버티고 있는 중국인 남자를 곁눈질로 바라봤다. 방금 전, 그녀가 보았던 미래에서는 중국인 남자가 다가와 손을 내밀었다. 디테일이 수정되었다. 영원은 손을 내밀어 쉬징레이의 손을 잡았다. 여리고 따뜻한 손이었다. 그 순간 영원은 자신이 보았던 미래가 바뀌었다는 것을 알았다.

리무진은 혼잡한 시내 도로를 벗어나 외곽 순환 도로로 접어들었다. 영원이 가운데에 앉고 두 여자가 호위하듯 옆자리에 앉았다. 방음 장치가 완벽해 외부의 소음은 거의 들리지 않다. 서늘한 에어컨 바람이 살갗에 부딪히고 은은한 녹차 향이 코로 밀려들어 왔다. 차창 밖 도시의 풍경이 비현실적으로 보였다. 130킬로미터 이상으로 달리지만 거의 속도감을 느낄 수 없었다.

영원은 중국인 3인조의 느긋하고 정중한 태도에서 특별한 느낌을 받았다. 일본인에게 납치되어 끌려갔을 때 받은 공포감과는 비교할 수 없는 안정감이었다. 예상과 달리 수갑을 차지도, 안대를 쓰지도 않았다. 중국인 여자들은 반듯한 자세로 앉아 있었다. 자신을 대하는 모습에서 영원은 그들의 묘한 긴장을 읽어 낼 수 있었다. 한국말을 하는 여자는 유독 굳어 있었다. 영원은 설명할 수 없는 애틋한 친밀감을 느꼈고, 마치 오래전부터 그녀를 알고 있었던 것 같은 기분마저 들었다.

풍경이 바뀌어 인적이 드문 시골 마을이 나타났다. 타임캡슐을 타고 이동한 듯 순식간에 도시가 사라졌다. 곧이어 농경지와 마을마저 모습을 감추었다. 검은 리무진은 이제 아스팔트 외길을 탔다. 한동안 영원의 눈에는 잎사귀를 늘어뜨린 이국의 나무만 보였다. 숲은 깊었고 안으로 들어갈수록 침묵의 밀도는 높아졌다. 그녀는 눈을 감았다. 숲은 이전에 와본 곳이었다. 바로 지수의 꿈속에서 보았던 그 숲이었다. 지수를 내버려 두고 혼자 들어간 숲, 영원은 숨을 깊이 들이마셨다. 꿈속에서 했던 지수와의 입맞춤이 떠올랐다. 지수는 왜 자신을 뒤쫓아 숲으로 들어오지 않았을까?

벤츠가 멈춘 곳은 복층 구조의 중국식 건물 입구였다. 차에서 내린 영원이 제일 먼저 본 것은 처마 밑의 현판이었다. 글씨를 심하게 흘려 써 영원이 읽을 수 있는 글자는 사당祠堂이라는 마지막 두 글자뿐이었다. 적갈색 기와로 지붕을 장식한 정문은 심하게 낡아 있었다. 나무 대문에 바른 붉은 페인트는 거의 벗겨져 있고 적색 벽돌과 회색 벽돌을 무분별하게 쌓아 놓은 담벼락도 여기저기 훼손되어 있었다. 최고급 벤츠의 주인이 기거하는 저택의 외양으로는 어울리지 않았다. 다만 하늘로 날아오를 듯 추켜 올라간 지붕과 지붕을 떠받치는 기둥의 크기와 높이만큼은 압도적이었다.

영원은 중국인 여자의 안내를 받아 건물 내부로 들어섰다. 서늘한 그늘을 통과하자 박석이 깔린 넓은 마당이 나타났다. 영원은 갑자기 멈추어 섰다. 몸속으로 강력한 에너지가 쏟아져 들어와 발걸음을 뗄 수가 없었다. 이 건물을 지배하는 주인은 인간이 아니었다. 불가해한 에너지는 그녀의 몸을 통과해 빠져나갔다. 쉬징레이가 영원의 몸에서 일어난 변화를 처음으로 감지했다. 중화의 꽃, 그녀가 온 것이다. 건물 곳곳에 숨어 이 장면을 지켜보던 사람들 모두 두려움을 느껐다.

　안채로 향하는 회랑을 지나면서 중국인 남자의 모습이 보이지 않았다. 영원은 상관하지 않고 쉬징레이의 뒤를 따라 걸었다. 왕할쯔가 맨 뒤에서 영원을 따랐다. 건물 내부에는 바깥의 포근한 날씨와 상관없이 찬 기운이 흘렀다. 볕이 들지 않는 회랑 바닥 구석 곳곳에 푸른 이끼가 카펫처럼 깔려 있었다. 정사각형 마당을 지나자 담벼락이 양옆으로 쳐진 좁은 길이 나타났다. 복도는 부유한 상인의 괴팍한 취향을 드러내듯 미로처럼 복잡하게 꼬여 있었다. 영원은 되돌아가는 길을 기억하지 않았다. 그녀는 울트라라이트 19가 지배하는 세계의 중심부로 들어왔음을 인식했다. 눈에 보이는 출구와 입구는 아무런 의미가 없었다. 계단을 오르고 여러 개의 문을 통과해 마침내 본전에 도착했다. 영원은 고개를 들어 건물의 높이를 가늠했다. 전형적인 중국 고건축답게 웅장하고 건물 뒤쪽으로 울창한 숲이 병풍처럼 둘러쳐져 있었다. 입구를 지키고 선 건장한 사내 둘이 일행을 향해 고개를 숙였다. 왕할쯔의 지시를 받은 사내들이 서둘러 자리를 떴다.

　건물 내부는 텅 비어 있었다. 가구와 소품은 보이지 않고 오직 음습한 공기만이 가득했다. 공기 중에 섞인 옅은 향 내음이 코끝으로 스며들었다. 영원은 본전 건물 내부의 높이와 크기에 압도당했다. 거대한 빈 공간은 우주의 광대함을 표상하는 듯했다. 쉬징레이가 눈짓으로 영원을 이끌었다. 맞은편 벽에 외부로 통하는 문이 있었다. 쉬징레이가 문을 열고 밖으로 나갔다. 건물 뒤편의 숲이었다. 영원이 나오자 쉬징레이가 조심스러운 동작으로 문을 닫았다. 건물과 숲 사이의 작은 공터에 원형의 목조 구조물이 있었다. 영원은 주위를 살폈다. 숲과 건물 벽만 보일 뿐이었다. 자연과 인공 구조물이 조화를 이

뭐 만든 비밀스러운 공간. 쉬징레이는 아무런 동작도 취하지 않고 바른 자세로 서 있었다.

잠시 후 숲과 건물 외벽이 맞닿은 응달진 계단에서 두 명의 젊은 여자와 백발의 노부인이 나타났다. 세 사람 모두 창백한 푸른빛이 도는 치파오를 입고 있었다. 쉬징레이가 노부인을 향해 고개를 숙였다. 노부인은 인자한 미소를 지으며 영원을 응시했다. 머리카락은 하얗게 쇠었지만, 피부의 탄력이 좋아 쉽사리 나이를 짐작하기 어려웠다. 몸매도 거의 흐트러지지 않아 딱 붙는 치파오를 젊은 여자들보다 더 완벽하게 소화했다. 노부인이 오른손을 슬쩍 들었다. 뒤에 서 있던 젊은 여자 한 명이 찻잔을 얹은 쟁반을 들고 영원에게 다가섰다. 찻잔에는 붉은 꽃잎을 올린 선홍빛 차가 들어 있었다. 영원이 머뭇거리자 노부인이 웃으며 차를 권했다.

"긴장을 덜어 주는 차입니다."

쉬징레이가 나직하게 말했다. 영원은 차를 마셨다. 차는 미지근하고 흙냄새가 났다. 차에는 환각을 일으키는 성분이 들어 있었다. 차를 다 마시자 젊은 여자 둘이 다가와 영원 옆에 섰다. 영원은 불안한 시선으로 그들을 바라보았다.

"옷을 벗어요."

영원은 놀라 눈을 크게 떴다. 그제야 원형 나무통이 욕조라는 사실을 알아차렸다. 왼쪽에 선 여자가 영원의 어깨 위로 손을 올리자 영원은 반사적으로 몸을 뒤로 뺐다. 그 모습을 보고 노부인이 여자에게 지시를 내렸다. 양옆의 여자들이 망설임 없이 치파오를 벗었다. 여자들은 속옷을 입지 않아 그대로 알몸이 되었다. 영원은 이 자리를 피할 수 없다는 것을 알았다. 노부인은 호의적인 미소를 짓고 있지만 절대 물러날 분위기가 아니었다. 영원은 천천히 옷을 벗었다.

영원이 물속에 몸을 담그자 젊은 여자들이 차례로 욕조로 들어왔다. 목욕물은 조금 전에 마신 차와 마찬가지로 미지근하고 옅은 흙냄새가 났다. 꽃잎이 넓은 흰 꽃과 붉은 꽃이 수면에 떠 있어 조금 어지러웠다. 목욕 시중을 드는 두 여자가 영원의 몸에 물을 끼얹어 주었다. 영원은 욕조에 고정된 나무 의자에 앉아 몸을 맡긴 채 그들의 행동을 지켜봤다. 물은 영원의 어깨 높이까지 차올랐다. 영원은 물 위로 드러난 여자들의 가슴을 바라보다 한숨을 지었다. 치파오를 입고 있을 때는 몰랐지만, 알몸이 된 상태에서는 여자들의 나이를 비교적 정확하게 가늠할 수 있었다. 아직 성인이 되지 않은 아이들이었다. 교사 생활을 계속했다면 자신이 가르치고 있을 아이들과 같은 또래일 것이다.

영원은 물속에서 여자아이들의 손이 자신의 몸에 닿는 것을 느꼈다. 자신과 마찬가지로 아이들도 긴장하고 있었다. 욕조 바깥에서 이 장면을 지켜보는 노부인은 여전히 인자한 미소를 짓고 있었다. 그때 작은 돌풍이 불어와 숲에서 소란이 일었다. 잎사귀를 늘어뜨린 고목과 무성하게 자란 풀들이 흔들리며 요동쳤다. 그러나 바람은 이내 잠잠해졌다. 영원은 추위를 느꼈다. 목과 팔에 잔 소름이 돋아났다. 물 온도가 조금만 더 높았으면 좋겠다고 생각했다. 그러나 그 생각이 잘 못이라는 것을 곧 알아차렸다. 영원의 몸이 차츰차츰 뜨거워지기 시작했다. 하복부에서 시작된 미열이 혈관을 타고 온몸을 데우기 시작했다. 열은 곧 얼굴과 이마까지 올라왔다. 뺨이 붉어지고 이마에 송골송골 땀이 맺혔다. 흰 천을 든 여자아이가 얼굴에 맺힌 땀을 닦아 주었다. 목욕 전에 마신 차 기운이 효능을 발휘하는 것 같았다. 영원은 힘을 빼고 여자아이들에게 몸을 맡겼다. 여자아이의 손이 자신의 가슴에 닿아도 그녀는 저항하지 못했다. 만족스러운 미소를 띤 채 노부인이 모든 상황을 지켜보았다.

영원은 노부인이 건넨 붉은 비단 치파오를 입었다. 여자아이들과 마찬가지로 속옷도 입지 않고 치파오만 입었다. 가슴과 허리로 이어지는 부분에 여의주를 입에 문 용이 승천하는 그림이 그려진 치파오였다. 노부인은 치파오를 입은 영원을 바라보며 감탄사를 터뜨렸다. 노부인과 쉬징레이가 몇 마디 대화를 주고받았다. 쉬징레이는 노부인의 질문에 짧게 대답했다. 영원은 집중할 수 없었다. 몸이 공중에 뜬 것처럼 현기증이 났고 사물이 제대로 보이지 않았다. 몸 구석구석에 여자아이들의 손길이 머문 감각이 아직 남아 있었다. 유두는 딱딱하고 하복부는 야릇한 쾌감으로 욱신거렸다. 노부인이 다가와 찻잔에 든 물을 중지로 적셔 영원의 이마와 코, 입술에 살짝 찍었다. 양옆의 여자아이들은 말린 꽃잎을 손가락으로 부셔서 가루로 만들어 영원의 어깨에 뿌렸다. 그때 감청색 투피스를 입은 전령이 나타나 노부인에게 조용히 메시지를 전달했다. 노부인이 미간을 좁히며 말했다.

"계획이 바뀌었다. 곧장 베이징으로 간다."

중화의 꽃이 나타났다는 소식은 교단 지도부의 핫라인을 통해 빠르게 전파되었다. 중국 전역과 국외에서 활동 중인 핵심 구성원이 비밀리에 베이징으로 향하고 있었다. 위제와 왕할쯔, 쉬징레이가 영원을 호위했고 노부인과 수행원이 동행했다. 이동 경로는 단순했다. 푸둥 공항까지 헬기로 이동한 뒤, 활주로에 대기하고 있던 전용기를 탔다. 영원은 안락한 가죽 의자에 앉아 눈을 감고 휴식을 취했다. 발아래로 어둠에 싸인 거대한 땅이 깊은 강처럼 흐르고 있었다. 일순간에 모든 것이 변해 버렸다. 그녀는 여고생들에게 영어를 가르치는 영어 교사도, 관제탑에서 무선통신으로 비행기의 이착륙을 유도하는 관제사도 아니었다. 영원의 새로운 이름은 여의주를 문 용이 승천하는 그림이 그려진 붉은 비단 치파오를 입은 중화의 꽃이었다.

집회 장소는 베이징 근교의 저택이었다. 신해혁명과 군벌 혼전 시대를 거치면서 여러 차례 주인이 바뀐 저택은 교단의 중추 세력이 중요한 결정을 내리거나 의식을 치를 때 이용되는 장소였다. 저택의 주인이 누구인지조차 베일에 가려져 있을 만큼 보안 유지가 완벽했다. 광범위한 대중을 상대로 한 종교 단체라기보다는 소수 엘리트의 비밀 결사 조직에 가까운 형태여서 정보 누출은 거의 없었다. 저택은 육중한 암석으로 쌓은 성벽에 둘러싸여 있었다. 교단의 최정예 무사들이 경비를 서고 곳곳에 중무장한 중대급 병력이 분산 배치되었다.

저택 뒷마당에 이미 수십 대의 세단이 도착해 중화의 꽃을 기다리고 있었다. 육순과 칠순을 넘긴 노인들이 대부분인 지도부는 각자의 방으로 안내되어 의식에 참가하기 위해 복장을 갈아입었다. 차이나 칼라로 된 치파오를 선택한 노인도 있지만, 대부분은 쑨원이 고안한 인민복인 중산복을 입었다. 마오 룩으로도 알려진 공식 예복을 입으며 노인들은 회상에 젖었다. 활동성이 떨어지는 디자인에 터무니없이 높은 가격인 서양 의복과 비교하면 얼마나 실용적이며 효율적인가? 노인들은 선배 혁명가의 탁월한 심미안에 새삼 감탄했다.

그들은 박석이 깔린 마당에 도열해 중화의 꽃을 기다렸다. 서로의 면면을 살피며 그들은 교단의 힘을 확인했다. 집회에 참석한 이들은 대부분 당과 정·재계를 주무르는 인물과 군부의 핵심 인사였다. 간간이 사회적 영향을 지닌 지식인과 대중에게 얼굴이 알려진 예술가들의 모습도 보였다. 서로 힘을 합치면 경천동지의 대사건을 일으킬 수 있을 만큼 다양한 분야에서 권력을 가진 실세들이었다. 그들은 산전수전을 두루 겪은 노장답게 흥분과 긴장을 감추고 태연하게 행동했다. 노인들의 어깨에 밤이슬이 내려앉았다. 자리를 뜨는 이는 없었다.

마침내 중화의 꽃을 실은 리무진이 도착했다. 노인들은 숨을 죽였다. 앞좌석에 앉은 위제가 먼저 내려 뒷문을 열었다. 붉은 비단 치파오를 입은 영원이 천천히 차에서 내렸다. 자정을 넘긴 시각, 밤이슬로 축축해진 저택의 마당이 일군의 노인들이 내뱉는 탄성으로 채워졌다. 노인들은 '중화의 꽃'이 주는 아름다움에 압도되었다.

의식은 저택 중앙 홀 지하에 마련된 비밀 회당에서 열렸다. 회당이라고 하지만 실제로는 두꺼운 콘크리트 방벽을 쌓아 핵폭탄 공격에도 버틸 수 있도록 설계된 지하 벙커였다. 높은 천장에 자연광이 들지 않아 언뜻 보면 고대 국가에서 만든 황제의 지하 무덤 같은 분위기였다. 의식에는 최소한의 실무 인원과 교단의 핵심 인물들만 참여했다. 그렇지만 노인들의 수만도 40명이 넘었다. 영원은 의식이 흐릿한 상태에서 중국인 노인들을 바라보았다. 치파오와 인민복을 입은 노인들은 빛바랜 흑백 사진에서 걸어 나온 인물들 같았다.

중화의 꽃은 종교 단체에서는 예외적인 집단 지도 체제를 채택하고 있었다. 그런 면에서 강력한 카리스마를 지닌 교주가 독단적인 리더십으로 교단을 이끄는 여타 신생 종교 단체와는 확연히 달랐다. 그들은 견제와 균형을 중요시했고 중공의 역사적 실패와 성공을 교훈

삼아 새로운 형태의 교단 조직을 만들어 냈다.

오늘 의식은 장광즈張光直 도인이 맡았다. 그는 중국인민해방군 장교 출신으로 교단에서 실질적인 권한을 행사하는 인물이었다. 퇴역이후 공산당의 주요 요직을 거쳐 관료의 길을 걸었다. 중화의 부활을 알리는 데 중국 군대가 중요한 역할을 수행할 것이라는 믿음을 가진 인물로, 무력 충돌과 폭력 사태에 적극 개입하려는 의지를 가진 강경파의 수장이었다. 위제를 교단으로 이끈 이도 그였다.

장광즈 도인이 제단 앞에 서자 의식이 시작되었다. 상하이 노부인과 교단의 실무자들이 곁에서 도인을 도왔다. 금으로 장식한 제단 옆 웅장한 나무 의자에 앉은 영원을 제외하고는 모두 서서 의식에 참여했다. 영원은 집중하려 했지만, 눈앞의 사물조차 제대로 분간할 수 없었다. 그녀의 정신은 현실과 비현실의 경계를 넘나들었다. 폐쇄된 공간에 갇힌 짙은 향냄새로 머리가 어지러웠다. 그녀의 몽환적인 감상과 상관없이 의식은 순조롭게 흘러갔다. 복잡하고 엄격한 법식에 따라 치러진 긴 의식은 노인들에게 만족감을 주었다. 그들은 형식적인 절차와 관례에 따라 행해지는 의식을 통해 자신들의 존재를 확인했다.

마침내 의식의 가장 마지막 단계에 이르렀다. 영원이 중화의 꽃임을 확인하는 절차로 오늘 집회의 하이라이트였다. 노인들의 눈이 빛났다. 푸른색 치파오를 입은 젊은 여성 둘이 영원의 어깨를 부축해 일으켜 세웠다. 노부인이 다가와 주문을 외우며 영원의 이마를 다섯 손가락으로 차례차례 짚었다. 영원의 머릿속으로 거대한 종의 파동이 일어났다. 파동은 그녀의 영혼과 육체를 뒤흔들며 퍼져 갔다. 그녀는 정신을 잃고 쓰러졌다. 대기하고 있던 검은 치파오를 입은 청년이 영원을 들어 올렸다. 곧이어 그녀의 육체가 제단에 올려졌다.

금장한 제단은 우아하고 화려했다. 영원이 입은 치파오의 붉은색이 황금빛과 잘 어울렸다. 옆트임 사이로 보이는 영원의 허벅지와 종아리의 밝은 살빛도 노인들에게는 경이로웠다. 영원은 깊이 잠든 것처럼 보였다. 그러나 그녀의 무의식은 살아 있었다. 영원은 깊은 최면에 빠져 우주의 심연을 들여다보고 있었다.

노부인이 새 향을 피우고 제단을 향해 삼배를 올렸다. 제단 위에는 비단 보자기로 싼 물건과 영원이 누워 있었다. 삼배를 마친 노부인은 무릎을 꿇고 주문을 외우기 시작했다. 주문이 끝나자 노부인은 자리에서 일어나 제단으로 걸어갔다. 장광즈 도인이 그녀를 뒤따랐다. 조심스러운 동작으로 비단 보자기를 풀자 순금 상자가 나타났다. 노부인이 합장한 뒤, 상자의 덮개를 열었다. 검은 돌, 울트라라이트 19가 모습을 드러냈다. 찬탄과 경외가 빚어낸 침묵이 무겁게 회당을 짓눌렀다. 노부인의 도움을 받아 장광즈 도인이 양손으로 돌을 들어 올렸다. 도인이 천천히 돌을 영원의 배 위에 얹었다. 칠순을 넘긴 노인의 이마에 땀이 배어났다. 19킬로그램이나 나가는 무거운 돌이지만, 영원의 배 위에 놓이자 이내 부드러운 솜뭉치처럼 가벼워졌다. 노부인과 도인이 뒷걸음으로 물러나 다시 삼배를 올렸다. 이로써 모든 의식이 끝났다. 이제 예언이 실현되는 일만 남았다. 중화의 꽃, 그녀가 피어나는 것이다. 군집을 이룬 고목처럼 우두커니 선 채, 노인들은 잠든 영원과 돌을 주시했다.

돌은 서서히 영원의 육체와 의식을 잠식해 들어갔다. 시작은 빛이었다. 검고 딱딱한 표면에 가려 보이지 않던 빛이 점점 커지며 외부로 터져 나왔다. 미세한 구멍을 뚫고 나온 섬광이 기하급수적으로 불어나며 빛을 발하더니 곧 지하 회당 내부를 마치 초신성이 폭발한 우주 공간처럼 만들었다. 빛의 세기가 너무 밝아 노인들은 실제로 아무것도 보지 못했다. 그들은 그저 놀라움과 두려움으로 휘황한 빛을 바라봤다. 전위적인 레이저 쇼를 연상케 하는 빛의 향연이 끝나고 점차 돌에서 나온 빛의 강도가 사그라졌다. 빛은 돌이 놓인 영원의 배꼽으로 빨려 들어가는 것처럼 보였다. 그녀는 빛을 집어삼키는 블랙홀이었다.

얼핏 단순한 물리적 현상처럼 보이는 장면과 달리 잠든 영원의 무의식은 깊고 복잡 다양한 이미지와 무한한 데이터의 충돌로 혼란스러웠다. 그녀는 시공의 한계를 뛰어넘으며 우주의 끝으로 날아갔다. 육체는 쪼갤 수 있는 최소 단위의 입자가 되어 우주 공간으로 분사되고 어느 시점에서 다시 결합해 새로운 형태의 물질로 변했다. 그 과정에서 획득된 정보는 무한대의 저장 능력을 지닌 무의식의 창고로 흘러들어 갔다. 무의식과 반대로 영원이 직면한 의식의 세계는 기이하게도 경험과 감각에 의존한 허구 세계였다. 현실 세계에 기생한 허구 세계는 실제 세계보다 구체적이고 사실적이었다. 그녀는 미지의 남자에게 쫓겼다. 나무와 흙과 돌, 풀로 덮인 숲이었다. 빛은 무성한 나무줄기와 잎에 차단되어 흙과 돌이 있는 땅으로 들어오지 못했다. 근처에 사나운 계곡이 있는 듯 물소리가 들려왔다. 습기를 머금은 흙과 미끈거리는 돌을 밟으며 영원은 위태롭게 달렸다. 지수와 헤어져 혼자 들어온 숲이었다. 꿈속에서와 마찬가지로 흰 원피스를 입었고 맨발이었다. 시간이 지날수록 숨이 차올랐다. 추격하는 남자는 검은 그림자였다. 질감과 밀도를 감지할 수 있는 그림자가 그녀를 뒤쫓고 있었다.

어느 순간, 서북 하늘에 뜬 먹구름이 몰려와 퍼붓는 폭우처럼 순식간에 거리를 좁힌 그림자가 그녀를 쓰러뜨렸다. 영원은 손바닥으로 땅을 짚으며 넘어졌다. 그녀는 빠르게 몸을 돌려 그림자를 정면으로 바라봤다. 검은 얼굴에는 형태와 윤곽이 드러나지 않았다. 그림자가 난폭하게 그녀의 원피스를 찢었다. 저항은 불가능했다. 숨을 들이쉬며 의식을 유지하는 것이 유일한 방어 수단이었다. 알몸이 된 영원을 그림자가 끌어안았다. 영원은 얼굴을 돌려 그림자를 외면했다. 그녀의 뺨과 목덜미로 그림자가 얼굴을 밀착했다. 그림자는 차가웠다. 온몸에 소름이 돋았다. 영원은 가까이서 들리는 물소리에 귀를 기울였다. 얼음과 암석 사이로 흐르는 차가운 물이 숲을 빠져나가고 있었다. 그림자가 영원의 몸속으로 들어왔다. 그러나 거칠게 옷을 찢을 때와 달리 그림자는 부드럽게 영원을 안았다. 묘하게도 친밀하고 익숙한 느낌의 포옹이었다. 영원은 지수를 떠올렸다. 그는 어디에 있을까? 숲과 외부 세계의 경계에 서서 그는 무엇을 할까? 지수가 나타나 그림자 사내를 물리쳐 주기를 영원은 희망했다. 그러나 지수는 끝내 나타나지 않았다.

그 순간 믿을 수 없는 일이 일어났다. 육체가 반응하기 시작한 것이다. 영원은 고개를 돌려 그림자 사내를 쳐다봤다. 그림자는 맹렬하게 자신의 몸속으로 파고들었다. 영원은 아찔한 현기증을 느꼈다. 깊이를 잴 수 없는 아득한 심연으로 몸이 추락했다. 손을 뻗어 그림자 사내를 힘껏 끌어안았다. 그림자가 몸속 깊이 들어올수록 사내의 등을 움켜쥔 그녀의 손에도 힘이 들어갔다. 입술이 벌어지고 신음이 새어 나왔다. 육체의 쾌락은 이성을 압도했다. 그녀가 무너지고 다음으로 그림자가 무너졌다. 모든 힘을 소진한 사내가 영원의 몸에서 내려갔다.

숲은 다시 고요와 적막 속으로 가라앉았다. 영원은 누운 채 공중을 바라봤다. 무성한 줄기와 잎 사이로 한 줄기 빛이 숲으로 들어오고 있었다. 그림자 사내가 급하게 몸을 일으켰다. 영원이 손을 뻗어 그림자 사내의 팔을 잡았다. 그를 보내고 싶지 않았다. 호기심과 성적 욕망, 두려움, 수치심이 뒤섞여 영원은 그를 붙들었다. 그림자가 영원을 내려다보며 고개를 저었다. 그러고는 팔을 뻗어 숲으로 이어지는 길을 가리켰다. 영원의 시선이 따라갔다. 그가 가리킨 곳에는 검은 어둠이 두껍고 오래된 나무들 사이에서 몸을 웅크리고 있었다. 그림자는 더 깊은 어둠을 원했다. 사내는 빛을 피해 달아나려고 했다. 영원은 애원하는 눈빛으로 그림자에게 호소했다. 그러나 그림자는 매몰차게 그녀를 내팽개쳤다. 그림자가 달리기 시작했고 이내 그의 몸은 숲의 어둠에 파묻혀 보이지 않았다. 그녀는 공중에 위태롭게 매달린 빛과 숲의 어둠을 번갈아 바라봤다. 아무 일도 일어나지 않은 듯, 숲은 평화롭기만 했다.

중화의 꽃이 깨어났을 때, 노인들은 머리를 조아렸다. 기적을 두 눈으로 확인한 노인들은 감격과 흥분으로 몸을 떨었다. 살아서 예언의 실현을 볼 것이라고는 생각하지 못했는데, 눈앞에 중화의 꽃이 부활해 있었다. 예언이 부정할 수 없는 사실로 확인되었다. 중화의 꽃이 제단에서 일어나 노인들을 내려다봤다. 호기심 많은 몇몇 노인이 고개를 들어 그녀를 쳐다봤다. 영원의 얼굴에 묘한 미소가 어렸다.

20

동이 트면서 의식은 끝났다. 노인들은 사람들의 눈을 피해 서둘러 자리로 돌아갔다. 중화의 꽃을 만난 일이 꿈처럼 여겨져 현실감을 회복하는 데 많은 시간이 걸렸다. 영원과 노부인 일행은 상하이로 돌아갔다.

영원에게 일어난 첫 번째 변화는 주변 사람들에게 충격을 줬다. 그녀는 중국어를 듣고 말할 수 있게 되었다. 외국어와 관련된 초능력 제노글로시가 일시적으로 나타나는 현상인 반면, 영원의 외국어 능력은 지속적이며 시간이 지날수록 점점 강화되었다. 그녀는 새로운 응용 프로그램을 탑재한 컴퓨터처럼 태연하게 중국어를 구사했다. 쉬징레이의 탁월한 외국어 학습 능력조차 비교가 안 되는 강력한 초능력이었다.

비어 있던 본전 건물 내부가 중화의 꽃이 거처하는 내실로 바뀌었다. 수백 년을 이어 온 고가구가 들어왔고 박물관에서나 볼 수 있는 도자기와 고가의 장식품들이 내실의 기품을 드러내기 위해 자리를 잡았다. 휴식을 취하는 침대 주위로 여러 겹의 비단 휘장을 둘러 그녀의 모습을 직접 보지 못하도록 했다. 모든 작업은 상하이 노부인의 지휘 아래 꼼꼼하게 이루어졌다. 노부인은 영원의 곁에 머물며 그녀의 일거수일투족을 관찰했다. 그녀는 명상과 기 수련이라는 이름으로 영원의 몸에 손을 댈 수 있는 유일한 인물이었다.

노부인은 사전에 준비한 계획에 따라 철두철미하게 영원의 의식을 지배하는 세뇌 공작을 수행했다. 위제를 비롯한 교단 내의 모든 초능력자가 신성한 돌과의 통섭 이후, 그녀의 지도를 받았다. 그런 점에서 영원도 예외가 아니었다. 노부인은 손가락을 통해 타인의 마음을 읽어 내는 능력을 갖추고 있었다. 자신의 생각을 타인의 의식 속에 심을 수도 있었다. 환각제와 최면술로 극대화한 세뇌 기술은 타의 추종을 불허했다. 영원 역시 새장에 갇힌 카나리아 신세가 되어 그녀의 지시에 따라 움직였다. 중국어로 듣고 말하기 시작하면서 영원은 자연스럽게 자신이 중화의 꽃이라는 사실을 받아들였다. 모든 것이 노부인의 치밀한 세뇌 교육의 결과였다. 노부인은 빠른 변화를 보이는 영원을 관찰하며 어느 때보다 만족했다. 영원은 그 자체로 무궁무진한 가능성을 지닌 우주였다.

새벽 3시, 위제는 보름달을 좇아 숲으로 들어갔다. 깊이 들어갈수록 달빛이 가려져 어둠이 짙어졌다. 무성한 잎과 나무줄기에 빛이 완전히 차단되자 숲은 암흑 속에 잠겼다. 그러나 위제는 사물을 정확히 분간할 수 있었다. 그의 밝아진 눈은 중화의 꽃이 오고 난 이후 일어난 변화 중 하나였다. 베이징에서의 의식 이후, 오감은 극도로 예민해지고 몸속 에너지는 증폭되었다. 낮 시간에 그는 집중적으로 자신의 초능력을 시험했다. 20여 미터나 떨어진 거리에서 200킬로그램이 넘는 무쇠 항아리를 염력으로 들어 올리는 데 성공했을 뿐만 아니라 공중에 뜬 항아리로 돌진해 주먹으로 깨뜨렸다. 이전에는 엄두조차 못 낼 일이었다. 몸의 변화는 긍정적인 신호였다. 자연스럽게 위제는 두 번째 예언을 떠올렸다. '중화의 꽃이 선택한 자가 초인이 된다.' 심장이 두근거렸다. 자신의 몸 안에서 예언이 실현되고 있었다. 그의 염력은 몇 배나 더 강화되었다. 과거에 초능력을 키우기 위해 기울인 노력과 시간은 모두 허사였다. 그의 초능력은 언제나 제자리를 맴돌았다. 그러나 중화의 꽃이 나타나자 순식간에 모든 것이 달라졌다. 불과 얼마 되지 않은 시간에 그의 초능력이 몰라보게 증폭되었다. 위제는 자신의 변화를 다른 사람들에게 숨겼다. 중화의 꽃이 자신을 선택하는 날까지 몸을 낮추고 기다리는 것이 자신이 할 일이었다.

어느새 위제는 숲의 정상에 다다랐다. 야트막한 산이지만 주변에 높은 산이 없어 시야가 아득히 먼 지평선까지 뻗어 갔다. 보름달이 세상을 비추고 있었다. 위제는 상하이 지부 건물이 자리 잡은 곳을 내려다봤다. 어슴푸레 본전의 윤곽이 드러났다. 그곳에 중화의 꽃이 잠들어 있다. 위제는 숨을 들이마시고 천천히 옷을 벗었다. 티셔츠와 바지는 물론 운동화와 팬티도 벗고 알몸으로 달빛 아래 섰다. 단단한 근육과 균형 잡힌 체격이 조화를 이룬 무사의 몸이었다. 철을 깨뜨리고 돌을 부수는 연장과 무기로서 역할을 수행하기 위해 담금질된 육체였다. 위제의 몸은 달빛을 받아 아름답게 빛났다. 그러나 인간의 시선을 불편하게 만드는 실루엣이 몸의 중심에서 돋아나 있었다.

교단에 입단한 이후, 명상과 무술 수련을 통해 그는 성욕을 통제할 수 있었다. 자연스럽게 그는 여자를 멀리했다. 하찮은 본능에 이끌려 평범한 인간의 삶 속으로 빠지는 것은 수치였다. 그러나 중화의 꽃이 나타나면서 잠들어 있던 성적 욕구가 갑자기 고개를 내밀었다. 위제는 당혹스러웠다. 성욕은 수면 욕구마저 집어삼켰다. 새벽에 칠흑 같은 숲길을 헤매야 할 만큼 성욕은 끈질겼다. 기의 팽창으로 일어난 부작용이라는 설명조차 그에게는 부끄러운 일이었다. 위제의 시선이 다시 중화의 꽃이 잠들어 있는 본전 건물로 향했다. 그가 서 있는 곳에서 수백여 미터나 떨어진 거리였다. 그는 중화의 꽃을 뚜렷하게 볼 수 있었다. 돌을 배 위에 올린 채 제단에 누운 중화의 꽃을 생생히 기억했다. 위제의 손이 천천히 음경으로 향했다. 고고한 달빛 아래 완벽한 육체를 소유한 인간이 전장의 깃발처럼 밤바람에 흔들렸다.

위제는 늦잠을 잤다. 손톱에 비릿한 냄새를 풍기는 짐승의 피가 묻어 있었다. 숲을 내려오던 길에 야생 들개 두 마리를 죽였다. 인근 농가에서 가축을 잡아먹고 사는 들개였다. 그들은 어두운 풀숲에 숨어 교미하고 있었다. 위제는 엉겨 붙은 들개를 보자 혐오감에 사로잡혔다. 들개의 목뼈를 직접 손으로 부러뜨리고서야 가슴속의 역겨움이 가라앉았다. 계곡물에 손을 씻었는데도 손톱에 묻은 짐승의 피가 완전히 지워지지 않았다.

장광즈 도인이 대청마루에 앉아 녹차를 마시며 위제를 기다렸다. 도인은 의식 때 입은 인민복을 그대로 입고 있었다. 중화의 꽃을 만난 감격스러운 그날의 기억을 옷으로나마 남겨 두고 싶었기 때문이다. 도인은 만면에 웃음을 지으며 차를 마셨다. 모든 일이 의도한 대로 흘러가고 있었다. 잠깐이나마 위태롭던 자신의 지도력이 중화의 꽃으로 더욱 공고해졌다. 장광즈는 교단의 집단 지도 체제에 불만을 품고 있었다. 약한 자가 강한 자의 지배를 받는 것은 자연의 이치다.

문화를 이룬 인간 사회에서도 약자는 보호의 대상이 될지언정 권력을 나눌 협력자가 될 수는 없었다. 그런데도 교단은 구태의연하게 옛 방식을 고집하고 있었다. 중화의 꽃이 나타난 이상, 교단은 새로운 시대에 어울리는 조직 개편이 필요했다. 권력을 집중해 효율성을 극대화하는 일이 급선무였다.

위제가 다가와 묵례하고 도인 앞에 앉았다. 장광즈는 위제의 얼굴에서 어두운 면을 살피지 못했다. 그는 기분 좋게 교단의 최고 무사를 격려했다. 도인이 화제를 바꾸어 위제에게 질문했다.

"황제가 용의 함대에 내린 명령을 기억하는가?"

위제는 긴장한 표정으로 장광즈를 바라보았다. 위제는 도인이 천후고묘天后古廟에 설치된 비석 내용을 묻는 것임을 알아차렸다. 천후고묘는 도교의 바다 여신 천상성모天上聖母를 모시는 사당이었다. 위제는 목에 힘을 주어 말했다.

"지구 끝까지 무지개를 따라 항해하여 바다 너머에 있는 오랑캐들을 만나 명나라의 막강한 국력을 알려라. 그들이 바치는 조공을 수집하고, 그들의 사절이 자금성으로 와서 신하의 예를 올리도록 안내하라."

도인의 얼굴에 미소가 번졌다. 도인은 500년 전 일어난 역사적 사건 현장에 있는 듯한 기분이었다. 정화 제독이 이끄는 용의 함대가 천하의 지배자인 영락제의 명성을 세계에 전파하기 위해 대원정을 떠났다. 2만 8천여 명에 이르는 승무원을 실은 317척의 함대가 항해에 나서 인도양과 아라비아를 거쳐 아프리카 대륙에 이르렀다. 이후 100년이 지나서야 겨우 세 척의 작은 배를 타고 망망대해를 떠돈 콜럼버스와는 비교할 수도 없는 엄청난 규모였다.

"태양이 지구를 돌아 다시 중원을 비추기 시작했네. 자네는 어떻게 생각하나?"

"지당하신 말씀이십니다."

"우리는 세계로 나갈 거야. 세계 인민이 중화의 위대함에 무릎을 꿇을 것이네."

위제는 힘차게 고개를 숙여 찬성을 표했다.

"황제의 명을 따른 정화 제독처럼 자네는 내 뜻을 받들어야 하네."

위제는 가슴이 요동쳤다. 비록 은유적인 표현을 사용했지만 이렇듯 도인이 속마음을 드러내기는 처음이었다. 위제는 장광즈 도인이 교단의 집단 지휘 체제에 불만을 품고 있는 것을 잘 알고 있었다. 도인은 교단 내에서 온건파로 불리는 세력을 제거하고 싶어 했다.

따가운 햇볕이 넓은 마당을 무대처럼 비추고 있었다. 대낮에 마당에 앉아 차를 마시며 내부 쿠데타를 도모할 만큼 상황이 바뀌었다. 장광즈 도인은 교단 내에서 '중화의 꽃'이 실재함을 설파한 인물이었다. 중화의 꽃이 현시한 이후 교단 지도부의 권력 균형추가 장광즈 도인에게로 쏠리고 있었다.

"두 번째 예언을 자네도 잘 알고 있겠지?"

위제는 대답하지 않고 바위처럼 굳은 표정을 지었다.

"나는 중화의 꽃이 자네를 선택하리라 생각하네."

위제는 가슴이 두근거렸다.

"베이징에서 자네가 보여 준 용기는 영웅적이었네."

도인은 베이징에서 위제가 벌인 암살 작전을 말하고 있었다. 체제에 불만을 품은 위험한 인물들을 도인의 명령에 따라 차례로 제거했던 것이다.

"자넨 선택받을 자격을 갖추었어."

"소인처럼 미천한 자가 어찌 중화의 꽃을 탐하겠습니까?"

허튼소리로 한 말이 아니었다. 중화의 꽃이 된 이후 이영원은 범접할 수 없는 외경의 대상이 되었다. 도인이 호방한 웃음을 터뜨렸다. 위제는 도인의 갑작스러운 웃음소리에 놀랐다. 도인이 웃음을 거두며 말했다.

"자넨 내가 어떤 사람이라 생각하나?"

위제는 머뭇거릴 뿐이었다.

"나에 대한 평가가 다양하다는 걸 나도 알고 있네. 그러나 나만큼 나 자신을 알고 있는 사람은 없지. 내가 입고 있는 옷을 보게."

위제는 도인의 잿빛 인민복을 바라보았다.

"나는 태어날 때부터 마르크스주의자였네. 자네도 잘 알듯이 내 선친은 마오쩌둥 주석을 도와 혁명을 완수한 제1세대였어. 나는 선친의 뜻을 이어받아 군사학교에서 변증법적 유물론을 연구하고 인민해방군의 장교가 되었네. 포이어바흐의 『기독교의 본질』을 처음 읽었을 때, 내 나이 불과 열일곱 살이었어."

도인은 신의 존재를 부정하고 관념론을 비판하는 유물사관을 말하고 있었다. 포이어바흐는 '신이란 인간의 소원이 존재로 대상화된 것이며, 환상 속에서 만족하려는 인간의 자기만족적 대상물에 불과하다'라고 결론지었다.

"그런 내가 신비주의에 경도된다는 건 불가능한 일이지."

위제는 충격을 받았다. 교주는 아니지만, 그는 교단을 이끄는 지도자였다.

"역사를 발전시키는 원동력은 인간의 의식이나 관념이 아니라 물질적 생산 양식이다. 나는 이제껏 이 명제를 잊고 산 적이 없네. 중화의 꽃이 현시한 지금도 마찬가지야."

위제는 마른침을 꿀꺽 삼켰다. 그는 도인이 중국 공산당 제3세대인 장쩌민이나 리펑과 같은 세대인 모스크바 유학파임을 상기했다.

"중화의 꽃은 매우 특별한 존재네. 중화의 꽃은 미국과 서방 세계의 핵 공격으로부터 우리를 보호해 줄 거야."

위제의 눈이 커졌다. 도인이 하는 말은 천기누설에 가까웠다.

"중화의 꽃은 미국이 실패한 대미사일 방어 체제를 우리가 완성할 수 있도록 도와줄 거야. 무슨 말인지 알겠는가?"

위제는 전율했다. 중화의 꽃이 지닌 미래를 예측할 수 있는 초감각적 지각 능력이 대단하다는 건 위제 역시 알고 있었다. 그녀의 초능력을 실전 부대의 전투력을 배가시키는 데 활용할 수 있다는 사실도 쉬징레이를 통해 확인했다. 그러나 예지 능력이 MD 프로그램의 일환이 될 것이라고는 상상하지 못했다. 그의 머릿속으로 대기권 밖에서 벌어지는 미사일 전쟁의 그림이 그려졌다.

"우주를 지배하는 국가가 21세기의 패권을 잡을 것이네. 그리고 그 국가는 우리 중국이 될 거야."

충격으로 떨리던 가슴이 감격으로 벅차오르기 시작했다. 도인은 언제나 자신보다 앞서 가고 있었다. 장광즈 도인은 위제의 모습을 주시하며 만족한 웃음을 지었다.

"중화의 꽃은 인민이 원하는 수단이지 목표가 될 수 없네. 그녀 역시 이 세계가 만들어 낸 물질적 생산 양식의 하나일 뿐이야. 우린 강력한 슈퍼컴퓨터가 필요한 것이지 메시아의 강림을 원하는 것이 아니네. 중화의 꽃은 메타포로서 인민의 가슴에 남아 있으면 그만이야."

위제의 눈으로 밝은 빛이 들어왔다. 각성은 그의 온몸을 뒤흔들었다.

"칸트식으로 말하면 중화의 꽃은 실천 이성의 요청에 의해 생겨난 이율배반적 존재라고 할 수 있겠지."

도인은 자신의 철학적 농담이 마음에 들었는지 환하게 웃었다.

"중화의 꽃은 여자의 몸으로 존재하네. 자네가 그녀를 취한다고 해서 신성을 해치는 것은 아니라는 말이야. 그런 어리석은 생각은 하지 않았으면 좋겠어."

도인의 입가에 묘한 미소가 번졌다. 그는 식은 찻잔을 입술에 가져갔다.

"자네가 서둘러 선택을 받아야 하는 이유가 있네."

찻잔을 내려놓은 도인의 얼굴이 조금 굳어졌다.

"내부 곳곳에 전쟁을 두려워하는 자들이 숨어 있네. 이 겁쟁이들을 제거하지 않고는 거사를 치를 수 없어. 핵전쟁 따위를 두려워해서야 어떻게 대의를 펼칠 수 있겠는가! 초인이 되어 이 세계의 모순과 갈등을 뿌리 뽑아야 해. 자네가 초인이 된다면 중화의 꽃이라는 허울도 필요 없을 거야. 최강의 군대를 보유한 중국에 대항할 국가는 이 지구 상에 없을 거니까."

말을 마친 도인이 자리에서 일어났다. 위제는 급하게 일어나 거수경례를 붙였다. 도인은 위제의 어깨를 토닥인 뒤, 중화의 꽃이 있는 본전 건물을 향해 걸어갔다.

장광즈 도인이 베이징으로 돌아가고 사흘 뒤, 교단에서 새로운 손님이 도착했다. 쯔중원賁中筠 대종사였다. 아흔을 넘긴 백발노인의 갑작스러운 행차로 중화의 꽃 상하이 지부는 어수선했다. 당뇨와 고혈

압으로 지병을 앓고 있는 대종사가 노구를 이끌고 상하이까지 오리라고는 어느 누구도 예상하지 못했다. 노부인이 맨발로 나가 허리를 숙여 직접 대종사를 맞았다. 대종사는 교단의 정신적인 지주였다. 병세가 날로 악화돼 일선에서 물러났지만, 그의 영향력은 아직도 대단했다. 덩샤오핑을 도와 실용주의 노선에 입각한 개혁 조치를 펼쳐 인민에게 이름을 알린 대종사는 톈안먼 사건 이후, 당과 인연을 끊고 재야로 나와 교단을 재건하는 데 전념했다. 현재의 교단이 세를 확충하는 데는 대종사의 활약이 가장 컸다. 그는 각 분야의 인사들에게 고르게 인정받았고, 이해관계가 상충할 때마다 나서서 여러 분파의 갈등을 봉합할 수 있는 유일한 존재였다. 노장사상의 핵심을 꿰뚫고 있는 학자로도 이름이 높았다.

대종사는 곧장 중화의 꽃을 알현하기를 원했다. 노부인은 머뭇거렸다. 장광즈 도인이 내린 지시 탓이었다. '내 허락 없이 누구도 중화의 꽃과 독대하지 못한다.' 그러나 도인의 명령으로 대종사를 막을 수는 없었다.

노부인의 안내를 받아 대종사는 중화의 꽃이 거주하는 본전 건물로 들어섰다. 중화의 꽃은 황금 의자에 앉아 대종사를 기다리고 있었다. 아흔을 넘긴 노인이 그녀의 발아래 엎드려 큰절을 올렸다. 중화의 꽃이 안타까움과 위엄이 묻은 어조로 대종사를 일으켜 세웠다. 노부인의 부축을 받은 대종사가 등받이가 높은 두꺼운 나무 의자에 앉았다. 두 사람 사이에 놓인 탁자 위로 푸얼차가 올라왔다. 인사가 끝나자 대종사가 노부인에게 양해를 구했다. 노부인이 두 손을 모으며 물러났다. 시중을 드는 여자아이들도 나가자 두 사람만 남았다. 중화의 꽃은 대종사를 향해 따뜻한 미소를 지었다.

대종사와 중화의 꽃은 가르침을 주고받았다. 주로 중화의 꽃이 질문하고 대종사가 답했다. 텍스트는 『도덕경』과 『장자』 내편 7편이었다. 중화의 꽃 머릿속에는 텍스트의 모든 구절이 입력되어 있었다. 중화의 꽃이 문구를 읽으면 대종사가 그 뜻을 풀이했다. 대종사의 풀이에 중화의 꽃이 고개를 끄덕였다. 대화가 끊임없이 이어졌다. 중화의 꽃은 대종사의 해박한 지식에 놀랐고, 대종사는 중화의 꽃의 학습 능력에 탄복했다. 장자에서 노자로 옮겨 와 『도덕경』을 읊조리던 중화의 꽃이 10장에 이르러 멈추었다.

　　"천문개합 능위자호天門開闔 能爲雌乎가 일컫는 말은 무엇입니까?"

　　중화의 꽃을 바라보는 대종사의 눈빛이 이전과 달리 유난히 반짝였다. 이 구절은 『도덕경』에서 가장 논란이 많고 여러 가지 해석이 존재하고 있었다. 대종사가 중화의 꽃을 바라보며 천천히 입을 열었다.

　　"뜻을 풀이하면 이렇습니다. 하늘의 문이 열리고 닫히는 것처럼 치세와 난세가 오고 가는 때에, 능히 먼저 암컷처럼 자연에 순응해야 한다."

　　풀이를 들은 중화의 꽃은 생각에 잠겼다. 의문을 해결하지 못한 표정이었다.

　　"하늘의 문은 사람으로 치면 코에 해당하지요. 코를 통해 들숨과 날숨이 오고갑니다. 호흡은 초월적인 경지에 도달하기 위한 독특한 기술입니다. 도에 이르기 위해서는 명상을 해야 하는데 명상은 전적으로 호흡이라는 기술에 의존하지요."

　　여전히 어려운 내용이었다. 노자사상 특유의 신비주의가 중화의 꽃이 과학적 알고리즘에 의해 저장해 놓은 광대한 데이터를 어지럽혔다. 대종사 역시 어쩔 수 없다는 표정을 지었다. 『도덕경』에서 가장 밀교적인 색채가 드러나는 구절이었다.

"코鼻는 남성이고 사牝는 여성의 상징인데, 그러면 이 구절은 인간의 성생활을 의미하는 것인가요?"

그녀의 질문에 대종사는 의미가 불분명한 미소를 지었다.

"그렇게 볼 수도 있겠지요. 하지만 이 구절을 정확히 이해하기 위해서는 당시 시대적 상황을 이해해야 합니다. 서양에서 연금술이 유행했다면 중국에는 연단술煉丹術이 있었습니다. 연단술이란 납과 수은을 이용해 불로장생의 액을 만드는 비법을 일컫는 말이지요."

불로장생이라는 말에 영원의 머릿속으로 오아시스가 언뜻 떠올랐다. 오아시스는 자신을 인간 복제 전문 과학자라고 불렀다. 인간 복제는 불로장생의 과학적 대안이었다.

"연단술은 크게 내단과 외단으로 나누어집니다. 외단술은 불로장생을 이루어 신선이 되기 위해 마시는 약물을 만드는 비법이지요. 진나라 사람 갈홍葛洪이 지은 『포박자抱朴子』를 보면 외단술의 비법을 어느 정도 이해할 수 있습니다. 고대 국가로부터 많은 비법이 전해져 내려오는데, 그중에도 수은을 이용한 비법이 있지요. 연단술의 주재료인 수은은 아름다운 소녀를 지칭하는 타녀姹女로 불리기도 했습니다. '천문개합 능위자호'에 나오는 암컷이란 연단술과 같은 밀교적인 의미의 여성이라는 해석이 여기에서 나옵니다."

"『소녀경』에 기술된 것처럼 소녀를 통해 불로장생에 이른다는 말씀인가요?"

중화의 꽃이 눈을 크게 뜨며 물었다. 대종사가 단호한 목소리로 답했다.

"밀교의 비법에 대해서는 소인도 정확히 알지 못합니다. 다만 현재의 가치관으로 과거를 이해하면 불가피하게 오류에 빠진다는 것으로 답을 대신하고 싶군요."

만족스러운 답이 아니어서 그녀는 냉담한 표정이었다. 대종사가 말을 이었다.

"노자는 전국시대 사람으로 당시 유행하던 방중술房中術의 영향을 받았을 것으로 사료됩니다. 방중술이란 남녀의 교합으로 불로장생을 얻으려는 양생술의 하나입니다. 양생술은 연단술의 내단에 속하지요. 내단은 약물을 통해 불로장생을 이루려는 외단술과 달리 호흡과 내면의 수련으로 신선에 도달하는 경지를 일컫습니다."

중화의 꽃은 대종사가 한 이야기를 순서대로 정리했다. 하지만 논리적인 결론을 얻지 못했다. 대종사가 말한 것처럼 밀교적인 성격이 강한 신비스러운 이야기였다.

"노자가 말한 여성이 연단술의 외단과 내단 어느 쪽을 지칭하는지 논쟁을 벌이는 것은 무의미합니다. 핵심은 그것이 아니라 천문개합 능위자호라는 구절에 사용된 암컷, 즉 여성이 도의 습성인 유화함을 드러낸다는 사실입니다. 어린아이처럼 순진무구한 상태에 이르러야만 도를 얻을 수 있다는 것이지요. 다시 그 구절을 풀이해 보겠습니다. '천문개합 능위자호'란 하늘의 문이 열리고 닫힐 때처럼, 화평한 세상과 전쟁이나 무질서로 어지러운 세상이 반복될지라도 앞장서서 나서지 않고 성품이 부드럽고 온화한 여성처럼 자연의 도를 좇아 순응하면 자연스럽게 천하가 잘 다스려질 것이라는 이야기가 됩니다."

중화의 꽃이 느리게 고개를 끄덕였다. 비약이 있지만, 신비주의 사상에서 논리를 따지는 일은 대종사가 말한 것처럼 무의미했다.

"중화의 꽃은 여성의 몸으로 현시하였습니다. 당신께서는 존재하는 것만으로도 천하를 다스리게 됩니다. 태양이 지혜를 쓰지 않고서도 천하를 밝게 비추는 것과 같은 이치지요. 이러한 경지를 현덕玄德이라 합니다."

심오하고 신비스러운 덕德. 중화의 꽃은 대종사에게서 시선을 거두고 먼 곳을 바라보았다. 그녀의 눈은 심원을 향해 있었다. 일순간 정적과 고요가 무겁게 가라앉았다. 대종사와 중화의 꽃이 만든 침묵이 무한대의 우주로 서서히 뻗어 나갔다. 생명으로 충만하고 만물이 번영하는 무위자연의 섭리가 중화의 꽃이 된 영원을 사로잡았다.

위제는 상하이와 난징을 오가는 고속 철도에 몸을 실었다. 평일이라 특실은 거의 비어 있었다. 목적지인 난징까지는 1시간 정도 소요될 예정이었다. 위제는 재킷 주머니에서 명함을 꺼냈다. 장광즈 도인이 새로운 임무를 부여하며 건네준 명함이었다. 기차가 출발하자 위제는 등받이에 몸을 기대고 눈을 감았다. 홍차오 역을 벗어난 열차는 시속 300킬로미터 이상 속도를 내며 달려갔다.

오吳·송宋·양梁 등의 도읍지였던 난징은 아름다운 경치와 역사적인 유물이 풍부했다. 구시가를 에워싼 34킬로미터의 성벽은 명나라 때 축조된 것으로 현존하는 도시의 성벽으로는 세계 최대 규모였다. 이처럼 유서 깊은 고도지만 근대사에서는 불의의 수난을 겪었다. 태평천국군의 전란으로 도시 전역이 초토화되고, 아편 전쟁 후에는 영국에 의해 불평등 조약인 난징 조약을 강요받았다. 1937년에는 군국주의 일제에 의해 중국인 포로와 시민 35만 명이 학살당하는 비극을 맞기도 했다.

기차에서 내린 위제는 숨을 깊이 들이마셨다. 난징은 역사의 비극을 이겨 내고 활기차게 살아 움직이고 있었다. 그러나 도시가 내뿜는 활력만으로는 가슴속의 우울한 기분이 가라앉지 않았다. 난징 조약 이후 중국인들은 중국이 세계의 중심이라는 중화사상을 버리고 서구가 강요한 근대 사상을 받아들였다. 이제 잃어버린 역사를 되돌릴 때가 도래했다. 꺼져 버린 중화의 자긍심에 새로운 불을 붙여야 한다. 장광즈 도인이 원하는 것이 그것이었다. 도인은 위제가 조국을 위해, 대중화를 위해 목숨을 바치는 무사가 되길 원했다. 기차역을 빠져나온 위제는 택시를 타고 약속 장소로 향했다.

여자는 기묘한 아름다움을 풍겼다. 그녀는 위제를 올려다본 다음 읽고 있던 책장을 덮고 손짓으로 맞은편 의자를 가리켰다. 부드럽고 여유 있는 동작이었다. 새로 지은 5성급 호텔 로비에는 우아한 바이올린 연주곡이 낮게 흐르고 있었다. 위제는 유리 탁자 위에 놓인 책의 제목을 읽었다. '판스페르미아Panspermia', 범종설汎種說이었다. 반사적으로 위제는 인상을 찌푸렸다. 범종설에 관련된 이야기는 교단 내에서 금기였다. 지구 생명체의 기원이 외계로부터 유입되었다는 범종설은 진화론자의 비판을 받을 뿐만 아니라, 교단 내의 신비주의자로부터도 거센 반대에 부딪혔다. 논란은 초능력을 전해 주는 '울트라라이트 19'의 정체에 이르러 절정으로 치달았다. 신비의 돌이 외계에서 왔다는 주장은 돌의 신성함을 주장하는 이들에게 모욕적으로 들렸다. 위제의 시선이 책에 머물러 있는 것을 눈치챈 여자가 모호한 미소를 지으며 말했다.

"범종설은 허점이 많은 주장이에요. 하지만 재미있는 시각이 존재하는 것도 사실이죠."

위제의 구겨진 인상이 펴지지 않았다.

"크릭의 로켓 정자Crick's Rocket Sperms라고 들어 보셨나요?"

위제는 대꾸하지 않았다.

"프랜시스 크릭은 DNA의 이중 나선 구조를 밝혀내 노벨상까지 받은 분자 생물학자죠. 그는 외계인들이 로켓을 타고 와서 생명의 기원이 되는 포자胞子를 지구에 뿌렸다고 주장했어요. 이것이 흔히 말하는 프랜시스 크릭의 가설이죠."

그렇게 말하며 여자는 하드커버의 책을 손가락으로 톡톡 두드렸다. 위제 역시 그런 주장을 들은 적이 있었다. 당시에는 역겨움을 느꼈다. 그들의 주장을 따르면 신성한 돌은 외계에서 날아온 정액 덩어리라는 말이 된다. 위제는 무뚝뚝하게 말했다.

"그런 허튼소리는 듣고 싶지 않군요."

위제의 말에 여자가 어깨를 가볍게 으쓱였다.

"정자라는 단어에 편견을 가지고 있군요."

위제는 여자의 얼굴을 찬찬히 살폈다. 여자는 처음과 마찬가지로 묘한 미소를 지었다. 여자의 본명은 알려지지 않았다. 교단 내에서는 도화부인桃花夫人이라는 가명으로 불렸다. 장광즈 도인이 건넨 명함에도 그렇게 적혀 있었다. 부인의 정체는 교단 내부의 여러 비밀스러운 인물들과 마찬가지로 베일에 가려져 있었다. 교단의 핵심 지도부만이 그녀와 은밀히 접촉할 수 있었다. 도인을 통해 그녀의 존재를 알게 됐으나 부인이 어떤 초능력을 지니고 있는지는 정확히 알지 못했다. 위제는 여자의 얼굴과 몸, 동작을 관찰하면서 혼란을 느꼈다. 도인을 통해 얻은 간접 정보에 따르면 여자는 쉰 살을 넘긴 중년 부인이었다. 그러나 맞은편에 앉은 여자는 기껏해야 이십 대 후반에 접어든 여성처럼 보였다. 현대적인 미인은 아니지만 독특한 매력이 있었다. 화장기 없는 얼굴에 생기가 넘쳐흐르고, 작고 섬세한 동작에 기품이 어려 있었다. 전문직 여성을 떠올리게 하는 스타일이었다. 위제의 눈동자가 여자의 흰 손에서 유리 탁자 아래로 비치는 희고 날씬한 종아리로 향했다. 관능적이고 몽환적인 느낌을 주는 종아리였다. 그러나 압권은 표리부동한 그녀의 얼굴이었다. 무엇보다 입가에서 떠나지 않는 묘한 미소가 심층적이고 다중적인 의미를 내포하고 있어 해석하기 어려웠다. 티 없이 순진한 소녀와 정념에 사로잡힌 부인의 얼굴이 공존하고 있었다.

"당신이 터득한 양생술養生術이 무엇인지 알고 싶군요."

화제가 바뀌었다. 도화부인의 질문에 위제가 잠깐 망설인 다음 대답했다. 양생술이란 연단술의 내단內丹에 해당하는 기법을 총칭하는 말이었다.

"도인법導引法과 태식胎息, 식이食餌, 연기煉氣, 벽곡辟穀 등을 수련하고 있습니다."

위제의 대답에 도화부인이 환하게 웃었다.

"좋아요. 과연 교단의 최고 무사답군요. 그러나 양생술에서 가장 중요한 기술이 빠져 있어요. 그게 당신의 약점이에요."

위제는 묵묵히 여자를 바라보았다. 여자의 작은 입술이 리드미컬하게 움직였다.

"현소지도玄素之道라 일컫는 방중술이 그것이죠. 다른 말로 남녀교합지술이라고도 하죠."

여자가 꿰뚫을 듯 위제의 얼굴을 쳐다보았다.

"음도陰道를 멀리한 지 얼마나 됐죠?"

음도란 여자의 질을 의미했다. 방중술? 그제야 위제는 도화부인의 몸과 얼굴에서 떠나지 않은 젊음을 이해했다. 800년을 산 전설 속의 인물 팽조彭祖 선사는 노인이 되어서도 청춘을 유지했다.

"당신의 얼굴에서는 음의 기운을 찾아볼 수가 없어요. 음양의 도가 무너졌어요. 태양이 지지 않고 땅을 비추고 있다고 생각해 봐요. 얼마 되지 않아 그곳은 사막이 될 거예요. 당신의 얼굴이 황폐한 사막처럼 보이는 건 그 때문이죠."

위제는 다시 인상을 찌푸렸다. 교단의 윗사람이라지만 겉모습만으로는 손아랫사람처럼 보였다. 게다가 부인의 전공 분야가 방중술이라는 사실을 알자 그녀가 왠지 가벼워 보였다.

"방중술을 우습게 생각하고 있군요."

위제의 속마음을 꿰뚫은 부인이 말했다.

"나는 사막에서 태어났습니다."

위제가 짧게 대답했다. 그의 대답에 뜻밖에도 부인이 웃었다. 의례적이고 가식적인 이전의 미소와 다른 웃음이었다.

"당신은 노인들과 좀 다르군요."

위제는 도화부인의 말을 이해하지 못했다. 부인은 상관하지 않고 말을 이었다.

"방중술의 가르침인 다어多御와 소설少泄에 대해 들어 본 적 있나요? 다어란 많은 교접을 의미하고 소설이란 적은 배설을 뜻하죠. '무릇 소녀와 많이 교접하고 사정을 적게 하라.' 팽조 선사의 말이에요."

위제는 자리에서 일어나고 싶은 욕구를 꾹 눌렀다.

"나이가 들면 사람들은 약해지기 마련이죠. 그래서 수천 년 전에 만들어진 이야기에 집착하고 이성을 잃죠. 현대의 성도덕을 잊어버린 채 어린 여자와 교접하지 못해 안달이 난다는 말이에요. 상황은 도인을 자처하는 분들도 마찬가지죠."

위제의 얼굴이 조금 험악해졌다. 그녀는 교단의 어른을 욕보이고 있었다.

"좋아요. 내가 오늘 당신을 만난 건 당신에게 어울리는 짝을 찾아 주기 위해서예요. 장광즈 도인이 청하신 일이라 거부하지 못했죠. 그래서 먼저 당신을 만나 보고 여자를 찾으려고 했어요."

위제는 부인을 뚫어지게 쳐다봤다.

"그런데 마음이 바뀌었어요. 호기심이 생긴 거죠."

부인이 책 옆에 놓인 황금색 손지갑을 집었다. 가늘고 흰 손가락으로 지갑을 펼쳐 두 개의 은색 카드를 꺼냈다. 그러고는 카드를 유리 탁자 위에 놓았다.

"왼쪽 카드는 내가 묵고 있는 방의 열쇠고 오른쪽 카드는 방중술을 익힌 소녀가 기다리고 있는 방의 열쇠예요. 선택은 당신이 하세요."

위제는 상황을 이해했다. 도화부인이 직접 나서겠다는 말이었다. 위제는 망설이지 않고 왼쪽 카드 키를 집었다.

"부인을 넘어서는 방중술의 대가는 없으리라 생각합니다."

위제의 말에 도화부인은 대답하지 않고 미소를 지은 뒤 책과 손지갑을 들고 먼저 자리에서 일어났다.

"요즘 젊은이들은 철딱서니가 없다고 들었는데 당신은 그렇지 않아 다행이군요."

그녀가 앉았던 자리에서 야릇한 향기가 풍겼다. 부인은 등과 허리를 꼿꼿이 편 채 걸어갔다. 위제는 카드 키를 손에 쥐고 멀어져 가는 부인의 뒷모습을 바라보았다. 생각보다 일이 순조롭게 흘러갔다. 위

214

제는 한동안 조용히 흐르는 바이올린 선율에 귀를 기울였다. 점심시간이 되어 호텔 로비에는 점차 사람들이 모여들고 있었다. 잠시 후 위제는 카드 키를 쥐고 엘리베이터를 탔다.

금욕은 무사가 되기 위해 필수적으로 거쳐야 하는 과정이었다. 위제는 다년간의 혹독한 수련을 통해 본능적인 모든 욕망을 통제할 수 있었다. 물 한 모금 마시지 않고 일주일 이상 버틸 수 있고, 수면 없이 수일 동안 산악 행군을 할 수 있는 경지에 이르렀다. 식욕과 잠을 이겨 낸 그에게 여자를 멀리하는 것은 어려운 일이 아니었다. 명상과 최면술은 욕망을 제어하는 데 효과적이었다. 그런데 변화가 일어나고 있었다. 중화의 꽃이 나타난 이후 일어난 변화였다. 위제는 자신의 육체에서 발생하는 에너지의 전이를 어떻게 해석해야 될지 혼란스러웠다. 머릿속으로 하나의 이미지가 떠올랐다. '초인'의 강렬한 이미지. 위제는 자신의 몸이 원하는 것이 이영원의 육체가 아니라고 생각했다. 도인의 말대로 중화의 꽃은 세계가 만들어 낸 물질적 생산양식의 하나일 뿐이었다. 중화의 꽃 너머에 존재하는 '초인'의 세계가 그가 진짜 원하는 욕망의 실체였다.

도화부인은 몸단장을 마치고 위제를 기다리고 있었다. 그녀의 입가에는 여전히 기묘한 미소가 흘렀다. 위제는 망설임 없이 옷을 벗었다. 위제의 몸을 바라보는 도화부인의 두 볼에 홍조가 떠올랐다. 위제는 의식적으로 자신의 본능을 외면했다. 그러나 도화부인의 아름다운 육체에서 눈을 돌리지 못했다. 그녀의 육체는 이제 겨우 꽃봉오리를 터트린 아름다운 꽃이었다. 위제가 침대로 다가서자 부인은 입고 있던 실크 가운을 벗었다.

"여자와 교합할 때는 썩은 말고삐를 잡고 말을 다루듯, 날카로운 칼날이 있는 구덩이에 빠질까 염려해 조심하듯, 주의해서 정액을 아껴야 해요."

정액이라는 말에 위제는 인상을 찌푸렸다.

"구천일심九淺一深이라고 들어 봤나요?"

위제는 답하지 않았다.

"남자의 양구陽具를 아홉 차례 얕게 진입시켜 여자의 춘정을 감돌게 한 뒤, 한 번 깊이 꽂아 흥분 상태에 이르게 만드는 기교예요. 구천일심 말고도 여러 가지 기본적인 기교가 있어요. 좌충우돌은……."

위제는 침대에 걸터앉은 도화부인을 양손으로 들어 올렸다. 여자의 설교를 들으며 정사를 나눌 여유가 그에게는 없었다. 그는 몸으로 여자를 느끼고 싶었다. 위제의 입술이 도화부인의 입술을 덮쳤다. 따뜻하고 축축한 숨이 그의 가슴으로 밀려들어 왔다. 그는 도화부인의 제지를 무시하고 곧장 그녀의 몸속으로 들어갔다. 순간 머릿속이 하얗게 변해 버렸다. 위제는 자신이 속한 세계의 현실감을 잃었다. 그녀의 몸속은 그가 상상하지 못한 다른 차원의 세계였다. 위제는 자신을 감싸고 있던 허상의 표피가 벗겨지는 느낌이었다. 그는 무력하게도 욕망에 굴복했다. 갈비뼈를 부러뜨리기라도 하듯 그는 여자를 힘껏 껴안았다.

네 번째 교합을 앞두고 메시지가 들어왔다. 메시지 수신음과 함께 위제의 현실 감각도 되돌아왔다. 도화부인은 경계심을 버린 채 침대에 누워 천장을 바라보며 숨을 내쉬었다. 위제는 휴대 전화 메시지를 확인했다. '처리 요망.' 메시지는 장광즈 도인의 측근으로부터 온 것이었다. 휴대 전화를 내려놓고 위제는 침대로 돌아갔다. 도화부인이 그의 가슴에 얼굴을 파묻었다. 위제는 여자의 풍성한 머리카락을 내려다보며 처음으로 여자에게 연민의 정을 느꼈다. 눈을 감자 그동안 자신의 발아래 쓰러진 주검들이 스치고 지나갔다. 그들은 모순되고 폭력적인 세계의 희생양이었다. 무엇이 그들을 죽음으로 이끌었을까?

위제는 여자의 부드러우면서도 탄력 있는 어깨를 애무했다. 그녀의 농담처럼 그들은 전생에 부부였을지도 모른다. 그러나 그것은 확인 불가능한 세계였다. 믿을 수 있는 건 오감을 통해 들어오는 사물의 형상뿐이었다. 이전보다 정성을 기울여 위제는 여자를 안았다. 위제는 여자의 떨리는 속눈썹과 벌어진 입술을 내려다보며 사랑스러운 여자의 얼굴을 지우려고 노력했다. 현실에서 여자는 그가 서 있는 세계의 반대편에 자리 잡고 있었다.

장광즈 도인은 도화부인을 온건파의 핵심 주체로 지목했다. 연약한 여인이 어떻게 그 위치에 올랐는지는 알 수 없었다. 그러나 그녀가 온건파 수장들을 연결하는 고리 역할을 하는 것은 확실했다. 그녀는 교단 내부의 중요한 정보를 유통하는 메신저 역할을 맡고 있었다. 자신이 부인을 죽이면 교단의 다수를 점유하는 온건파에게 선전 포고를 하는 것과 마찬가지였다. 권력을 쥐고 물질적인 풍요를 획득한 노인들은 어느새 대의를 저버리고 세속적인 삶에 만족했다. 입신양명의 목표를 이룬 그들은 불로장생을 꿈꾸는 것으로 그들의 도를 변질시켜 버렸다. 노인들은 전쟁을 두려워했다. 이제 이들 겁쟁이와는 결별해야 한다.

위제는 황홀경에 취한 여자의 얼굴을 어루만졌다. 그리고 어금니를 깨물었다. 연민과 동정은 무사의 덕목이 아니었다. 위제는 천천히 오른손을 들어 올렸다. 이상한 기운을 느낀 여자가 감고 있던 눈을 떴다. 그녀의 눈은 눈물로 젖어 있었다. 갑자기 위제의 눈앞으로 중화의 꽃이 나타났다. '중화의 꽃이 선택한 자가 초인이 된다.' 생각만으로도 몸이 흥분으로 요동쳤다. 위제는 좀 더 깊이 여자의 몸속으로 들어갔다. 여자의 눈에서 흘러내린 눈물이 시트에 뚝뚝 떨어졌다. 여자가 절정에 이르렀다. 위제는 사정을 억제했다. 대신 오른손 바닥으로 초감각적 에너지를 쏟아 냈다. 에너지는 여자의 심장과 충돌했다. 쇼크를 받은 여자의 눈이 한껏 커졌다. 위제는 심장이 멎은 여자에게서 시선을 거두고, 거목이 부러지듯 여자의 몸 위로 쓰러졌다.

위제가 상하이로 돌아가는 고속 열차를 타기 위해 역에 도착한 시각, 왕할쯔는 쯔중원 대종사의 전령으로부터 은밀한 호출을 받았다. 그녀는 전령과 함께 차를 타고 푸둥 시내로 들어갔다. 목적지는 대종사가 묵고 있는 호텔이었다. 불길한 예감으로 가슴이 두근거렸다. 57층으로 향하는 초고속 엘리베이터에 타고서도 불안은 가라앉지 않았다. 대종사의 위엄에 압도당한 것이 아니라 앞으로 일어날 일들에 대한 두려움 탓이었다. 중화의 꽃이 온 뒤 이상하게도 미래가 더욱 불투명해졌다. 조화롭고 화평을 이루던 교단 내부의 공기가 미묘하게 달라졌다. 정확한 답을 모른 채 불안감만 증폭되었다. 위제의 잦은 부재도 그녀의 불안을 가중시켰다. 그는 어디서 무엇을 하고 있을까?

엘리베이터 앞에 대기하고 있던 정장 차림의 경호원이 그녀를 객실로 안내했다. 문 앞에서 남자가 왕할쯔의 몸을 수색했다. 재킷 안쪽에서 베레타 권총이, 부츠에서 짧은 호신용 쌍칼이 나왔다. 선글라스를 쓴 경호원의 인상이 일그러졌다. 왕할쯔는 그를 무시하고 객실로 들어갔다. 쯔중원 대종사는 거실의 팔걸이의자에 앉아 그녀를 기다리고 있었다. 대종사가 중화의 꽃을 독대한 사실을 왕할쯔도 알고 있었다. 대종사가 손을 뻗어 맞은편의 소파를 가리켰다. 왕할쯔는 절도 있는 동작으로 묵례한 뒤 소파에 앉았다.

"내가 곧 죽을 거라는 소문을 들었는가?"

교단의 최고 어른인 대종사를 이처럼 가까이에서 대면하기는 처음이었다.

"소문은 사실일세. 나는 얼마 있지 않아 송장이 될 거야."

왕할쯔는 대종사의 주름진 얼굴을 주시했다. 대종사가 앉은 뒤편 유리창으로 붉은 노을이 번지고 있었다.

"자네 조부께서 인민지원군 소속으로 항미 전쟁(한국 전쟁)에 참여해 전사했다는 이야기를 들었네. 맞는가?"

왕할쯔가 짧게 "네"라고 답했다.

"전쟁이 나고 이듬해에 나도 19집단군과 함께 참전했었지. 당시 나는 정치 장교의 임무를 부여받았기 때문에 주로 후방에서 근무했네. 하지만 전쟁이 무엇인지 그때 정확히 알았지."

대종사의 눈이 빛났다. 병마와 싸우는 아흔을 넘긴 노인의 눈빛이라고는 생각할 수 없을 만큼 맑고 투명했다.

"어려운 걸음을 했는데 뜸들이지 않겠네."

대종사가 오른손을 내밀어 테이블 위의 파일을 가리켰다. 왕할쯔는 몸을 기울여 파일을 집었다. 파일에는 여러 명의 인적 사항이 기록된 자료가 있었다. 정신을 집중해 자료를 검토했다. 파일 속에 든 사람들이 어떤 관계를 맺고 있는지 알 수 없었다. 교단 내부의 사람은 아니었다. 단 한 명, 이름이 알려진 대학 교수만 알 수 있었다. 교수는 반체제 그룹의 상징적인 인물로 주로 외국 미디어에 이름이 오르내렸다.

"지금 자네가 보고 있는 사람들은 모두 죽었네."

왕할쯔가 고개를 들어 대종사를 바라보았다.

"류 교수는 나와 인연이 깊은 사람이야. 그 사람은 톈안먼 광장에서도 살아남은 인물이었어."

왕할쯔는 대종사가 톈안먼 사건이 터지고 정치에서 손을 뗀 사실을 떠올렸다.

"앞 장의 펑웨이라는 남자를 다시 보게."

왕할쯔는 파일을 넘겨 첫 장을 펼쳤다. 더부룩한 머리에 거친 피부를 가진 삼십 대 남자였다.

"이번 베이징에서 일어난 농민공 시위의 주모자로 지목된 자야."

가래가 끓는지 대종사의 목소리는 탁했다.

"후베이 성의 작은 농촌에 아내와 딸이 살고 있지. 그들은 남편과 아버지의 죽음을 이해하지 못하고 있네."

왕할쯔의 가슴이 철렁 내려앉았다. 그들의 사망 날짜가 위제의 베이징 출장 시기와 겹쳤다. 대략의 그림이 그려졌다.

"리샤오펑이라는 폭력배가 같은 날 같은 장소에서 죽었기 때문에 사태를 파악하는 데 조금 혼선이 빚어졌지. 아마 공안은 이 사건의 전모를 밝혀내지 못할 거야. 설령 사태의 진실에 접근하더라도 곧 상부의 압력으로 수사를 중단할 거야. 죽은 이들은 모두 공안이 껄끄러워하는 사람들이야. 체제를 위협하고 분열을 획책하는 불순분자라고 볼 수 있지. 그런 점에서는 내 생각도 마찬가지야."

왕할쯔가 침을 꿀꺽 삼켰다.

"그러나 그 이유로 이들이 죽어야 하는 건 아니야. 정적을 제거하는 것은 쉬운 방법이지만 또한 치졸한 방법이기도 하네."

왕할쯔의 머릿속으로 혼탁한 그림들이 뒤섞이기 시작했다.

"『도덕경』의 첫 구절을 읊어 보게."

왕할쯔가 망설이지 않고 말했다.

"도가도 비상도道可道 非常道입니다."

"그렇지. 도를 말하려는 순간 도는 사라지네."

창밖의 노을이 더욱 붉어져 마치 대종사의 후광처럼 보였다.

"예로부터 중화의 도는 심오하고 고귀했네. 시정잡배의 도가 아니라는 말이야."

인광처럼 대종사의 눈이 번뜩였다.

"선조들은 평화를 사랑하고 이웃 나라와 선린 우호 관계를 맺었네. 서구 제국주의자들이 총칼을 들고 대륙에 들어온 것과는 질적으로 달랐어."

왕할쯔는 비약이 심한 대종사의 이야기를 따라잡지 못했다. 얼핏 온건파와 강경파로 나뉜 지도부 내부의 권력 구조와 관련된 이야기를 에둘러 말하는 거라고 짐작할 따름이었다.

"자네가 속한 초능력 부대원이 이룬 업적에 대해서는 잘 알고 있네. 하지만 내 허락 없이 독단으로 행동해서는 곤란해."

대종사의 말에 왕할쯔의 눈이 커졌다. 송구스러운 마음에 고개가 숙여졌다.

"위제라는 청년이 베이징에서 살인 행각을 벌였네. 내가 허락하지 않은 일이야."

위제의 이름이 거론되자 왕할쯔의 심장이 쿵쿵 뛰었다. 두려움으로 손끝이 떨렸다.

"동포를 죽여서 중화의 도를 이룬다는 건 있을 수 없는 일이야."

노기에 찬 목소리는 아니지만, 대종사의 위엄이 느껴졌다.

"나는 송장이 될 몸이지만, 조국이 내전의 소용돌이로 빠지는 것을 보며 눈을 감지는 않을 거야."

대종사는 단호하게 말했다.

"그들이 나를 온건파의 수장이라 부르는 것은 잘못이야. 인민을 전쟁으로 내모는 정치 모리배와는 언제든 일전을 치를 각오가 되어 있어."

손끝의 떨림이 온몸으로 퍼져 갔다. 왕할쯔는 정신을 차릴 수 없었다.

"자네가 위제를 처리해 줘야겠어."

떨리던 몸이 일순간 얼어붙었다. 그 순간 노크 소리가 들렸다. 노크 소리가 얼음장이 깨지는 소리처럼 들렸다. 정장 차림의 오십 대 남성이 빠른 걸음으로 들어와 대종사 곁에 무릎을 꿇었다. 대종사의 얼굴이 심하게 찌푸려졌다.

"도화부인이 난징에서 살해되셨다는 전갈이 들어왔습니다."

왕할쯔는 도화부인의 정체를 정확히 알지 못했다. 그러나 대종사의 얼굴을 통해 사태의 심각성을 이해할 수 있었다. 한숨을 토하며 혼잣말을 하듯 대종사가 말했다.

"이것은 그들이 시작한 전쟁이야."

왕할쯔의 심장이 걷잡을 수 없이 격하게 뛰었다.

왕할쯔는 호텔에서 나왔다. 비가 내리고 있었다. 왕할쯔는 아우디 A6 뒷좌석에 앉아 비에 젖은 상하이의 밤거리를 응시했다. 대종사를 만난 일이 비현실적으로 느껴졌다. 과거의 신선은 구름을 뚫은 기암괴석으로 이루어진 높은 산에 기거하며 속세와 인연을 끊은 채 유유자적한 삶을 살았다. 그에 반해 현대의 도인은 초고층 빌딩이 밀집한 거대 도시의 특급 호텔에서 지상을 내려다보고 있었다. 어느 쪽이 더 훌륭한 삶인지 따지는 것은 무의미하다. 시대가 변한 것뿐이다. 왕할쯔는 대종사의 말을 곱씹었다. '위제를 처리해 줘야겠어.' 도인은 청정과 무위의 삶을 설파했다. 그런데 그가 어리석은 중생을 구제하는 말 대신 칼을 뽑았다. 칼끝은 교단의 동지를 향하고 있었다. 위제는 생과 죽음을 함께하기로 서약한 동료였다. 그런 위제를 자신의 손으로 죽이는 것은 불가능했다. 무엇보다 위제의 행동을 어떻게 해석해야 되는지 갈피를 잡을 수 없었다. 위제는 자신과 마찬가지로 명령에 복종하는 무인일 뿐이다. 책임을 물리려면 배후인 장광즈 도인에게 물려야 한다.

서로 죽여야 할 만큼 사태가 긴박하게 돌아가고 있었다. 모든 사건의 중심에는 중화의 꽃, 이영원이 있었다. 그녀가 오면서 모든 것이 달라졌다. 그녀는 교단을 통합하는 구심체 역할을 상실한 채 오히려 각 분파의 갈등을 조장했다. 기대와 다른 결과였다. 위제의 이상한 행동도 중화의 꽃이 나타나면서 시작되었다. 왕할쯔는 중화의 꽃에게 묘한 질투를 느꼈다. 이영원을 바라보는 위제의 눈빛에서 왕할쯔는 정욕에 휩싸인 사내를 보았다. 그의 눈빛이 떠오르자 가슴 한구석이 시렸다. 차가 시내를 벗어나자 사위가 더욱 어두워졌다. 짙은 어둠 속으로 굵은 빗줄기가 내리쳤다.

왕할쯔는 쉬징레이부터 찾았다.

"베이징에서 누구를 만났니?"

쉬징레이는 읽던 책을 탁자에 내려놓고 말없이 왕할쯔를 바라보았다. 왕할쯔의 어깨가 비에 젖어 있었다. 왕할쯔가 다그쳐 물었다. 쉬징레이는 큰 눈을 두어 번 깜박였을 뿐 대답하지 않았다. 왕할쯔는 쉬징레이를 찾은 이유를 망각한 채 그녀의 아름다운 모습에 넋을 잃었다. 소녀티를 벗은 쉬징레이는 어느새 여자가 되어 있었다. 밋밋한 작대기를 세워 놓은 것 같던 이미지는 사라지고 대신 부드럽고 유연한 몸매를 지닌 여성의 모습이 보였다. 넋이 나간 듯 왕할쯔는 힘없이 맞은편 의자에 앉았다.

"지도부 내부에 좋지 않은 일이 벌어지고 있어. 너도 알고 있지?"

쉬징레이는 교단에서 유일하게 믿을 수 있는 사람이었다.

"미안해요, 언니."

쉬징레이가 고개를 숙이며 말했다. 비밀 작전에 대해 말하는 것은 금기였다. 왕할쯔도 그 사실을 잘 알고 있었다.

"알아. 하지만 지금은 위급 상황이야. 베이징에서 죽은 사람 중에 억울한 사람도 끼어 있어. 평범한 농민공과 대학생도 있었단 말이야. 어쩌면 우리가 보호했어야 할 사람일지도 몰라."

"우린 군인이에요."

쉬징레이의 말이 왕할쯔의 가슴을 아프게 파고들었다.

"나는 정치와 역사에 대해서는 잘 몰라. 하지만 지금의 상황이 비정상적이라는 건 알 수 있어. 우린 어쩔 수 없이 선택을 해야 해."

왕할쯔는 강경파와 온건파로 분열된 교단 지도부에 대해 말했다. 쉬징레이는 잠자코 그녀의 이야기에 귀를 기울였다.

"수적으로는 대종사를 지지하는 온건파가 우세하지만, 현재 교단의 권력은 장광즈 도인이 주도하는 세력에 몰려 있어. 이대로 가면 곧 집단 지도 체제에 반발하는 내부 쿠데타가 일어날 거야."

쉬징레이의 눈이 커졌다. 교단의 집단 지도 체제가 무너진다는 것은 곧 평화가 깨진다는 의미였다. 집단 지도 체제는 중국 공산당이 중앙정치국 상무위원회를 통해 최고 권력을 견제하는 방식을 복사한 것이었다.

"위제로부터 언질을 받은 적 있니?"

쉬징레이의 검은 눈망울이 흔들렸다. 그녀는 천천히 고개를 저었다.

"베이징에서 죽은 사람들은 우리와 같은 중국인이야. 게다가 대종사께서 허락한 일이 아니야. 무고한 이들의 죽음이 우리의 소행이라는 사실이 알려지면 교단이 위험해질 수도 있어."

왕할쯔는 쉬징레이의 눈빛을 통해 그녀가 이 사건에 목적의식을 갖고 깊이 개입한 것은 아니라고 확신했다. 아직은 희망이 있었다. 쉬징레이를 설득해야 한다.

"나도 너와 마찬가지로 권력 따위에는 관심 없어. 그러나 사람들을 전쟁으로 끌어들이는 파시스트에게 복종할 수는 없어."

목소리가 다소 격정적으로 나왔다. 신중하게 이야기를 듣던 쉬징레이의 얼굴이 조금 굳어졌다. 왕할쯔는 쉬징레이의 답을 기다렸다. 쉬징레이가 차가운 시선으로 왕할쯔를 응시하며 말했다.

"중화의 꽃을 찾기 시작하면서 전쟁은 우리와 함께 있었어요."

왕할쯔는 목이 메어 아무 말도 하지 못했다. 한층 굵어진 빗줄기가 기와지붕으로 떨어지며 요란한 소음을 만들어 냈다.

깊은 새벽, 복면을 쓴 사내가 중화의 꽃 상하이 지부 건물에 잠입했다. 온몸이 비에 흠뻑 젖었는데도 괴한의 몸놀림은 가벼웠다. 괴한은 수 미터에 이르는 담벼락을 자유자재로 뛰어넘어 본전 건물로 접근했다. 중화의 꽃이 기거하는 본전 건물에는 교단에서 선출된 경호 무사들이 이중으로 진을 치고 있었다. 괴한은 전광석화처럼 재빠르게 경호 무사를 제압했다. 혈을 잡힌 무사들은 응수 한 번 하지 못하고 바닥으로 쓰러졌다. 두꺼운 먹구름에 가려진 밤하늘은 칠흑같이 어두웠다.

괴한은 본전으로 들어섰다. 동시에 영원은 눈을 떴다. 괴한의 옷에서 떨어지는 물소리가 선명하게 들렸다. 오감이 예민해진 것과 별개로 현실 감각은 현저하게 떨어졌다. 그녀가 인식하는 모든 대상은 비현실적인 세계가 만들어 낸 허상으로 변질되었다. 다양한 최면술과 세뇌 공작 탓이었다. 명주 잠옷과 지나치게 화려한 황금 침대, 옥으로 된 장신구, 수천 년이 넘은 도자기, 고문서, 촛대, 이질적인 향내음 등 그녀를 둘러싼 사물 모두가 가공의 세계를 구성하는 환영처럼 보였다.

영원의 의식은 여전히 숲에 갇혀 있었다. 그녀는 맨발로 숲을 헤매며 검은 그림자에게서 달아나고 있었다. 무의식이 만든 숲과 현실의 공간이 뒤섞이며 그녀의 의식은 이성의 통제에서 벗어났다. 영원은 옆으로 돌아누워 침대 밑을 내려다봤다. 황금빛 털이 수북한 짐승이 네 발로 일어서는 것이 보였다. 영원은 짐승이 자신을 지키는 해태라고 생각했다. 해태는 시비와 선악을 판단하는 전설 속의 동물이다. 그러나 실제로 그녀의 발치에 엎드린 동물은 네 살배기 개 차우차우였다. 털을 곤두세운 차우차우가 송곳니를 드러내며 침입자를 향해 으르렁거렸다. 소란은 오래가지 않았다. 무형의 에너지가 어둠

속에서 튀어나오자 차우차우는 중심을 잃고 힘없이 쓰러졌다. 영원은 개의 고통을 직접적으로 느꼈다. 눈에서 눈물이 흘렀다. 영원의 시선이 괴한이 몸을 숨긴 어둠을 향했다.

잠시 후 어둠 속에서 그림자가 튀어나왔다. 숲에서 그녀를 추격하던 그림자였다. 영원의 심장이 고동쳤다. 기대와 두려움이 혼재되어 영원은 그림자를 응시했다. 영원은 그림자에 가려진 남자의 얼굴을 보았다. 지수였다. 지수? 일어나려고 했지만, 몸이 말을 듣지 않았다. 다시 암흑에 싸인 숲으로 그녀의 의식이 내몰렸다. 그림자가 천천히 침대를 향해 다가왔다. 그림자의 몸에서 떨어진 물이 바닥에 흥건했다. 물에서 비릿한 냄새가 풍겼다. 침대 앞에 멈추어 선 그림자가 상의를 벗었다. 영원의 눈에는 그림자가 자신의 검은 실루엣을 칼로 도려내는 것처럼 보였다. 영원은 젖은 눈으로 그림자 사내의 얼굴을 올려다봤다. 영원은 지수의 상냥하고 미소 띤 얼굴을 기대했다. 그러나 두근거림은 곧 공포로 바뀌었다. 지수가 아닌 중국인 남자가 황금 침대에 누운 자신을 내려다보고 있었다. 그림자가 손을 뻗어 영원의 실크 잠옷을 사납게 움켜쥐었다.

쉬징레이가 왕할쯔의 처소로 뛰어들었다. 왕할쯔의 눈이 쉬징레이의 발에 꽂혔다. 맨발이었다.

"중화의 꽃이 위험해요!"

왕할쯔는 뒷말을 듣지 않았다. 그녀는 불안감으로 잠을 이루지 못했다. 왕할쯔는 장전해 놓은 베레타 권총을 허리춤에 찔러 넣고 벽에 세워 둔 장도를 집었다. 관우의 청룡 언월도를 본떠 만든 칼이었다. 그녀의 처소에서 본전까지는 그리 멀지 않았다. 문을 박차고 나가며 왕할쯔가 소리를 질렀다.

"누구야? 외국인이야?"

쉬징레이는 대답하지 않았다. 쉬징레이의 침묵에 왕할쯔의 가슴이 철렁 내려앉았다. 왕할쯔는 자신의 생각이 기우에 불과하기를 바라며 퍼붓는 빗속을 내달렸다.

위제는 황금 촛대에 꽂힌 두꺼운 양초에 불을 붙이고 침대로 다가가 여자를 내려다봤다. 여자의 짙고 긴 속눈썹이 파르르 떨렸다. 중화의 꽃, 그녀가 알몸이 되어 자신을 올려보고 있었다. 여자의 초점 없는 눈동자는 마치 미궁으로 들어가는 입구처럼 보였다. 여자는 강력한 최면 상태에 빠져 있었다. 바르비탈 유도체나 알코올류 화합물과 같은 최면제를 사용한 것이 아니었다. 교단에서 극비리에 전수되어 내려오는 묘약으로 중독성은 없으나 모르핀 코카인과 같은 마약보다 효과가 좋은 것으로 알려진 비약이 투여됐다. 무의식의 방해를 받지 않는 낮에 비해 수면을 취하는 밤에는 더 강력한 약이 쓰였다. 상하이 노부인이 최면과 세뇌 전 과정을 지휘 통제하고 있었다.

위제는 손을 뻗어 여자의 눈 주위로 번진 눈물을 닦아 냈다. 위제는 여자의 피부에서 전해지는 체온을 손바닥으로 느꼈다. 따뜻한 온기를 품고 있으면서도 차가운 느낌이 들었다. 위제는 여자 옆에 놓인 명주실 잠옷을 바닥으로 내던지고는 비에 젖은 자신의 검은 팬츠를 벗었다. 은은한 불빛을 받은 음경이 고개를 들고 있었다. 그는 천천히 눈을 감고 호흡을 가다듬었다. 그를 흥분시키는 대상은 이영원이라는 젊은 여자가 아니었다. 그의 온 신경은 중화의 꽃 뒤편에 도사린 초감각적 에너지에 맞춰져 있었다. 여자의 육체는 다른 차원의 세계로 뻗어 있는 긴 동굴에 불과했다. 동굴을 빠져나가면 상상조차 불허하는 힘을 소유한 절대 강자, 초인이 기다리고 있다. 위제는 전율했다. 초인은 노장사상에서 말하는 무위의 존재도 아니고 니체가 말한 초자연적인 존재도 아니다. 무소불위의 힘을 행사할 수 있는 폭력의 정수로 이루어진 존재가 초인의 참모습이다. 그를 만나야 한다.

위제는 침대 위로 올라가 무릎을 꿇고 허리를 숙였다. 여자의 얼굴이 마주 닿을 듯 가까운 거리에 있었다. 위제는 여자의 숨소리를 들었다. 묘하게도 흥분된 감정이 느껴졌다. 여자는 최면 상태지만 어느 정도는 사물을 지각하고 있었다. 위제의 입술이 여자의 입술에 닿았다. 고른 치열 위로 그가 혀를 밀어 넣었다. 그러나 닫힌 이는 부드러운 혀로 벌어지지 않았다. 손으로 여자의 아래턱을 당겨 입술을 밀착했다. 미끄러지듯 그의 혀가 빨려 들어갔다. 그때 갑자기 여자의 손이 그의 어깨 위로 올라왔다. 여자가 위제를 세차게 끌어안았다. 하마터면 위제는 눈물을 흘릴 뻔했다. 중화의 꽃이 자신을 선택했다는 생각에 감정이 폭발했다. 더는 참을 수 없었다. 위제는 여자의 다리를 벌리고 자리를 잡았다. 모든 것이 순조로웠다. 중화의 꽃으로 들어가기 위해 위제는 허리를 앞으로 내밀었다. 그 순간 갑자기 여자가 그를 손으로 밀쳐 냈다. 위제는 여자의 눈을 바라봤다. 살기에 찬 눈동자가 분노를 내뿜고 있었다. 최면 상태의 눈이 아니었다. 순간 두려움을 느껴 위제는 여자의 시선에서 눈을 뗐다. 중요한 건 여자의 몸속으로 들어가는 것이었다. 그렇게 되면 모든 것이 끝난다. 위제는 여자의 양팔을 움켜쥐며 다리로 여자의 하체를 고정했다. 그때 고막을 때리는 총성과 함께 탄환이 그의 머리카락을 스치고 날아갔다. 위제는 위험에도 아랑곳하지 않고 허리를 들어 적을 확인했다.

왕할쯔는 벌거벗은 사내를 향해 총구를 겨냥한 채 그의 움직임을 관찰했다. 흐릿한 촛불이 켜져 있을 뿐인데도 남자의 건장한 체격과 단단한 근육의 움직임이 정확히 보였다. 고개를 치켜든 사내는 식사를 앞두고 불의의 공격을 받은 수사자처럼 분노에 찬 모습으로 그녀를 돌아보았다. 속이 들여다보이는 휘장에 가려졌지만, 아랫도리의 실루엣이 보였다. 남자가 침대에서 내려올 기미를 보이지 않자 왕할쯔가 다시 방아쇠를 당겼다. 탄환은 남자의 귀를 스치고 날아갔다. 이번에도 남자는 꿈쩍하지 않았다. 망연자실한 표정으로 쉬징레이가 왕할쯔를 응시했다. 왕할쯔는 벌거벗은 사내의 육체가 역겨웠다. 동료를 향해 총을 쏘았다는 인식은 없었다. 그녀는 정욕에 사로잡힌 짐승을 사냥하고 있었다.

총구가 짐승의 심장을 향했다. 세 번째 총알이 발사됨과 동시에 위제는 침대에서 튕겨 나왔다. 왕할쯔는 위제의 펼쳐진 손바닥을 보았다. 에너지에 부딪힌 총알은 궤도를 이탈해 벽으로 날아갔고 분사된 에너지가 두 여자를 덮쳤다. 왕할쯔는 권총을 놓쳤고 쉬징레이는 충격으로 쓰러졌다. 왕할쯔의 가슴이 철렁 내려앉았다. 20미터 넘게 떨어져 있어서 위제의 염력이 미치지 못할 것으로 생각했다. 위제의 초능력이 이전보다 세졌던 것이다. 두 여자가 쓰러져 있는 동안 위제는 옷을 입었다. 그리고 다시 평정심을 되찾았다.

중화의 꽃은 침대에 누워 천장을 바라보고 있었다. 속눈썹이 심하게 떨리고 입술이 조금 벌어져 있었다. 위제는 왕할쯔를 향해 고개를 돌렸다. 총을 놓친 왕할쯔는 청룡도를 들고 공격 자세를 취하고 있었다. 짧은 기합과 함께 왕할쯔가 위제를 향해 달려들었다. 위제의 입가로 경멸스러운 미소가 흘렀다. 자신의 키보다 크고 무거운 강철 장도는 왕할쯔에게 버거워 보였다. 살기를 품은 칼날이 그의 얼굴을 향해 직선으로 날아왔다. 위제는 칼을 기다리지 않았다. 두서너 번의 발걸음으로 그의 몸이 공중으로 솟구치며 칼을 향해 돌진했다. 위제의 동작을 읽은 왕할쯔는 춤을 추듯 회전하며 칼날의 진행 방향을 바꾸었다. 포물선을 그리며 장도가 공기를 가르는 파열음을 냈다. 원심력으로 가속도가 붙은 칼날이 아래에서 위로 치솟으며 위제의 목을 향해 날아갔다. 그러나 공중에서 낙하하는 위제의 몸이 칼보다 빨랐다. 위제는 팔로 강철 창의 몸통을 그대로 막았다. 일반인이라면 뼈가 부러졌을 것이다.

순식간에 두 사람의 거리가 좁혀졌다. 지상으로 내려앉으며 위제의 주먹이 내리꽂혔다. 왕할쯔는 가까스로 몸을 비틀어 주먹을 피했다. 그녀는 칼을 놓치지 않았다. 두 사람이 엇갈리며 위치가 바뀌었다. 왕할쯔는 이를 앙다물며 무거운 장도를 다시 휘둘렀다. 칼날이 위제의 무릎을 향해 날아갔다. 그러나 이번에도 위제는 가볍게 점프해서 칼날을 피했다. 그가 왼손 바닥을 펼쳐 에너지를 내던졌다. 빙그르르 돌며 피했지만, 에너지는 그녀의 오른쪽 어깨를 강타했다. 그 충격으로 왕할쯔는 칼을 놓쳤다. 장도는 둔탁한 소리를 내며 바닥으로 떨어졌고 어설프게 묶어 놓은 고무줄이 풀리면서 왕할쯔의 긴 머리카락이 펼쳐졌다. 왕할쯔는 마치 옷이 찢겨 나간 것처럼 수치심을 느꼈다.

위제와 상대해서 이길 수 없다는 것을 알고 있지만 물러설 수 없었다. 몸을 굽힌 왕할쯔는 발목에 숨겨 둔 쌍칼을 꺼내 양손에 쥐었다. 장도와 달리 단검은 예리하고 밝은 빛을 냈다. 왼손에 든 칼이

'휙' 하는 경쾌한 소리를 내며 위제의 얼굴로 날아갔다. 오른손에 든 칼도 던지려 했지만, 어깨가 탈골되어 힘을 쓸 수 없었다. 위제는 급하게 고개를 돌려 칼을 피했다. 단검은 위제의 얼굴에 생채기를 냈다. 찢어진 피부 사이로 붉은 피가 흘렀다. 위제의 얼굴이 험악해졌다. 그가 웅크리고 있는 왕할쯔에게 다가섰다. 고통을 참으며 왕할쯔가 오른손을 들어 올렸다. 그러나 위제의 발이 그녀의 턱을 먼저 가격했다. 충격으로 왕할쯔는 바닥으로 쓰러졌다. 위제는 쓰러진 왕할쯔 곁에 무릎을 꿇었다. 그러고는 왕할쯔가 오른손에 쥐고 있는 칼을 빼앗아 치켜들었다. 칼끝이 그녀의 심장을 향했다.

그때 날카로운 총성이 울렸다. 반사적으로 위제는 고개를 돌렸다. 흐릿한 불빛 너머로 넋이 나간 듯 총을 움켜쥔 쉬징레이의 모습이 보였다. 위제는 인상을 찌푸리며 다시 왕할쯔를 내려다봤다. 왕할쯔와 쉬징레이는 그에게 여동생 같은 존재였다. 그러나 시간을 되돌리기는 불가능했다. 그의 뺨에서 흘러내린 피가 왕할쯔의 입술로 뚝뚝 떨어졌다. 단검을 든 손이 세차게 내리꽂혔다. 칼끝은 심장을 피해 왕할쯔의 어깨에 박혔다. 고통으로 일그러진 왕할쯔의 눈이 위제의 눈과 부딪쳤다. 왕할쯔의 입술이 격하게 떨렸다. 위제는 자리에서 일어났다. 쉬징레이가 자신을 향해 분노하는 것이 느껴졌다. 그러면서도 위제는 쉬징레이가 자신에게 총을 쏘지 못한다는 것을 알았다. 위제는 태연한 척하며 말했다.

"다음에도 날 방해하면 둘 다 살려 두지 않겠다."

위제는 황금 침대에 누운 중화의 꽃을 힐끗 쳐다본 뒤 등을 돌려 걸어갔다. 그가 문을 열고 사라지자 여름을 알리는 세찬 빗소리가 거대한 본전 건물을 채웠다. 현실과 환영을 오가며 공포에 쫓기는 영원의 눈에서 한 줄기 굵은 눈물이 흘러내렸다.

위제가 모습을 감춘 뒤, 상하이 지부에는 비상이 걸렸다. 노부인이 임시 책임자가 되어 모든 상황을 통제했다. 그녀는 사태를 정확히 파악하지는 못했지만, 중화의 꽃을 보호하기 위해 필사의 노력을 기울였다. 날이 새면서 대종사의 지시를 받은 지원 병력이 속속 도착했다. 상하이를 떠나지 않은 대종사가 직접 나서서 가용할 수 있는 모든 수단을 동원했다. 그는 사태가 이처럼 빠르게 진행될 것이라고는 생각하지 못했다. 특히 위제가 중화의 꽃을 겁탈하려 했다는 소식에 큰 충격을 받았다. 강경파는 그가 생각하는 것 이상으로 과감하게 행동했다.

한편 베이징에서는 장광즈 도인이 새벽잠을 설친 채 분주하게 움직였다. 그는 대종사가 자리를 비운 기회를 놓치지 않았다. 비상 회의를 소집한 다음 개별적으로 접촉해 교단의 지도자들을 차례로 자신의 편으로 끌어들였다. 노회한 정치가와 관료 출신 지도자들은 사태를 정확히 이해했다. 대의명분에서는 대종사가 옳지만, 힘의 균형은 이미 장광즈 도인에게 쏠리고 있었다. 장광즈 도인은 비상 소집 회의에서 쯔중원 대종사의 반역을 역설했다. 대종사가 집단 지도 체제를 깨고 중화의 꽃을 독차지하려는 시도를 펼치고 있다고 보고했다. 누구도 그 말을 믿지 않았지만 반대 의견을 내놓지 못했다. 모든 일이 도인의 계획대로 흘러갔다.

굵은 빗줄기가 안개비로 변해 무겁게 사당으로 내려앉았다. 흉흉한 소문이 나돌면서 무사들의 사기는 점차 저하되었다. 위제의 배신은 치명적이었다. 그들은 위제의 가공할 힘을 떠올리며 두려워했다. 어깨에 붕대를 감은 왕할쯔가 남은 무사들을 독려하며 진영을 새롭게 정비했다. 그러나 그녀 역시 자신들이 고립무원의 존재가 되었음을 잘 알고 있었다. 그나마 쉬징레이가 옆에 있어 고마울 따름이었다. 무기고로 들어간 왕할쯔는 신중하게 칼을 골랐다. 오른손을 쓸 수 없어 왼손만으로 칼을 쥐어야 했다. 가벼우면서도 살상력이 뛰어난 무기가 필요했다. 왕할쯔는 알맞은 칼을 고른 뒤 자세를 취하고 칼을 허공에다 휘저었다. 부드러우면서도 탄성이 뛰어난 칼날이 금속성 파열음을 내며 파르르 떨렸다. 다가오는 밤이 최대 고비였다.

21

장광즈 도인이 서명한 최후통첩이 왔다. 자시까지 본청을 비우고 투항하라는 내용이었다. 통첩장을 내려놓은 쯔중원 대종사는 대청에 앉아 부슬비가 내리는 넓은 마당을 하염없이 바라보았다. 총칼을 든 무사들이 처마 아래에서 비를 피하고 있었다. 호텔에 머물던 대종사가 시내에서 급하게 돌아왔을 때, 상황을 통제하고 있던 상하이 노부인의 모습은 보이지 않았다. 그녀는 장광즈 도인의 회유에 굴복했다. 베이징에서 일어나고 있는 일을 보고받은 다음이라 대종사는 그녀를 탓할 수 없었다. 누구에게도 죽음을 강요해서는 안 된다는 것이 대종사의 원칙이었다. 그녀와 함께 병력의 반 이상이 빠져나갔다. 전투가 벌어지면 대패할 것이 자명했다. 대종사는 상처를 입은 왕할쯔를 애처로운 눈빛으로 바라보며 말했다.

"도가 왜 행해지지 않고 있는지, 나는 알고 있다. 지혜로운 자들은 정도를 넘어 앞서 달려가기만 하고, 어리석은 자들은 마음이 천한 데로 쏠려 이르지 못하는구나."

아흔을 넘긴 노인이지만 오늘따라 대종사의 목소리는 유난히 맑고 청명했다. 왕할쯔는 공자의 말이라는 것을 알아차렸다. 그녀는 불안했다. 교전을 앞두고 군자의 덕을 강조한 공자를 인용하는 것이 마땅치 않았다. 오히려 제갈량의 출사표를 인용하는 것이 옳았다. 대종사가 남은 무사들의 목숨을 걱정한다는 것을 잘 알지만, 그녀는 왠지 서운했다. 전날 호텔에서 본 대종사의 호방한 기상을 한 번 더 보고 싶었다. 노인의 시선이 가랑비가 흩날리는 허공을 향했다.

"중화의 꽃은 어떠하신가?"

고개를 돌린 대종사가 마치 손녀의 안부를 묻듯 인자한 표정으로 말했다.

"명상을 끝내고 휴식을 취하고 계십니다."

왕할쯔가 절도 있게 답했다.

"뵐 수 있겠는가?"

대종사의 목소리가 조금 떨렸다. 왕할쯔는 묵묵히 고개를 숙여 답했다. 그녀는 대종사가 마지막 결정을 내리기 위해 마음을 굳혔다는 것을 알아차렸다. 중화의 꽃이 승인을 내리면 대종사는 투항할 것이다. 대종사는 지팡이를 짚고 자리에서 일어났다. 본전을 향해 걸어가는 아흔 노인의 뒷모습이 쓸쓸해 보였다.

그 시각, 장광즈 도인의 명령을 받은 교단의 최정예 무사들은 상하이 지부를 에워싸며 포위하기 시작했다. 숲에서는 부대를 지휘하는 위제가 어둠이 깔리기를 기다리며 몸을 숨긴 채 사냥을 앞둔 수사자처럼 눈을 번뜩이고 있었다.

대종사가 중화의 꽃을 만나는 동안 왕할쯔는 작전 계획을 세웠다. 상대편 병력을 정확히 파악하지 못해 세부적인 계획은 마련하지 못하지만, 지휘관으로서 어떻게든 대비책을 찾아야 했다. 엄한 지시를 내리면서도 그녀는 자신을 따르는 젊은 무사들을 제대로 바라보지 못했다. 마치 아이들을 사지로 내모는 듯한 참담한 기분이었다. 어쩌면 대종사가 서둘러 투항하는 편이 나을지도 모른다는 생각마저 들었다. 쉬징레이는 온종일 방에 틀어박혀 나오지 않았다. 왕할쯔는 위제의 배신으로 큰 충격을 받은 탓이라고 생각했다. 위제는 쉬징레이를 팡팡이라 부르며 아꼈고, 쉬징레이 역시 그를 오빠라 부르며 따랐다. 그런데 하루아침에 두 사람은 적이 되었다.

왕할쯔가 노크도 없이 그녀의 방으로 들어갔다. 몸져누워 있을 거라는 예상은 맞지 않았다. 쉬징레이는 전투복으로 갈아입고 명상에 잠겨 있었다. 바닥에는 탄창을 결합한 머신건과 호신용 단검이 놓여 있었다. 눈을 뜬 쉬징레이가 왕할쯔를 올려다보며 말했다.

"적이 사방을 에워쌌어요."

왕할쯔는 대꾸하지 않았다. 대신 쉬징레이가 그들을 적으로 부른 것에 주목했다.

"본전에 더 많은 병력을 투입해야 해요. 그들의 목표는 중화의 꽃이에요."

왕할쯔는 쉬징레이를 물끄러미 바라봤다. 쉬징레이를 처음 만났을 때가 떠올랐다. 당시 그녀는 이제 막 사춘기에 접어든 소녀에 불과했다. 그 소녀는 이제 무사가 되었다.

"미래를 본다는 건 어떤 느낌이지?"

쉬징레이의 얼굴이 조금 굳어졌다. 그녀는 왕할쯔의 심경 변화를 읽었다. 전투를 앞둔 장수의 결연한 의지는 찾아볼 수 없었다.

"미래를 예측할 수 있다면 이 모든 게 헛된 일이라는 걸 알지 않을까?"

말을 내뱉고 왕할쯔는 곧 후회했다. 대종사가 보인 나약한 모습을 자신이 흉내 내고 있었기 때문이다.

"이성적으로 보면 우린 이 싸움에서 패배할 거예요. 하지만 싸움을 포기할 수 없어요. 인간을 움직이는 것은 계산으로 이루어진 이성이 아니라 우리의 몸을 지배하는 감성이기 때문이에요."

왕할쯔는 놀랐다. 쉬징레이는 중용의 가르침을 역설하고 있었다.

"도를 따르면 자연스럽게 미래를 볼 수 있어요."

여느 때보다 자신에 찬 목소리로 쉬징레이가 말했다. 왕할쯔는 고개를 끄덕이며 수긍했다. 도는 자연의 법칙이고 법칙은 예측을 가능케 한다. 도는 곧 미래 예측과 연관이 깊다. 중화의 꽃이 위대한 것은 그 때문이다.

"인류의 역사를 투쟁의 역사로 규정짓지 않아도 우리 주변에는 정당한 전쟁이 존재해 왔어요. 야만과 침략에 맞서 싸우지 않으면 문명은 발전을 멈출 거예요."

왕할쯔의 입가에 희미하게 미소가 번졌다.

"중화의 꽃은 파시즘이나 패권주의의 부활로 피어나지는 않을 거예요."

그 순간 왕할쯔는 대화를 나누는 상대를 혼동했다. 쉬징레이가 아니라 중화의 꽃을 대하고 있는 느낌이 든 것이다. 이상하게도 가슴이 두근거렸다. 왕할쯔는 상기된 얼굴로 쉬징레이를 주시했다. 진짜 '중화의 꽃'은 가까운 곳에 있었던 것 아닐까?

쉬징레이의 말처럼 정당한 전쟁은 역사를 이끄는 한 축이었다. 비록 패배가 눈에 보일지라도 깃발을 들고 전장에 나서야 한다. 패배의 쓰라린 고통은 살아남은 자의 가슴에 영원히 남아 새로운 형태의 부활을 꿈꾸게 한다. 왕할쯔는 칼날을 점검하며 전의를 다졌다. 자리에서 일어서려는 순간, 쉬징레이가 왕할쯔를 불러 세웠다.

"패한 이후의 대비책은 세웠나요?"

싸움의 정당성보다는 구체적인 전술이 필요한 시점이었다. 그러나 묘안이 없었다. 수적으로 명백히 열세인 싸움이었다. 죽기를 각오하고 싸우는 방법 이외에는 다른 묘책이 없었다.

"마지막 불씨를 살릴 방법이 있어요."

쉬징레이의 목소리는 낮았다. 그녀는 무엇을 보는 것일까? 왕할쯔의 눈이 커졌다.

"그게 뭐야?"

쉬징레이는 망설였다. 천기누설일지도 모른다는 생각에 왕할쯔의 가슴이 떨렸다. 쉬징레이가 천천히 입을 열었다.

"두 번째 예언이에요."

두 번째 예언? 왕할쯔의 뇌리로 밝은 빛이 들어왔다. 두 번째 예언이란 '중화의 꽃이 선택한 자가 초인이 된다'였다. 위제가 왜 중화의 꽃을 겁탈하려 했는지 그제야 이해되었다. 위제는 중화의 꽃을 소유해 초인이 되려고 몸부림치고 있었다.

"초인을 찾아내면 우리에게도 희망이 있어요."

쉬징레이가 담담하게 말했다. 그러나 왕할쯔는 혼란스러웠다. 예언의 진위를 떠나 이번 싸움에서 패하면 자연스럽게 위제가 중화의 꽃을 취할 것이다. 예언이 맞아 위제가 초인이 된다면 설상가상으로 사태가 복잡하게 얽힐 것이다. 지금의 힘만으로도 위제는 무적에 가까웠다. 왕할쯔는 복잡한 머릿속을 정리한 다음 물었다.

"그렇다면 초인이 따로 있다는 말이야?"

쉬징레이는 말없이 왕할쯔의 눈을 응시했다. 마치 답을 찾아보라고 요구하는 눈빛이었다.

"후일을 기약하려면 그 방법밖에 없어요."

"도대체 그 사람이 누구야?"

"중화의 꽃이 사랑하는 사람이 있어요."

왕할쯔는 충격을 받았다. 언뜻 한 남자의 얼굴이 떠올랐지만 뚜렷하지는 않았다.

"언니도 이미 알고 있는 사람이에요. 중화의 꽃은 최면과 세뇌를 당하면서도 그 남자를 찾고 있어요."

마침내 왕할쯔는 모든 상황을 이해했다. 쉬징레이는 중화의 꽃과 동행한 한국인 국정원 요원을 말하고 있었다.

"그게 말이 된다고 생각해?"

왕할쯔의 입술이 바르르 떨렸다. 그녀는 주자자오에서 일어난 결투 장면을 떠올렸다. 방심했기 때문에 상대에게 일격을 당했다. 패배의 상처가 채 아물지 않은 상태였다. 왕할쯔가 싸늘한 표정으로 말했다.

"못 들은 걸로 할게. 있을 수 없는 일이야."

"언니!"

쉬징레이는 물러서지 않았다.

"나 역시 모든 일을 정확히 예측할 수는 없어요. 하지만 지금 이 상태에서 위제 오빠가 더 큰 힘을 가지면 엄청난 재앙이 닥칠 거예요. 그들은 전쟁을 두려워하지 않아요."

쉬징레이가 이처럼 큰 소리로 말한 것은 처음이었다. 왕할쯔는 당

240

혹스러웠다.

"중화의 꽃이 전쟁의 도구가 되어서는 안 돼요."

왕할쯔는 쉬징레이의 격한 반응을 이해하지 못했다.

"좋아, 네 말대로 중화의 꽃이 한국인 남자를 선택하더라도 달라지는 건 없어. 그가 우리를 도와줄 이유가 없잖아?"

"확신은 없지만, 그가 초인이 된다면 반드시 중화의 꽃을 구하려고 할 거예요."

왕할쯔는 이야기를 따라잡지 못했다. 한국의 정보국 요원이 초인이 된다는 건 상상할 수도 없는 이야기였다. 자신과 맞상대해서 이길 만큼 상당한 실력을 겸비한 요원이라는 건 인정할 수 있었다. 그러나 초인이 된다는 건 전혀 다른 문제였다.

"예언을 믿어야 해요. 중화의 꽃이 선택한 남자는 바로 그 사람이에요. 우리에겐 돌이 있어요. 돌이 그 남자를 선택한다면 예언이 실현될 거예요."

왕할쯔의 심장이 흥분으로 요동쳤다. 그러나 그녀의 몸을 뒤흔든 충격은 이내 가라앉았다. 머릿속으로 미래의 그림이 쏟아져 들어왔다. 정말 그 남자가 생명의 비약적 진화를 거쳐 새로운 인간, 즉 '초인'이 될 수 있을까?

그때 가까운 곳에서 폭발음이 울렸다. 연이어 총성이 들렸다. 왕할쯔는 시계를 확인했다. 자정이 되려면 아직 시간이 많이 남아 있었다. 위제가 약속을 어기고 기습 공격에 나선 것이었다. 전쟁에서 적에게 신의를 요구하는 것만큼 어리석은 일은 없었다. 왕할쯔는 베레타 권총을 왼손에 쥐고 자리에서 일어났다. 머신건을 든 쉬징레이가 그녀를 뒤따랐다.

참혹했다. 예상은 했지만, 결과는 훨씬 비참했다. 공격 루트를 예측해 마련한 저지선이 일시에 무너졌다. 곳곳에서 불길이 치솟고 바닥에는 피를 흘린 부하들이 쓰러져 있었다. 전장이라기보다는 도륙에 가까웠다. 왕할쯔는 베레타 권총을 쏘며 본전으로 향하는 진입로를 확보하기 위해 애썼다. 적의 목표는 수장인 쯔중원 대종사와 중화의 꽃이었다. 오른팔이 불편한 왕할쯔를 쉬징레이가 옆에서 지켜 주었다. 쉬징레이는 머신건을 난사하지 않고 침착하게 목표물을 향해 총을 쏘았다. 지난밤 위제에게 총을 겨누며 망설일 때와는 전혀 다른 모습이었다. 마당에서는 흐릿한 달빛을 받은 칼날이 희번덕였다.

결정을 내려야만 했다. 패배는 확정적이었다. 아직 위제의 모습은 보이지 않았다. 수적 우위를 점한 그는 개선장군의 위용을 뽐내며 나타날 것이다. 그때까지 시간이 있었다. 왕할쯔가 쉬징레이에게 소리질렀다.

"널 믿기로 했어. 돌을 가지고 빠져나가자!"

쉬징레이는 힘차게 고개를 끄덕였다. 두 사람은 동시에 본전을 향해 달렸다. 왕할쯔는 부하들의 죽음을 헛되게 해서는 안 된다고 다짐했다.

중화의 꽃은 평온한 표정으로 황금 의자에 앉아 있었다. 곧 닥칠 위기에 대해서는 초연한 듯 대종사와 선문답을 나누었다. 왕할쯔는 두 사람의 모습을 보며 그들이 왜 신선이라 불리는지 이해했다. 왕할쯔가 총을 내려놓으며 대종사 앞에 무릎을 꿇었다.

"적이 코앞까지 왔습니다. 더는 지켜 드릴 수 없습니다."

대종사가 그녀에게 말했다.

"일어나게. 자넨 아직 할 일이 남아 있지 않은가!"

왕할쯔가 고개를 들어 두 사람을 보았다. 가슴이 두근거렸다. 중화의 꽃이 미래를 본 것일까? 그러나 중화의 꽃은 무심한 표정으로 일관했다.

"난 여기에 남아 저들을 맞이하겠네."

대종사의 얼굴은 여느 때보다 환하고 편해 보였다.

"아흔을 넘겼는데 또 무엇을 바라겠는가?"

대종사가 쉬징레이를 향해 고개를 끄덕였다. 쉬징레이는 묵례를 하고 뒤편의 황금 침대로 걸어갔다. 침대 밑에 울트라라이트 19를 넣은 상자가 있었다. 중화의 꽃이 온 이후 돌은 줄곧 중화의 꽃 곁에 있었다. 상하이 노부인은 돌이 중화의 꽃이 가진 힘을 증폭시킬 것으로 믿었다. 쉬징레이는 상자에서 돌을 꺼내 백팩에 넣고 가방을 등에 메었다. 모든 준비가 끝났다. 가까운 곳에서 비명이 들렸다. 시간이 없었다. 쉬징레이는 머신건에 새 탄창을 결합했다.

"가까운 시일 내 돌아오겠습니다."

왕할쯔는 두 사람을 향해 절했다. 대종사는 웃음으로 응해 주었다. 왕할쯔와 쉬징레이는 뒷문을 통해 본전 건물을 빠져나갔다. 어둠에 잠긴 숲이 그들을 가로막았다. 행군이 시작되었다. 피에 굶주린 들개를 따돌리려면 서둘러야 했다.

위제는 장광즈 도인과 함께 벤츠 리무진 뒷좌석에 앉아 건물 위로 치솟는 불길을 주시했다. 직접 나서려고 했지만, 장광즈 도인이 말렸다. 형세로 보아 상황이 곧 진정될 것 같았다. 베이징에서 급하게 상황을 정리하고 내려온 도인은 조금 흥분해 있었다. 도인의 생각보다 사태가 빠르게 진척되었고 예상보다 저항 세력의 반발 강도가 약했다. 집단 지도 체제로 분산된 힘을 굴복시키는 일은 의외로 쉬웠다.

대세를 읽는 데 탁월한 능력을 갖춘 인물들은 대체로 기회주의적인 성향이고 그들을 어르고 달래는 가장 효과적인 수단은 무력에 기반을 둔 공포였다. 도화부인의 죽음은 그 어떤 회유나 협박보다 실효성이 강한 설득 도구로 작용했다. 이번 사태에서 드러나듯 교단의 권력 분산은 그 자체로 문제점을 내포하고 있었다. 이제 그가 나설 때였다. 권력을 집중시켜 흩어진 힘을 한 곳으로 모아야 했다.

사당의 지붕 위로 투항을 알리는 백기가 올라왔다. 안개비에 젖은 백기가 힘없이 공중에서 펄럭였다. 불필요한 사상은 막아야 한다. 장광즈 도인과 위제는 차에서 내려 사당으로 들어섰다. 중화의 꽃이 기다리고 있는 본전으로 향하는 두 사람의 가슴은 승리의 기쁨으로 설렜다. 도인은 권력 독점이라는 대업을 완수한 기쁨이 넘쳤고 위제는 중화의 꽃을 차지한다는 기대에 차 있었다. 그러나 본전에는 그들의 바람과 달리 까다롭고 껄끄러운 골칫거리가 기다리고 있었다. 자결한 쯔중원 대종사의 시신을 처리하는 것이 첫 번째 문제였다. 대종사 주변으로 자살의 직접적인 증거물을 찾으려고 했지만 어떤 비수나 독극물도 나오지 않았다. 대종사는 의자에 앉은 채 눈을 감고 그대로 영면했다. 그의 도가 어느 경지까지 이르렀는지 알려 주는 명백한 증표였다. 대원들은 대종사의 시신에 손을 대려 하지 않았다. 위제가 호통을 치고서야 시신을 거두었다.

사실 파악을 하는 데도 시간이 꽤 걸렸다. 사당 내부를 속속들이 뒤졌지만 왕할쯔와 쉬징레이의 시신은 나오지 않았다. 위제는 두 사람이 줄행랑을 놓으리라고는 도저히 생각할 수 없었다. 그들은 무사이고 명예를 소중히 여기는 군인이었다. 나중에야 그들이 돌을 가지고 달아난 사실을 알아냈다. 중화의 꽃이 현시한 상황에서 돌은 큰 의미가 없었다. 위제는 그들의 행동을 이해할 수 없었다. 중화의 꽃이 선택되면 돌의 신비한 에너지가 소멸한다는 것이 교단에 알려진 정설이었다. 울트라라이트 19는 평범한 운석으로 전락했다. 죽은 대종사마저 인정한 사실이었다. 그런데 왕할쯔가 돌을 가지고 달아났다. 위제에게는 풀어야 할 숙제로 여겨졌다.

그러나 승전의 기쁨이 반감되지는 않았다. 그의 앞에는 고고한 자세로 황금 의자에 앉은 중화의 꽃이 있었다. 그녀를 취하면 그는 곧 초인이 된다. 훼방꾼이 사라졌기 때문에 그것은 시간문제였다. 위제는 존경과 애욕이 뒤섞인 눈으로 중화의 꽃을 바라보았다. 소식을 듣고 달려온 상하이 노부인이 그녀의 시중을 들었다. 최면으로 흐릿해진 이영원의 눈은 묘하게도 관능적이었다. 지난밤 그녀의 침대에서 있었던 일을 떠올리자 위제는 가슴이 두근거렸다. 그때 돌발적인 사태가 발생했다. 베이징으로부터 연락을 받은 장광즈 도인은 극도로 흥분했다. 그는 심복인 위제에게만 비밀스럽게 이야기를 털어놓았다.

"마침내 중화의 꽃이 발화할 기회가 찾아왔네."

위제는 본능적으로 사태의 중대함을 느꼈다. 중화의 꽃은 단순한 메타포가 아니었다. 그녀는 가공할 위력을 지닌 초능력자였다. 위제는 궁금했지만, 도인에게 상황을 캐묻는 실수를 범하지는 않았다. 군인은 명령에 따라야 한다. 곧 중화의 꽃이 거처하는 본전 주위에 삼엄한 경비 태세를 갖추었다. 본전에는 중화의 꽃만 남았다. 그녀의 상태를 체크하기 위해 가끔 상하이 노부인이 본전으로 들어갔다. 중화의 꽃은 깊은 명상에 들었고 본전 바깥에서는 장광즈 도인이 초조하게 그녀의 답을 기다렸다. 영문은 모르지만 위제 역시 불안하기는 마찬가지였다. 명상에 들어간 지 어느새 48시간이 흘렀기 때문이다.

중화의 꽃은 물 한 모금 마시지 않은 채 참선에 들어 있었다. 본전 내부에는 중화의 꽃이 내뿜는 신묘한 에너지가 부유하고 있었다. 일반인이라면 견딜 수 없는 극한의 에너지였다. 위제는 처음으로 이영원에게 두려움을 느꼈다.

국정원으로부터 비상 회의 소집 호출이 왔다. 연락을 받은 최 전무의 얼굴이 급격히 어두워졌다. 평안북도의 한 군사 시설에서 원통형 물체를 실은 열차가 동창리 미사일 기지로 이동했다는 첩보가 들어온 것이 두 달 전이었다. 인공위성 광명성 3호를 실은 은하 3호 로켓 추진체를 쏘아 올리는 데 성공한 북한이 이번에는 무엇을 노리는지 불분명했다. 아직은 북한의 로켓이 아메리카 대륙을 정밀 타격할 기술력을 보유하지 못했다는 미국의 발표에 자극을 받은 것인지도 몰랐다. 확실한 정보는 북한이 결코 미사일 발사를 포기하지 않는다는 것뿐이었다. 동창리 기지에서 인공위성을 쏘아 올리겠다는 북한의 공식 발표가 나오자 국정원은 초비상 사태에 돌입했다. 그러잖아도 경색 국면에 빠진 대북 관계가 미사일로 완전히 얼어붙었다.

국정원은 물론 미국마저 북한과의 대화 채널을 찾지 못했다. 언론은 한반도 위기의 주범으로 북한 정권을 몰아세웠지만, 정부의 고집스러운 강경 일변도 대북 정책에 대해서도 비판적인 기사를 쏟아 냈다. 북한이 어떤 행동을 취할지 예상해서 대비책을 마련했어야 옳다는 지적에 당국자들은 입을 다물었다. 그런 일은 불가능하다. 북한이 어떤 선택을 할지 어떻게 알겠는가? 내부 곳곳에서 볼멘소리가 나왔다. 대응 수단은 이전 미사일 위기 때와 유사했다. UN과 같은 국제 기구를 통해 압력을 넣거나 대북 경제 제재를 확대하는 것이었다. 다

246

행히 북한을 옹호하는 외교 정책을 펴는 중국마저 미사일 문제에서 만큼은 양보하지 않았다. 외교부 성명을 통해 현 단계에서 위성 발사체의 발사는 동북아의 평화에 아무런 도움도 되지 않는다는 공식 입장을 내놓았다. 그러나 북한은 꿈쩍하지 않았다. 과거 미국과 중국의 외교적 압력에도 대포동 2호를 쏘아 올렸다. 공교롭게도 그날은 미국의 독립 기념일인 7월 4일이었다. 3개월 뒤에는 풍계리 인근에서 핵 실험까지 단행했다. 어떻게 그들을 막을 수 있단 말인가?

그러나 이번 미사일 위기는 이전과 조금 다르게 흘러갔다. 최 전무는 본능적으로 수상한 낌새를 맡았다. 설명할 수 없지만, 이전 상황과 다른 불길한 징후가 여러 곳에서 나타났다. 대북 전담 요원이 동창리 미사일 발사 상황 보고를 하는 동안 최 전무는 자신의 내면을 흔드는 불쾌한 감정의 진원지가 어디인지 뒤쫓았다. 잡힐 듯 잡히지 않는 관념의 덩어리가 그의 머릿속을 헤집고 다녔다. 사념을 털어 내기라도 하듯 냉수를 벌컥벌컥 들이켰다. 그때 회의장으로 젊은 요원이 느닷없이 뛰어들었다.

"긴급 상황입니다."

요원은 양해도 구하지 않고 스크린의 화면을 바꾸었다. 방송국의 뉴스 속보였다. 최 전무는 화가 치밀어 올랐다. 비상소집 회의에서 방송국의 뉴스를 시청해야 할 만큼 국정원의 정보가 뒤처진단 말인가! 도대체 우리 요원들은 무엇을 하고 있는 것인가! 그러나 부하 직원들을 추궁할 시간이 없었다. 모두의 시선이 화면으로 쏠렸다. 진녹색 제복을 입은 자위대 장교가 원고를 읽고 있었다. 화면 하단에 일본어를 번역한 내용이 자막 처리되어 나왔다. 최 전무는 눈을 가늘게 뜨고 자막을 읽었다.

'일본 정부는 동아시아의 평화를 해치는 북한의 미사일 발사 선언에 심각한 우려를 표명한다. ……따라서 자위대법에 입각한 탄도 미사일 파괴 조치 명령에 의거, 북한의 미사일을 즉각 요격할 것이다. 불행한 사태를 막길 원한다면 북한은 미사일 발사를 철회하고 대화의 장으로 나오길 촉구한다.'

자위대 장교는 성명서를 낭독한 뒤, 기자들의 질문도 받지 않고 그대로 발표장을 빠져나갔다. 그의 퇴장과 함께 소리가 제거되자 회의실에는 긴장이 감돌았다. 그러나 극도의 흥분과는 다른 다소 어수선한 긴장이었다. 국방 분야의 정보 전문가가 모인 자리지만 자위대 장교의 발표를 제대로 이해하기가 쉽지 않았다.

"저 새끼 뭐라는 거야! 미친 거 아냐?"

회의를 책임진 대북 전담 3차장이 분노를 억누르지 못하고 욕설을 내뱉었다. 덕분에 최 전무는 자신의 감정을 추스를 수 있었다.

"일본이 북한의 미사일을 요격하겠다는 발표입니다."

최 전무가 감정을 배제한 채 담담하게 말했다.

"나도 들었어. 그러니까 미쳤다는 거지. 지들이 무슨 수로 날아가는 미사일을 맞혀!"

차장은 정보기관에서 나름의 이력을 쌓은 관료였다. 차장의 지적은 정확했다. 일본이 무슨 수로 북한의 미사일을 요격할 것인가! 자위대의 힘이 강화되었다지만 현재 전력으로 볼 때 허풍에 가까운 무모한 발언이었다. 그때 일본 자위대 전력 분석을 맡은 요원이 대화에 끼어들었다.

"가능성이 제로인 것은 아닙니다."

그의 발언은 얼어붙은 회의장 분위기를 더욱 곤혹스럽게 만들었다.

"야, 이 새끼야! 그게 뭔 헛소리야. 가능성이 제로가 아니라니? 그럼 일본이 북한 미사일을 맞힐 수 있다는 거야!"

3차장이 탁자를 내리치며 고함을 질렀다. 최 전무는 상관의 분노를 이해할 수 있었다. 차장은 북한 미사일 위기로 청와대와 국회로부터 집중 추궁을 받고 있었다. 게다가 일본의 대응이 이런 식으로 전개되리라고는 국정원 내부의 어느 누구도 생각하지 못했다. 정치권으로 돌아가면 그는 또다시 국정원의 정보 부재와 관련된 책임 추궁을 당할 것이었다. 젊은 요원은 불같이 화를 내는 차장 앞에서 마른침을 삼키며 얼어붙은 듯 서 있었다. 최 전무가 중재에 나섰다.

"멍청하게 서 있지만 말고 차근차근 설명해 봐!"

젊은 요원을 격려하기 위해 부드럽게 말하려고 했지만 목소리가 냉담하게 나왔다. 요원은 잠깐 주뼛거리다가 회의실 분위기를 살피더니 말문을 열었다.

"일본이 북한 미사일 방어 계획을 수립한 것은 2009년의 일입니다. 자위대 장교가 발표한 것처럼 '탄도 미사일 파괴 조치 명령'이 그것입니다. 이전에 북한의 미사일 위기가 터진 뒤 수립된 대응책인데, 복잡한 내용은 생략하고 간단하게 설명드리겠습니다."

최 전무는 그제야 '일본의 MD 체제 구상 전략'이라는 이름의 내부 보고서를 읽은 기억이 떠올랐다.

"요격 시스템은 크게 두 가지로 나눠집니다. 첫째는 해상 자위대 이지스 함에 요격 미사일 SM3을 배치해 요격하는 것이고, 둘째 방안은 항공 자위대 고사 부대에 지대공 유도탄 패트리엇 미사일 PAC3을 쏘아 요격하는 것입니다."

"그 정도는 나도 알고 있어. 이미 언론에서 떠들어 댄 정보잖아!"

차장의 지적에 젊은 요원이 어깨를 움츠렸다. 차장은 기회를 잡았다는 듯 요원에게 쏘아붙였다.

"미사일 속도가 얼마나 되는지 알고 있어?"

우물쭈물하던 요원이 대답했다.

"평균적으로 마하 10을 넘어선다고 알고 있습니다."

"그래? 그럼 탄도 미사일이 대기권으로 재진입할 때 미사일의 속도가 마하 20을 넘는다는 사실도 잘 알고 있겠네?"

차장이 비아냥거리듯 말했다. 요원은 묵묵히 고개를 끄덕였다. 쐐기를 박겠다는 듯 차장이 말했다.

"총알의 속도가 마하 2.5 수준이야. 내 말 알아듣겠어? 그런데 쪽발이 새끼들이 어떻게 미사일을 맞힌다는 거야?"

최 전무가 읽은 보고서에도 차장이 지적한 기술적인 난제가 적시되어 있었다. '일본의 기술력이 총알보다 몇 배 빠른 미사일을 요격할 정도까지 발전했을까?' 보고서를 읽는 동안 그는 그렇게 의심했었다.

"문제는……."

요원이 침을 삼키며 말을 이었다.

"미군이 자위대에 얼마나 협조하는가에 달려 있습니다. 실상 자위대의 작전 계획은 미군의 협조가 있다는 가정에서 시작되었습니다. 만약 미국이……."

차장이 손을 들어 요원의 이야기를 막았다. 차장의 얼굴에는 피로감이 역력했다. 일본이 천문학적인 돈을 들여 미국의 MD 체제에 가입한 사실은 국정원에서 꽤 오랫동안 다루어진 정보였다. 많은 시간과 공을 들여 정보를 캐냈으나 실제로 얻어 낸 결론은 없었다. 가상의 우주 전쟁에 불과한 MD 체제를 정확히 분석해 낼 수 있는 전문가는 애초부터 존재하지 않았다. 차장은 손목시계를 힐끗 확인하고는 자리에서 일어났다.

"뒷정리를 부탁하네."

차장이 최 전무를 바라보며 말했다. 최 전무는 무심코 고개를 끄덕였다. 차장이 회의장을 벗어나 어디로 향할지 선명하게 그려졌다. 대통령 앞에서 진땀을 흘리고 있을 국정원장에게 갈 것이다. 차장은 상관인 원장에게 어떤 보고를 올릴까? 결국 확률조차 정확하게 나오지 않는 불분명한 정보를 흘릴 것이다. 그 생각을 하자 한숨이 터져 나왔다.

최 전무는 자리로 돌아와 식은 커피를 마셨다. 느닷없는 일이긴 하지만 한편으로 일본 정부의 강경한 대응은 충분히 예상 가능한 시나리오였다. 일본은 국내 문제로 불거진 정치권에 대한 불만을 대외 문제로 돌리려는 의도를 갖고 있었다. 우경화된 일본 내각은 북한 미사일 위기를 이용해 국민의 지지를 받기를 원했다. 또한 대외적으로는 동북아에서 중국에 밀리는 정치 외교적 대치 국면을 이번 기회로 자국에 유리하게 계획을 세우고 있었다. 북한의 미사일 위기는 역설적이게도 일본에게 정치적인 힘을 드러낼 수 있는 기회로 작용하고 있었다.

'중국'이라는 단어가 머릿속에 부유하자 최 전무는 자연스럽게 차지수를 떠올렸다. 차지수는 상하이 시내에서 일본인 초능력자에게 공격당해 몸져누워 있었다. 그것이 백곰에게서 온 마지막 보고였다. 최 전무는 몸속에서 빠져나오지 않은 불쾌한 감정의 덩어리가 무엇인지 어렴풋이 이해했다. 그것은 전혀 상관없어 보이는 두 사건의 연결 고리였다. '초능력자'와 '미사일 위기', 이 두 사건에는 정체불명의 무엇인가가 몸을 숨기고 있었다. 정보 분야에서만 수십 년간 녹을 먹은 그였다. 위험을 감지해 내는 본능적인 감각이 그의 육체를 긁어댔다. '무엇인가 있다!' 최 전무는 급하게 전화기를 들었다.

이방우 소장은 무뚝뚝하게 전화를 받았다. 최 전무는 안부를 물은 뒤 본론부터 꺼냈다. 이영원이 납치되었다는 사실은 숨긴 채, 차지수가 일본인의 습격을 받아 병원에 누워 있다고만 간단히 말했다.

"중국으로 가기 전에 차지수가 선배님에게 남긴 말이 있습니까?"

"글쎄, 기억이 나지 않는군."

짧은 침묵이 이어졌다. 지난 만남에서 '초능력 부대'에 관한 엇갈린 의견으로 생긴 앙금이 두 사람 사이에 아직 남아 있었다.

"말씀드렸듯이 차지수는 지금 위기에 처해 있습니다. 어떻게든 우리가 도울 방법을 찾아야 합니다."

"……"

"무엇이든 좋습니다."

"특별한 이야기는 없었네. 영원이와 관련된 이야기를 조금 나눴을 뿐이야."

"어떤 이야기였습니까?"

최 전무는 기회를 놓치지 않았다. 한쪽으로 몰아 무엇이든 끄집어내야 했다. 소장의 일그러진 얼굴이 머릿속으로 그려졌다.

"기억이 나지 않아."

"따님의 안전과 직결된 문제일지도 모릅니다."

몇 초간 침묵이 흘렀다. 최 전무는 기다렸다.

"꿈 이야기를 했었네. 자기가 영원이의 꿈을 본 것 같다고."

꿈? 겨우 꿈 이야기란 말인가.

"어쩌면 지금 일어나고 있는 일과 관련 있는지도 모르겠어."

자신 없는 목소리였다.

"지금 일어나고 있는 일이라는 게 무슨 의미입니까?"

"지수가 전쟁 이야기를 했네. 그리고 MD에 관해서 말했어."

"MD요?"

"미사일 방어 체제 말이야. 영원이의 꿈에서 미사일이 날아가는 장면을 봤다고 하더군. 그리고 그 미사일이 격추되는 장면도 봤다는 거야."

최 전무는 잠깐 할 말을 잃었다. 상황을 도무지 이해할 수 없었다. 그가 겨우 입을 뗐다.

"좀 더 자세히 말씀해 주십시오. 어쩌면 이 문제는 우리가 생각하는 것 이상으로 중요한 단서가 될지도 모릅니다."

전화선 너머로 이방우 소장이 고민하는 모습이 그려졌다. 소장의 아킬레스건을 건드렸기 때문에 유리한 고지를 선점한 것은 자신이었다. 마침내 소장이 입을 열었다. 통화가 꽤 길어졌다. 최 전무는 잠자코 소장의 이야기를 들었다. 편견 없이 듣는 것이 중요했다. 그러나 소장의 이야기가 끝났을 때 그는 실망하고 말았다. 현대 과학으로는 입증할 수 없는 초현실적인 기이한 이야기에 불과했다. 지수가 영원의 꿈을 읽었다는 출발점에서부터 최 전무는 흔들렸다. 그런 일이 어떻게 가능한가?

"별로 할 말이 없네. 자네와 마찬가지로 나 역시 인간의 능력이 그 정도까지 미칠 수 있다는 것에는 회의적이네."

이방우 소장은 미사일의 속도를 따라잡는 초능력에 대해 말하고 있었다. 차라리 외계인이 고대 문명을 건설하는 데 영향을 줬다는 이야기가 훨씬 설득력 있었다. 논박의 여지가 있지만, 그들은 나름의 과학적인 증거를 제시했다. 전화를 끊은 뒤, 최 전무는 망연자실한 표정으로 창밖을 내려다봤다. 정원수의 무성한 잎사귀들이 진초록빛 물감을 흩뿌리듯 바람에 흔들리고 있었다. 문득 머릿속으로 의문이 떠올랐다. '자연의 변화는 사전에 철저하게 계획된 것일까, 아니면 우연에 기반을 둔 자연 발생적인 사건에 불과한 것인가?' 답은 없다. 상념은 곧 사라졌다.

사실에 집중해야 한다. 초현실적 현상의 기묘한 논리에 빠져들면 답을 얻을 수 없다. 미국의 미사일 방어 체제는 과학과 정치라는 두 가지 괴물이 결합해 만들어 낸 사생아였다. '날아가는 총알을 총알로 맞히는 게임'에 비유되는 MD의 운명은 아직 결정되지 않았다. 이 불확실한 게임에서 이득을 보는 세력은 누구일까? 우선 체제 유지를 강화하려는 북한 정권이 득을 볼 것이다. 그다음은 아이러니하게도 미국이다. 미국은 북한의 미사일 발사를 겉으로는 비난하지만 속으로는 반기고 있다. 미사일 방어 체제 사업이 계획대로 진행되면 군·산 복합체의 두 축으로 알려진 '펜타곤'과 4대 메이저 군수 산업체는 돈방석에 앉는다. '북한의 미사일 위협론'은 천문학적인 경비가 소요되는 MD 체제의 명분 1순위로 거론되며 미국 강경파들이 군침을 흘리는 사업을 이끌어 주는 지지대 역할을 하고 있는 것이다.

최 전무는 창밖을 응시하며 한참 동안 서 있었다. 마치 그곳에 수수께끼의 비밀이 몸을 도사리고 있기라도 하듯 강렬한 눈빛으로 정원수를 노려봤다. 그때 청와대로 간 3차장으로부터 호출이 왔다. 기어코 북한이 미사일을 쏠 것 같다는 소식이었다. 차장은 지시를 내린

뒤 급하게 전화를 끊었다. 최 전무는 사무실을 나와 자동차에 올라탔
다. 항공우주연구소가 있는 대전까지 가려면 서둘러야 했다. 정신을
한 곳으로 집중했다. 자칫 일이 잘못되면 전쟁이 터질 수도 있었다.
마음을 진정시키며 그는 열기로 달구어진 운전대에 손을 올렸다.

항공우주연구소에 도착하자 기다렸다는 듯 새로운 뉴스가 터졌
다. 이번에도 방송 뉴스 속보였다. 도대체 우리 외교부와 정보부는
뭘 하고 있는가 하는 자책이 밀려왔다. 분초를 다투는 중요한 정보가
모두 텔레비전을 통해 전달되고 있었다. 긴급으로 소집된 회의 참석
자들의 시선이 모두 벽에 걸린 화면으로 향했다. 이번엔 일본 자위대
장교가 아니라 중국 외교부 대변인이었다. 두꺼운 뿔테 안경을 쓴 대
변인은 다소 격앙된 목소리로 원고를 읽어 내려갔다.

"일본이 북한의 인공위성 발사체에 대해 '파괴 조치 명령'을 내린
것은 대단히 유감스러운 일이다. 이는 동북아의 평화를 유지하려는
주변국의 노력에 도움이 되지 않을 것이며 과거에 없었던 새로운 형
태의 긴장을 유발할 것이다. 세계 모든 나라는 평화적인 우주 개발에
대한 권리를 지니고 있다. 정치적 독립국인 북한 역시 예외는 아니
다. 일본은 이미 1970년 인공위성 발사에 성공했다. 우주는 모든 나
라에 개방되며 어느 나라도 영유할 수 없다는 우주 조약의 기본 정신
을 일본은 잊지 말아야 한다. 일본이 국제 사회의 비난을 감수하며
북한의 인공위성 발사체를 요격한다면 일본은 동북아의 평화를 깨뜨
린 행위에 대한 책임을 져야 할 것이다. 중국은 제국주의 시대의 망
령에서 벗어나지 못한 일본의 후안무치한 행동을 묵과하지 않을 것
이며 적극적인 대응으로 이를 엄벌할 것이다. 만약 외교적 협상이 실
패할 경우 중국 인민해방군은 일본의 요격 미사일을 요격할 것이다."

텔레비전을 바라보던 회의 참석자들 사이에서 낮은 탄식이 터져 나왔다. 놀라기는 최 전무도 마찬가지였다. 외교적 수사를 동원해 신중을 기해야 하는 외교부의 발표로 보기에는 표현이 지나치게 노골적이었다. 형제 국가 운운하며 북한을 적극적으로 옹호한 것 자체가 충격이었다. 얼마 전까지만 해도 중국 외교부 부부장이 북한 대사를 만나 미사일 발사에 우려를 표명한 것과는 전혀 다른 상황이었다. 중국의 입장이 180도 달라졌다! 일본의 미사일 요격 발표가 중국을 이처럼 자극한 것일까? 상황을 파악하지 못한 참석자들이 웅성거리는 소리가 회의장을 가득 메웠다.

성명서의 핵심은 단순했다. 중국이 일본의 요격 미사일을 요격하겠다는 것이다. 그러나 지극히 단순명료해 보이는 메시지의 이면에는 풀기 어려운 미스터리가 숨어 있었다. 요격 미사일을 요격한다는 것이 실제로 가능한 일인가? 최 전무는 답을 내릴 수 없었다. 도대체 뭘 믿고 중국이 허세를 부리는 것일까? 그때 최 전무 옆으로 누군가가 유령처럼 다가와 섰다. 정신을 한 곳에 집중하며 방심하고 있던 터라 최 전무는 소스라치게 놀랐다. 고개를 돌리니 군복을 입은 강민호 소장이었다. 그는 강렬한 느낌의 위장복과는 어울리지 않는 창백한 얼굴로 텔레비전을 주시하며 말했다.

"지금 중국이 일본에게 선전 포고를 한 건가?"

선전 포고? 등줄기를 타고 소름이 돋아났다. 최 전무는 얼어붙은 표정으로 강민호 소장을 멍하니 응시할 뿐이었다. 정신을 차렸을 때 그는 상하이의 차지수에게 전화를 걸어야 한다고 생각했다.

22

한국 국정원 요원의 행방을 수소문하는 일은 생각보다 시간이 많이 걸렸다. 왕할쯔는 창에 기대 도심의 전경을 내려다보았다. 콘크리트 빌딩 사이로 드문드문 불빛이 보였다. 존재감을 잃은 현대의 허약한 인간이 만든 도시는 그녀의 생각보다 견고했다. 무위의 삶을 설파하던 쯔중원 대종사는 도시를 내려다보며 깨달음을 얻었을까? 그런 것 같지는 않아 보였다. 대종사 역시 인간의 욕망이 만들어 낸 투쟁과 갈등의 무대에서 자유롭지 못했다. 왕할쯔는 머리를 내저으며 상념을 털어 냈다. 지금은 번뇌와 미혹에서 벗어나 해탈의 경지를 이루는 것이 급선무가 아니다. 쫓기고 있으며 목숨조차 위협받는 상황이었다. 생각을 정리해야 한다. 아무런 계획 없이 탈출했기 때문에 안전가옥을 구하기조차 쉽지 않았다. 어쩔 수 없이 호텔로 들어왔다. 꼬리가 잡히면 사람들이 밀집한 곳에서 대결하는 편이 나을지도 몰랐다. 최악의 경우 교단의 비밀을 폭로하는 시나리오까지 염두에 두었다.

이제 교단은 장광즈 도인의 손아귀에 들어갔다. 불과 얼마 전까지만 해도 동지였던 사람들 대부분이 적이 되었다. 위제가 지휘하는 폭력 집단이 제거되지 않는 한 도인의 독점 권력에 대한 적극적인 반발은 나오지 않을 것이다. 보신주의와 기회주의가 주류를 이루고 처세술에 능한 교단의 지도자들은 도인의 눈치만 볼 것이다. 흩어진 불만 세력을 규합해 빠른 시일에 판세를 뒤집어야 한다. 시간을 끌수록 도인의 권력은 공고해질 것이다. 다행히 쉬징레이가 옆에 있었다. 그녀는 소파에 앉아 꼼짝 않고 뉴스만 보았다. 당과 정치권의 영향력에서 벗어나지 못한 언론의 이야기에 귀를 기울이는 것은 시간 낭비라고 왕할쯔는 생각했다. 그들은 끝내 교단의 실체를 외면할 것이다. 현재로서는 외부의 지원을 기대할 수 없었다.

쉬징레이의 말처럼 그들에게 남은 유일한 희망은 두 번째 예언이 실현되는 것이었다. 초인을 찾아야 한다. 왕할쯔의 미간이 좁혀졌다. 차지수. 달갑지 않은 존재였다. 주자자오의 맞대결에서 패배한 기억이 선명하게 남아 있었다. 쉬징레이의 판단대로 그가 과연 선택받은 '초인'일까? 그때 갑작스러운 전화벨 소리가 두 여자의 심장을 날카롭게 파고들었다. 가까이에 있던 쉬징레이가 전화를 받았다. 그녀는 대답 없이 듣기만 했다. 전화를 끊은 쉬징레이의 표정에 변화가 없었다. 목소리도 마찬가지였다.

"남자를 찾았어요."

왕할쯔는 침을 꿀꺽 삼킨 다음 침대에 던져 놓은 재킷을 챙겼다. 호주머니에는 장전해 놓은 베레타 권총이 들어 있었다. 쉬징레이는 바닥에 놓인 배낭을 챙겼다. 배낭에는 신비의 돌 울트라라이트 19가 들어 있었다. 호텔을 나와 택시를 탔다. 상하이 토박이인 운전기사는 룸미러로 뒷좌석에 앉은 손님의 얼굴을 힐끔힐끔 살폈다. 나이에 비해 두 여성의 표정이 너무 진지해 보였다. 여자들의 긴장된 몸에서는 설명할 수 없는 무거운 기운이 풍겼다. 기사는 미터기에 달린 디지털 시계를 확인했다. 밤을 잊은 도시라고 하지만, 젊은 여성이 외출을 나서기에는 너무 늦은 시각이었다.

택시가 도착한 곳은 상하이 코리아타운이라 불리는 금수강남이었다. 자정을 넘겼는데도 불을 밝힌 음식점들이 곳곳에 보였다. 새로 개발한 곳이라 거리는 널찍하고 깨끗했다. 육중한 건물과 고급 아파트들이 대로변에 자리 잡고 있었다. 왕할쯔는 약속 장소인 횟집의 간판을 쉽게 찾아냈다. 검은 고무장화를 신은 종업원이 뜰채로 횟감용 물고기를 든 채 그들을 맞았다. 나무 계단을 오르자 방으로 된 객실이 나왔다. 신발을 벗고 올라가야 하는 방이었다. 어렴풋이 한국에서 작전을 펼치던 기억이 떠올랐다. 당시만 해도 위제와 적이 되리라고는 상상조차 하지 못했다. 이제 과거는 사라졌다. 왕할쯔는 가볍게 어금니를 깨물며 방으로 올랐다.

탁자 중앙에 앉은 거구의 남자가 엉거주춤 자리에서 일어났다. '백곰'이라는 암호명을 쓰는 국정원 요원이었다. 왕할쯔는 백곰을 기억했다. 주자자오의 격투에서 자신의 칼에 옆구리를 찔린 사내였다. 그 탓에 차지수를 죽일 기회를 놓쳤고 대결에서 패배하고 말았다. 서로 달갑지 않은 재회였다. 종업원이 다가와 미닫이문을 닫았다. 백곰이 유리컵에 소주와 맥주를 따라서 내밀었다.

"드시오. 이곳은 내 단골 술집이오. 총은 꺼내지 않기로 합시다."

백곰의 중국어는 완벽했다. 왕할쯔는 술을 들이켰다. 사내를 설득해야 차지수를 만날 수 있었다. 그녀에게는 '이영원'이라는 미끼가 있었다. 유리한 패를 든 쪽은 자신이었다. 이쪽에서 서둘면 불필요한 의심을 받을 수 있었다. 마음을 굳힌 왕할쯔가 천천히 입을 열었다.

백곰은 큰 몸집에 비해 판단이 빨랐다. 이영원의 소재를 알려 주는 대신 차지수를 먼저 만나야겠다는 제안에 백곰은 의아하다는 표정을 지었다. 그러나 자세히 캐묻지는 않았다. 정보기관의 요원답게 그는 신중하게 행동했다.

"차지수가 어떤 상태인지 아시오?"

이번에는 왕할쯔의 눈썹이 올라갔다.

"일본인의 습격을 받아 중태에 빠졌소."

일본인? 왕할쯔가 인상을 찌푸렸다. 아직도 일본인이 주위를 어슬렁거리고 다닌단 말인가. 대라리 총격전에서 맞대결한 기억이 났다. 위제에게는 미치지 못하지만, 그는 상당한 힘을 가진 초능력자였다. 교단의 미온적인 태도가 사태를 복잡하게 만들고 있었다. 어쩌면 장광즈 도인이 독점 권력을 잡으려는 이유가 그 때문인지도 모르겠다는 생각이 들었다. 집단 지도 체제로 운영되는 교단은 느리게 움직였다. 게다가 지도부의 중심축이었던 대종사는 외부와의 갈등에 소극적인 태도를 보였다.

"그렇다면 더욱 빨리 만나야 해요. 우리가 그를 치유할 수 있어요."

잠자코 두 사람의 이야기를 듣고 있던 쉬징레이가 말했다. 그녀의 말에 백곰은 술을 벌컥벌컥 들이켰다.

그 시각 동북아의 하늘에는 먹구름이 내려앉고 있었다. 수십 톤이 넘는 강철 미사일이 발사대에 놓이고 지하 연료 산화제 저장소에서 액체 연료가 주입되었다. 일본은 공식적으로 요격 준비에 들어가고, 중국 역시 비밀리에 움직이고 있었다.

술잔을 내려놓은 백곰이 거칠게 자리에서 일어났다. 위험하지만 중국인의 요구에 응할 수밖에 없었다. 수단과 방법을 가리지 말고 이영원을 구하라는 최 전무의 특명이 내려온 상태였다.

차지수의 은신처는 멀지 않은 곳에 있었다. 백곰이 앞장서고 왕할쯔와 쉬징레이가 뒤따랐다. 대로를 건너 한국식 포장마차 술집이 밀집한 골목을 지나자 고급 아파트 단지가 나왔다. 엘리베이터에 올라서도 그들은 대화를 나누지 않았다. 스펀지가 물을 빨아들이듯 밤공기가 그들의 침묵을 자연스럽게 흡수했다.

차지수의 상태는 왕할쯔가 예상했던 것보다 심각했다. 차지수가 링거를 꽂은 채 침대에 누워 놀란 눈으로 왕할쯔를 바라봤다. 얼굴은 부어 있고 눈알은 충혈되어 있었다. 어깨와 가슴에 붕대를 두르고 도움 없이는 거의 움직이지 못했다. 백곰이 지수의 어깨를 커다란 손으로 누르며 진정시켰다.

"내가 충분히 이야기 나눴어. 걱정하지 않아도 돼."

겨우 입만 벌려 대화를 할 수 있지만, 지수는 너무 놀라 말이 나오지 않았다.

"영원 씨가 어디에 있는지 알려 줄 거야. 나도 어떻게 된 사정인지는 모르겠어. 이들도 쫓기고 있다는데, 자세한 건 나중에 알게 되겠지. 당장 급한 건 영원 씨를 구해 내는 거잖아."

지수가 왕할쯔의 눈을 응시했다. 여자의 눈을 통해 지수는 뭔가 심상치 않은 일이 일어났음을 직감했다. 위위안 상청에서 영원과 헤어진 뒤, 지수는 절망에 빠져 있었다. 병상에 누운 채 그는 자책했다. 요이치와의 대결은 불가피했지만, 결과가 참혹했다. 육체의 고통보다 사랑하는 사람을 잃은 슬픔이 그를 더욱 괴롭혔다. 가슴 밑바닥에서 분노가 솟구쳐 잠을 이루지 못했다. 그런데 영원을 데려간 일당이 자진해서 자신을 찾아왔다. 물러서 있던 쉬징레이가 한 발짝 다가서며 한국어로 말했다.

"시간이 없어요. 당신이 선택받은 인간인지 확인해야 해요."

백곰과 지수는 그녀의 말을 이해하지 못했다. 이어서 왕할쯔가 빠르게 중국어로 말했다. 어리둥절한 표정의 백곰이 그녀의 말을 통역했다.

"이 여자가 거래를 하자는데, 무슨 말인지 나도 모르겠어."

중저음의 목소리였지만 자신감이 없었다. 그 순간 지수는 어둠 속에서 한 줄기 빛을 본 착각에 빠졌다. 어쩌면 다시 영원을 만날 수 있지 않을까 하는 희망이었다. 쉬징레이가 백곰에게 자리를 피해 달라고 정중하게 부탁했다. 지수가 눈을 깜박여 백곰에게 동의를 표하자 백곰은 문을 닫고 물러갔다. 여자들이 자신을 죽이기 위해 나타난 것이 아니라는 것쯤은 알 수 있었다.

중국인 여자가 내놓은 거래 조건은 지수를 혼란스럽게 했다. 자신이 위제라는 사내를 처치해 주면 영원을 데려가게 해주겠다는 조건이었다. '위제'가 누구인지 지수도 잘 알고 있었다. 김평남을 암살하고 일본인 야쿠자를 죽인 핵심 용의자였다. 그가 중국인 3인조 초능력자의 리더임은 지수 역시 짐작하고 있었다.

"자세하게 설명할 수는 없어요. 다만 우리 교단 내부에 복잡한 일이 일어났다는 정도만 알면 돼요."

목소리는 차가웠지만, 여자의 얼굴은 붉게 상기되어 있었다. 쌍칼을 휘두르며 자신의 어깨에 칼을 꽂을 때와는 전혀 다른 사람처럼 보였다. 지수는 왕할쯔가 한 말의 진의를 생각했다. 교단 내부의 복잡한 일이란 무엇일까? 하나의 단어가 머릿속으로 떠올랐다. 권력 투쟁.

"중화의 꽃은 평화를 지향하는 단체예요."

여자의 목소리가 조금 떨렸다. 평화를 지향하는 단체라고? 평화를 내건 단체가 살인을 저지르고 민간인을 납치한단 말인가. 그러나 지금은 그런 논쟁을 벌일 때가 아니었다. 그들의 저의를 파악하는 게 우선이었다. 정말 교단이 권력 투쟁에 휘말려 있다면 여자의 말대로 영원을 구출할 절호의 기회가 될 수도 있었다. 그러나 어떻게? 혼자서는 화장실조차 가지 못하는 자신의 몸을 물끄러미 내려다봤다. 이런 몸으로 어떻게 초능력자와 맞선단 말인가!

"당신이 우리 교단을 조사하고 있다는 건 잘 알고 있어요. 어디까지 밝혀냈는지는 모르지만 예언에 대해 들어 본 적 있겠죠?"

지수는 오아시스와의 대화를 기억했다. 미래를 밝혀 줄 선지자가 나타난다는 것이 예언의 핵심이었다. 그 선지자가 중화의 꽃, 영원이었다. 지수가 힘겹게 말했다.

"당신들의 엉터리 예언에는 관심 없습니다."

왕할쯔는 눈살을 찌푸렸다. 쉬징레이가 나섰다.

"첫 번째 예언을 말하는 게 아니에요. 두 번째 예언이 있어요. 중화의 꽃이 선택한 인간이 초인이 된다는 예언이에요."

지수는 쉬징레이의 검은 눈동자를 한참 동안 주시했다. 실없는 소리 같지는 않았다. 문득 영원과 함께 경마장에 갔을 때가 떠올랐다. 영원의 눈동자가 지금 중국인 여자의 눈동자와 비슷했다. 맑고 투명하지만 깊고 울림이 있었다. 그녀 역시 영원과 마찬가지로 미래를 볼 수 있는 초능력을 지니고 있었다. 지수는 생각을 정리한 다음 물었다.

"초인은 뭐고, 중화의 꽃이 선택한다는 건 또 무슨 의미입니까?"

무거운 침묵이 그들 앞에 놓였다. 지수는 기다렸다. 그들이 원하는 게 뭘까? 쉬징레이가 바닥에 내려놓은 배낭을 들어 올렸다. 겉보기에도 묵직한 느낌이었다. 쉬징레이가 말없이 배낭에 든 내용물을 꺼냈다.

"울트라라이트 19."

지수가 자신도 모르게 중얼거렸다. 쉬징레이가 침을 꿀꺽 삼킨 다음 말했다.

"예언에 대해서는 우리도 잘 몰라요. 초인이 무엇을 의미하는지는 누구도 알지 못해요. 그러나 시도할 만한 가치는 있어요. 나는 중화의 꽃이 당신을 선택했다고 믿어요."

지수는 그녀의 말을 제대로 듣지 못했다. 온 신경이 검은 돌에 쏠려 있었다. 머릿속으로 연상한 것과 조금 다른 느낌의 돌이었다. 구체적인 형상까지는 떠올리지 못했지만, 짐작과 다른 분위기를 풍겼다. 그는 신비롭고 미학적인 아름다움을 띤 돌을 상상했다. 그러나 눈앞의 돌은 어딘지 모르게 투박하고 심지어 평범해 보였다. 쉬징레이가 지수의 눈빛을 읽었다.

"중화의 꽃이 나타난 이후 돌의 모습이 조금 변했어요. 에너지가 사라진 것이죠."

지수는 돌에서 눈을 떼고 쉬징레이를 바라보았다. 문득 영감이 떠오르며 왕할쯔와 쉬징레이가 자신을 찾아온 이유를 이해했다. 그들은 자신에게 초능력을 불어넣으려 하고 있었다. 개별적인 차이가 있긴 하지만, 돌을 만난 사람들은 초능력에 가까운 능력을 지니게 됐다.

"에너지가 사라졌다는 건 또 무슨 말입니까?"

"돌의 신비를 완전히 이해하는 사람은 없어요. 다만 우리는 중화의 꽃이 돌과 통섭한 이후 돌의 신비한 기운이 소멸된 것으로 믿고 있어요."

"평범한 돌이 되었다는 말입니까?"

쉬징레이가 고개를 끄덕였다.

"그렇다면 무용지물이 된 돌을 가져온 거군요."

"두 번째 예언을 떠올려 보세요. 예언이 사실이라면 돌은 아직 살아 있어요."

'살아 있다'라는 말이 지수의 가슴으로 파고들었다. 지수는 갑작스러운 공포를 느꼈다. 돌 내부에 잠복한 검은 어둠이 그를 삼켜 버릴 것 같은 기분이었다. 기시감이 그의 온몸을 감쌌다. 숲이었다. 꿈속에서 그는 숲과 마주쳤다. 숲은 어둠을 품은 채 그의 앞길을 가로막았고 지수는 잡고 있던 여자의 손을 놓았다. 여자가 키스를 한 다음 숲으로 들어갔다. 꿈속에서도 그는 숲을 외면했다. 두려움이 그의 발목을 잡았다. 심장이 가파르게 뛰었다. 숲 속으로 들어간 여자는 영원이었다. 그녀가 아직 그곳에 있다! 결정을 내려야 한다.

"고통이 따를 수도 있어요."

지수는 쉬징레이의 경고를 무시했다.

"머릿속을 비우고 오직 하나만 떠올리세요. 무엇을 떠올릴지는 당신이 선택해야 해요."

지수는 묵묵히 고개를 끄덕였다. 그녀가 무엇을 요구하는지 이해했다. 명상은 그에게 어려운 일이 아니었다. 지수는 왕할쯔의 표정을 살폈다. 호기심과 회의, 두려움이 복잡하게 얽힌 얼굴로 자신을 내려다보고 있었다. 쉬징레이가 침대에 놓인 돌에 손을 올리며 말했다.

"나도 어떻게 하는지는 몰라요. 돌이 당신을 선택할 수도 아닐 수도 있어요. 당신의 에너지가 충분하지 못하면 돌이 당신을 죽일 수도 있어요."

죽음을 거론하는 쉬징레이의 목소리는 지나치게 차분했다.

"눈을 감아요. 그리고 빛을 따라가세요."

쉬징레이가 돌을 들어 올렸다. 지수는 천천히 눈을 감았다. 빛은 보이지 않았다. 쉬징레이가 지수의 배 위에 돌을 올렸다. 19킬로그램의 돌은 묵직했다. 지수는 한숨을 내뱉으며 호흡을 조절했다. 쉬징레이가 왕할쯔를 보며 눈을 깜박이자 그것을 신호로 두 여자는 결가부좌를 틀고 앉았다. 무엇을 해야 할지는 누구도 알지 못했다. 지수가 돌을 받아들이기를 바라며 기다릴 뿐이었다.

지수의 배 위에 올린 돌이 미세하게 움직였다. 지수의 호흡에 따라 위아래로 흔들렸다. 앞으로 무슨 일이 일어날지 왕할쯔는 불안했다. 어느 순간 돌의 흔들림이 멈추었다. 호흡이 끊어지고 지수의 온몸이 돌처럼 굳어졌다. 인간의 몸이라기보다는 석상에 가까웠다. 이대로 끝나는 건가? 왕할쯔의 가슴이 두근두근 뛰었다. 그때 돌의 중심에서 빛이 새어 나왔다. 붉은빛이었다. 중화의 꽃이 돌을 만났을 때 돌은 푸른빛을 내었다. 뭔가 잘못된 것일까? 왕할쯔는 생각을 이어 갈 수 없었다. 돌의 붉은빛이 커지며 활활 타오르기 시작했다. 눈이 부셔 도저히 눈을 뜰 수 없었다. 쉬징레이는 에너지가 요동치고 있음을 인지했다. 이 남자가 돌의 강력한 에너지를 견딜 수 있을까? 두려움으로 쉬징레이의 손이 떨렸다.

지수는 극단의 고통을 느꼈다. 피부가 벗겨지고 뼈가 으스러지는 고통은 비할 바가 아니었다. 몸을 이루는 세포 하나하나가 돌에 의해 잠식되었다. 표피와 진피, 피하 조직 세포의 수분이 증발되자 피부는 황무지의 거친 표면처럼 변해 갔다. 태양의 열기가 만들어 낸 복사열이 지표면의 모든 생명체를 화석으로 만들어 버리듯, 온몸이 딱딱하게 굳어 갔다. 혈관이 막히고 오장육부 역시 자갈밭의 검은 몽돌처럼 변했다. 곧이어 혓바닥이 굳고 입안에 남아 있던 침이 응고되어 기도를 막아 버렸다. 털과 머리카락은 사막 위에 버려진 마른 이파리처럼 보였다.

겉보기에 지수의 육체는 생화학적 기능을 상실한 고체에 불과했다. 그러나 두개골에 둘러싸인 뇌는 아직 살아서 고통을 느끼고 있었다. 신경 세포와 교질 세포가 마지막으로 전달받은 정보를 토대로 현실과 동떨어진 가상의 세계를 만들어 내며 자신의 육체가 돌로 전이되는 과정을 고통과 함께 뚜렷한 영상으로 보여 주었다. 140억 넘는 신경 세포를 이어 주는 시냅스 전달이 그 어느 때보다 활발하게 이루어지고 있었다. 울트라라이트 19에서 발화된 에너지가 붉은빛을 타고 그의 뇌로 일거에 쏟아져 들어갔다. 붉은빛은 무의식마저 침범해 기억과 꿈이 만들어 낸 허상의 세계를 재배열했다.

꿈에서 지수는 영원을 쫓아 숲으로 들어갔다. 그는 발가벗은 채 맨발로 숲을 뛰어다녔다. 그러나 그가 쫓는 대상은 영원이 아니라 검은 그림자였다. 그는 그림자와 자신을 객체와 주체로 분리하지 못했다. 이분법적인 세계의 경계는 허물어져 있고 현실과 가상공간이 중첩되어 사물의 형상이 어느 순간 무너졌다. 두려움을 느끼면서도 멈추지 않고 달렸다. 숲으로 들어갈수록 근원을 알 수 없는 희열감에 사로잡혔다. 고통과 쾌락이 혼합된 묘한 흥분이 그를 더 깊은 암흑

속으로 끌어당겼다. 정신을 차렸을 때, 그는 숲 속 깊숙이 자리 잡은 물웅덩이 앞에 무릎을 꿇고 있었다. 은빛으로 반짝이는 수면은 얼음처럼 차가웠다. 그는 거울과도 같은 물의 표면을 응시했다. 인간의 형상을 한 검은 돌이 똑같은 자세를 취하고 자신을 날카롭게 노려보고 있었다. 곧이어 얼음이 깨지듯 수면이 흐트러지면서 검은 돌의 사내가 물 밖으로 나왔다. 사내는 한 치의 망설임도 없이 지수의 가슴을 반으로 갈라 검고 딱딱한 몸을 쑤셔 넣었다. 고통이 고스란히 전달되었지만, 비명은 새어 나오지 않았다.

반투명 흰 커튼을 통과한 여명이 지수의 몸을 비추었다. 깊은 명상에서 깬 쉬징레이가 빛이 들어오는 창을 바라봤다. 밤이 물러나고 태양이 떠오르고 있었다. 왕할쯔는 곁에 없었다. 그녀가 언제 방을 나갔는지도 기억나지 않았다. 쉬징레이가 바닥에서 일어났다. 차지수는 반듯한 자세로 누워 있었다. 쉬징레이는 손바닥을 코에 대어 남자의 호흡을 확인했다. 그는 규칙적으로 숨을 쉬며 잠들어 있었다. 환자복 바지를 입고 있지만, 상체는 노출된 상태였다. 어깨와 가슴을 두른 흰 붕대도 그대로였다. 쉬징레이는 지수의 매끈한 배에 손바닥을 올렸다. 따뜻한 체온이 전해졌다. 문득 배 위에 검은 돌이 있었다는 기억이 떠올랐다. 돌은 홀연 종적을 감추었다.

쉬징레이의 시선이 지수의 배꼽에 고정되었다. 작은 입술 사이로 신음과 같은 한숨이 새어 나왔다. 그녀의 손이 지수의 바지 속으로 미끄러지듯 들어갔다. 그녀는 조심스럽게 남자의 몸을 감싸 쥐었다. 페니스는 돌처럼 딱딱했다. 돌연 옷을 벗고 남자의 품에 안기고 싶은 충동을 느꼈다. 욕정은 기습적으로 그녀의 육체를 지배했지만, 그녀는 본능에 굴복하지 않았다. 마음을 진정시킨 다음 쉬징레이는 팬츠에서 손을 빼고 지수의 긴 속눈썹을 바라본 뒤 방을 나왔다. 거실 소파에는 왕할쯔와 백곰이 마주 앉은 채 잠들어 있었다. 쉬징레이는 커피를 끓이기 위해 주방으로 들어갔다. 물이 끓는 동안에도 그녀의 머릿속에는 사라진 검은 돌의 이미지가 남아 있었다. 돌이 남자를 소유한 것인지, 아니면 남자가 돌을 소유한 것인지 알 수 없었다. 쉬징레이는 논리적 개연성 없이 순식간에 이루어진 자신의 무의식적인 행동을 떠올리며 혼자 얼굴을 붉혔다. 왜 그런 얼토당토않은 짓을 한 것일까? 그녀는 남자의 페니스를 쥐었던 손바닥을 물끄러미 내려다보며 얕은 한숨을 내뱉었다.

오후 2시가 넘어서야 지수는 깨어났다. 지수는 몸을 일으킨 다음 침대에서 내려와 커튼을 젖혔다. 강한 햇살이 쏟아져 들어오자 그는 손을 올려 눈을 가리려고 했다. 어깨를 감은 붕대 때문에 팔 동작이 뻣뻣했다. 침대로 돌아와 털썩 주저앉은 채 붕대를 풀기 시작했다. 붕대를 다 풀고 나서야 지수는 자신이 얼마 전까지만 해도 화장실을 가기 위해 다른 사람의 부축을 받았다는 사실을 기억해 냈다. 지수는 고개와 어깨를 돌리며 스트레칭을 했다. 병상에 누워 있던 환자라고는 생각할 수 없을 정도로 몸이 가뿐했다.

지수는 벽면의 거울 앞으로 다가가 얼굴과 몸을 살폈다. 부기는 사라지고 충혈된 눈도 보이지 않았다. 눈동자는 맑고 얼굴 윤곽은 뚜렷했다. 벗은 상체 근육은 마치 격렬한 웨이트트레이닝을 하고 난 것처럼 살아 있고, 피부는 약하게 태닝한 것처럼 구릿빛이 감돌았다.

그는 깍지를 끼고 길게 기지개를 켰다. 미세한 움직임을 포착한 신경 세포가 뇌에 경고음을 울리자 그는 재빠르게 몸을 돌렸다. 창밖으로 흰 새가 날개를 퍼덕이며 공중을 선회하고 있었다. 족히 50여 미터는 떨어진 거리였는데도 그는 새의 날갯짓을 정확히 포착했다. 고속 카메라의 광학 렌즈처럼 그의 눈이 새의 깃털과 근육이 움직이는 장면을 잡아냈다. 크게 원을 그리며 선회하던 새가 갑자기 날개를 접고 자유 낙하를 시도했다. 의식과 상관없이 새의 가속도를 머릿속으로 측정했다. 순간 속도가 무려 시속 200킬로미터에 육박했다. 심장이 쿵쿵 뛰었다. 창을 열고 이대로 몸을 날리면 낙하하는 새를 잡을 수 있을 것 같은 기분이었다. 몸을 돌려 다시 거울을 바라봤다. 몸을 돌리는 동작의 반응 속도가 100미터 경주 출발선에 선 육상 선수들의 출발 반응 속도보다 훨씬 앞선다는 것을 그는 인지하지 못했다.

왕할쯔는 미심쩍은 눈길로 지수를 바라보았다. 지수는 식탁에 앉아 백곰이 차려 준 늦은 점심을 먹었다. 쌀밥과 김치, 김, 달걀 프라이만 있는 단출한 식사였다. 지수가 아무 말도 하지 않았기 때문에 왕할쯔는 혼란스러웠다. 그가 변한 것은 부정할 수 없었다. 불과 몇 시간 전만 해도 몸조차 가누지 못하던 환자가 제 발로 걸어 나와 식사를 하고 있었다. 현대 의학이 기적으로 부를 만한 일이 일어났다. 그러나 그가 예언대로 초인이 된 것인지는 자신할 수 없었다. 혈색이 좋아지고 눈빛이 맑아진 외양만으로는 아무것도 판단할 수 없었다. 식사를 마친 지수는 크리스털 잔에 든 물을 마셨다.

왕할쯔가 마침내 입을 열었다. 지수는 고개를 들어 왕할쯔를 바라봤다. 거실 소파에 앉아 있던 쉬징레이가 다가와 그녀의 말을 통역했다.

"당신에게 어떤 능력이 생겼는지 알고 싶어요."

지수는 두 여자를 올려다보며 천천히 팔짱을 꼈다. 엉뚱한 질문을 받았다는 듯 그가 눈을 깜박였다. 잠깐 생각한 뒤 그가 말했다.

"그건 나도 알지 못합니다. 그러나 당신들이 말한 '초인'이 된 것 같지는 않군요. 그저 예전의 건강했던 나로 돌아온 것뿐입니다."

쉬징레이가 빠르게 중국어로 말했다. 이야기를 들은 왕할쯔는 인상을 찌푸렸다. 그녀의 반응을 살피고 지수가 탁자에 놓인 과도를 집어 자신의 손등을 그었다. 이내 붉은 피가 손등 위로 번졌다.

"보다시피 나는 고통을 느끼는 평범한 인간에 불과합니다. 목으로 칼이 들어온다면 숨이 끊어질 겁니다. 불사신과는 거리가 멀죠."

지수는 그렇게 말하고 백곰이 서랍에서 꺼내 온 밴드를 손등에 붙였다.

"당신들 예언이 사실이든 거짓이든 나와 상관없는 일입니다."

"당신은 돌을 삼켰어요."

쉬징레이가 급하게 말했다. 지수는 그녀의 말을 이해하지 못했다. 돌을 삼켜?

"어쩌면 돌이 우주로 사라졌는지도 모르죠."

진심으로 한 말이지만 두 여자는 믿지 않았다.

"내가 당신들이 말하는 초인인지 아닌지는 중요하지 않아요. 그러나 약속대로 이영원을 구출하기 위해 당신들에게 협력할 것입니다."

왕할쯔와 쉬징레이는 서로 바라보며 눈빛을 교환했다. 어차피 던져진 주사위였다. 물러날 곳은 없었다. 지수가 의자에서 일어나 거실로 걸어갔다. 등을 보인 그의 모습이 왕할쯔의 눈에 선명하게 들어왔다. 기회였다. 그녀가 허리를 굽혀 발목에 숨겨 놓은 쌍칼을 빼 들어 그의 등으로 날렸다. 순식간에 이루어진 동작이어서 옆에 서 있던 백곰이 미처 소리도 내지르지 못했다. 놀라기는 쉬징레이도 마찬가지였다. 빠르게 날아간 탄소강 단검의 칼날이 반짝였다. 그러나 세 사람이 본 것은 칼을 맞고 쓰러진 남자의 모습이 아니었다. 그들은 지수의 움직임을 제대로 보지 못했다. 그들이 본 것은 단검을 양손에 쥔 채 맹렬한 눈빛으로 왕할쯔를 노려보는 화난 지수의 모습이었다. 세 사람의 입술이 놀라움으로 벌어졌다. 차가운 목소리로 지수가 말했다.

"두 번 다시 날 이런 식으로 테스트하지 마시오."

얼빠진 상태로 백곰이 눈동자를 굴렸다. 주위가 얼어붙은 듯 서늘해졌다. 지수가 단검을 바닥에 내려놓고 소파로 돌아갔을 때 백곰은 칼을 던진 중국인 여자의 입술 주위로 어렴풋이 기묘한 미소가 어리는 것을 보았다. 그때 지수의 전화기가 울렸다. 최 전무였다.

전화기를 든 채 지수는 방으로 다시 들어갔다. 문을 닫았는데도 중국인 여자의 차가운 시선이 등과 어깨에 꽂혀 있는 느낌이었다. 지수는 최 전무의 목소리에서 흥분과 절망이 혼재된 미묘한 감정을 읽었다. 최 전무는 평소와 달리 서두르고 있었다.

"미사일에 관해 알고 있는 게 있으면 말해 봐!"

질문인지 질타인지 구분이 되지 않았다. 지수는 대답하지 않고 최 전무가 감정을 추스르기를 기다렸다. 긴 침묵이 흘렀다. 지수의 눈이 벽에 걸린 시계의 초침에 고정되었다. 붉은 페인트를 칠한 금속 초침이 느릿느릿 기계적으로 움직였다.

"이영원의 꿈속에서 북한의 미사일을 봤습니다."

그사이 최 전무는 본래의 모습으로 돌아왔다.

"꿈 따위는 중요하지 않아. 미사일은 발사될 거야. 일본이 요격하

겠다고 공식 발표했고 중국은 일본의 요격 미사일을 요격하겠다고
엄포를 놓았어."

지수는 머릿속으로 상황을 재빠르게 정리했다. 영원의 꿈속에서
벌어진 전쟁, 그리고 그곳에서 보았던 화염을 토해 내는 강철 덩어
리. 미사일은 메타포를 지닌 추상적인 존재가 아니다. 꿈에서 빠져나
와야 한다.

"우리 정부의 공식 입장은 무엇입니까?"

무심코 내뱉은 말이 최 전무의 가슴을 찔렀다. 대한민국 정부는
북한의 미사일 위기가 예기치 못한 양상으로 전개되는 과정에서 중
심을 잡지 못한 채 허둥대고 있었다. 한반도를 사이에 두고 중국과
일본 두 강대국이 노골적인 표현을 써가며 대치하고 있었다. 과거사
와 영토 분쟁에서도 없었던 극한의 적대감을 두 국가가 드러냈다. 이
와중에 대한민국 외교통상부의 비상 라인은 정상적으로 작동하지 않
았다. 의지할 곳은 오직 미국의 정보 라인뿐이었다. 청와대와 외교
부, 각 기관의 정보 담당국 모두 미국만 쳐다보고 있었다. 최 전무는
친미주의자를 자처하는 관료와 정치가를 믿지 않았다. 미국의 속셈
이 무엇인지 알지도 못하는 상황에서 미국에 의지해서는 안 된다는
것이 그의 신념이었다. 미국은 지금 일본의 배후에서 서성이고 있었
다. 만약 일본이 중국과 전쟁을 한다면 그것은 곧 미국과 중국의 전
쟁을 의미했다. 이런 추리는 단순한 기우일까?

"국방부에서 이미 발표했어. 만약 미사일 발사체가 정상 궤도를
벗어나 우리 영토를 위협하면 요격할 것이라는 게 요지야. 하지만 우
리 군이 그 정도 전력을 확보하고 있는지 자신할 수 없어."

지수는 서해상에 배치될 이지스 구축함인 세종대왕함과 율곡이이

함을 떠올렸다. 두 함정에는 사거리 170킬로미터인 SM-2 함대공 요격 미사일이 탑재되어 있었다. 군이 보유한 지대공 미사일은 PAC-2다. 이들 요격 미사일은 적의 미사일과 충돌해 파괴하는 직격 파괴 hit-to-kill 방식을 채택하지 않은 구형 미사일이었다. PAC-2는 목표물에 접근하면 자동 폭발해 그 파편으로 목표물을 파괴하는 방식을 택하고 있다. 명중률은 당연히 떨어진다. 미국 의회가 마련한 조사위원회조차 패트리엇 미사일의 실제 요격률이 10퍼센트 미만이라고 결론지었다. 패트리엇 미사일의 심각한 결함은 군 전문가라면 누구나 아는 사실이었다. 그런데도 우리 군은 성급하게 요격 발표를 해버렸다.

"사태가 심각하게 흘러가고 있어. 나는 강민호 소장과 함께 항우연에서 미사일사령부로 이동할 거야. 당분간 연락이 어려워질 수도 있어. 그런데 몸 상태는 어때? 아직도 침대에 누워 있는 거야?"

지수는 마른침을 삼킨 다음 말했다.

"자세히 설명드리지는 못하지만 제 몸은 정상입니다. 곧 이영원을 구출하기 위해 백곰 형님과 작전을 펼 것입니다."

지수는 두 중국인 여자가 거실에 앉아 자신을 기다리는 사실에 대해서는 보고하지 않았다. 최 전무의 침묵이 길어졌다. 그는 중국인 초능력자가 울트라라이트 19를 가지고 자신을 찾아온 상황을 이해할 수 있을까?

"네가 처한 현실이 비정상적이라는 건 알지만, 여기 상황도 만만치 않아. 일본과 중국이 전쟁도 불사하겠다는 태세로 나오고 있어. 북한의 미사일 위기는 이전에도 몇 차례나 경험한 일이지만 지금은 모든 게 예전과 달라."

지수는 최 전무가 전달하려는 메시지를 읽었다. 우리 군과 마찬가지로 일본이나 중국 역시 완벽한 MD 체제를 완성하지는 못했다. 광명성 2호와 3호 때도 일본은 요격 발표를 공식화했다. 북한의 미사일이 일본 하늘을 침범할 경우라는 단서를 달기는 했지만 어쨌든 그때는 단순한 협박에 가까운 발표였다. 중국은 미국과 주변국의 눈치를 살피며 북한의 미사일 발사 취소를 공식화하는 데 외교적 노력을 기울였다. 북한이 말을 듣지 않자 정면으로 북한을 비난했다. 그런데 이번에는 모든 것이 달라졌다. 무엇이 지금의 극단적인 사태를 이끌어 가는 것일까? 이 회오리바람의 중심에 영원이 있는 것은 아닐까?

"이영원의 꿈에서 네가 미사일을 봤다는 이야기를 들었을 때 어이가 없었어. 그런데 지금은 아니야. 그곳에 뭔가가 있어."

그렇게 말하고 최 전무는 다시 입을 닫았다. 지수는 묵묵히 기다렸다.

"필요하다면 중국에 있는 모든 인력을 동원해도 좋아. 이 시각 이후 작전 지휘권을 현장에 있는 네게 넘기겠어. 이영원을 반드시 데려와야 해!"

대내외 정보 분야에서 수십 년 동안 활동한 최 전무였다. 그의 동물적인 감각이 위기를 감지하고 있었다.

"원한다면 CIA의 지원을 받을 수 있도록 조치를 취할 수도 있어."

"미국의 도움은 필요 없습니다. CIA가 이 사건에 뛰어드는 것을 전무님도 원치 않으시잖습니까. 제게 맡겨 주십시오."

자신있게 말한 지수는 다시 시계의 초침을 쏘아봤다. 이제 분초를 다투는 시간과의 싸움이 시작될 것이다. 영원을 반드시 구출해 내야 한다.

"만약 이영원을 데려오지 못한다면 파괴해 버리는 방식도 고려해야 할 거야."

'파괴'라는 단어에 지수의 오감이 반응했다. 최 전무는 어떻게 이런 얼토당토않은 결론에 이르렀을까? 그는 이영원을 생명체가 아닌 하나의 무기로 이해하고 있었다. 머리끝이 쭈뼛쭈뼛 솟고 등과 팔에 소금이 돋아났다.

"나 역시 이런 방식을 원하지 않아. 작전을 완수하면 이영원을 지킬 수 있어."

지수는 대답하지 않았다. 최 전무가 전화를 끊었다. 지수는 창가로 걸어가 한동안 멍하니 평화로운 오후의 거리를 내려다봤다. 그곳엔 일상의 풍경이 펼쳐져 있었다. 문득 울트라라이트 19가 사라졌다는 중국인 여자의 이야기가 떠올랐다. 여자의 말대로 자신의 몸속 어딘가로 돌이 흘러들어 갔을 수도 있었다. 돌을 삼키는 일이 정말 가능할까? 확률이 제로에 가깝기는 하지만 불가능한 일은 아니었다. 불과 몇 시간 전만 해도 자신은 한반도에서 전쟁이 일어날 가능성을 부정했다. 그러나 기우는 현실로 드러났다. 북한의 미사일이 한국과 일본의 영토 어딘가에 떨어진다면 전쟁이 일어난다. 그러한 경우는 전쟁이 일어나는 수많은 필연적 조건의 하나에 불과하다.

지수는 급하게 몸을 돌려 방을 나갔다. 그의 얼굴이 차가운 얼음처럼 굳어 있었다. 거실 소파에 앉은 두 중국인 여자가 호기심 가득한 눈빛으로 지수를 쏘아보았다. 지수는 쉬징레이와 시선을 맞추며 건조한 목소리로 말했다.

"당신이 보는 미래가 무엇인지 말해 줄 수 있나요?"

중국인 여자의 검은 눈동자가 투명하게 빛났다. 지수는 한참 동안 여자의 눈을 노려봤다. 그러나 쉬징레이는 아무 말도 하지 않았다.
두 사람의 눈치를 살피던 왕할쯔가 베레타 권총의 장전 상태를 점검
한 다음 자리에서 일어났다.

"서둘러요. 주어진 시간이 얼마 남지 않았어요. 제아무리 당신이
초인일지라도 시간을 늦출 수는 없겠죠?"

23

　박석이 깔린 너른 마당에서 장광즈 도인과 위제는 본전 건물을 올려다보았다. 안에서는 중화의 꽃이 홀로 깊은 명상에 빠져 있었다. 명상을 유도한 상하이 노부인은 이미 지난밤 새벽에 자리를 뜬 상태였다. 검은 기와지붕 위로 중화의 꽃이 내뿜는 신묘한 기가 북극 하늘의 오로라처럼 떠다녔다. 위제는 본전 주위로 떠도는 기운의 변화를 감지하며 장광즈 도인의 한 발자국 뒤에 서서 끈기 있게 그의 명령을 기다렸다. 위제는 무슨 일이 일어나고 있는지 짐작조차 하지 못했다. 긴 침묵을 지키던 도인이 마침내 말문을 열었다.

　"자넨 우리 중화 문명이 자랑스러운가?"

　예기치 못한 질문에 위제는 대답하지 못하고 반사적으로 고개를 숙였다.

　"반만년을 이어 온 중화를 서양인들은 이해하지 못해. 중국이 가진 힘과 지혜를 그들이 얕잡아보기 때문이지. 역사가 그것을 증명하고 있네. 아편 전쟁과 일본의 침략은 우리의 자존심에 상처를 냈어.

제국주의자들에게 당한 치욕과 수모를 돌려줄 시간이 다가오고 있네."

본전 건물 뒤 숲에서 갑자기 차가운 바람이 불어왔다.

"전쟁을 두려워하는 자는 결국 죽음을 맞이할 거야."

전쟁이라는 단어에 위제의 눈동자가 조금 흔들렸다. 그는 전쟁이 두려워서가 아니라 전쟁이 언제 어떻게 일어날지 자신할 수 없어서 불안했다.

"복수의 시간이야. 자네 눈에도 그 기운이 보이는가?"

도인의 시선은 중화의 꽃이 발산하는 에너지가 맴도는 기와지붕 위를 향해 있었다.

"전쟁에 나서기 전에 소인은 할 일이 있습니다."

위제의 말에 도인이 고개를 돌려 그를 쳐다봤다. 위제의 눈빛에서 메시지를 읽은 도인의 얼굴 위로 묘한 미소가 어렸다. 장광즈 도인은 아이를 달래듯 부드러운 목소리로 말했다.

"자넨 이미 초인이 될 자격을 갖추고 있네. 너무 서두르지 말게. 일이 끝나면 중화의 꽃은 자연스럽게 자네의 여자가 될 거야."

위제는 이번에도 묵례로 답했다. 중화의 꽃을 취한다는 생각만으로도 가슴이 흥분으로 요동쳤다. 지금이 기회였다. 위제는 자신의 속마음을 털어놓았다.

"전쟁이 시작되면 소인은 인민해방군으로 돌아가고 싶습니다."

"당연히 그렇게 해야겠지. 인민은 자네와 같은 용감한 군인을 원하고 있네. 지금의 당 지도부는 나약하고 기회주의적인 관료로 채워져 있어. 우리가 그것을 바로잡을 걸세. 자네는 그때 군대로 복귀하면 돼."

흥분이 감동으로 바뀌었다. 위제는 하마터면 눈물을 보일 뻔했다.

"중화의 꽃이 우리에게 길을 보여 줄 거야. 우린 그 길을 따라 행군하면 돼."

말을 마친 도인의 눈빛이 깊은 계곡의 서늘한 물처럼 맑아졌다. 도인은 위제의 어깨를 가볍게 두드린 뒤 본전 건물로 천천히 발걸음을 옮겼다. 실전의 시간이 다가왔다. 위제는 한참 동안 도인의 뒷모습을 바라본 뒤 마당을 빠져나와 완전무장한 부하들 곁으로 돌아갔다.

본전으로 들어선 장광즈는 두 팔을 벌리고 고개를 뒤로 젖혀 건물 내부에 흐르는 신묘한 에너지를 코로 빨아들였다. 콧구멍 사이로 탁하고 역한 기운이 일제히 몰려들어 왔다. 동시에 썩은 물웅덩이를 감싸고 도는 악취가 그의 몸에서 뿜어져 나왔다. 정상적인 인간의 가면을 썼을 때 투영되던 맑고 투명한 검은 눈동자는 이미 붉게 충혈되어 있었다. 인간의 눈동자라기보다는 악마의 교활한 눈에 가까웠다. 조금 전 위제와 대화를 나누던 도인의 풍모는 순식간에 사라지고 없었다. 비열한 미소가 입가에 흘렀다. 장광즈는 자신의 꾐에 넘어간 어리석은 중생을 비웃었다. 위제는 자신의 눈치만 보는 교단의 늙은이들과 다를 바 없는 초라한 인간에 불과했다. '주제에 초인이 되겠다고?' 장광즈는 어이가 없어 소리를 내어 웃었다. 철판을 긋는 듯한 기분 나쁜 웃음소리가 높은 천장 위로 공명이 되어 울렸다.

갑자기 웃음을 멈춘 장광즈는 중화의 꽃이 누워 있는 황금 침대로 고개를 돌렸다. 중화의 꽃을 가리기 위해 쳐놓은 수 겹의 휘장이 시야를 방해했지만 장광즈는 중화의 꽃을 정확히 볼 수 있었다. 자외선 투시 카메라의 렌즈처럼 그의 눈은 두꺼운 장막을 꿰뚫었다. 중화의 꽃은 두 손을 아랫배에 모은 채 반듯한 자세로 누워 있었다. 붉게 변한 짐승의 눈동자가 용무늬가 새겨진 치파오를 꿰뚫고 젊은 여자의 나신을 샅샅이 훑었다. 그의 눈에는 여자의 건강한 피부를 뚫고 나온 미세한 솜털마저 정확하게 보였다. 순간 장광즈의 심장이 격렬하게 뛰었다. 곧 자신의 소유물이 될 젊고 아름다운 외국인 여자가 아무것도 모른 채 잠들어 있었다. 미소를 지우자 그의 얼굴은 차가운 얼음 덩어리처럼 변했다.

장광즈는 중화의 꽃을 향해 성큼성큼 걸어갔다. 그가 걸어갈 때마다 곳곳에 설치된 휘장이 저절로 스르르 바닥으로 내려앉았다. 침대에 다다른 그가 걸음을 멈추고 중화의 꽃을 내려다봤다. 그는 천천히 머리에서 발끝까지 여자의 몸을 훑었다. 노부인이 실행한 최면은 강력했고 여자는 완전히 의식을 잃은 채 반수면 상태로 누워 있었다. 장광즈의 입가에 다시 음흉한 미소가 어렸다. 인간의 불완전하고 미숙한 성적 욕구가 가슴 밑바닥에서 치밀어 올랐다. 치파오를 걷어 내고 허벅지를 벌려 여자의 비밀스러운 공간으로 잠입해 들어가 잠든 여자를 깨우고 싶었다. 그는 여자의 놀란 눈동자와 뺨 위로 흐르는 눈물을 상상했다. 생각만으로도 아스라한 쾌감이 기습적으로 아랫도리를 자극했다. 장광즈는 자신도 모르게 옅은 신음을 내뱉었다. 근원을 알 수 없는 감각과 의문이 뒤섞인 채 그는 여자의 육체를 응시했다.

장광즈는 여자의 희고 투명한 살을 투시하다 다시 위제의 얼굴을 떠올렸다. 그는 위제의 젊고 건강한 육체에서 뿜어져 나오는 노골적인 욕망을 손쉽게 읽어 낼 수 있었다. 수컷의 욕망은 숨길 수 있는 감정이 아니었다. 절제와 금욕으로 수년간 자신의 몸을 혹사한 위제지만 그 역시 거추장스러운 생식기를 몸에 달고 다니는 허약한 인간에 불과했다. 종족 보존의 본능은 육체를 압도했고 인간이 만들어 낸 온갖 인위적인 제도와 문화를 지배했다. 절대 권력을 손에 쥔 고대 황제들은 새로운 황궁을 세우고는 젊고 아름다운 여자를 궁녀로 받아들이는 일에 몰두했다. 그들이 뿌린 씨가 역사라는 이름으로 포장되어 시금에 이르렀다. 허위의식에 감금된 식자들은 황제의 무절제하고 방탕한 성생활을 가려 둔 채 백성에게는 위선적인 도덕 철학을 강요했다.

위제는 지속적이면서도 광범위하게 이루어진 이러한 교화의 순수한 피해자였다. 장광즈는 쓴웃음을 지었다. 위제는 자신을 도인이라는 이름으로 떠받드는 교단의 어리석은 무리 중 하나였다. 충실한 개가 주인을 따르듯 위제는 자신의 발치에서 명령을 기다렸다. 위제가 보는 것은 실존하지 않는 '도인'이라는 허상에 불과했다. 누구도 도인의 존재를 논리적으로 증명하기는 불가능하다. '왜 위제는 이런 함정에 빠져든 것일까?' 장광즈는 새삼스럽게 위제의 어리석음을 탓했다. 조금만 관심을 기울이고 의문을 가졌더라면 눈앞의 상관이 실제로는 자신을 압도하는 울트라 초능력자임을 알아챌 수 있었을 텐데…….

장광즈는 머리를 가볍게 흔들며 상념을 털어 냈다. 위제는 아직 이용 가치가 많았다. 대업을 이루기 위해서는 충실한 시종에게 미끼를 주어 유혹해야 한다. 중화의 꽃이라는 젊은 여자의 육체는 그의 목적을 달성하기 위해 사냥개에게 줄 수 있는 최적의 선물이었다. 잡념을 떨친 장광즈는 정신을 집중해 천천히 양손을 공중으로 들어 올렸다. 잠든 중화의 꽃을 깨울 시간이었다.

장광즈의 손이 공중으로 올라가자 영원의 몸이 허공으로 서서히 떠올랐다. 언뜻 보면 솜씨 좋은 마술사가 최면 상태의 여자를 허공에 띄우는 행위와 유사해 보였다. 그러나 그곳엔 마술 쇼를 연출하는 무대도 기꺼이 속아 줄 의도를 지닌 관객도 없었다. 해석이 불가능한 초자연적 에너지가 채워져 있을 뿐이었다. 무의식에 잠긴 영원은 자신의 몸이 기묘한 에너지에 의해 공중 부양되었음을 인지하지 못했다. 단지 본능적이고 미세한 감각이 물리적 변화를 간신히 깨닫고 불가항력적인 저항을 시도했을 뿐이다.

장광즈는 영원의 감긴 눈두덩과 아랫배 위에 가지런히 올린 가녀린 손가락이 간헐적으로 떨리는 모습을 차가운 시선으로 응시했다. 중화의 꽃은 생물학적 인간 육체에 내재한 한계와 초현실적 공간에서 일어나는 무한의 가능성 사이에서 혼란을 겪고 있었다. 그녀는 상처 입기 쉬운 육체를 소유한 젊은 여성이면서 초월적 힘을 가진 중화의 꽃이다. 이 둘은 서로 양립해 상호 보완적인 체제를 구축할 수 없는 모순적인 존재였다. 장광즈는 영원의 몸에서 인간적인 특질을 제거할 참이었다. 근원적인 두려움과 공포를 몰아내고 연민과 동정이라는 감정의 덩어리를 도려내면 여자는 새로운 형태의 생명체로 부활한다. 이 과정을 생략한 상태로 중화의 꽃이 만개할 수는 없다. 중화의 꽃은 인간이 아니다! 그것은 인간이라는 종의 대량 학살을 꿈꾸는 집단 무의식의 결정체였다. 이제 참된 중화의 꽃이 깨어날 시간이다. 울트라라이트 19, 신비의 검은 돌이 강림해 지구 생명체의 진화에 종지부를 찍을 것이다.

허공을 향한 장광즈의 손이 세차게 아래로 내려왔다. 동시에 여자의 몸을 감싸고 있던 푸른 비단 치파오가 뱀의 허물처럼 바닥으로 떨어졌다. 여자의 나신을 바라보며 장광즈는 인간의 연약한 꿈을 비웃었다. 여자의 벗은 몸에는 게으른 사내의 어리석은 기대와 욕망이 잠들어 있었다. 그들은 전쟁 대신 평화를 요구했다. 평화? 인간은 숙명적으로 전쟁을 위해 태어났다. 지긋지긋한 평화를 깨부수기 위해 그녀가 찾아온 것이다.

장광즈가 다소 난폭하게 영원의 가슴을 움켜쥐었다. 그의 손은 얼음장처럼 차가웠다. 곧이어 우악스러운 장광즈의 손이 그녀의 피부를 뚫고 내부로 파고들었다. 영원의 몸은 어느새 끈적거리는 젤리처럼 변해 있었다. 허파를 보호하고 있는 갈비뼈는 아무런 장애가 되지 않았다. 장광즈가 손에 힘을 주자 영원의 몸을 꿰뚫은 팔이 더욱 깊숙이 박혔다. 장광즈는 영원이 삼킨 푸른빛을 찾아 헤맸다. 울트라라이트 19와 교접했을 때 발화된 푸른 섬광, 여자의 몸속 어딘가에 그 빛이 매복 상태의 군인처럼 몸을 숨기고 어두운 숲 속 그림자 밑에 도사리고 있었다. 빛은 세계 종말의 문을 여는 열쇠였다. 그의 팔이 요동치며 영원의 몸속을 마구 헤집고 다녔다. 영원의 볼과 이마는 열기로 뜨겁게 달아오르고 눈두덩과 긴 속눈썹은 전기 충격을 받은 듯 파르르 떨렸다. 갑자기 장광즈가 동작을 멈추었다. 마침내 돌의 푸른빛이 그의 손 안으로 들어왔다. 장광즈의 눈과 입이 과장되게 벌어졌다.

그는 푸른빛을 움켜쥔 팔이 서서히 굳어 가는 것을 느꼈다. 노인의 주름진 두 눈에서 탁한 점액질 형태의 눈물이 흘러내렸다. 눈물은 잠시 후 갱화석의 표면 위로 흐르는 빗물이 되었다. 장광즈의 온몸은 천천히 돌로 변해 갔다. 본전 내부를 채운 기묘한 에너지가 요동치기 시작했다. 두 울트라의 교미를 축하하는 불꽃 쇼는 인간이 지켜보기에 지나치게 그로테스크했다. 장광즈를 돌로 만든 에너지가 마침내 역진해서 영원의 몸을 향해 뻗어 갔다. 에너지는 영원의 몸조차 돌로 만들었다. 입술이 벌어짐과 동시에 영원은 최면 상태에서 깨어나 의식을 되찾았다. 영원은 두 눈을 뜬 채 허공을 떠도는 유령과도 같은 에너지를 응시했다. 그러나 그 시간은 극히 짧은 찰나에 불과했다. 돌이 되어 버린 영원은 곧 변태 과정에 돌입했다. 그녀의 육체와 영혼은 먼 우주의 끝에서 날아온 폭력적인 집단 무의식에 의해 잠식당했다.

본전 지붕을 배회하던 기묘한 에너지가 일순간 사라졌다. 위제는 깊은 침묵에 잠긴 건물을 묵묵히 올려다봤다. 장광즈 도인이 내부로 들어간 뒤 그는 자신의 방으로 돌아와 명상을 시도했다. 새로운 시대를 맞이하기 위해 머릿속에 채워진 사사로운 감정을 털어 내기 위해서였다. 눈을 감고 잡념을 떨쳐내려 했지만 어쩐 일인지 집중할 수가 없었다. 모든 일이 도인이 짜놓은 계획에 맞춰 흘러가고 있었다. 불안해하고 초조해할 일은 일어나지 않았다. 의형제와도 같은 왕할쯔와 쉬징레이를 잃은 것은 뼈아픈 일이지만 자신이 막을 수 있는 일이 아니었다. 전장에서는 무슨 일이든 일어날 수 있다. 아버지가 아들을 베고 아들이 어머니를 찌르는 것이 전쟁이다. 인간적인 사감에서 벗어나지 못하면 진정한 의미의 무사가 될 수 없다. 그런데도 그는 불안했다. 아직 중화의 꽃을 취하지 못해서일까? 가슴 한구석에서 이는 회오리바람은 시간이 지나도 가라앉지 않았다.

결국 그는 중화의 꽃이 잠든 본전으로 되돌아왔다. 그곳에는 여전히 장광즈 도인이 있었다. 위제는 도인이 지적한 예언을 상기했다. '중화의 꽃이 선택한 자가 초인이 된다!' 중화의 꽃이 현시한 지금 예언의 실현은 분초를 다투었다. 그는 조급했다. 그리고 불안했다. 누가 선택받을 것인가! 그때 본전의 내실로 향하는 무거운 목조 문이 숲의 침묵을 깨뜨리며 열렸다. 긴장으로 굳어진 위제의 시선이 어둠 속을 뚫고 나오는 두 생명체에게 꽂혔다. 중화의 꽃과 장광즈 도인이 어깨를 나란히 한 채 걸어 나오고 있었다. 위제는 반사적으로 허리를 굽혀 두 사람에게 경의를 표했다. 시신은 발이레로 떨어졌지만, 그는 이전과 다른 분위기가 두 사람 사이에서 흐르고 있음을 본능적으로 감지했다. 무슨 일이 일어난 것인가? 중화의 꽃에서 풍겨 나오는 불분명한 아우라의 실체는 무엇일까?

여자는 사당으로 오기 전에 입었던 사복 차림으로 돌 조각상처럼 도인 곁에 서 있었다. 옷을 갈아입은 탓인지 치파오를 입었을 때 풍기던 우아한 기풍은 사라지고 없었다. 청바지와 가벼운 티셔츠에 짙은 색감의 윈드브레이커는 그녀를 평범한 이십 대 여자로 되돌려 놓았다. 그러나 호기심과 두려움에 사로잡혀 있던 이전의 모습은 찾아볼 수 없었다. 오히려 그녀의 몸에서 분출되는 기는 더 강화된 것처럼 느껴졌다. 게다가 여자가 내뿜는 에너지에는 고도의 수련으로 다져진 무사들만이 소유할 수 있는 광폭한 살기가 내포되어 있었다.

뭔가 뒤죽박죽 상태여서 위제는 혼란스러웠다. 그가 감지해 낼 수 있는 유일한 단서는 그녀가 달라졌다는 것뿐이었다. 연민과 동정으로 젖어 있던 검은 눈동자 대신 차갑고 살벌한 기세를 대하자 위제는 근원을 알 수 없는 절망감에 휩싸였다. 어쩌면 그가 맞닥뜨린 우울과 절망감은 불시에 사랑을 잃은 실연의 감정일지도 몰랐다. 위제는 간신히 자신의 감정 상태를 숨겼다. 눈앞에 교단을 이끄는 지도자 장광즈 도인이 버티고 서 있었다.

"지금 곧장 톈궁天宮으로 가겠다."

톈궁? 톈궁은 교단이 수십 년간 자금과 시간을 투자해 비밀리에 건설한 지하 군사 기지였다. 도인을 통해 기지의 존재를 알게 되었지만 직접 기지를 방문한 적은 없었다. 미래의 전쟁에 대비해 우주전략 사령부 역할을 담당할 수 있는 최첨단 기기로 채워진 군사 기지라는 정도만 도인을 통해 언뜻 귀띔받았을 뿐이다. 기지의 존재는 교단의 일급비밀이어서 최고 지휘부에 속한 사람도 대화에서 사사롭게 발설하는 것은 금기였다. 톈궁이라는 기지의 이름을 듣는 것만으로도 등줄기를 타고 식은땀이 흘러내렸다. 위제가 간신히 힘을 내어 대답했다.

"명을 받들겠습니다."

24

지수는 조수석에 앉아 실내등을 켜고 최 전무가 보내온 보고서를 검토했다. 운전석에는 백곰이, 뒷좌석에는 중국인 두 여자가 자리를 잡았다. 세 사람 모두 아무런 표정 없이 각자의 생각에 잠겨 있었다. 지수는 그들의 침묵에 개의치 않고 종이에 쓰인 글자를 빠르게 읽어 내려갔다. 네 사람을 태운 SUV는 시원하게 뚫린 상하이 외곽 도로를 굉음을 내며 질주했다. 화물칸에는 백곰이 분주하게 준비한 무기가 실려 있어 차가 커브를 돌 때마다 덜컹거리며 소음을 만들어 냈다. 중대 병력 정도는 괴멸할 수 있는 화력의 무기였지만 중국인 여자는 만족스러운 표정을 짓지 않았다. 쌍칼을 휘두를 때와 마찬가지로 차가운 얼굴로 화기를 점검했을 뿐이다.

출발 직전 백곰은 국정원에서 보내온 보고서를 받았다. 보고서의 제목은 '북한 미사일과 중국의 대응 전략'이었다. 백곰은 무뚝뚝한 표정으로 지수에게 보고서를 건넸다. 작성자는 명시되어 있지 않다. 아마도 최 전무가 급조한 전략 팀에서 만든 문서인 것 같았다.

288

전화 통화로 대략의 내용은 전달받았지만, 생각보다 미사일 위기가 급진전하고 있었다. 그러나 지수는 좀처럼 미사일에 집중할 수 없었다. 그의 생각은 오로지 영원을 구출해야 한다는 하나의 목표에 고정되어 있었다. 영원을 구출하지 못하면 모든 것이 물거품이 된다. 지수는 숨을 고르며 보고서를 넘겼다. 그때 지수의 눈이 한 곳에 머물렀다.

……중국은 2007년 쓰촨 성 상공 850킬로미터 지점에 떠 있는 기상 위성 풍운 1호C를 중거리 탄도 미사일로 파괴했다. 중국은 노화된 기후 위성을 우주 공간에서 청소한다는 표면적인 명분을 내세웠지만 실상 미사일 실험을 통해 미국의 미사일 방어 체제를 무력화시키는 데 역점을 두었다. 중국군은 미사일 이외에도 레이저를 통해 미국의 정찰 위성을 타격하는 훈련을 비밀리에 수행하고 있다. 중국의 우주항공국이 계획대로 우주 정거장을 건설하고 독자적인 베이더우北斗 위성 항법 시스템을 구축하면 중국은 미국의 GPS와 MD에 대항할 수 있는 유일한 우주 강국이 될 것이다.

보고서 앞뒤로 중국의 로켓 발사 기지와 탄도 미사일, 유인 우주 비행선에 관한 정보가 장황하게 나열되어 있었다. 20여 페이지에 이르는 장문의 보고서임에도 결론은 비교적 단순했다. 중국의 우주 관련 기술과 산업이 비약적으로 발전하고 머지않은 장래에 중국의 군사력이 미국의 MD 체제를 위협하는 수준에 도달할 것이라는 요지였다. 북한의 대륙 간 탄도 미사일만으로도 복잡한데 일본과 중국까지 뛰어들어 사태를 악화시켰다. 최 전무가 동북아에서의 전쟁을 거론하며 흥분한 이유를 어느 정도 이해할 수 있었다. 미국의 지원을 받는 일본뿐만 아니라 중국도 나름의 근거와 자신감을 바탕으로 이 사태에 뛰어들었다. 단순한 허풍이 아니라는 이야기였다.

최 전무의 판단대로 영원은 지금 벌어지는 미사일 위기의 중심에 있는 것인지도 모른다. 지수는 영원의 꿈에서 보았던 북한의 ICBM을 떠올렸다. 100톤 넘는 거대한 강철 덩어리 로켓이 화염을 토해 내며 공중으로 치솟아 올랐다. 로켓을 쏘아 올리기 위해서는 천문학적인 돈이 들어간다. 북한 인구 2천만 명이 일 년 동안 먹을 수 있는 식량이 들어간다는 분석마저 나왔다. 도대체 무슨 이유로 이 짓거리를 하는가. 지수의 심리적 동요를 눈치챈 쉬징레이가 조심스럽게 말했다.

"지금 당신이 가고 있는 곳에는 교단의 최정예 무사들이 집결해 있어요."

쉬징레이의 목소리는 메마르고 건조했다. 지수는 왼팔을 들어 실내등을 끄며 말했다.

"당신 말대로라면 나는 초인이 된 것인데 걱정할 필요 없지 않소."

옆에 앉은 왕할쯔가 두 사람의 대화에 관심을 기울이자 쉬징레이가 중국어로 통역했다. 지수는 고개를 돌려 대각선에 앉은 왕할쯔를 바라보았다. 여자의 입 주위로 모호한 미소가 어렸다. 왕할쯔가 강단에 찬 목소리로 말했다. 이번에는 운전대를 잡은 백곰이 그녀의 말을 통역했다.

"너의 자신감이 말이 아니라 총구에서 증명되길 바란다는군."

백곰은 어이없다는 듯 어깨를 으쓱이며 말했다. 지수는 대답 대신 여자의 눈을 바라보며 환하게 웃었다. 마음속의 불안과 초조를 가리는 가식적인 웃음이었다.

어느새 차가 중화의 꽃 상하이 지부 본부 건물로 향하는 소로로 접어들었다. 한적한 농촌 마을에서 새어 나오던 따뜻한 불빛마저 어둠에 가려 보이지 않았다. 숲이 깊어지고 달빛마저 이내 사라졌다. 익숙한 숲길에 이르자 중국인 여자들의 호흡이 조금 빨라졌다. 여자들이 내쉬는 낮은 숨소리만으로도 지수는 여자들이 긴장하고 있음을 알아차렸다. 동시에 그의 호흡도 달라졌다. 멀지 않은 곳에서 영원이 자신을 기다리고 있었다.

사당으로 향하는 마지막 오솔길에 이르자 왕할쯔가 백곰에게 차를 세우라고 주문했다. 그녀는 재빠르게 차에서 내려 화물칸 뒷문을 열고 PSG-1 소총을 결합했다. 대테러용 반자동 저격용 소총으로, 정밀 사격에 유용한 무기였다. 명중률은 뛰어나지만, 여자가 휴대하기에는 조금 무거웠다. 소총을 결합한 왕할쯔는 철제 박스를 열어 수류탄을 방탄조끼에 주섬주섬 걸었다. 마지막으로 USP 반자동 권총을 허리춤에 넣으며 그녀가 말했다.

"여기서부터는 언제 적이 나타날지 몰라요."

왕할쯔가 뒤로 물러나며 화물칸을 가리켰다. 제일 먼저 백곰이 다가섰다. 그는 잠깐 고민한 다음 총열이 짧은 경기관총을 선택했다. 백곰 역시 재킷 주머니에 수류탄을 여러 발 넣었다. 쉬징레이는 두 정의 권총만 집어 들었다. 마지막으로 지수가 레밍턴 산탄총과 경기관총을 골라잡으며 쉬징레이에게 말했다.

"앞으로 어떤 일이 벌어질지 알고 있소?"

달빛에 비친 쉬징레이의 얼굴이 유난히 창백했다.

"중화의 꽃이 있는 곳에서는 내 에너지가 통하지 않아요."

쉬징레이가 담담하게 대답했다.

"미래를 알면 시시할 거라는 생각이 들었는데 오히려 잘됐군."

혼잣말하듯 지수가 말을 내뱉었다. 백곰이 쾅 소리를 내며 뒷문을 우악스럽게 닫았다. 지수는 천천히 숨을 들이마시며 밤공기에 숨은 추상적인 정보를 읽었다. 지수가 샷건을 든 채 제일 먼저 차에 올랐다.

숲길을 벗어나자 사당 입구에 만들어 놓은 공터가 나왔다. 백곰이 차를 세우고 놀란 표정으로 높은 벽과 사당으로 들어가는 정문 기와지붕을 올려다봤다. 안쪽 마당에서 새어 나온 조명 탓에 과장되게 솟은 추녀 위로 검어야 할 하늘이 짙은 보라색으로 보였다. 왕할쯔가 말없이 차에서 내려 무거운 저격용 소총을 어깨에 밀착시켰다. 지붕과의 거리는 30미터 정도 되지만 어두워서 그녀가 무엇을 조준하고 있는지는 불분명했다. 왕할쯔는 망설이지 않고 방아쇠를 당겼다. 기와지붕에 설치된 두 대의 폐쇄 회로 카메라가 연속으로 박살났다. 총소리가 터지자 주변을 지배하고 있던 팽팽한 긴장감이 폭발했다. 담대한 얼굴을 하고 있지만 쉬징레이의 팔에 이내 소름이 돋아났다. 백곰에게 자리를 지키라고 지시한 다음 지수가 차에서 내렸다. 여느 때 같으면 심장이 급격하게 뛰었을 텐데 이제는 달랐다. 샷건을 든 지수가 망설이지 않고 달리기 시작했다. 왕할쯔와 쉬징레이가 그의 뒤를 따랐다. 복잡한 작전 따위는 필요없었다. 초인에겐 오직 정면 돌파뿐이었다.

강력한 화력을 지닌 샷건이 정문에 밀집한 방어선을 돌파하는 데 위력을 발휘했다. 지수는 달리면서 펌프액션 산탄총의 4발 탄창을 효율적으로 소비했다. SWAT 전술 샷건이 불을 뿜을 때마다 한 무더기의 적이 쓰러졌다. 저격용 소총을 든 왕할쯔는 지수가 보지 못한

적을 정확히 찾아내 쓰러뜨리며 지수를 엄호했다. 예기치 못한 습격을 받은 적들은 1차 방어선이 순식간에 무너지자 당황하기 시작했다. 지수는 기회를 놓치지 않았다. 샷건을 내던지고 어깨에 멘 경기관총을 조준해 등을 보인 적을 쏘았다. 연속 사격은 면도날처럼 예리했다. 공포에 질린 사내들이 도미노처럼 쓰러졌다. 후미에 선 쉬징레이는 양손에 권총을 든 채 뒤따랐다. 쓰나미에 휩쓸린 통나무 같은 시신이 복도와 마당에 널브러졌다.

적이 잠복해 있을 것으로 의심이 가는 지점에 왕할쯔가 수류탄을 던졌다. 폭발음과 화염이 치솟자 주위가 환하게 밝아졌다. 초여름 밤의 열기와 더불어 불길이 타오르자 이마에서 땀이 흘렀다. 왕할쯔는 차지수의 움직임을 주시했다. 경기관총을 든 그의 어깨는 단단했고 발걸음은 거침없었다. 주자자오에서 보았을 때와는 완연히 다른 모습이었다. 내실로 이어지는 벽에 기대어 숨을 돌리며 왕할쯔는 '살인 기계'라는 단어를 떠올렸다. 피비린내가 진동하는데도 지수의 얼굴은 지극히 평온해 보였다.

제대로 된 응사 한 번 하지 못하고 정문과 마당을 내준 적들은 미로와도 같은 좁은 길이 복잡하게 이어진 2차 방어선에서 겨우 전열을 정비해 공세에 나섰다. 앞으로 나아가는 속도가 현저하게 줄었다. 맞은편 돌기둥에 몸을 숨긴 두 명의 저격수가 빈틈을 주지 않고 총을 쏘았다. 수류탄을 던졌지만 넓고 두꺼운 돌기둥이 보호막을 치고 있어 끄떡하지 않았다. 무의미한 응전 사격이 이어졌다. 저격수를 처치하지 않고서는 한 발짝도 전진할 수 없었다. 시간을 끌면 후방을 내줄 수도 있었다.

결심을 굳힌 지수가 경기관총을 내려놓고 권총을 꺼내 들었다. 그가 기와로 이어진 높은 벽을 힐끗 쳐다보았다. 4미터 넘는 높이였다. 지수가 고개를 끄덕이며 신호를 주자 왕할쯔가 반사적으로 인상을 찌푸렸다. 벽을 타고 오르면 상대적으로 높은 위치를 점하고 있는 전방의 적에게 그대로 노출될 터였다. 하지만 말릴 틈도 없이 지수가 용수철처럼 튀어 올랐다. 고양이가 벽을 타고 오르듯 사뿐히 벽을 짚고 올라서 지수가 달리기 시작했다. 기다렸다는 듯 총알 세례가 쏟아졌다. 왕할쯔와 쉬징레이가 고개를 들어 벽을 타고 달리는 그의 뒷모습을 좇았다. 세찬 바람이 단숨에 사라지듯 이내 그의 모습이 보이지 않았다. 도움닫기를 한 지수가 벽이 끊어지는 지점에서 허공으로 몸을 날렸다. 바로 그 지점 아래에 돌기둥이 있었다. 포물선을 그리며 회전한 지수는 돌기둥을 뛰어넘으며 허공에서 총을 쏘았다. 돌기둥에 몸을 숨긴 저격수 둘이 놀라 총구를 돌렸지만, 지수가 쏜 총알이 이마와 심장을 관통한 다음이었다. 한 치의 오차도 없었다.

장광즈 도인과 상하이 노부인의 거처가 마련된 내실로 이어지는 통로는 아비규환의 아수라장으로 변했다. 무기를 든 자는 모두 지수가 쏜 총에 맞아 쓰러졌다. 치파오를 입은 채 달아나는 여자들만이 살육의 총알을 피했다. 저격용 총을 내던지고 USP 반자동 권총을 양손에 든 왕할쯔가 그의 뒤를 따랐다. 왕할쯔의 1차 공격 목표는 장광즈 도인이었다. 그를 쓰러뜨리면 목표의 절반을 이루는 셈이었다. 위제는 중화의 꽃을 호위하기 위해 본전에 남아 있을 것이다.

여러 방을 뒤지던 쉬징레이가 침대 밑에 숨어 있던 상하이 노부인을 찾아냈다. 동시에 벽장에서 도복 차림의 여자 무사 둘이 튀어나왔다. 상하이 노부인을 그림자처럼 따르는 호위 무사였다. 한 명이 휘두른 칼이 쉬징레이의 얼굴을 향해 날아왔다. 몸을 비틀며 칼날을 피했지만 머리카락 몇 가닥이 잘려 나갔다. 바닥으로 쓰러지면서 쉬징레이가 총을 쏘았고 여러 발의 총알이 무사의 복부를 꿰뚫었다. 그녀는 멈추지 않고 옆의 여자에게도 총을 쏘았다. 여자 무사의 목에서 터진 붉은 피가 쉬징레이의 얼굴로 쏟아졌다. 쉬징레이는 급하게 손바닥으로 피를 닦아 냈다.

상하이 노부인은 시퍼렇게 질린 표정이었다. 쉬징레이는 총을 들어 노부인의 이마를 조준했다. 그러나 방아쇠를 당기지는 않았다. 전의를 상실한 노파에게 쉬징레이는 동정심을 느꼈다. 노부인의 눈은 살려 달라고 애원하고 있었다. 그때 지수가 방으로 들어왔다. 놀란 노부인이 발치에 떨어진 칼을 집으려고 했다. 순식간에 지수의 글록 18 탄환이 노부인의 심장으로 날아갔다. 노파가 피를 토하며 바닥으로 고꾸라졌다. 얼빠진 표정의 쉬징레이를 내려다보며 지수가 소리쳤다.

"빨리 이영원을 찾아!"

지수의 얼굴과 온몸에는 죽은 자들이 흘린 붉은 피가 묻어 있었다.

지수와 쉬징레이가 본전으로 향하는 동안 왕할쯔는 지하로 이어지는 비밀 통로로 달려갔다. 장광즈 도인이 탈출을 시도한다면 길은 지하 통로밖에 없었다. 건물 밖으로 나온 왕할쯔는 포석이 깔린 너른 마당을 응시하고는 깜짝 놀라 멈추어 섰다. 눈앞에 믿을 수 없는 장면들이 펼쳐졌기 때문이다. 수를 셀 수 없을 만큼 많은 무사의 주검이 널브러져 있었다. 전투가 시작되면서 왕할쯔는 지수의 능력을 눈으로 확인했다. 그는 최강의 전투력을 갖춘 군인이었다. 대담하고 영리한 공격으로 적을 무력화시켰고 빠른 판단력으로 아군의 피해를 최소화했다. 본격적인 공격에 돌입하기 전만 해도 그녀는 차지수가 예언에 등장하는 초인이 되었다고 단언할 수 없었다. 그저 몸의 움직임이 예전보다 빨라졌다고만 생각했다. 그러나 시체 더미를 보자 그녀는 자신의 판단이 틀렸음을 깨달았다. 차지수가 초인인지는 여전히 모호하지만, 저승사자가 된 것은 분명했다. 무사들이 흘린 피로 돌바닥이 질척거렸다. 핏물이 튈 때마다 섬뜩한 이미지가 떠올라 간담이 서늘해졌다.

왕할쯔는 달리기 시작했다. 그녀는 얼마 되지 않아 지하 통로로 이어지는 비밀의 문에 도착했다. 닥나무가 군집해 있는 숲에는 기괴한 고요만 감돌았다. 인간이 통과한 흔적은 어디에도 없었다. '도인은 탈출을 시도하지 않았다. 어디로 사라진 것일까?' 의문에 휩싸인 채 왕할쯔는 왔던 길을 되돌아갔다.

전열이 흐트러진 병사는 오합지졸이 되어 도망치기에 급급했다. 그들이 상대한 남자는 단 한 명에 불과했는데도 눈에는 수없이 많은 적이 일시에 쏟아져 들어오는 듯한 착각이 들었다. 동서남북을 가리지 않고 총알이 날아들었기 때문에 그들은 적에게 포위되었다고 생각했다. 사냥개에 쫓기는 초식동물 신세가 된 병사들은 어둠 속에서 저승사자의 환영을 보았고 검은 실루엣이 어른거리는 것만으로도 두려움에 떨었다. 피 냄새가 진동하고 발밑에는 송장이 나뒹굴었다. 왼손에는 글록 18 권총을, 오른손에는 한나라 시대 스타일을 따른 고탄소강 양날 검을 쥔 지수는 자신의 앞을 가로막은 장막과 통나무를 차례로 제거하며 앞으로 나아갔다. 장막은 찢고 통나무는 쓰러뜨렸다. 뜨거워진 총열에서는 화약 냄새가 피어오르고 은빛 양날 검에서는 체온이 남은 미지근한 피가 곧은 칼날을 타고 뚝뚝 떨어졌다.

전진할수록 바닥을 적시는 피의 양이 늘어났다. 지수는 냉정하게 상황을 파악했다. 주도권을 쥐었고 무대를 지배했다. 승리가 눈앞에 있었다.

지수와 쉬징레이는 마침내 본전에 당도했다. 강화 박석이 깔린 입구 마당과 낮은 계단에 예닐곱 구의 시체가 뒹굴고 있었다. 주위를 집중하자 예민해진 감각 기관이 새로운 정보를 흡수했다. 정적을 타고 흐르는 에너지가 그의 말초 신경을 자극했다. 중화의 꽃이 내뿜는 불가사의한 기와 분노와 절망에 이른 중국인 남자의 기가 뒤섞여 기묘한 부조화를 이루고 있었다. 그때 뒤따라온 왕할쯔가 도착했다.

"뭔가 이상해요. 장광즈가 보이지 않아."

지수는 중국어를 이해하지 못했지만 그녀가 전달하려는 의도는 정확히 파악했다. 그곳엔 영원이 없었다. 영원을 앗아 간 중국인 초능력자도, 지시를 내린 늙은 영감도 이미 자리를 뜬 뒤였다.

쉬징레이가 앞장서 건물로 들어갔다. 본전 내부는 칠흑같이 어두웠다. 형용할 수 없는 다량의 에너지가 거대한 공간을 지배하고 있었다. 지수의 시선이 한 곳으로 모였다. 그곳에 영원이 머물렀다는 사실은 굳이 말하지 않아도 되었다. 뒤따라 들어온 왕할쯔가 기둥에 세워진 스위치를 올렸다. 쏟아지는 밝은 빛에 쉬징레이는 눈살을 찌푸렸다. 시각적 이미지는 더욱 분명하게 영원의 부재를 설명했다. 화려하고 부드러운 휘장이 넓은 바닥 위에 펼쳐져 있고 주인을 잃은 황금 침대가 덩그러니 놓여 있었다. 쉬징레이가 먼저 침대 앞으로 다가섰다. 그녀는 정신을 집중해 흐트러진 이미지를 모으려고 노력했다. 그러나 이내 한숨을 내쉬고는 고개를 가로저었다.

지수는 초조했다. 이곳까지 오기 위해 수많은 인명을 살상했다.

손과 얼굴에는 아직 굳지 않은 인간의 피가 묻어 있었다. 조급함은 분노로 변했다. 지수는 벽 한쪽에 세워진 열두 신장 조각상 중 하나를 주먹으로 내리쳤다. 둔탁한 소리를 내며 단단한 돌 조각의 허리가 끊어졌다. 왕할쯔는 그런 지수의 행동을 날카롭게 쏘아봤다. 당황스럽긴 왕할쯔도 마찬가지였다. 반당 대부분을 처치했다지만 장광즈 노인과 위제를 제거하지 못하면 절반의 성공이라고도 부를 수 없었다.

왕할쯔는 손에 쥔 칼을 내려놓고 눈을 감았다. 본전 내부에는 중화의 꽃이 분출하는 기와 구별되는 이질적인 에너지가 흐르고 있었다. 사악하고 난폭한 에너지여서 주변의 기운과 융합되지 못했다. 왕할쯔는 그 에너지를 따라 발걸음을 옮겼다. 그녀는 다시 본전 밖으로 나갔다. 대기에는 숲에서 불어온 바람과 주검이 되어 버린 인간의 피 비린내가 섞여 있었다. 왕할쯔는 숨을 내쉬며 넓고 반듯한 박석 위에 섰다. 사악한 에너지는 그곳에서 하늘을 향해 솟구치고 있었다. 왕할쯔의 눈에 장광즈 도인의 모습이 나타났다. 도인의 얼굴은 심하게 일그러져 있었다. 그녀는 겨우 도인의 입술이 움직이는 형상을 찾아냈다. 불과 몇 시간 전에 일어난 일인데도 장면이 명확히 보이지 않았다. 추악한 노인의 입 모양이 이리저리 꿈틀거리는 장면에서 그녀는 어렵게 한 단어를 조합해 냈다. '톈궁!' 눈이 번쩍 뜨였다.

백곰은 이전보다 거칠게 차를 몰았다.

"톈궁은 도대체 어디에 있는 거요!"

조수석에 앉은 지수가 화가 난 듯 말했다. 지수가 자신의 말을 기다리고 있음을 알지만 쉬징레이는 좀처럼 입을 열지 않았다. 그녀는 차분히 왕할쯔의 말을 귀담아듣기만 했다. 생각을 정리할 시간이 필요했다. 지수는 화를 억눌렀다. 영원의 부재는 계산에 넣지 않은 작전이었다. 쓸데없이 시간만 낭비한 꼴이었다. 그럼에도 기댈 곳은 중국인 여자들뿐이었다. 차가 아스팔트 위로 올라서자 마침내 쉬징레이가 말문을 열었다.

"톈궁은 교단에서 만든 비밀 미사일 기지예요. 언니와 나는 그곳에 가본 적이 없어요. 산둥 성 어딘가에 건설되었다는 소문만 들었어요."

산둥 성? 지수는 머릿속으로 중국의 지도를 펼쳤다. 면적만 남한의 3분의 2에 육박하는 거대한 행정 구역이다.

"해안선 절벽 지하에 있는 것만 알지 자세한 위치는 몰라요."

백곰이 대화에 끼어들었다.

"거기 해안선만 3천 킬로미터 정도 돼."

지수는 고개를 돌려 쉬징레이를 쏘아봤다.

"이렇게 해서는 중화의 꽃을 찾을 수 없어. 위제와 도인이라는 작자도 찾아낼 수 없고."

쉬징레이는 지수의 눈빛을 피하지 않았다. 언뜻 쉬징레이는 지수의 눈동자에 위제의 얼굴이 투영되고 있음을 깨달았다. 전혀 다른 얼굴인데도 두 사람이 동일인처럼 보이는 이유는 무엇일까. 쉬징레이는 마른침을 삼킨 후 말을 이었다.

"언니가 정보를 구하려고 연락하고 있어요. 반당 세력이 제압되었다는 사실이 알려지면 교단 내부에서 동요가 일어나고, 그렇게 되면 투항하는 자가 나타날 거예요."

투항? 아직 반당의 수장인 장광즈 도인이 살아 있고, 그는 교단의 상징인 중화의 꽃을 소유하고 있다. 지금 그들은 교단의 일급비밀인 군사 기지를 향해 가고 있었다. 현재로서는 그곳에 얼마나 많은 저항 세력이 있을지 짐작조차 할 수 없었다. 왕할쯔의 말을 곧이곧대로 믿을 사람이 몇이나 될까.

"언니의 말에 따르면 기지가 완성되고 나서 비밀 실험이 있었는데 그때 정보가 외부로 흘러나간 적이 있다고 해요. 정보를 취득한 자가 돈을 받고 미국에 정보를 팔았다는 소문이 돌았고요. 어쩌면 CIA에서 정확한 위치 정보를 가지고 있을지도 몰라요."

CIA?

"그럼 미국이 당신들 정체를 알고 있단 말이야?"

지수의 목소리가 다소 신경질적으로 나왔다.

"그렇지는 않아요. 아마도 그들은 산둥 성 기지를 중국 정부가 비밀리에 만든 군사 기지로 파악하고 있을 거예요."

지수는 상황을 정리했다. 설령 CIA가 산둥 성 기지에 대한 정확한 정보를 알고 있더라도 국정원에 정보를 순순히 내줄 리 만무했다. 한국과 미국은 서로 동맹국을 자처하지만 국정원과 미국중앙정보국은 엄연히 다른 정보기관이었다. 정보국의 생리상 협력은 쉽게 이루어지지 않는다. 전시가 아니고서야. 전시? 불현듯 묘안이 떠올랐다. 지금은 전시에 가까운 상황이었다. 북한의 미사일 위기로 일본과 중국이 대치하고 한국과 중국, 일본, 미국 함대가 서해상으로 앞다투어 몰려들고 있었다. 미국은 북한의 미사일 위기를 적극 이용하려는 복안을 갖고 있지만 중국과의 무력 충돌은 원하지 않았다. '원한다면 CIA의 지원을 받을 수 있도록 조치를 취할 수도 있어.' 최 전무와의 통화가 귓속에서 울렸다. 어쩌면 CIA가 나설지도 모른다. 지수는 급하게 전화기를 꺼냈다.

최 전무는 미사일전략사령부로 이동해 북한의 미사일 발사를 모니터링하고 있었다. 지수는 쉬징레이와의 대화 때와 달리 차근차근 상황을 설명했다. 이야기를 듣고 있던 최 전무가 마침내 말문을 열었다.

"그런데 왜 하필 산둥 성이지. 내가 알기로 그곳에 미사일 기지는 없어."

"중국군의 미사일 기지가 아니라 중화의 꽃이라는 교단이 만든 군사 기지입니다."

이야기가 조금 헛돌았다. 지수는 최 전무의 혼란스러움을 이해했다. 제아무리 교단의 힘이 강해도 군사 기지를 보유하는 것은 불가능했다. 게다가 사병을 육성하는 재래식 부대가 아니라 미사일과 관련된 첨단 기기가 들어찬 전략 군사 기지라니.

"전후 사정은 중요하지 않습니다. 문제는 그들이 미사일 발사 기지를 가지고 있다는 겁니다."

"좋아, CIA 문제는 내게 맡겨. 어쩌면 미국은 우리와 협력하는 걸 반길지도 몰라. 미국 역시 지금 사태에 무척 당황하고 있어. 중국이 갑자기 북한 미사일에 대한 태도를 바꿨는데 누구도 그 이유를 알지 못해."

지수는 최 전무가 전달하려는 메시지를 정확히 파악했다. 이전에 일어난 북한 미사일 위기와는 현격한 차이가 있었다. 이번 사태의 핵심은 일본이 아니라 중국이었다. 미국과 북한 사이에서 중립 외교를 고수하던 중국이 갑자기 입장을 바꿨다. 북한 미사일 발사를 옹호하는 듯한 중국 정부의 태도 돌변은 각국의 외교 라인을 포함한 정보기관 전체를 혼란에 빠뜨렸다. 분명히 무엇인가 변수가 일어나고 있는데 누구도 그 단서를 찾지 못하고 있었다. 이런 상황이라면 최 전무의 말처럼 미국이 나설지도 모를 일이었다.

"중국에서 활동하는 서방 세계의 모든 정보 요원이 동원될지도 몰라. 네 말대로 미국이 주는 정보로 톈궁이라는 군사 기지의 위치를 알아낼 수 있다고 쳐. 그다음 문제는 어떻게 처리할 거야? 혼자서 미사일 기지를 폭파하기라도 할 셈이야?"

최 전무의 지적은 정확했다. 초능력을 지닌 초인이 되었다지만 지수는 자신의 능력이 어디까지 미치는지 알지 못했다.

"말 그대로 총동원령이 내려질 거야. 손잡을 수 있는 세력과는 모두 손을 잡아. 지금 상황을 막을 수만 있다면 러시아든 외계인이든 상관없어. 내 말 알아들었어!"

지수는 묵묵히 전화기를 든 채 최 전무의 이야기를 듣기만 했다.

"상하이에 도착하기 전까지 모든 조치를 해놓을 테니 그동안 정보 수집이나 똑바로 하고 있어. 그리고 곧장 영사관에서 마련한 헬기를 타도록 해. 위치 정보가 나오지 않으면 산둥 성 해안선 전부 뒤질 각오해!"

그렇게 최 전무와의 통화가 끊어졌다. 전조등 불빛에 반사된 노란색 중앙선이 연속적으로 빠르게 발밑으로 사라졌다. 네 사람을 태운 차는 다시 거대 도시를 향해 질주했다. 두 여자는 귓속말을 주고받았다. 잠시 후 뒷좌석에 앉은 왕할쯔가 몸을 뒤로 기댄 채 시니컬한 말투로 지수를 향해 중국어를 내뱉었다.

"당신이 전쟁에 뛰어든 걸 이제 깨달았나요?"

장광즈 도인과 위제, 영원을 태운 헬리콥터는 칠흑같은 어둠을 뚫고 파도가 일렁이는 해안선을 따라 저공비행하고 있었다. 영원은 도인의 옆자리에 앉아 창밖으로 시선을 고정한 채 무심히 아래를 내려다봤다. 그녀의 머릿속은 완전히 백지 상태였다. 하드디스크를 포맷하고 어떤 프로그램도 설치하지 않은 컴퓨터처럼 그녀의 머릿속은 텅 비어 있었다. 시신경을 통해 들어온 시각적인 이미지만이 뇌 속의 거대한 창고에 차곡차곡 쌓이기 시작했다. 흐릿한 달빛에 반사된 밤바다의 일렁이는 파도가 그녀의 생각을 지배했다.

 그때 옆자리에 앉은 장광즈가 팔을 뻗어 영원의 손을 잡았다. 영원은 고개를 돌려 노인의 주름진 손과 각진 옆얼굴을 차례로 살폈다. 노인은 눈을 감은 채 생각에 잠겨 있었다. 그런 두 사람의 모습을 뒤에 앉은 위제가 불안한 시선으로 노려보았다. 헬리콥터에서 진동하는 소음이 그의 초조한 마음을 한층 뒤흔들었다. 무엇이 잘못된 것일까. 위제는 평정심을 잃었다. 손을 뻗으면 잡히는 곳에 중화의 꽃이 있었다. 그런데도 상실감은 가시지 않았다. 위제에게는 무척이나 낯선 감정이었다. 그사이 세 사람을 태운 헬기가 방향을 틀어 육지로 접어들었다. 교단의 비밀 군사 기지, 톈궁이 그들을 기다리고 있었다.

 톈궁은 중국의 4대 위성 발사 센터, 즉 간쑤 성과 쓰촨 성, 산둥 성, 하이난 섬에 건설된 위성 발사 센터의 장점을 고스란히 가져온 전략 우주 기지로, 인공위성은 물론 유·무인 우주선을 발사할 수 있었다. 미국과 러시아에서 경력을 쌓은 과학자와 엔지니어가 동원되어 비밀리에 기지를 운용했다. 종교 단체가 감당할 수 있는 사업의 수준을 뛰어넘은 것으로, 기지 자체만으로도 '중화의 꽃'이라는 교단의 힘을 평가할 수 있었다. 톈궁 우주 기지 센터는 교단의 실세와 정체를 대변했다.

착륙장에 내린 세 사람은 교단 무사의 제복을 입은 안내자의 도움을 받아 지하 기지로 향하는 엘리베이터에 몸을 실었다. 해안선 절벽 안에 숨겨진 지하 기지는 천혜의 요새였다. 도로가 없어 일반인이 접근하기 불가능할 뿐 아니리 수십 미터에 달하는 절벽과 바닷속 암초 탓에 배의 출입도 불허했다. 고립무원을 자처한 기지는 지하 세계에 만든 거대한 석관과도 같았다. 죽음을 불사하지 않는 한 톈궁으로 들어오는 것은 허락되지 않았다. 엘리베이터는 소음 없이 바닥으로 내려갔다. 죽음의 세계로 들어선 장광즈와 영원은 인간적인 형상과 특질을 벗어던진 사신이 되어 눈앞의 광경을 받아들였다.

상하이 시내로 들어오기 전 지수는 광활한 대지가 하늘과 맞닿은 곳에서 빛을 발하는 행성에 시선을 고정하고 있었다. 지구에서 볼 때 태양과 달 다음으로 밝은 빛을 내는 천체인 금성이었다. 동트기 전 동녘 하늘에서 빛나는 금성을 옛사람들은 샛별 또는 계명성이라 불렀다. 문득 지수는 계명성의 라틴어 이름이 루시페르라는 사실을 떠올렸다. 영어로는 루시퍼, 사탄을 지칭하는 고유 명사. 이 전쟁에서는 누가 악마 역할을 떠맡고 있는 것일까. 동시에 피로감이 엄습해 왔다. 자신이 쏜 총알에 피를 흘리며 쓰러진 자들의 모습이 눈에 선했다. 숨을 들이마시자 시체가 썩어 들어가는 메스꺼운 냄새가 밀려왔다. 시체 안치소에서나 맡을 수 있는 역한 냄새였다. 악마는 하늘에 걸린 행성이 아니라 자신일지도 모른다. 지수는 중국인 여자가 말한 초인에 대해 처음으로 진지하게 고민했다. 어쩌면 여자의 말이 사실일지도. 지수는 눈을 감고 상념을 지웠다. 아직 영원을 구하지 못했다. 자기 연민에 빠져 있을 때가 아니었다. 뒷좌석에 몸을 파묻고 잠든 쉬징레이의 숨소리가 들려왔다. 그녀는 지친 표정으로 왕할쯔의 어깨에 머리를 살포시 기댄 채 휴식을 취하고 있었다.

제리라는 암호명을 쓰는 CIA 요원이 푸둥 지구 L 공원 주차장에서 지수를 기다리고 있었다. 백곰이 차를 주차한 뒤 검은색 BMW를 손가락으로 가리켰다. 지수는 혈흔이 묻은 재킷을 벗어 던지고 셔츠 차림으로 차에서 내렸다. 주위를 둘러본 뒤, 곧장 뒷좌석의 문을 열었다. 남자는 짙은 정장 차림에 타이를 하지 않은 채 무뚝뚝한 표정으로 앉아서 지수를 노려봤다. 운전석에는 선글라스를 쓴 동양인 청년이 타고 조수석은 비어 있었다. 첫인상은 나쁘지 않았다. 상대를 바라보는 초록 눈동자가 다소 예민해 보이는 것만 제외하면 제리는 공개적인 스파이 활동을 벌이는 평범한 외교관처럼 보이기도 했다. 나이는 사십 대 초반, 잘생긴 얼굴이 언뜻 보면 살찐 레오나르도 디카프리오처럼 보였다.

"상하이 전역을 쑥대밭으로 만들고 다니는 사나이를 드디어 만났군."

제리가 인사말을 건넸다. 농담을 했지만 여전히 무뚝뚝한 얼굴이었다. 그는 우람한 어깨를 으쓱거리며 다시 인상을 찌푸렸다. CIA라는 단어가 주는 불쾌하고 끈적끈적한 느낌이 온몸에서 풍겨 나왔다. 최 전무는 어떻게 이들과 접촉했을까.

"시간이 없습니다. 주문한 물건은 가져오셨나요?"

지수가 성급하게 본론으로 들어갔다.

"이런, 성미가 급하시군. 배달 사고는 없어."

제리가 다소 날카롭게 말을 내뱉으며 지수를 바라봤다. 지수는 차가운 시선으로 그를 응시할 뿐이었다.

"당신은 뭔가 심각한 착각에 빠진 것 같아. 지금 내가 혼자 온 것 같소?"

그제야 지수는 창밖으로 시선을 돌리며 주변 분위기를 살폈다. 동이 트는 이른 새벽치고는 비교적 많은 차가 주차되어 있었다. 지수와 만나기 위해 상하이 주재 CIA 조직원 모두가 동원되었을지도 모른다. 지수는 태연하게 대응했다.

"우리는 서로 의심할 필요가 없죠. 더구나 적은 아니고요."

"중국 공안은 어떻게 대처했는지 몰라도 우리는 그들과 달라. 원하면 언제든 당신을 체포할 수 있어."

체포라는 단어가 지수의 불편한 심기를 자극했다.

"당신이 상하이 일대에서 벌인 폭력 행사는 범죄 요건을 갖추고도 남아."

시간이 빠르게 흘러갔다. 이런 식으로 시간을 낭비할 때가 아니었다. 그러나 상대는 CIA였다. 지수가 심호흡을 가다듬으며 말했다.

"우리는 거래를 하기 위해 만난 겁니다."

제리가 초록색 눈을 반짝이며 지수를 뚫어지게 쳐다보았다.

"날 체포해서 정보를 얻는다고 해결될 일은 아니죠. 그때는 이미 모든 일이 벌어지고 난 다음일 테니까요."

지수의 말에 제리가 눈을 깜박이며 생각에 잠겼다. 그도 상부에서 이미 통보를 받았을 것이다. 원하는 것을 줘라, 그리고 그의 뒤를 캐라.

"지금 바다를 사이에 두고 무슨 일이 벌어지는지 당신도 잘 알고 있을 겁니다. 저는 지금 그 일을 막기 위해 최선을 다하고 있습니다."

"전쟁을 막기 위해 노력하고 있단 말이지?"

CIA 역시 혼란스러울 것이다. 그들은 느긋하게 여유를 부리지만 사태의 진실을 파악하지 못했다. 중화의 꽃이라는 밀교에 대한 정보를 가지고 있을까? 교단의 비밀을 알고 있는 외부인인 오아시스가 CIA의 그물망에 걸려들었을까? 국정원이 존재를 파악했다면 CIA 역시 정보를 가지고 있을 가능성이 컸다. 하지만 지금까지 상황을 종합해 보면 CIA는 밀교에 대해 모르는 것이 틀림없었다.

"필요하면 우리 쪽에서 먼저 연락을 취할 겁니다. 날 체포해서 심문하는 것은 그때 해도 늦지 않죠."

제리는 호기심과 불안이 교차하는 눈빛으로 지수를 바라보며 생각에 잠겼다. 마침내 마음을 굳힌 듯 제리가 재킷 주머니에서 검은 상자를 꺼냈다. 미국이 입수한 산둥 성 비밀 기지에 대한 좌표가 입력된 GPS 기기가 상자 속에 들어 있을 것이다. 최 전무의 짐작대로 미국은 그곳을 수많은 중국 비밀 군사 기지 중 하나로 알고 있을 가능성이 컸다. 만약 미국이 중화의 꽃이라는 교단의 정체를 파악했다면 이렇게 순순히 정보를 공유하지 않을지도 모를 일이었다. 제리는 상자가 든 손을 내밀듯 제스처를 취하고는 급하게 팔을 빼며 말했다.

"이 바닥에서는 기브앤드테이크가 상식이란 걸 알고 있겠지?"

지수는 답하지 않고 묵묵히 고개를 끄덕이기만 했다. 그 모습을 보며 제리는 길게 한숨을 내쉬었다. 그제야 지수는 밤새 뜬눈으로 도시를 돌아다닌 스파이의 본모습을 보았다. 그는 지쳐 있었으며 혼란스러워했다.

"북한이 인공위성을 쏘든 미사일을 발사하든 난 상관하지 않아. 다만 멍청하고 고집 센 베이징의 노인들이 미국과 전쟁을 하자고 나서는 걸 막는 게 내 일이야. 무슨 말인지 알아듣겠어?"

지수는 이번에도 싸늘한 시선으로 그를 바라보기만 했다. 마침내 제리가 GPS 기기가 든 상자를 건넸다. 지수는 상자를 받으며 정중한 어투로 말했다.

"나중에 다시 만나면 흥미로운 이야기를 들을 수 있을 겁니다."

제리는 지수의 말을 이해하지 못한 듯 인상을 찌푸리며 헛웃음을 지었다.

"스파이들은 타고난 거짓말쟁이지."

그것이 제리의 마지막 인사말이었다. 지수는 급하게 차 문을 열고 밖으로 나왔다. 백곰이 시동을 켜둔 채 지수를 지켜보고 있었다. 지수가 성큼성큼 걸어서 차에 올라탔다. 제리는 차창을 내리며 그 모습을 조용히 지켜봤다. 미국이 초긴장 상태에서 사태를 주시하는 것을 제리의 눈빛을 통해 읽을 수 있었다. 지수는 CIA에 대해 그만 생각하기로 했다. 그들이 무엇을 선택하고 어떤 행동을 취할지는 자신이 걱정할 일이 아니었다. L 공원에서 멀지 않은 빌딩 헬기 착륙장에서 최전무가 조치를 취해 둔 헬리콥터가 대기하고 있었다. 지수는 GPS 기기가 든 상자를 뒷좌석에 탄 왕할쯔에게 내밀었다. 그녀는 의구심에 찬 눈빛으로 상자를 열었다. 산둥 성 비밀 기지 톈궁의 좌표가 입력된 기기를 바라보며 그녀는 자신도 모르게 긴 한숨을 쉬었다. 미국은 교단의 노인들이 판단하듯 종이호랑이에 불과한 만만한 상대가 아니었다. 백곰이 가속 페달을 밟자 차가 급하게 튕겨 나갔다. 차창을 내린 거구의 CIA는 그들이 떠나는 모습을 끝까지 지켜보았다.

톈궁 기지는 지리적으로 북한의 동창리 로켓 발사장과 가장 가까운 곳에 있었다. 우연의 일치일 수도 있고 장광즈의 예리한 선견이 작동했을 수도 있었다. 또한 기지가 위치한 산둥 성에는 중국 정부가 건설한 타이위안太原 위성 발사 센터가 있었다. 교단의 톈궁 기지와 중국 정부의 타이위안 위성 발사 센터 사이에 정보 교환이 이루어지거나 고위급 관료의 연계가 이루어지는지는 알려지지 않았다. 교단의 지도부가 중국 정치 권력층과 군대 수뇌부와 관련 있다는 사실이 철저하게 가려져 있는 것과 유사한 상황이었다. 비밀이 드러나지 말아야만 밀교인 교단은 존속할 수 있었다. 그러나 중화의 꽃이 현시하고 장광즈가 울트라로 변신한 지금은 비밀 유지를 위해 몸을 숙이고 있던 과거와 상황이 달랐다. 전쟁이 터지면 결국 교단은 수면 위로 모습을 드러낼 것이다. 그때가 되면 미국과 서방 세계는 물론 중국 정부조차 놀랄 것이다. 장광즈는 자신도 모르게 빙긋이 웃음을 지었다.

중앙 통제실은 첨단 레이더 추적 장치와 요격 미사일 발사에 필요한 기기들로 가득 들어차 있었다. 기기를 운용하는 팀은 고도의 훈련을 받은 미사일 관련 퇴역 군인들과 우주 공학 분야에서 경력은 쌓은 과학자들이었다. 그들은 예외 없이 교단의 명령에 복종하는 충실한 신도들이었다. 장광즈는 그들을 바라보는 것만으로도 세상을 다 가진 듯한 착각에 빠져들었다. 톈궁 기지는 중국이 쏘아 올린 실험용 우주 정거장 톈궁 1호와 같은 이름을 사용했다. 절묘한 이름이라고 장광즈는 생각했다. 중국 정부는 우주 공간에 톈궁을 소유하고 있고 자신은 지하 세계에 같은 이름의 군사 기지를 가지고 있다. 중국의 주인이 바뀌는 날 자신이 두 가지 모두를 손아귀에 넣을 것이다. 하늘과 지하의 궁궐을 갖게 되면 명실상부한 황제가 되는 것이다. 17억에 이르는 인민을 거느린 황제는 중국 역사상 처음이다. 생각만으로도 손끝으로 전율이 느껴졌다. 장광즈가 고개를 돌려 영원에게 지시했다.

"마침내 네 힘을 보여 줄 때가 왔다."

차가운 눈빛의 영원이 앞으로 서서히 걸어갔다. 눈앞에는 익숙한 레이더 기기들이 그녀를 기다리고 있었다. 그녀의 시선이 녹색 불빛이 점멸하는 레이더 모니터에 머물렀다. 그러나 그곳은 아름다운 섬에 건설된 국제공항의 관제탑이 아니었다. 그녀가 쫓아야 할 대상은 관광객을 실은 제트 여객기가 아니라 대기권을 통해 대양을 가로지르는 강철 덩어리 ICBM이었다. 장광즈에 의해 제압당하고 새로운 울트라로 변신한 영원은 '평화와 전쟁'이라는 지극히 단순한 두 세계를 분리해 내지 못했다. 그녀가 바라보는 레이더는 기지의 서쪽 북한 영공을 비추고 있었다. 모든 준비가 끝나자 장광즈는 과학자와 엔지니어들을 통제실 밖으로 쫓아냈다. 중앙 통제실에는 초능력을 지닌 울트라 세 사람만 남았다. 영원과 장광즈 그리고 위제, 이 세 사람이 내뿜는 에너지만으로도 거대한 공간은 열기로 후끈 달아올랐다.

대한민국 미사일사령부는 전면 비상경계 태세에 돌입했다. 국방장관은 북한이 도발해 올 경우 최단시간 내에 도발 원점과 지원 세력을 포함한 상응하는 모든 표적을 응징하라는 명령을 전군에 내려놓은 상태였다. 미사일사령부에서는 에이태킴스 미사일을 포함한 최대 사거리 1,500킬로미터에 육박하는 신형 현무 요격 미사일이 발사 대기 상태에 들어갔다. 국방부는 보도 자료를 통해 한국이 자체 개발한 미사일이 북한의 주석궁을 포함한 주요 표적들을 초토화할 수 있다

310

고 장담했다.

밤을 꼬박 새운 탓인지 최 전무는 극심한 피로를 느꼈다. 그는 상황실 뒤에 마련한 철제 의자에 앉아 새로 들어오는 정보를 보고받았다. 옆에는 합참에서 나온 강민호 소장이 앉아 있었다. 두 사람은 밤새 비밀스러운 대화를 주고받았다. 대화 대부분은 북한의 미사일 위기와 상하이에서 벌어지는 작전이 어떻게 연결될 것인가에 관한 문제였다. 직감만 있을 뿐 객관적인 근거는 없었다. 현장에서 직접 보고 들은 정보가 아니어서 섣부르게 판단을 내릴 수도 없었다. 강민호는 군 수뇌부 중에서 대화를 나눌 수 있는 유일한 인물이었다. 중국인 초능력자가 북한 미사일 사태에 관련을 맺고 있다는 이야기를 공식적인 장소에서 꺼낼 수는 없었다. 두 사람은 낮은 목소리로 사태를 되짚어 나갔다. 손에 든 종이컵을 바닥에 내려놓으며 강민호가 말했다.

"지금쯤 자네 요원이 산둥 성으로 이동하고 있겠군."

최 전무는 묵묵히 고개를 끄덕였다. 동시에 창백한 차지수의 얼굴이 떠올랐다. 강민호가 최 전무의 얼굴을 살피며 말을 이었다.

"그곳이 어떤 목적으로 지어진 기지인지만 밝혀내도 이야기를 꺼낼 수 있을 텐데."

최 전무가 빙그레 웃음을 지으며 답했다.

"이방우 선배의 실수를 생각하셔야 합니다. 초능력 부대를 거론하는 순간 우리는 이 방에서 쫓겨날지도 모릅니다."

"음."

최 전무의 지적은 정확했다. 그들이 있는 곳은 과학과 현대 기술력이 집결한 장소였다. 무협지에나 나올 만한 얼토당토않은 이야기를 개진할 수 있는 곳이 아니었다. 사태의 진실은 무대에 불이 켜지고 쇼가 진행되어야만 밝혀진다.

"북한은 틀림없이 미사일을 쏠 겁니다. 천재지변이 일어나지 않는 한 발사 취소는 없다고 봐야겠죠. 문제는 일본이 어떻게 대응할 것이냐입니다. 예전 미사일 발사와는 전적으로 다른 위험한 상황이 벌어지고 있어요."

"그렇겠지. 그렇지 않다면 자네와 내가 여기 있을 필요도 없겠지."

그때 갑자기 상황실이 분주해지기 시작했다. 레이더 전담 사병과 장교들이 모두 제자리에 앉아 명령이 떨어지길 기다렸다. 기무사령부에서 나온 젊은 장교가 그들에게 다가와 상황을 전했다.

"북한이 미사일 발사 카운트다운에 돌입했다는 정보입니다."

"출처는?"

"미 육군 우주미사일방어사령부인 것 같습니다."

SMDC라면 틀림없는 정보였다. 최 전무는 반사적으로 손목시계를 확인했다. 아직 차지수가 산둥 성 기지에 도착하기 전이었다. 심장이 쿵쿵 뛰었다. 아무런 대책을 마련하지 않았는데 주사위는 이미 구르고 있었다. 일본과 중국 역시 북한의 움직임을 포착했을 것이다. 동창리 미사일의 비행 궤적을 예측한 각국의 해군이 서해상에 이미 집결해 있었다. 특히 미국과 중국은 항공모함을 동원해 바다에서 무력시위를 벌이고 있었다. SM-3 요격 미사일을 탑재한 일본의 이지스함은 공언한 대로 요격 준비에 들어갔을 것이다. 그렇다면 중국은 무엇을 준비하고 있는가. 그들 역시 일본의 미사일에 대한 요격 미사일을 준비하고 있을 것이다. 문제의 핵심은 북한 미사일이 어디로 날아가는가에 달려 있었다. 광명성 위성을 실은 발사체가 대기권 밖으로 사라지거나 발사 자체가 실패하면 의외로 싱거운 결말이 날 수도 있다. 하지만 그런 일은 없을 거라고 최 전무는 생각했다. 묘하게도 비정상적인 상황이 연출될 때 그의 직감은 틀린 적이 없었다. 아침 7시, 시민들이 출근을 준비하는 동안 그는 불길한 상상에 사로잡혀 있었다.

위제는 당황스러웠다. 장광즈 도인의 몸에서 뿜어져 나오는 이질적인 에너지를 그는 감당할 수 없었다. 도인이 초능력자였나? 그렇지 않을 것이다. 그가 알고 있는 도인은 도교의 교리와 공산주의 철학에 정통한 사상가이자 중화의 꽃이라는 밀교를 이끌어 가는 종교 지도자였다. 그런데 지금 그의 육체에서 이전에는 감지하지 못했던 에너지가 넘쳐나고 있었다. 그 역시 신비의 돌과 통섭한 것인가? 그렇다면 왜 이제껏 그 사실을 숨겼을까?

위제가 안절부절못하며 서성이는 동안 레이더 모니터 앞에 앉은 영원은 깊은 명상에 빠져 있었다. 심해의 생명체처럼 자아의 정체성이 무의식에 잠재해 있던 이전과 다른 명상이었다. 그녀는 극단적인 무아의 경지로 자아라는 관념과 의식을 비워 냈다. 장광즈가 그녀의 내부에 잠들어 있던 울트라 블루의 푸른빛을 차지했을 때 이 모든 과정이 자연스럽게 이루어졌다. 모든 것을 비워 냈기 때문에 무엇이든 다시 채워 넣을 수 있었다. 비움과 채움의 순환이 그녀의 뇌에서 이루어졌다. 그녀는 단숨에 슈퍼컴퓨터의 모든 데이터베이스와 알고리즘을 받아들였다.

if 명령문으로 이루어진 프로그래밍 코드의 모든 확률을 정확히 계산해 내고 확률에 근거한 새로운 가능성을 제시하며 상황을 통제했다. 공기 중에는 인간 생명체가 인지할 수 없는 수많은 초자연적 데이터가 떠돌아다녔고 오직 울트라만이 이 에너지를 통제할 수 있었다. 그녀는 순식간에 중앙 컨트롤 시스템을 장악했다. 인간은 컴퓨터가 산출해 낸 값에 의존해 판단을 내리지만 울트라인 그녀는 자신이 원하는 방향으로 값을 유도해 낼 수 있었다. 지극히 불안정하고 나약한 인간의 공포심과 적자생존의 진화에서 터득한 타인에 대한 적개심을 적절히 이용하면 그만이었다.

인간은 미래 예측이 불가능하다고 믿는 족속이다. 그러나 울트라는 다르다. 그들은 자신들이 설정한 목표를 성취하기 위해 투쟁한다. 울트라는 제로에 가까운 극단적인 가능성에도 굴하지 않고 도전한다. 그들은 벽을 통과하고 바위를 들어 올리고 빛의 속도로 이동한다. 광활한 우주에 울트라는 무수히 존재한다. 인간만이 그 사실을 알지 못한다.

위제는 우두커니 서서 레이더 모니터 앞에 선 영원의 뒷모습을 바라보았다. 처음으로 그는 울트라의 화신이 된 영원에게 두려움을 느꼈다. 장광즈가 다가가 영원 옆에 섰다. 그들은 텔레파시로 의사를 주고받았다. 장광즈는 북한 미사일의 진로를 바꿀 것을 요구했다. 영원이 묵묵히 고개를 끄덕였다. 두 울트라가 내뿜는 에너지가 공중으로 솟구치며 빠르게 이동했다.

……4, 3, 2, 1, 0. 거대한 폭발음과 화염을 일으키며 타워 크레인에서 분리된 로켓 발사체가 공중으로 수직 상승했다. 액체 연료가 주입된 로켓 엔진에서 추진체가 고속으로 분사되며 그 반작용으로 강철 덩어리가 공중으로 떠올랐다. 로켓에는 북한이 공언한 대로 인공

위성이 탑재되어 있었다. 권력을 유지하기 위해 전쟁도 불사하겠다는 북한 권력자들의 의지를 꺾을 수 있는 것은 아무것도 없었다. 로켓 발사체는 순식간에 하늘로 치솟아 올랐다. 로켓 탄두가 이내 한쪽으로 기울어졌다. 반대쪽 하늘에는 이글거리는 아침 해가 광명의 빛줄기를 내뿜었다. 발사는 순조롭게 진행되었다. 우려했던 공중 폭발은 없었다. 창공으로 솟구친 로켓 발사체는 곧 대기권 밖으로 나갈 것이다.

그때 비상사태가 발생했다. 누가 먼저 그 사실을 알아차렸는지는 불분명했다. 기술자들이 예측한 로켓의 궤적과 미세한 차이가 발생하고 있었다. 북한은 1단 로켓이 변산반도 140킬로미터 지점에, 2단 로켓은 필리핀 동쪽 190킬로미터 해상에 떨어진다고 국제민간항공기구ICAO와 국제해사기구IMO에 통보했다. 그러나 로켓 발사체는 그들의 계획대로 비행하지 않았다. 대기권으로 올라선 로켓 발사체는 탄두가 급격히 기울어지더니 빠른 속도로 곧장 남쪽으로 내려가 버렸다. 비상벨이 울리고 상황 통제실의 모든 인력이 동원되어 로켓 발사체의 궤적을 추적하기 시작했다. 그러나 그들 중 누구도 미사일이 어디로 날아가는지 확신하지 못했다. 그들의 의도와 상관없이 미사일이 날아갔고, 미사일의 비행을 탐지할 수 있는 적외선 조기 경보 위성과 X-밴드 레이더를 보유하지 못한 북한은 우왕좌왕하며 시간을 보냈다.

서해에 대기 중이던 이지스 구축함 세종대왕함의 다기능 위상배열레이더 SPY-1D가 북한 로켓의 궤적을 1분여 만에 정확하게 잡아냈다. 레이더에 미사일이 잡히자 구축함에 승선한 해군들은 극도의 희열을 느꼈다. 그러나 기쁨도 잠시 그들은 미사일의 비행 궤적을 확인하고는 혼란에 빠졌다. 비록 핵탄두가 아닌 인공위성을 탑재했다고 하지만 미사일은 미사일이었다. 강철 덩어리는 불을 뿜은 채 낮은 고도로 대한민국 영공을 향해 날아오고 있었다. 도대체 무슨 일이 벌어진 것인가. 국방부는 미사일이 우주 공간이 아닌 대한민국의 영공을 침탈해 들어올 경우 요격을 선언했다. 그러나 실제로는 북한의 미사일이 발사 자체에 실패하던가 우주로 날아갈 것이라고 예상하고 있었다.

모든 예측이 어긋났다. 수많은 훈련을 통해 상황을 대비하고 있었지만 실제로 일어난 일은 극도의 긴장과 흥분을 가져왔다. 판단을 내리기 어려웠다. 겨우 정신을 차린 함장이 결정을 내렸다. 마하의 속도로 날아가는 ICBM을 향해 요격 미사일을 발사해야 한다. 성공 여부는 불투명했다. 더구나 세종대왕함에 실린 요격 미사일 스탠더드 미사일 2는 직격 파괴 방식을 채택하지 않은 구형 모델로 원칙적으로 ICBM과 같은 초고속 미사일을 요격할 수 없었다. 함장은 선택의 여지가 없음을 알아차렸다. 이대로 아무런 대응도 하지 못한 채 상황을 비켜 갈 수는 없었다. 발사 명령이 떨어졌다. 기회는 한 번뿐이었다.

훈련이 아닌 실전에서 요격 미사일이 날아갔다. SM-2는 거대한 화염을 일으키며 이지스함에서 솟구쳤다. 미사일이 토해 낸 굉음이 온 바다를 집어삼킬 듯 요동쳤다. 발사와 동시에 모든 상황이 전군에 전파되었다. 미사일사령부에 있던 최 전무도 소식을 실시간으로 접했다. 진정하려고 해도 심장이 뛰는 것을 막을 수 없었다. 정보국에서 주어진 임무는 모든 것이 실전이었다. 수십 년 동안 현장에서 실전 경험을 쌓은 그였지만 오늘처럼 가슴이 두근거리기는 처음이었다. 미사일 다음에는 무엇일까? 그는 답을 알고 있었다. 그것은 전쟁뿐이다. 맞춰라. 그 길만이 전쟁을 멈출 수 있다. ICBM을 요격해 대한민국 해군의 위용을 드러내라. 모니터와 하늘을 바라보는 모든 이가 한결같이 꿈꾸는 희망이었다.

그러나 현실은 냉정했다. SM-2 미사일은 ICBM의 속도를 따라잡지 못했다. 거대한 강철 덩어리는 요격 미사일이 미처 표적에 도착하기도 전에 사라졌다. 뒤늦게 구름을 뚫고 올라온 요격 미사일은 허망하게 공중에서 폭발했다. 그곳에는 ICBM이 남긴 공기의 파동만이 남아 있었다. 고성능 레이더가 이 모든 상황을 생생히 알려 주었다. 지상과 바다에서 허공을 바라보는 인간의 탄식과 고함만이 어수선하게 울려 퍼졌다. 요격이 실패했다고 상황이 종료된 것은 아니었다. ICBM은 여전히 비행하고 있었다.

그제야 군인들은 북한이 엄청난 실수를 저질렀다는 걸 인식했다. 아무리 북한이라고 해도 인공위성을 탑재한 ICBM을 다른 나라의 영공으로 날려 보낼 정도로 배짱이 두둑하지는 않다. 설령 그러한 의도가 있더라도 뭔가 얻어 낼 것이 있어야 한다. 그러나 지금의 상황은 비정상적이었고 어떠한 가설로도 설명할 수 없었다. 평양이 불바다가 될 것을 각오하지 않고서야 그런 일을 저지를 수 없었다. 그 시간에도 미사일은 날아가고 있었다. 한반도 남쪽 해상에는 미국과 중국, 일본의 해군 함정이 집결해 있었다. 그들 역시 오래전부터 ICBM의 요격을 공언한 상태였다.

미국과 일본의 사령관들도 혼란스럽기는 마찬가지였다. 그들은 우주에 배치된 적외선 시스템과 해상 기반 X-밴드 레이더, 내륙에 설치한 조기 경보 레이더를 통해 모든 상황을 접수했다. 한국의 해군이 SM-2 미사일로 요격을 시도한 것도 즉시 알아차렸다. 그들 역시 가슴 졸이며 상황을 지켜봤다. 한국 해군의 실패는 그들에게 경각심을 일으켰다.

특히 일본의 자위대는 초비상 상태였다. 북한의 인공위성 발사에 대해 가장 먼저 공세를 편 나라는 일본이었다. 요격 선언을 제일 먼저 한 나라도 일본이었다. 일본은 북한의 인공위성 발사에 가장 민감하게 반응했다. 일본이 성급하게 요격 선언을 하면서 지금의 상황이 악화 일로로 접어든 측면이 있었다. 그런 일본조차 북한 ICBM의 궤도를 추적하면서 패닉 상태에 빠졌다. 북한의 미사일이 왜 궤도를 벗어나 비행하는지 누구도 답을 알지 못했다. 답보다는 요격이 먼저였다. 한국 해군과 마찬가지로 요격에 나서야 한다. 일본 자위대의 이지스함에는 SM-2 요격 미사일보다 진일보한 SM-3 미사일이 탑재되어 있었다. 미국의 MD 정책에 부응해 일본 정부가 미국에서 사들인 미사일이었다. 우경화된 정부와 정치권에 관심을 잃은 국민이 만들어 낸 합작품이었다.

그러나 무턱대고 북한의 로켓 발사체를 요격할 수는 없었다. 일본은 북한의 미사일이 자국 영공을 침범하는 경우에 요격한다는 단서를 달았다. 해상 자위대는 숨 가쁘게 북한 ICBM의 비행 궤적을 추적해 나갔다. 잠시 후 그들은 소스라치게 놀랐다. 놀랍게도 미사일은 일본의 영공을 향해 정확히 날아오고 있었다. 일반적으로 동중국해 남서부라 부르는 그곳에는 일본이 영유권을 주장하는 군도가 있었다. 전체 면적 7제곱킬로미터의 무인도였다. 일본은 이 군도를 센카쿠 열도라고 불렀다. 그러나 중국의 주장은 달랐다. 중국은 이 열도를 댜오위댜오釣魚台로 부르며 자국의 영토라고 주장했다. 중국의 입장은 강경했다. 다섯 개의 무인도와 세 개의 암초로 구성된 군도는 두 강대국이 첨예하게 대립하는 지역이었다. 군도 인근에 중국은 춘샤오, 일본은 시라카바라고 부르는 가스전이 있었다. 천연가스 매장량만 대략 9200만 배럴에 달했다. 아직 탐사되지 않은 가스를 합하면 예상량을 훨씬 넘어설 것으로 추정되었다. 게다가 군도 북쪽으로는 대한민국과 일본이 소유권을 주장하는 7광구가 있었다. 한마디로 그곳은 한·중·일 삼국의 이해가 첨예하게 대립하는 지역이었다.

일본 해상 자위대는 극도로 긴장했다. 일본이 요격 미사일을 쏘면 중국이 대응해 올 것은 불을 보듯 뻔했다. 그러나 일본은 물러설 수 없었다. 센카쿠 열도 인근에서 불법 조업 중이던 중국 어선을 나포했으나 중국의 강력한 항의로 선장과 선원을 풀어 줬다. 우익 강경파들은 이를 일본 외교 역사상 최대 굴욕이라 부르며 수치스러워했다. 일본 해상 자위대 수뇌부는 이 모든 복잡한 상황을 고려해야만 했다. 그러나 선택은 단 하나였다. 가까운 거리에 중국의 항공모함이 진을 치고 있었다. 중국 해군과 무력 충돌이 일어날 수도 있었다. 그러나 센카쿠는 일본 땅이었다. 어디로 물러난단 말인가. 그들은 북한의 ICBM을 쫓으며 그들 뒤에서 상황을 예의 주시하는 미국의 눈치를 살폈다. 중국의 자존심이 아무리 강하다 해도 미국과 정면 대결은 원치 않을 것이다. 중국의 항공모함은 미국의 항공모함에 비하면 갓난아기 수준이었다. 4척의 이지스 순양함과 7척의 구축함, 2척의 원자력 추진 잠수함이 미 해군 항공모함 조지워싱턴 호를 호위하고 있었다. 갑판에는 최신예 F/A-18E/F 슈퍼호넷 전폭기와 E-2C 조기 경보기를 포함한 60여 대 이상의 항공기가 탑재되어 있었다. 바다에 떠다니는 해군 기지라는 말이 어울렸다.

중국이 미국을 두려워하면 의외로 일은 쉽게 풀릴 수 있었다. 그렇게 생각하는 쪽이 마음 편했다. 일본은 초고배당이 터질 거라는 헛된 기대로 돈을 거는 경마 팬처럼 흥분한 상태에서 요격 결정을 내렸다. 전쟁? 일본 자위대 장교에게 전쟁은 무덤으로 들어간 조상이 들려주는 먼 과거의 일이 아니었다. 또다시 세계 대전을 촉발할지도 모르는 어리석은 결정을 일본 자위대가 내리는 동안 엄청난 속도로 비행하는 북한의 거대한 ICBM은 거리낌 없이 중국과 일본 양국이 동시에 권리를 주장하는 배타적 경제 수역으로 들어왔다.

25

텐궁 기지. 위제는 한기를 느꼈다. 전투운용본부인 상황실은 쾌적한 온도가 유지되고 있었는데도 위제의 살갗에는 소름이 돋았다. 영원과 장광즈, 두 울트라가 내뿜는 기묘한 에너지는 위제가 감지하는 시공간의 차원을 넘어서며 세계의 이면으로 흘러갔다. 돌덩어리를 들어 올리고 인간의 심장을 멈추게 하는 그의 염력은 영원과 장광즈의 힘에 비하면 아이가 가지고 노는 장난감에 불과했다. 그들은 수천 킬로미터 떨어진 지역에 있는 무거운 강철 덩어리, 그것도 로켓 엔진이 장착된 ICBM을 마음대로 조종하고 있었다. 위제는 혼란스러웠다. 그들의 초능력은 위제가 알고 있는 범주를 넘어섰다. 인간의 형상을 하고 있지만, 그들은 인간이 아니었다. 지구 상에 알려진 바 없는 새로운 형태의 생명체가 곧 도래할 것이라는 장광즈 도인의 예언이 기억났다. 당시 위제는 그것을 도인들이 흔히 사용하는 은유의 화술이라고 생각했다. 혁명이 일어나고 새로운 시대가 열리면 당연히 그곳에는 새로운 의식을 지닌 인간이 태어난다. 그런데 그것이 아니다. 장광즈 도인은 말 그대로 인간이 아닌 새로운 생명체를 지칭한 것이다. 그들이 어디에서 왔는지는 모른다. 그러나 그들은 장광즈와 영원의 육체와 정신에 내재하며 그들을 지배하고 있었다.

위제는 깨달았다. 그들은 인간이 아니다. 울트라라이트 19에 숨어 있던 유기물이 두 사람의 몸속에서 진화 과정을 밟고 있었다. 각성과 동시에 찾아온 추위는 위제의 건강한 몸을 떨게 만들었다. 그는 자신의 초라한 육체를 재확인하며 식은땀을 흘렸다. 그리고 갑자기 두 울트라가 주고받는 텔레파시를 이해하게 되었다. 장광즈 도인이 그를 뒤돌아보며 기묘한 미소를 지은 것과 동시에 일어난 일이었다. 도인의 몸 주위로 정체를 알 수 없는 검은빛이 둥둥 떠다녔다. 거무튀튀한 빛은 일정한 흐름을 이루지 못하고 공중으로 부유하다 산발적으로 흩어졌다. 기괴한 굉음이 귀를 아프게 했다. 정신을 차리려고 했지만 위제는 점차 의식을 잃었다.

장광즈가 천천히 그에게로 걸어왔다. 장광즈는 손을 뻗어 위제의 배를 갈랐다. 위제는 두 눈을 뜬 채 자신의 배 속으로 장광즈의 검은 팔이 파고드는 것을 지켜봤다. 눈과 입이 고통으로 일그러졌다. 위제는 부들부들 떨면서 양팔로 도인의 검은 팔을 잡았다. 도인의 텔레파시가 들려왔다. '두려워하지 마라. 그대는 울트라 최초의 무사가 될 것이다.' 위제의 눈에서 검은 눈물이 흘러내렸다. 장광즈는 배 속에 넣은 팔을 뺀 뒤 양팔로 세차게 위제를 밀쳐 냈다. 얼음처럼 굳어진 위제의 몸이 둔탁한 소리를 내며 바닥으로 쓰러졌다. 갈라진 위제의 배 언저리에서 특이한 빛을 내는 검은빛 물체가 떠다녔다. 위제가 울트라의 에너지를 수용하는 데는 시간이 필요했다. 장광즈는 몸을 돌려 영원에게로 돌아갔다. 그녀는 북한이 쏘아 올린 ICBM의 궤적을 추적하고 있었다. 흐뭇한 미소가 장광즈의 입가에 어렸다. 그것도 잠시, 장광즈는 급히 전화를 걸었다. 상대는 푸젠 성 내륙에 위치한 미사일 부대의 장교였다. 장교는 교단의 충실한 신도였다. 장광즈가 말했다.

"일본이 요격 미사일을 쏠 거야. 좌표를 불러 줄 테니 요격을 준비하라."

"……."

예기치 못한 침묵이었다. 장광즈의 눈썹이 실룩거렸다. 모든 준비가 완벽했다. 리허설까지 끝낸 상태였다. 북한이 대륙 간 탄도 미사일을 발사하고 일본이 요격 미사일을 발사하면 중국 인민군 미사일이 일본의 미사일을 요격한다. 미사일이 비행하는 하늘은 센카쿠가 아닌 댜오위다오로 중국의 영토다. 중국에겐 권리가 있다. 무엇을 주저하는가.

"상부에서 지침이 내려왔습니다. 명령이 떨어지지 않는 한 미사일 발사는 없습니다."

장교의 목소리가 떨렸다. 장광즈는 이내 상황을 파악했다. 당과 군대의 겁쟁이들이 예전처럼 두려워하고 있는 것이다. 150년 전 아편 전쟁이 일어날 무렵 청의 황제가 서양의 함포에 굴복했을 때와 마찬가지로 그들은 지금 미국의 항공모함을 두려워하고 있었다.

"너는 내 명령만 받들면 된다. 즉시 요격을 준비하라."

장광즈가 싸늘한 목소리로 엄포를 놓았다. 그러나 장교의 대답은 그의 기대를 무너뜨렸다.

"도인께서는 교단의 위대한 지도자이시지만…… 저는 인민의 명령을 따르는 인민해방군 소속 장교입니다. 명령에 불복할 수는 없습니다."

장광즈의 분노가 극에 달했다. 그는 생각할 겨를도 없이 괴성을 내질렀다. 그가 내지르는 비명은 초고주파로 된 전자기파로 인간의 감각 기관과 뇌를 일시에 파괴했다. 쇼크를 받은 장교의 심장이 그 자리에서 멈추었다. 장광즈는 전화기를 바닥에 내던졌다. 결국 인간은 공포의 지배를 받는다. 그들은 개와 돼지처럼 굴욕적인 평화를 구걸한다. 영속적 혁명의 대의를 잃은 채 실용주의라는 모호한 철학으로 위장한 현대의 중국을 떠올리며 장광즈는 역겨움을 느꼈다. 울트라인 그는 평화로 생명을 연장하려는 인간의 꿈을 비웃었다.

장광즈가 다시 영원 곁으로 다가섰다. 그에게는 만일의 사태에 대비한 계획이 있었다. 톈궁 기지에는 중국인민군의 상징이 새겨진 미사일이 발사를 기다리고 있었다. 변한 것은 아무것도 없었다. 장광즈의 텔레파시를 읽은 영원이 미사일 발사 버튼을 눌렀다. 톈궁 기지 지상에 설치한 위장막이 걷히고 자동화된 미사일 발사대가 모습을 드러냈다. 모두 일곱 기의 미사일이 불을 뿜으며 순식간에 공중으로 날아올랐다. 북한의 ICBM이 막 진로를 수정해 남쪽으로 내려가는 시점이었다. 북한의 ICBM은 동쪽에서, 일곱 기의 중국 요격 미사일은 서쪽에서 비행하고 있었다. 이때만 해도 한국을 포함한 미국과 일본은 북한의 미사일만 추적하고 있었다. 반대편 서쪽에서 중국인민군 표식이 새겨진 미사일이 비행하고 있으리라고는 누구도 상상하지 못했다.

중국 동부 해안선을 따라 저공비행하는 헬리콥터에는 지수와 백곰, 중국인 초능력자 둘이 타고 있었다. 목적지는 CIA가 제공한 GPS

기기에 입력된 비밀 기지였다. 붉은 해가 동쪽 하늘에 떠올라 눈이 부셨다. 지수는 눈을 감고 영원의 얼굴을 떠올렸다. 길고 가지런한 속눈썹 아래로 물기를 머금은 검은 눈동자가 그를 보고 있었다. 살짝 다문 입술과 긴장으로 떨리는 손, 가슴으로 밀착해 들어오는 그녀의 체온이 모두 살아 움직이며 그의 오감을 자극했다. 어쩌면 그녀를 영원히 잃을지도 모른다.

그때 먼 하늘에서 지축을 뒤흔드는 천둥소리가 들렸다. 네 사람은 동시에 창밖의 하늘을 올려다봤다. 그것은 이제껏 살아오면서 본 어떤 장면보다 기괴한 그림이었다. 불을 뿜는 미사일 일곱 기가 광대한 하늘을 반으로 가르며 비행하고 있었다. 지수는 극도로 예민해진 눈으로 미사일을 추적했다. 그는 미사일의 표면에 새겨진 인민해방군의 표식을 읽은 듯한 착각에 빠졌다. 붉은색 바탕에 새겨진 황금색 별. 미사일이 발사된 원점이 지금 자신들이 향하고 있는 톈궁 기지라는 것은 말하지 않아도 알 수 있었다. 끝내 미사일이 발사된 것이다. 왕할쯔의 피로한 얼굴이 급속히 어두워졌다.

"우리가 너무 늦게 온 건가요?"

"그럴지도 모르죠. 하지만 내겐 해야 할 일이 남아 있습니다."

지수는 미사일이 날아간 지점의 허공을 바라보며 말했다. 빈 공간에는 미사일이 남기고 간 추상적인 정보가 요동치고 있었다. 울트라인 지수만 감지할 수 있는 무형의 정보였다. 심장이 다시 급격하게 뛰었다. 어쩌면 지금 가고 있는 곳이 자신의 무덤일지도 모른다. 톈궁 지하 기지가 울트라의 무덤임을 그는 직감했다.

마침내 일본 해상 자위대 이지스함에서 직격 파괴 방식의 SM-3

미사일이 발사됐다. 한국 해군 세종대왕함의 실패에 이어 시행된 요격이었다. 한·미·일은 물론 중국과 인근 러시아 함대에서도 즉각 상황을 알아차렸다. 요격이 실시된 장소는 중국과 일본 양국이 영토권을 주장하고 있는 분쟁 지역이었다. 바다에 집결한 모든 함대가 전투 태세를 갖추고 상황을 예의 주시했다. 레이더 모니터에 북한의 ICBM이 나타나고 곧이어 일본이 쏜 요격 미사일이 등장했다. SM-3은 ICBM을 향해 정확히 날아가고 있었다. 카운트다운이 시작되고 모두가 숨을 죽인 채 레이더를 바라봤다. 그런데 잠시 후 예기치 않은 상황이 벌어졌다. 서북 방향에 정체불명의 비행 물체가 나타난 것이다.

"저게 뭐지?"

누가 먼저 그 말을 했는지는 정확하지 않았다. 일본 이지스 함 함대장일 수도 있고 조지워싱턴 호의 함장일 수도 있고 아니면 중국 항공모함의 함장일 수도 있었다. ICBM이 그들과 매우 가까운 거리에서 비행하고 있었다. 한 성급한 레이더 장교는 어쩌면 갑판에서 ICBM의 폭발을 볼 수도 있지 않을까 생각했다. 그런데 갑자기 서쪽에서 일곱 기의 비행 물체가 나타났다.

"중국의 요격 미사일입니다!"

일본 해상 자위대 이지스함에 상황이 전파됐다. 미국은 조금 다르게 판단했다.

"중국의 요격 미사일인 것 같습니다. 그런데 발사 지점이 정확하지 않습니다. 중국 항공모함에서 올라온 미사일은 아닙니다."

미국은 모든 레이더와 위성을 동원해 주변 상황을 관측하고 있었다. 바다뿐만 아니라 인근 내륙 지역까지 모두 감시하고 있었다. 미사일 발사 징후는 어디에서도 나타나지 않았다. 그렇다면 정체불명의 이 미사일은 어디에서 나타난 것일까.

중국 인민해방군 해군에서도 상황은 별반 다르지 않았다. 그들은 미사일을 발사하지 않았으므로 미국과 일본보다 더 당황하고 있었다. 미사일의 진행 방향으로 보아 북서쪽 내륙에서 발사된 것이 틀림없었다. 해군과 육군 사이에 통신이 어긋난 것인가. 그렇지 않았다. 미사일이 발사되면 자동 통보되는 시스템을 취하고 있다. 어디에서도 미사일을 발사했다는 발표는 나오지 않았다. 그렇다면 비행하는 물체는 무엇인가. 외계인이라도 나타났단 말인가. 정확한 판단을 내리기가 불가능했다. 생각의 속도를 앞질러 미사일이 사정거리에 들어왔다. 군인들의 심장이 격렬하게 뛰었다.

광명성 인공위성을 탑재한 조선의 대륙 간 탄도 미사일이 굉음을 내며 내달렸다. 음속을 앞지른 거대한 강철 덩어리 탄두는 엄청난 열기에 휩싸여 있었다. 그때 동쪽 하늘에서 일본이 발사한 스탠더드 미사일이 나타났다. SM-3 요격 미사일에는 자체 추적 장비가 장착되어 있었다. 목표물에 근접하면 탄두에 붙은 킬러 비이클Killer Vehicle이 적의 미사일을 파괴할 예정이었다. 그리고 그 시점이 불과 수초를 남기고 있었다. 그러나 서쪽에서 날아온 정체불명의 미사일이 먼저 SM-3 요격 미사일에 다가섰다. 총 일곱 기의 미사일 중 세 기가 일본의 SM-3을 향해 날아갔다. 폭음을 일으키며 일본의 요격 미사일을 포함한 미사일 네 기가 레이더에서 사라졌다. 순간 해상 자위대 함장의 얼굴이 사색이 되었다. 그는 놀라 한동안 말을 잇지 못했다. 상황은 중국 함대에서도 마찬가지였다. 일본의 요격 미사일이 파괴되었다. 그런데 누가! 아직 상황이 종료되지 않았다. 세 기의 요격 미사일은 곧장 ICBM을 향해 날아갔다. 중국 영공을 침해한 미사일은 용서받을 수 없다는 엄중한 메시지였을까. 요격 미사일은 한 치의 오차도 없이 ICBM을 타격했다. 또다시 네 기의 미사일이 화염과 폭발음에 뒤덮였다. 불과 몇 초 사이에 총 여덟 기의 미사일이 레이더에서 사라졌다. 북한의 울트라 지도자들이 자랑스러워하던 ICBM은 공중 폭발을 일으키며 산산조각으로 분해되었다. 전투 태세를 마친 미국과 중국, 일본의 해군은 얼이 나간 상태로 모니터를 바라보았다. 누구도 공격 명령을 내리지 못했다. 잠시 후 먼 하늘에서 폭발음이 천둥처럼 울리자 그들은 비로소 현실을 인식했다. 누가 먼저 시작한 싸움인지는 모르지만 전쟁이 시작되었다. 그들은 고함을 지르며 부하를 독려했다.

"아직 한 기의 미사일이 남아 있습니다!"

그제야 그들은 동쪽에서 날아온 미사일이 총 일곱 기였다는 사실을 기억했다. 레이더 모니터에 한 점으로 나타난 미사일이 여전히 비행하고 있었다. 미사일의 비행 궤적은 순식간에 판명 났다. 미사일은 해상 자위대 이지스함을 향해 곧장 날아가고 있었다. 초를 다투는 시간, 요란한 비상벨과 함께 곧 일본 자위대 이지스함의 대공포가 하늘을 향해 미친 듯이 불을 뿜었다. 폭음과 연기가 갑판을 뒤덮었다. 자위대 병사들은 공포에 휩싸인 채 포탄이 허공을 향해 날아가는 장면을 지켜봤다. 제우스가 그의 딸 아테나에게 준 방패라는 이름을 가진 이지스Aegis는 위력을 발휘했다. 미사일이 격추되었다. 슈퍼컴퓨터를 탑재한 이지스함치고는 지나치게 요란한 대응이었다. 살았다는 안도감과 동시에 그들은 현실에 직면했다. '중국이 자위대를 향해 미사일을 발사했다!' 제정신을 차린 함장이 명령을 내렸다. 모든 함포와 미사일 발사대가 중국의 항공모함을 향해 돌아섰다. 이제 허공에는 아무것도 없었다. ICBM은 사라졌으나 일본의 영토에서 무력 도발을 시도한 중국의 해군이 눈앞에 있었다. 그들은 선택의 여지가 없다고 생각했다.

장광즈는 호쾌한 웃음으로 작전의 성공을 자축했다. 비록 일본의 이지스함으로 날아간 미사일이 공중에서 폭발했지만, 그것은 이미 어느 정도 염두에 둔 계획이었다. 핵심은 일본의 자위대를 자극해 전장으로 끌어들이는 것이었다. 혼비백산한 일본 사령관이 곧 총공격 명령을 내릴 것이다. 북한의 ICBM은 물론 일본의 요격 미사일까지 파괴했으니 대성공이었다. 장광즈는 새삼스럽게 영원의 존재에 감탄했다. 그녀가 없었다면 불가능한 작전이었다. 그녀는 인류가 만들어 낸 슈퍼컴퓨터의 계산을 앞질렀으며 모호한 예언이 아니라 디지털로 환산할 수 있는 구체적이고도 확정적인 미래를 예측했다. ICBM과 거의 동시에 날아간 요격 미사일이 그녀의 존재 가치를 증명했다.

이제 베이징으로 돌아갈 시간이었다. 교단의 지도부를 이끌고 천안문 광장으로 가 중국 공산당 지도부에게 전쟁을 선포하도록 독려해야 한다. 인류가 3차 세계 대전의 소용돌이 속으로 빨려 들어가는 것이 그의 최종 목표였다. 인류가 자멸한 다음 지구에는 새로운 생명체가 탄생할 것이다. 희열과 기대감으로 그의 몸이 부르르 떨렸다. 장광즈가 뒤를 돌아보자 그곳에는 이미 새로운 울트라로 진화한 위제가 서 있었다. 위제는 인간의 나약함과 공포를 떨쳐 버린 울트라의 무사로 진화했다. 울트라는 바이러스처럼 퍼져 나갈 것이다.

그때 기지에 침입자가 있음을 알리는 비상벨이 울렸다. 위제는 반사적으로 영원을 바라보았다. 그녀의 얼굴에는 아무런 표정이 없었다. 감정이 드러나지 않은 얼굴. 그녀는 모르고 있다. 폐쇄되었던 상황실 문이 열리고 과학자들과 총을 든 무사들이 들어왔다. 경비 책임 관리자가 장광즈에게 상황을 보고했다.

"기지 남쪽에 정체불명의 헬리콥터가 나타났습니다."

헬기? 누군가 자신들의 뒤를 쫓아 텐궁으로 왔단 말인가. 장광즈의 얼굴이 일그러졌다. 그는 이내 평정심을 되찾고 명령을 내렸다.

"격추해 버려."

그는 헬기에 탄 이들이 누구인지에는 전혀 관심이 없었다. 그의 모든 신경 세포는 오직 베이징과 전쟁에 맞춰져 있었다. 거추장스러운 장애물을 제거하면 된다. 명령을 내린 장광즈는 영원과 위제를 데리고 헬기가 대기하고 있는 격납고로 향했다.

미사일사령부에서 모든 상황을 지켜본 최 전무는 쏟아지는 정보를 분석하느라 분주하게 움직였다. 한미연합사는 전투 준비 태세의 격상을 고려하고 있었다. 데프콘 3이 발령되면 작전 지휘권은 한미연합사로 넘어간다. 전쟁이 임박했음을 알리는 최고 준비 태세인 데프콘 1이 발령될지도 모른다는 이야기가 나돌았다. 최전방을 지키는 GOP 사단에서는 극도의 긴장이 흘렀다. 북한군은 물론 한국군도 모든 화력을 최전방에 집결시킨 상태였다. 최 전무는 혼란 속에서도 차분하게 정보를 분석해 나갔다. 이런 식으로 어이없이 전쟁이 터져서는 안 된다. 북한의 인공위성 발사에서 촉발된 위기가 세계 대전으로 걷잡을 수 없이 커지고 있었다. 세계 대전이라는 말은 그에게 너무 거창하게 들렸다. 그러나 한반도에서의 전면전이라는 상황이 눈앞에서 벌어지고 있었다. 어느 쪽에서든 방아쇠를 당기면 전쟁은 일어난다. 전쟁을 막을 수 있는 유일한 방법은 정치가들의 올바른 판단뿐이다. 누군가 나서서 상황을 명쾌하게 정리해야만 한다.

최 전무는 전쟁을 두려워하지 않았다. 그러나 지금은 때가 아니었다. 이 전쟁은 누구도 원하지 않았다. 정치가들이 올바른 판단을 내리려면 정확한 정보 분석이 필요했다. 누가 무엇 때문에 전쟁을 일으키는지 명쾌하게 가려내야 한다. 미국과 일본은 물론 중국의 정보 담당자 모두 우왕좌왕하고 있었다. 사태의 핵심은 정체불명의 미사일이 진짜 중국의 미사일인지 밝혀내는 일이었다. 누구도 일곱 기의 요격 미사일이 어디에서 날아왔는지 알지 못했다. 그것만 밝혀내도 시간을 벌 수 있었다. 시간을 벌면 정치가들이 대화를 시작할 것이다. 최 전무는 이 일에 자신의 모든 경험과 역량을 걸어야 한다고 생각했다. CIA. 지금과 같은 비상 상황에서 힘을 발휘할 수 있는 국가는 패권을 쥔 미국이 유일했다. 미국이 제동을 걸면 일본은 멈출 수밖에 없었다.

최 전무는 CIA와의 핫라인을 연결했다. 수화기를 든 채 그는 생각을 정리했다. CIA의 정보 책임자에게 중국 초능력자의 존재를 설명해야만 한다. '중화의 꽃'이라는 밀교에 대해서도 밝혀야 한다. 그런 다음 산둥 성 비밀 기지 톈궁에서 요격 미사일이 발사되었음을 상대가 이해할 수 있도록 설명해야 한다. 핵심은 요격 미사일 일곱 기가 중국군의 미사일이 아님을 입증하는 것이었다. 미국이 이를 받아들이면 당장의 긴장은 해소될 수 있었다. 더구나 현재 차지수가 톈궁 기지로 향하고 있었다.

"헬로."

차갑고 건조한 외국인의 목소리에 최 전무는 마른침을 삼켰다.

"일본을 막아 주시오. 미사일이 어디서 날아왔는지 알고 있소."

CIA 간부는 최 전무의 말을 이해하지 못한 듯 한동안 아무런 말이 없었다.

지수 일행이 탄 헬기가 저공비행을 하며 기지 주변을 선회했다. 조종사가 적당한 착륙 지점을 찾으려 시도했지만, 해안 절벽으로 이루어진 지형은 침입자의 방문을 쉽게 허락하지 않았다. 지수를 포함해 백곰, 두 여자 모두 중무장 상태였다. 날씨는 무척 맑았다. 구름한 점 없는 푸른 하늘 아래로 청옥빛 바다가 융단처럼 깔렸고 무리를 이룬 바닷새 무리가 가파른 절벽을 따라 비행하고 있었다. 조업에 나선 고깃배는 물론 탐험가를 자처하는 외지인의 모습도 보이지 않았다. 고립무원의 바다 그 자체였다. 그때 쉬징레이가 다급한 목소리로 말했다.

"우리가 온 걸 알아차린 것 같아요. 밑에 대공포가 있어요."

지수는 쉬징레이의 시선이 꽂혀 있는 거무튀튀한 바위를 유심히 살폈다. 언뜻 보면 자연 상태의 바위같이 보이지만 자세히 보니 은밀하게 위장해 놓은 인공 구조물이었다. 크기로 볼 때 벌컨포가 설치되어 있을 가능성이 높았다. 벌컨포는 초음속 제트기를 타격하기 위한 무기였다. 헬기를 잡는 건 일도 아니었다. 지수가 고개를 돌려 적당한 무기를 찾으려고 하는데 이미 왕할쯔가 로켓포를 장전하고 몸을 헬기 밖으로 내밀었다. 지수가 급하게 다가가 왕할쯔의 허리를 잡아 균형을 유지하도록 도왔다. 그와 동시에 바닥에 설치된 위장막이 열렸다. 벌컨포의 검은 강철 총열이 햇빛에 반짝였다. 벌컨포는 불을 뿜지 못했다. 왕할쯔가 쏜 대전차 로켓이 벌컨포를 먼저 때렸다. 폭음과 함께 화염이 솟구쳤다. 폭발의 충격으로 두 명의 남자가 허공으로 튀어 올랐다. 벌컨포 말고는 다른 무기가 보이지 않았다. 지수가 손짓으로 조종사에게 착륙을 지시했다. 조종사는 침착하게 헬기를 낮췄다. 지수가 백곰의 어깨를 움켜쥐며 단호하게 말했다.

"형님은 헬기에서 대기하세요."

"나도 가겠네. 세 사람만으로는 부족해."

"누군가 남아서 상황을 보고해야 합니다. 최 전무님이나 CIA가 연락을 취해 올지도 모릅니다. 상황이 종료되면 형님이 우릴 데리러 와야죠!"

백곰의 눈빛이 흔들렸다. 그사이 헬기는 바닥으로 내려앉았다. 지수는 백곰에게 엄지를 들어 보인 뒤 헬기에서 뛰어내렸다. 왕할쯔와 쉬징레이도 곧바로 따라 내렸다. 지수가 오른팔을 내밀자 헬기는 급히 공중으로 솟구치며 방향을 틀었다. 헬기는 이내 사정거리 밖으로 날아갔다. 고성능 기관 소총을 든 지수가 아직도 시뻘건 불꽃이 타오르는 벌컨포 진지를 향해 달려갔다. 그의 예상이 맞다면 그곳이 지하 기지로 통하는 유일한 통로였다. 입구가 폐쇄되기 전에 진입해야 했다. 달리기 시작하자 혈압이 상승하고 아드레날린이 분출되었다. 왕할쯔와 쉬징레이는 그의 속도를 따라잡지 못하고 뒤처졌다.

벌컨포 진지는 행운이었다. 그곳을 발견하지 못했다면 입구를 찾느라 꽤 많은 시간을 허비했을 것이다. 화염에 휩싸인 벌컨포 뒤쪽에서 검은 제복을 입은 무리가 나타났다. 점프를 하며 지수는 기관 소총을 난사했다. 적들이 순식간에 쓰러졌다. 왕할쯔가 쏜 로켓 포탄의 불길 탓인지 적들은 지수의 움직임을 제대로 포착하지 못한 채 허둥댔다. 진지로 들어선 지수는 면도날처럼 정확하게 적의 가슴과 머리를 향해 사격을 가했다. 고도의 훈련을 받은 병사들이지만 좁은 공간에서 쏟아지는 총알 세례에 그들은 공포감을 느꼈다. 곧 모든 상황이 종료되었다.

지수는 피를 흘리며 쓰러진 시체 더미를 넘어 진지에서 이어지는 통로로 진입했다. 짙은 그늘이 드리워진 통로 끝에 강철판이 보였다. 지하 기지로 내려가는 엘리베이터였다. 거친 숨을 내쉬며 왕할쯔와 쉬징레이가 뒤따라왔다. 왕할쯔가 천장에 있는 카메라를 발견하고 총을 쏘았다. 지수가 먼저 엘리베이터에 올라탔다. 잠시 머뭇거리던 왕할쯔가 어금니를 앙다물며 엘리베이터에 올랐다. 엘리베이터가 조용히 바닥으로 내려앉기 시작했다. 지하에는 새롭게 진화 과정을 거친 울트라가 그들을 기다리고 있었다.

CIA는 원칙적으로 한국의 국정원NIS을 신뢰하지 않았다. CIA에게 국정원은 많은 외국의 정보기관 중 하나일 뿐이었다. 정보 공유는 있을 수 없는 일이었다. 한반도 안보와 관련된 특별한 사건의 경우 제한적인 협력과 연합은 가능하다는 태도를 견지할 뿐이었다. 이런 상황에서 국정원 간부 최 전무의 정보 공유 제안은 CIA를 다소 혼란스럽게 만들었다. 북한이 ICBM을 발사했고, 남중국해에서는 미국의 항공모함과 중국의 해군이 대치하고, 일본 자위대는 영토 분쟁이 일어난 센카쿠 열도에서 중국 해군에 대한 공격 명령만 기다리고 있었다. 상대가 중동의 작은 나라이거나 남태평양의 고립된 섬나라였으면 미국은 독자적인 정책 판단을 내렸을 것이다. 함포 사격을 가하고 상륙 작전을 펼칠 수 있었다. 미국이 늘 해오던 일이었다.

제2차 세계 대전이 끝난 이후에도 미국은 실질적으로 전시 상황에 놓여 있었다. 5대양 6대주에 군대를 파견하고 크고 작은 전쟁에 개입해 자국의 이해를 관철시켰다. 최강의 군사력을 보유한 독점적인 권리를 마음껏 누렸고 그 힘을 바탕으로 원하는 만큼 달러를 찍어 낼 수 있었다. 걸림돌은 없었다. 그러나 21세기 중국의 부상은 예견된 상황이었음에도 미국의 정치가들과 관료들을 혼란스럽게 했다. 불확정인 미래는 초강대국인 미국도 넘을 수 없는 커다란 벽이었다. 중국과의 전쟁? CIA는 물론 펜타곤과 백악관조차 섣불리 결정을 내리지 못했다.

"당신이 가진 정보가 정확하다고 보장할 수 있소?"

CIA 당국자의 목소리는 차갑고 무거웠다. 최 전무는 주눅 들지 않고 상황을 설명했다. 어차피 마지막 결정은 군의 최고 통수권자인 정치가들이 내린다. 최 전무는 지금까지 수집된 정보를 정확히 분석해 전달했다. 다만 그 속에 이영원이라는 한국 여성이 개입되었다는 사실은 숨겼다.

"미사일 발사 지점이 중국 군대가 아니라는 사실을 일본이 확인한다면 전쟁이라는 극단적인 선택은 피할 수 있을 거요."

최 전무의 말에 얼마간 침묵이 이어진 뒤 전화가 끊겼다. 최 전무는 수화기를 내려놓은 채 긴 한숨을 쉬었다. 이제 공은 미국의 CIA에게 넘어갔다. CIA는 백악관과 접촉할 것이고 백악관은 일본 내각과 중국 지도자들과 대화할 것이다. 최 전무는 초조하게 벽시계를 확인했다. 그는 다시 전화기를 들었다. 국정원장이 청와대에서 최 전무의 보고를 기다리고 있었다.

지하로 내려가는 엘리베이터에는 기묘한 적막이 흘렀다. 지수는 묵묵히 왕할쯔와 쉬징레이를 응시했다. 여자들의 차가운 표정이 그의 굳은 마음을 더욱 얼어붙게 했다. 밀도 높은 어둠의 세계. 그곳에는 인간 진화의 단계를 훌쩍 뛰어넘은 새로운 생명체인 울트라가 기다리고 있었다. 지수는 쉬징레이의 검은 눈동자에 초점을 맞췄다. 미래를 바라보는 눈, 그녀의 검은 눈동자 뒤편에는 초현실적인 정보가 설원 위의 미세한 빛처럼 부유하고 있었다. 빛은 규칙성을 잃은 채 무작위로 떠돌았다. 빛을 조합해서 해석하는 일은 인간에게 불가능했다. 수학자들이 소수素數의 알고리즘을 밝혀내지 못하는 상황과 유사했다. 오직 울트라만이 그 정보를 취득해 유용할 수 있었다.

지수는 쉬징레이의 눈동자에서 영원의 얼굴을 보았다. 마치 스크린에 투영된 영상처럼 그녀의 얼굴이 정확하게 보였다. 영원은 눈을 뜨고 있지만 잠을 자는 듯한 표정으로 자신을 바라보았다. 영원은 자신이 가까운 곳에 있음을 알고 있을까. 의문과 동시에 가슴이 고통스러웠다. 슬픔과 고통은 나약한 인간의 본성이었다. 지수는 아직 인간에게 부여된 특질을 포기하지 못한 상태였다.

머신건의 총구를 아래로 향한 채 지수가 쉬징레이 앞으로 한 걸음 다가섰다. 쉬징레이는 석고상처럼 무표정하게 지수를 바라보기만 했다. 지수는 오른손을 쉬징레이의 뺨에 댔다. 가까이서 보니 영원의 얼굴이 더 자세하게 보였다. 쉬징레이의 눈동자에 새겨진 영원의 얼굴에는 상실과 절망감이 진하게 배어 있었다. 지수는 꿈속에서 영원을 처음 보았을 때를 떠올렸다. 아직 영원을 만나기 전이어서 이름은 물론 그녀의 존재 자체를 모를 때였다. 꿈속에서 그는 맨발에 원피스를 입은 영원과 손을 잡은 채 산길을 걸었다. 평화로운 산책이 끝나고 아쉬움과 호기심이 뒤섞인 미소를 보인 뒤 그녀는 혼자 숲으로 들어갔다. 그때 그는 용기가 나지 않았다. 어둠이 지배한 숲으로 들어가는 것이 두려웠다. 기묘한 적막에 싸인 지금의 상황과 유사했다.

곧 울트라와의 전쟁이 시작될 것이다. 지수는 천천히 고개를 아래로 내렸다. 얼굴이 밀착되자 비로소 쉬징레이의 낮은 호흡이 느껴졌다. 쉬징레이는 눈을 감지 않았다. 지수는 영원이 곁에 있는 듯한 착각에 빠져들었다. 지수와 쉬징레이의 입술이 맞닿았다. 눈을 감자 영원과의 첫 키스가 떠올랐다. 입맞춤은 느리고 길게 이어졌다. 왕 할쯔는 지수와 쉬징레이의 기묘한 광경을 바라보며 짧은 한숨을 내뱉었다.

전화기 벨이 울리자 최 전무는 반사적으로 시간을 확인했다. 강민호 소장과의 대화로 머릿속이 복잡한 상태여서 시곗바늘의 움직임을 정확히 포착하지 못했다. 얼마나 시간이 흘렀을까. CIA는 상황을 간단히 전달했다.

"당신이 제공한 정보가 받아들여졌소."

최 전무는 숨을 들이마셨다. 일단은 시간을 벌었다.

"그러나 중국이 결단을 내리지 않는 한 일본은 절대 물러나지 않을 거요."

중국의 결단? 여러 가지 가능성이 동시에 터져 나왔다.

"일본 정부는 중국이 나서서 사태를 해결하기를 원하고 있소. 중국 정부가 이 사태에 개입하지 않았음을 직접 증명하길 원하는 거요. 미사일 발사 지점에 대한 공중 폭격이 해결책이 될 거요. 중국 공군이 행동에 나서면 일본 자위대도 물러나겠다고 약속했소."

최 전무는 빠르게 머릿속을 굴렸다. 중국과 일본의 최고 권력자들이 내린 결정이었다. 일본은 무엇보다 명분이 중요했다. 자위대 이지스함으로 중국의 미사일이 날아왔다. 자신이 한 일이 아니라고 중국이 아무리 발뺌해도 순순히 물러날 수 없는 상황이었다. 북한 미사일 발사 발표 때부터 일본은 강경한 입장이었다. 중국 정부도 묘한 딜레마에 빠져 있었다. 댜오위다오에서 일본과 영토 분쟁을 하고 있지만 당장 일본 자위대와 전투를 벌일 만큼 중국은 무모하지 않았다. 일본의 해군 뒤에는 세계 최강이라 자부하는 미 항공모함이 진을 치고 있었다. 중국의 미사일로 추정되는 물체가 일본 자위대를 덮쳤다. 중국은 아니라고 하지만 그 말을 믿어 줄 나라는 없었다. 직접 미사일 발사 지점을 파괴하는 것만이 중국이 혐의를 벗을 수 있는 유일한 해결책이었다.

"지금쯤 중국 공군이 출격 준비를 마쳤을 거요."

CIA는 다소 거만한 어투로 말했다. 그때 날카로운 비수가 최 전무의 가슴으로 날아왔다. 공중 폭격 타깃이 된 지점에 차지수가 있었다.

"현장에 우리 요원이 있소."

넋두리하듯 최 전무가 말을 흘렸다. CIA는 이해하지 못한 듯 대답이 없었다. 서늘한 침묵이 흐른 뒤 목소리가 들려왔다.

"당신 요원이 현장에 있단 말이오? 대체 그곳에서 뭘 하고 있는 거요?"

최 전무는 대답하지 못했다. 한국인 초능력자 이영원이 있고 차지수가 그녀를 구출하기 위해 작전을 펼치고 있다는 이야기를 CIA에게 털어놓을 수는 없었다. 자신이 가진 모든 패를 공개하는 노름꾼은 이 세상에 없다.

"폭격을 조금만 늦춰 주시오. 현장에 있는 우리 요원이 빠져나올 수 있도록."

"당신네 요원의 목숨을 구하려고 작전을 연기할 수는 없소. 일본과 중국 두 정상이 합의한 사항이오."

최 전무의 심장이 급하게 뛰었다. 메시지는 분명했다. 번복은 없다.

"지금 어떤 상황인지 당신도 잘 알지 않소."

열도를 둘러싼 중국과 일본의 대치는 극한으로 치달았다. 불과 몇 달 전, 중국의 점령에 대비해 미국과 대규모 육해공 자위대 통합 훈련까지 시행한 일본이었다. 어느 쪽도 물러나지 않으려 했다. CIA는 일방적으로 전화를 끊었다. 전화를 내려놓으며 최 전무는 망연히 강민호 소장을 바라보았다. 정신을 차린 그가 말했다.

"중국이 폭격에 나섰다는 통보입니다."

강민호 소장은 다소 어리둥절한 표정으로 최 전무를 응시했다.

"중국에 어떤 전투기가 있나요?"

강민호 소장은 최 전무의 질문을 완전히 이해하지 못했다.

"최근 개발한 스텔스 전투기와 폭격기가 있지. 그런데 왜 그러나?"

최 전무는 급하게 전화기 버튼을 누르며 말했다.

"차지수에게 연락해야 합니다. 중국 공군이 곧 기지를 폭파할 겁니다."

26

엘리베이터 문이 열리자 지하 세계의 부자연스러운 인공 조명이 그들을 맞이했다. 왕할쯔가 가장 먼저 엘리베이터에서 내렸다. 숨을 들이마시자 주변을 떠도는 불가해한 에너지가 그녀의 몸을 감쌌다. 무자비한 총탄 세례가 쏟아질 거라는 예상이 빗나갔기 때문에 그녀는 주춤거렸다. 손에는 무겁고 강력한 러시아제 머신건이 들려 있었다. 쉬징레이와 지수가 차례로 나와 그녀 곁에 섰다. 두 사람 역시 불길한 메시지가 담긴 공기의 흐름을 읽어 냈다.

햇빛이 차단된 지하 공간은 뜻밖에도 쾌적했다. 그러나 물리적인 현상과 별개로 눅눅하고 음습한 기운이 세 사람을 덮쳤다. 고대 절대 권력자의 석실 고분을 연상케 하는 거대한 건물 내부는 텅 비어 있었다. 미니멀리즘과 최첨단 현대 과학이 접목된 공간은 중국인들의 거대 지향적인 사고를 여과 없이 드러냈다. 쉬징레이의 시선이 그들이 서 있는 곳에서 50여 미터 떨어진 벽에 고정되었다. 우주선에나 어울릴 듯한 팔각형 강철 문 위로 톈궁이라는 글귀가 새겨져 있고 바닥에 설치된 하이라이트 조명이 글자를 비추고 있었다. 하늘의 궁궐이 지하 세계에 건설된 것이 지수에게는 아이러니하게 느껴졌다.

지수는 총을 가슴으로 들어 올리며 앞으로 걸어갔다. 감상 따위는 중요하지 않았다. 사후 세계를 믿지 않는 그로서는 무덤의 규모와 장엄한 분위기는 고려 대상이 아니었다. 무덤은 무덤일 뿐이었다. 그때 공기가 수축하는 소리와 함께 정면의 강철 문이 천천히 열렸다. 검은 실루엣이 나타나고 거대한 그림자가 콘크리트 바닥에 드리워졌다. 지수는 상대가 내뿜는 적의를 감지했다. 지수는 본능적으로 그가 누구인지 알아차렸다. 위제였다. 그는 몇 발자국 내디딘 뒤 토템처럼 우뚝 멈추어 섰다. 하이라이트 조명이 아래에서 그를 비추었다.

왕할쯔와 쉬징레이의 몸에서 흥분과 두려움이 뒤섞인 에너지가 분출되어 나왔다. 왕할쯔가 빠르게 위제를 향해 머신건의 총구를 고정했다. 미처 지수가 제지하기도 전에 머신건이 불을 내뿜었다. 날카로운 총성이 지하 세계에 깃든 고요를 일시에 깨뜨렸다. 왕할쯔가 쏜 총탄은 1밀리미터의 오차도 없이 정확하게 위제의 심장을 향해 날아갔다. 그녀는 위제가 피를 흘리며 쓰러지는 장면을 기대했다. 그러나 눈앞에 펼쳐진 광경은 사뭇 달랐다. 그녀가 본 것은 위제의 몸 주위로 피어오른 검은 연기였다. 짙은 먹구름이 일시에 눈앞의 모든 장면을 가려 버렸다. 왕할쯔는 잔뜩 찌푸린 표정으로 쉬징레이를 돌아보았다. 쉬징레이는 겁에 질린 표정으로 얼어붙어 있었다. 그들이 보는 것은 일그러진 추상화였다. 검은 연기는 불길한 전조를 알리는 신호탄처럼 타올랐다. 그리고 어김없이 비수가 날아들었다. 물리적 설명이 불가능한 새로운 차원의 빛이 여자들의 심장을 향해 파고들었다. 뼈를 부수고 살을 분해하는 살기. 그때 양손을 펼친 지수가 중국인 여자들의 앞을 막아섰다. 지수의 손에서 분출된 에너지와 위제의 살기가 부딪치며 무형의 파동이 일어났다. 충격으로 왕할쯔와 쉬징레이의 몸이 튕겨져 나갔다. 지수는 검은 장막 뒤에 몸을 숨긴 울트라의 움직임을 정확히 파악하고 있었다. 그의 눈은 정글의 어둠을 속속들이 꿰뚫어 보고 있었다.

검은 짐승이 달리기 시작하자 지수는 총을 버리고 짐승의 뒤를 쫓았다. 벽에 어깨와 머리를 부딪힌 쉬징레이의 입술에서 붉은 피가 흘러내렸다. 그녀는 두 울트라의 무자비한 폭력을 보며 극한의 공포감에 휩싸였다. 미래를 보는 그녀의 눈은 작동하지 않았고 살육전에서 누가 생존할지는 보이지 않았다.

최 전무의 연락을 받은 백곰은 헬기에서 초조하게 아래를 내려다보았다. 가파른 암석 절벽에 부딪힌 파도가 거대한 포말을 만들어냈다. 탁하고 거무튀튀한 바위 아래로 들어간 뒤 지수와 통신이 완전히 두절되었다. 그에게 소식을 전할 방법이 없었다. 백곰은 시간을 계산했다. 머릿속으로 중국 공군 기지의 지도가 그려졌다. 최신형 스텔스 전폭기라면 제아무리 멀리 떨어진 기지에서 출격하더라도 10여 분 안에 도착할 것이다. 지하에 건설된 군사 기지를 파괴하는 것이 목표라면 중국군이 보유한 최강의 고폭탄을 투척할 것이다. 폭탄이 터지면 지하 기지는 붕괴되고 누구도 살아남지 못한다. 소식을 함께 접한 헬기 조종사는 조급한 마음에 바다 멀리 헬기를 이동시키길 원했다. 상대는 초음속 전폭기였다. 귓가에 편대를 이룬 스텔스기가 만들어 낸 폭음이 들리는 듯한 착각이 들었다. 조종사의 판단이 옳았다. 서둘러 사정권에서 벗어나야 한다. 하지만 아직 차

지수가 그곳에 남아 있었다. 시간이 흐를수록 백곰의 심장 박동이 가파르게 빨라졌다.

장광즈는 몸을 일으켰다. 침입자를 제거하러 간 위제가 돌아오지 않자, 장광즈는 계획이 틀어지고 있음을 인식했다. 사방에서 예측 불가능한 상황이 연출되고 있었다. 울트라에게 미래란 당구대 위를 구르는 공의 움직임에 불과했다. 변수를 이루는 모든 정보를 취합하면 공의 속도와 운동 방향을 정확히 예측할 수 있었다. 장광즈는 사전에 모든 정보를 수집했다고 자신했다. 슈퍼컴퓨터조차 처리할 수 없는 방대한 양의 데이터지만 중화의 꽃이 있기에 가능했다. 데이터를 조합해 그는 미래를 계획했다. 전쟁이 일어날 조건은 모두 갖추었다. 심지어 북한 장거리 미사일의 비행 궤적까지 조작해서 필요조건을 충족시켰다. 논리적 허점이 없는 완벽한 구상이었다. 인간의 전쟁 행위는 의식주만큼이나 당연했다. 그들은 이기적이며 포악한 생명체였다. 그런데 왜? 어디서 무엇이 틀어진 것일까.

장광즈는 베이징에 숨어서 벌벌 떨고 있을 노인들을 떠올렸다. 답은 두려움에 있었다. 공포는 인간 행동을 제약했다. 민주주의와 평화라는 허상에 몸을 숨긴 채 인간은 두려움을 회피했다. 무심코 그의 입가로 이중적인 미소가 나타났다. 그때 레이더를 바라보는 영원에게서 텔레파시가 전달되었다. 장광즈가 그녀의 메시지를 읽었다. 편대를 이룬 중국 차세대 스텔스 전투기가 기지를 향해 날아오고 있었다. 세 대의 전투기 모두 미사일을 탑재하고 있었다. 그의 눈이 레이더 모니터로 향했다. 모니터에는 어떤 비행 물체도 나타나지 않았다. 스텔스 전투기는 인간의 눈을 피해 비행하고 있었다. 중화의 꽃은 스텔스 전투기의 움직임마저 정확히 포착했다. 정보를 해독한 다음 장광즈는 허탈하게 웃었다. 미사일을 탑재한 전투기가 톈궁 기지를 향해 다가오고 있었다. 공포에 사로잡힌 정치가들이 전쟁을 미루기로 결정한 것이었다.

"어리석구나! 손바닥으로 해를 가릴 수 있다고 생각하다니."

장광즈의 탄식에 영원은 묵묵부답으로 명령을 기다렸다. 톈궁 미사일 기지에는 예비로 남겨 놓은 요격 미사일 한 기가 남아 있었다. 장광즈는 망설이지 않았다. 마음의 갈등은 인간의 전유물이지 울트라의 것이 아니었다. 명령이 떨어지자 계산을 마친 영원이 미사일을 발사했다. 레이더망에도 포착되지 않는 스텔스 전투기를 향해 미사일이 날아갔다. 표적은 동중국해를 벗어나 북진하고 있었다. 영원은 스텔스 전투기의 대응까지 변수에 포함시켰다. 그러나 요격 미사일한 기로 전투기 세 대를 동시에 폭파시키는 일은 아무리 영원이라 해도 불가능한 일이었다.

편대를 지어 비행하던 조종사들은 정체불명의 비행체가 자신들을 향해 날아오고 있음을 알아차렸다. 전투기에 탑재된 고성능 레이더가 정확히 요격 미사일을 잡아냈다. 발사 지점은 그들이 향하는 비밀 기지였다. 선두에 선 조종사가 신속하게 결정을 내렸다. 명령이 떨어지자 전투기는 세 갈래로 흩어졌다. 열 추적 장치가 탑재된 요격 미사일은 선두에 선 전투기를 향해 비행 궤적을 수정했다. 조종사는 회피용 미사일 교란탄인 플레어의 투척과 회피 기동 두 작전을 염두에 뒀다. 미사일이 사정권에 근접해 들어오자 조종사는 최고 속도를 올리며 고도를 높였다. 그러고는 기체를 급격하게 틀며 플레어를 터뜨렸다. 불을 뿜은 플레어가 사방에서 터지며 미사일의 유도장치를 교란시켰다. 동시에 조종사는 전투기 배전을 하늘로 향하게 해 하강 기동을 실시했다. 이로써 전투기는 미사일의 위협에서 벗어났다.

　그러나 중국인 조종사의 의도는 맞아떨어지지 않았다. 미사일은 플레어를 지나쳐 곧장 전투기를 향해 날아왔다. 미사일은 마치 추적 장치를 떼버리고 예정된 좌표를 향해 비행하는 것처럼 보였다. 놀란 조종사는 급하게 하강 기동을 하며 미사일에서 벗어나기 위해 몸부림쳤다. 그러나 기동을 너무 빨리해 미사일이 곧장 전투기의 몸체를 덮쳤다. 굉음과 함께 화염을 일으키며 폭발이 일어났다. 중국이 자랑하는 차세대 스텔스 전투기가 요격 미사일에 맞아 두 동강 난 채 추락했다. 베이징 항공대군구航空大軍區, 제10 항공군 소속 공군 기지에 모여 이 상황을 지켜본 중국 인민해방군 공군 지휘부는 놀라움과 절망감에 휩싸였다. 공포는 이내 분노로 바뀌었다. 그들에게는 두 대의 스텔스 전투기가 남아 있었다. 즉각 명령이 떨어졌다.

　"일말의 동정도 없이 무자비하게 적을 응징하라!"

　흩어진 전투기가 대열을 맞춰 다시 톈궁 기지를 향해 날아갔다. 전우를 잃은 두 조종사의 마음은 적개심으로 불타올랐다.

　위제의 움직임을 포착한 지수는 중국인 초능력자가 이전과 비교할 수 없을 정도로 달라졌음을 깨달았다. 그는 더 이상 단순한 염력을 소유한 초능력자가 아니었다. 그의 내부에서 뭔가 극적인 변화가 일어났다. 위제는 외적인 강제와 구속을 받지 않고 자발적으로 행위를 선택할 수 있는 인간의 모습에서 벗어나 있었다. 자유의지를 상실한 생명체의 폭력은 극단으로 치달았다. 그러나 지수는 위제의 폭력에 굴복하지 않았다. 오히려 시간이 흐를수록 그는 출처를 알 수 없는 기묘한 쾌감을 느꼈다. 검은 장막 뒤에 몸을 숨긴 울트라의 움직임은 지수에게 새로운 학습 기회를 제공했다. 에너지를 발산하는 과정을 지켜보는 것만으로도 그는 위제가 지닌 힘의 원천과 메커니즘을 이해할 수 있었다. 지수는 여유를 갖고 위제의 공격을 막아냈다.

왕할쯔와 쉬징레이는 움직이지 못한 채 두 초능력자의 대결을 지켜보기만 했다. 두 울트라의 전투는 비현실적인 공간에서 일어난 초현실적인 현상이었다. 마치 시공간이 무너진 꿈속 장면이 끊어졌다 이어지기를 반복하는 것 같았다. 그들은 인간의 인식과 감각이 허용되지 않는 세계에 속한 존재들이었다. 날카로운 빛과 심장을 긁어 대는 불쾌한 소음만이 물리적인 현실 세계를 지탱해 주고 있었다. 그리고 느닷없이 검은 연기가 사라지고 양분된 두 세계가 하나로 겹쳐졌다. 장막이 걷히자 중국인 여자들은 마침내 울트라의 모습을 구체적으로 볼 수 있었다.

왕할쯔는 위제의 입술을 타고 흘러내리는 붉은 피를 보았다. 인간의 온기를 담은 피가 후드득 바닥으로 떨어지고 있었다. 손과 발이 떨리고 머리카락은 곤두서 있고 눈동자는 충혈되었다. 순간 왕할쯔는 그의 광폭한 모습에서 기습적인 연민의 정을 느꼈다. 위제가 이처럼 인간적인 모습을 보인 것이 얼마 만인가. 그는 늘 위풍당당했다. 폭력을 두려워하지 않았고 패배 감정을 이해하지 않았다. 그는 언제나 승자였고 정복자였다. 그런 그가 처음으로 패배의 시련을 겪고 있었다. 왕할쯔의 시선이 지수에게로 향했다. 침착한 표정의 한국인 남자는 호기심과 경멸이 담긴 눈빛으로 위제를 응시하고 있었다. 그의 얼굴은 온화함을 넘어 순진해 보이기까지 했다. 그러나 뜻하지 않게 왕할쯔는 지수의 모습에서 공포를 보았다. 그는 위제를 제압한 첫 인간이었다. 위제의 입에서 지옥에서 올라온 괴수의 포효가 터져 나왔다. 싸움은 끝나지 않았다. 위제는 불굴의 의지를 지닌 사내였다.

괴성에 가까운 기합을 지르며 위제가 오른 손바닥을 내보였다. 심장을 멈추게 하는 강력한 에너지가 분출되어 나왔다. 초능력자 위제의 장기였다. 에너지는 굴절되지 않고 곧장 지수의 가슴에 부딪혔다. 왕할쯔가 외마디 비명을 터뜨렸다. 그녀는 왜 지수가 몸을 피하지 않는지 이해하지 못했다. 수십 톤에 이르는 강력한 충격이 심장을 때렸을 것이다. 이어 지수의 무릎이 꺾였다. 한국인 남자는 무릎을 꿇은 채 넋 나간 표정으로 위제를 올려다보았다. 반사적으로 왕할쯔가 몸을 일으켰다. 한국인 남자는 아군이고 위제는 적이었다. 지수가 죽으면 모든 것이 끝장이었다. 왕할쯔의 머신건이 이내 불을 뿜었다. 몸을 돌린 위제가 오른손을 빠르게 내밀었다. 분출된 다량의 에너지가 총탄의 비행 궤적을 바꾸었다. 탄환은 위제의 몸을 비켜 날아가 벽에 부딪혔다. 동시에 직진한 에너지가 왕할쯔의 심장을 덮쳤다. 놀라움과 두려움으로 그녀의 얼굴이 일그러졌다. 쓰러지는 왕할쯔를 쉬징레이가 간신히 붙잡았다. 쉬징레이는 위제를 향해 날카로운 비명을 질렀다. 피와 멍으로 얼룩진 위제의 얼굴에 광적인 미소가 나타났다. 나약한 인간을 향한 울트라의 경멸적인 미소.

그때 석고상처럼 굳어 있던 지수의 몸이 꿈틀거렸다. 그의 심장은 멈추지 않았다. 위제의 에너지는 지수의 심장에 부딪혔지만 심장을 파괴하지 못했다. 오히려 그의 심장은 이질적인 에너지를 흡수해 더욱 강화되었다. 지수를 제외한 누구도 이 상황을 이해하지 못했다. 울트라는 상대의 에너지를 빨아들이며 진화했다. 적의 피는 울트라의 생명을 유지케 하는 생명수였다.

놀란 위제는 지수를 향해 다시 손을 들어 올렸다. 돌연 쉬징레이의 눈에 불연속적인 지수의 움직임이 포착됐다. 그러나 그녀는 울트라의 속도를 따라잡지 못했다. 그저 A와 C를 이어 주는 교량 역할을 하는 B 지점이 어슴푸레 보였을 뿐이다. 속도가 너무 빨라 나머지 중간 지대는 비어 있는 것처럼 보였다. 그러나 텅 빈 공간처럼 보이는 그곳에도 이동의 흔적을 알리는 존재가 있었다. 쉬징레이는 대상을 어떻게 묘사해야 하는지 알지 못했다. 언어로 규정할 수 있는 존재가 아니었다. 남자의 움직임을 이어 주는 오브제는 검은 물체였다. '검은 물체'라는 말 이외에는 달리 표현할 방법이 없었다. 검은 물체는 연기처럼 보이기도 했고 빛처럼 보이기도 했다. 파동과 입자 이중성을 지닌 빛이야말로 물체를 설명하기에 가장 적합했다. 그러나 그녀는 3차원으로 이루어진 공간에서 중력의 영향을 받으며 서 있었다.

꿈속이나 상상 속의 세계가 아니었다. 현실을 부정하고 초현실적 세계로 빠지면 중심을 잃고 비틀거린다. 그녀는 결국 검은 물체를 지수의 그림자라고 판단했다. 그림자라면 물리적 설명이 가능할 것 같기도 했다. 그림자는 순식간에 위제 앞을 가로막고 섰다. 엄청난 속도의 주먹이 위제의 머리통과 턱을 내리쳤다. 위제는 그림자의 속도를 따라잡지 못했다. 그림자의 주먹이 요동칠 때마다 사나운 돌풍이 일어났다. 쉬징레이는 저도 모르게 고개를 돌렸다. 그림자가 일으킨 바람에서 산 인간의 살과 뼈가 분해되고 찢겨져 나왔다. 일순 폭탄이 터졌을 때처럼 사방으로 붉은 피가 튀었다. 그림자는 고대의 제사장이 제물이 된 짐승을 도륙하듯 일말의 동정심도 없이 적을 무참히 죽였다. '중화의 꽃' 밀교 최고의 초능력자 위제는 그렇게 갈기갈기 찢어져 형체도 없이 사라졌다.

지수는 심장이 멈춘 중국인 여자의 얼굴을 무심히 내려다보았다. 여자는 눈을 뜬 채 죽었다. 죽은 자의 눈에서 지수는 살아 있을 때는 보지 못한 무형의 정보를 읽어 냈다. 여자의 눈동자에는 건강하고 자신에 찬 남자의 얼굴이 어려 있었다. 위제였다. 끝내 그는 자신을 사랑하는 여자의 적이 되어 최후를 맞았다. 다행히 여자는 사내가 죽는 모습을 보지 못했다. 어쩌면 그것이 여자의 죽음에 대한 유일한 위안이 될지도 모른다. 사랑하는 사람을 잃는 것보다 고통스러운 일은 없으니, 문득 지수는 사내를 죽인 남자가 자신이라는 사실을 깨달았다. 왕할쯔의 어깨를 감싸 안고 있던 쉬징레이가 천천히 시신을 내려놓았다. 왕할쯔와 위제의 죽음으로 제정신이 아니었지만 쉬징레이는 침착하게 행동했다. 그녀는 지수에게 조용히 분노를 표출했다.

지수는 몸을 돌려 쉬징레이를 무시했다. 아직 영원을 만나지 못했다. 영원을 구해 내지 못하면 지금까지의 노력과 희생이 모두 물거품이 된다. 지수는 아무 말 없이 중국인 남자가 나타난 입구를 향해 성큼성큼 걸어갔다.

장광즈는 초연한 표정으로 지수와 쉬징레이를 맞이했다. 그의 눈은 이방인과 침입자를 향했지만 실제로 그가 보는 것은 멀리 떨어진 공간에서 일어나고 있는 현상을 취합해 이미지로 재구성한 가상의 정보였다. 도인은 자금성 서쪽 중난하이中南海의 정문인 신화문을 통과해 깔끔하게 정리된 고궁으로 들어갔다. 중난하이는 중국의 최고 권력자들이 집단으로 거주하는 곳이었다. 중국 국무원과 중공중앙서기처, 중공중앙판공청 등 주요 관청이 있고 중국 공산당의 전설인 마오쩌둥과 저우언라이, 덩샤오핑이 그곳에서 살았다. 1980년대 중국의 개혁을 이끌던 후야오방이 죽고 톈안먼 사태가 터졌을 때에도 성난 시위대는 중난하이로 몰려가 농성을 벌였다.

도인은 불가피하게 1989년에 일어난 6·4 사태를 떠올렸다. 시대가 바뀌어 사람들은 당시를 톈안먼 민주화 운동이라 불렀다. 정부의 공식 발표로만 700명의 시민과 대학생이 군부의 발포 명령으로 사망했다. 인권 단체가 집계한 사망자 수는 2천 명에 달했다. 당시 국무원에서 관록이 붙은 중진 관료였던 장광즈는 톈안먼의 도살자로 낙인찍힌 리펑 총리와 배후에서 사태를 조종한 것으로 의심받는 덩샤오핑 편에 서서 시위대를 강경 진압할 것을 주장했다. 그는 중국을 정통 공산주의 국가로 되돌리려는 천원의 보수파 그룹에 속해 있었지만, 이때만큼은 개혁파인 덩샤오핑을 지지했다. 장광즈는 정치 민주화와 서구의 천박한 자본주의 사상에 물든 청년들과 이상주의자들을 혐오했다. 톈안먼 시위의 주동자였던 왕단과 우얼카이시, 차이링의 모습이 차례로 기억났다. 블랙리스트에 오른 주모자들은 폭동이 진압된 뒤 일명 카나리아 작전이라 불린 서방 세계의 구출 도움을 받아 중국을 빠져나갔다. 1980년대 후반, 장광즈가 아직 중화의 꽃이라는 밀교와 접촉하기 전이었다. 신비의 돌, 울트라라이트 19와 통섭하기 전부터 장광즈는 이미 울트라가 되기 위한 자질을 갖추고 있었다. 울트라에게 대중의 희생과 죽음은 당연한 일이었다.

장광즈는 비밀의 정원에 들어선 호기심 많은 소년처럼 중난하이의 아름다운 호수를 걸어갔다. 비록 몸은 떨어져 있지만 그는 중난하이의 충만한 비밀스러운 기운을 감각적으로 느낄 수 있었다. 평화가 지속되리라는 인간의 믿음은 한낮의 몽상에 불과했다.

장광즈의 눈에 마침내 외국인 젊은이의 모습이 잡혔다. 도인은 우리 속에 갇힌 짐승을 바라보는 시선으로 지수의 겉모습을 훑었다. 그의 눈이 지수의 몸을 감싸고 있는 살갗을 통과해 들어갔다. 잠시 후 장광즈는 깊은 숨을 들이마셨다. 그는 외국인 청년의 심장에 똬리를 튼 울트라라이트 19의 빛을 보았다. 그 빛은 중화의 꽃 이영원이 발산한 에너지였다. 상황을 이해한 도인은 미친 듯 발작적인 웃음을 토해 냈다. 기괴한 웃음소리가 한동안 레이더 모니터와 첨단 기기가 들어찬 톈궁 기지 미사일 발사 통제 센터를 가득 메웠다.

"네가 위제를 죽였구나!"

장광즈의 입술은 열리지 않았지만 지수는 그의 말을 똑똑히 들었다. 울트라만이 이해할 수 있는 텔레파시가 지수의 온몸을 뒤흔들었다. 두 사람은 각자 다른 생각을 했다. 장광즈는 외국인 청년 지수를 죽이고, 지수는 밀교의 괴수인 도인을 죽일 생각이었다. 그것은 두 사람 모두에게 거부할 수 없는 운명처럼 여겨졌다. 그러나 장광즈가 지수의 내부에 움튼 울트라의 화신을 확인한 순간 상황은 급반전했다. 도인은 절망적이던 울트라의 미래에 한 줄기 빛이 내려온 것이라 생각했다. 인간이 전쟁을 멈추지 못하듯 울트라는 살아남아야 한다. 도인은 지수와 영원, 쉬징레이를 차례로 응시했다. 세 사람의 가슴에 각기 다른 울트라의 빛이 타오르고 있었다. 그의 원대한 계획은 인간의 끈질긴 저항에 부러질 만큼 약하고 초라하지 않았다. 울트라 에너지는 영원불멸하다. 장광즈가 텔레파시로 지수에게 명령했다.

"지금 당장 중화의 꽃을 데리고 기지를 탈출하라."

도인이 장엄하고 엄숙하게 명령했다. 지수는 중국인 노인이 자신을 대하는 태도를 이해하지 못했다. 노인은 마치 자신의 아버지라도 되는 듯 행동했다. 지수가 어쩔 줄 모르고 망설이자 장광즈가 몸을 일으켜 지수에게 다가섰다. 지수는 그의 얼굴에 타격을 가하려 했지만 몸을 움직일 수 없었다. 장광즈가 두 팔을 크게 벌려 에너지를 모았다. 지수의 얼굴이 고통으로 일그러졌다. 순간 장광즈의 팔이 뱃속을 통과해 들어왔다. 도인은 주저하지 않고 지수의 내부에 몸을 숨긴 붉은빛을 움켜쥐었다. 입이 벌어지고 처절한 비명이 터져 나왔다. 장광즈는 멈추지 않았다. 도인의 팔을 타고 검은 에너지가 지수의 배속으로 흘러들어 갔다. 그러나 지수는 이전의 위제처럼 쓰러지지 않았다. 딱딱한 돌로 전이되지도 않았다. 지수는 고통을 참으며 노인이 내뿜는 에너지를 모두 받아들였다. 검은빛이 소진되자 도인이 팔을 뺐다. 그러자 일시에 고통이 사라졌다.

지수는 장광즈가 구현한 영상을 보았다. 검고 매끄러운 물체가 자신의 머리 위를 날고 있었다. 미사일을 탑재한 중국의 스텔스 전투기였다.

"보았느냐?"

장광즈는 한층 부드러운 어조로 말했다.

"어리석은 인간이 톈궁 기지를 무덤으로 만들기 위해 오고 있다. 시간이 촉박하다. 서둘러 탈출해야 한다."

지수는 노인을 죽이고 싶었다. 그는 노인에게 불가사의한 적개심을 느꼈다. 그러나 육체는 자신의 감정과 판단을 거부했다. 노인의 몸에 손가락 하나도 올릴 힘이 남아 있지 않았다. 무슨 일이 일어난 것인가.

지수가 혼란스러워하는 동안 장광즈는 레이더 모니터를 응시하고 있는 영원에게로 다가섰다. 영원은 석고상처럼 앉아 아무런 표시도 나타나지 않는 모니터를 바라보고 있었다. 장광즈가 그녀의 어깨에 손을 올렸다. 영원의 가슴 밑바닥에 숨은 채 꺼져 있던 푸른빛이 서서히 타오르기 시작했다. 그동안 영원의 몸은 장광즈가 주입한 거대한 집단 무의식에 감금되어 있었다. 장광즈가 자진해서 그녀의 최면을 풀었다. 공포와 우울로 이루어진 에너지가 그녀의 몸에서 빠져나갔다. 에너지는 장광즈의 몸으로 이동해 그를 변화시켰다. 자신의 에너지를 소진한 장광즈는 영원의 몸에서 나온 사악한 에너지를 견디지 못했다. 그의 육체가 일시에 탈바꿈했다. 검은 머리카락이 백발로 변화고 근육이 사라지며 피부가 노화했다. 관절도 힘을 잃고 삐거덕거렸다. 그는 일순간 힘없고 초라한 노인으로 변했다. 오직 눈빛만 여전히 빛을 냈다. 지수는 장광즈의 변태를 목도하며 처음으로 그에게 두려움을 느꼈다. 겉보기에는 평범한 노인이었지만, 장광즈는 결코 범상한 노인이 될 수 없었다. 노인은 울트라이며 자신의 미래였다.

영원이 눈을 떴다. 기묘한 정적과 불가사의한 에너지로 채워진 공간에 서 있는 자신을 확인하고 영원은 추위를 느꼈다. 고독과 절망의 파도가 그녀를 덮쳤다. 그동안 무슨 일이 벌어진 것인가. 영원은 자신의 손을 살폈다. 핏기가 사라진 흰 손가락이 가늘게 떨렸다. 그녀는 손끝에서 나오는 무형의 정보를 읽었다. 자신의 손을 통해 ICBM이 날아가고 전쟁이 시작되었다. 자신을 지배한 집단 무의식은 전쟁을 원하고 있었다. 영원은 고개를 가로저으며 부정했다. 한 가닥의 실낱같은 빛이 가슴을 찔렀다. 동시에 영원은 몸을 돌렸다. 그곳에 지수가 있었다. 믿을 수 없지만 지수였다. 가슴이 벅차오르며 눈물이 쏟아졌다. 어쩌면 전쟁은 일어나지 않았을지도 모른다. 살아 있는 지수가 그것을 증명하고 있었다. 세계의 끝 낭떠러지에서 몸을 돌린 사람처럼 영원은 지수에게로 걸어갔다.

영원이 지수의 손을 잡았다. 영원의 눈은 젖어 있었다. 지수는 두 팔을 벌려 영원을 끌어안았다. 그녀의 체온이 느껴졌다. 지수는 숲으로 사라진 영원의 마지막 모습을 떠올렸다. 꿈에서 그는 영원을 따라 숲으로 들어가지 못했다. 그녀를 잃어버린 상실감만이 온몸을 뒤흔들었다. 그러나 현실의 그는 다른 선택을 취했다. 그녀를 찾아 숲으로 들어왔고 마침내 그녀를 찾았다. 지수는 힘을 주어 그녀를 안았다. 이대로 모든 것이 끝장난다고 해도 후회 없을 것 같았다.

"무엇을 기다리는가! 제 발로 관으로 들어갈 작정이야!"

노인의 호통에 영원과 지수는 정신을 차렸다. 검은 비행 물체가 초음속으로 날아오고 있었다. 그때 잠자코 있던 쉬징레이가 나섰다.

"탈출구를 알아요. 서둘러요!"

지수와 영원, 쉬징레이의 머릿속에 똑같은 그림이 나타났다. 울트라 장광즈가 준 마지막 선물이었다. 같은 시각 스텔스 전투기가 미사일을 발사했다. 두 대의 전투기에서 발사된 네 기의 미사일이 화염을 뿜으며 날아왔다. 탈출은 불가능했다. 인간의 속도로는 벗어날 수 없었다. 지수는 손을 뻗어 영원과 쉬징레이의 손을 잡았다. 노인은 거대한 의자에 앉아 세 울트라를 물끄러미 바라보았다. 작별 인사를 할 시간이 없었다. 노인은 자폭을 결정했다. 동쪽 출입구의 강철 문이 열려 있었다. 톈궁 기지에 건설된 비밀 통로로, 절벽과 맞닿은 바다로 이어지는 문이었다. 폭발까지 불과 몇 초밖에 남지 않았다. 지수는 급하게 여자들의 손을 끌어당겼다. 감상에 젖어 있을 때가 아니었다. 하나, 둘, 셋, 넷, 다섯, 여섯, 일곱……. 지수의 왼손을 잡은 쉬징레이는 초를 세며 내달렸다. 그들의 느린 발은 미사일의 속도를 벗어나지 못했다. 미처 일곱을 세기 전에 폭음이 터졌다. 네 기의 미사일이 정확히 타깃을 때렸다. 강력한 고폭탄은 반경 1킬로미터에 이르는 일대를 바닷속으로 수장시킬 것이다.

전기가 끊어지자 지하는 어둠이 지배했다. 수천 톤에 이르는 암석이 균열을 일으키며 무너졌다. 고막을 터뜨리는 굉음 속에서 울트라장광즈가 토해 낸 웃음소리가 날카롭게 퍼졌다. 그러나 그것도 잠시, 울트라의 마지막 포효는 하늘과 땅을 뒤흔드는 파괴의 북소리에 묻혀 버렸다. 장광즈는 죽음의 순간에도 중난하이의 아름다운 호수를 거니는 자신을 상상했다. 언젠가는 자신의 후예인 울트라가 호수와 고궁의 주인이 될 것이다. 달콤한 상상은 어김없이 그를 위로해 주었다. 지수는 달리면서 도인이 남긴 마지막 메시지를 받았다. '울트라는 영원하다.' 그러나 머리 위로 거대한 암석이 쏟아져 내리며 세계가 암흑으로 뒤덮이자 희망의 불씨는 사라졌다. 영원불멸의 존재는 우주에 존재하지 않는다는 단순명료한 진실이 세 울트라를 덮쳤다. 그들은 심해 세계로 추락해 울트라의 관 속에 파묻혔다.

거대한 절벽 지대가 주저앉자 바다에는 해일이 일어나고 공중에는 강력한 먼지 폭풍이 불었다. 미사일을 발사한 스텔스기 두 대가 편대를 이루어 날아와 폭발을 확인한 다음 기수를 돌렸다. 톈궁 기지의 폭발 장면은 스텔스기에 장착된 고성능 카메라에 찍혀 실시간으로 전파되었다. 중국은 물론 미 항공모함과 일본 자위대 이지스함에도 영상이 송출되었다. 일본의 정치 지도자들은 얼어붙은 표정으로 톈궁 기지가 파괴되는 장면을 지켜봤다. 자위대 함대를 향해 날아온 미사일의 원점이었다. 마침내 중국은 전쟁을 촉발시켰다는 혐의를 벗었다. '전쟁은 중국이 원하는 바가 아니다'라는 강력한 메시지를 주변국에 보낸 것이다. 중국 정부의 의지를 확인한 일본 총리가 신속하게 명령을 내렸다. 자위대 이지스함은 중국의 항공모함에 맞춰진 함포의 표적을 수정하고 후방으로 물러났다. 기다렸다는 듯 중국 해군도 남중국해 연안으로 선체를 돌렸다.

각국의 병사들은 묘한 감정에 휩싸였다. 터질 듯한 긴장이 해소되자 살아남았다는 안도감이 불시에 찾아왔다. 그런데도 병사들은 선뜻 기쁨을 표시하지 못했다. 과연 이번 대치의 승자는 누구일까? 그들은 과거 전쟁에 참여한 선배와 마찬가지로 그 답을 알지 못했다. 다섯 개의 무인도와 세 개의 암초로 이루어진 군도에는 일시적인 평화가 찾아왔다. 명령이 떨어지면 센카쿠 열도와 댜오위다오 군도라 불리는 바다로 그들은 다시 돌아올 것이다.

CIA가 보낸 영상 필름이 국정원으로 넘어왔다. 이번 사태에서 결정적인 정보를 제공한 국정원에 대한 CIA의 보답이었다. CIA가 처음으로 한국의 국정원을 인정한 것이다. 그러나 최 전무는 기쁨을 누리지 못했다. 스텔스 전투기에서 촬영된 폭파 영상은 충격적이었다. 거대한 암석으로 이루어진 절벽 지대와 포말을 일으키는 바다가 고폭탄 미사일로 파괴되었다. 무너진 암석 덩어리 위로 검은 먼지 구름이 형성되고 잔잔하던 바다에는 해일이 일었다.

미사일 발사 직후 최 전무는 백곰으로부터 전화를 받았다. 백곰의 목소리는 절망적이었다.

"헬기가 접근할 수 없어 수색 작업은 불가능합니다."

백곰은 현장에서 폭파 장면을 목격했다. 백곰이라면 죽음을 각오하고 동료를 구출했을 것이다. 그런 그가 포기했다는 건 곧 차지수의 죽음을 의미했다. 국정원 사무실에 홀로 앉아 최 전무는 영상을 반복해서 돌려 보았다. 소리를 제거한 영상은 현대 미술에서 유행하는 비디오 아트와 유사했다. 화염을 뿜으며 날아가는 미사일과 먼지 구름, 요동치는 바다, 수장되는 암석 모두 비현실적으로 보였다.

최 전무는 현장에 국정원 요원이 있었다는 사실을 부정했다. 대한민국 국적의 젊은 여성이 기지에 있었다는 사실도 인정하지 않았다. 국정원은 톈궁 기지와 관련된 모든 것을 부인했다. 중화의 꽃이라는 밀교의 존재에 대해서도 국정원은 알지 못했다. 지금까지 일어난 모든 사태는 한·중·일 3국과 미국의 고위급 정책 담당자들이 정치적으로 해결해야 할 일이었다. 정치인들과 관료들은 이전과 마찬가지로 노련하게 사실을 숨겼다. 언론의 관심을 차단하고 중요한 정보는 일급비밀로 봉인해 두꺼운 금고 속으로 밀어 넣었다. 숨겨진 정보는 30년 또는 백 년쯤 지나야 일반에 공개될 것이다. 어쩌면 영원히 빛을 보지 못할지도 모른다.

미국의 중재로 중국과 일본의 정상이 만났다. 짧은 회담이 끝나고 두 정상은 양국이 상호 협력해 다가오는 동북아 시대의 문을 연다는 두루뭉술한 공동 합의문을 발표했다. 중국은 화평굴기로 대변되는 후진타오의 평화적 외교 노선이 실현된 것으로 내부 입장을 정리했고, 일본은 미국의 눈치를 보며 합의문에 서명했다. 정상은 악수를 나눈 뒤 헤어졌다.

사람들의 관심이 경제 문제와 국내 정치로 옮겨 가자 최 전무는 겨우 한숨을 돌렸다. 그는 이번 작전에서 희생된 요원들을 위한 장례식을 비밀리에 준비했다. 일본에서 활약한 암호명 동백꽃과 차지수를 위한 장례식이었다. 시신도 없는 장례식에는 극소수의 인물만이 찾아왔다. 장례식 중간에 최 전무는 검은 양복 차림의 중년 사내와 이야기를 나누었다. 자신이 이번 승진 심사에서 통과했다는 소식이었다. 그는 감사의 표정을 지으며 상관이 내민 손을 잡았다. 그는 이제 최창석 전무가 아닌 최창석 사장으로 불렸다. 조촐한 장례식이 끝나자 우울한 장대비가 쏟아졌다. 최창석 사장은 어깨에 떨어진 빗방울을 털어 내고 새로 나온 검은색 관용차에 올랐다. 차에 오르자 비로소 슬픔이 밀려왔다.

에필로그

장례식이 끝나고 어느덧 수개월이 흘렀다. 최 사장은 헐벗은 고목 가지 위로 떨어지는 함박눈을 바라보며 상념에 잠겼다. 차가운 눈 덩어리를 맨몸으로 맞는 나무가 자신의 처지와 비슷하게 여겨졌다. 그는 블라인드를 내리고 자신이 속한 공간을 응시했다. 사무실은 한결 넓어졌다. 옆방에는 그의 업무를 돕는 개인 비서가 상시 대기하고 있었다. 이제 그는 상부의 허락 없이 독자적인 사업을 추진할 수 있었다. 이 자리에 오르기까지 30여 년의 긴 시간을 견뎠다. 왜 자유는 육체의 힘이 소진되고 나서야 찾아오는 것일까. 그는 자리에 앉아 일정을 확인했다. 중요한 모임이 있는 날이었다. 최 사장은 비서가 올려놓은 서류 더미를 휙휙 넘기며 일과를 시작했다.

약속 장소는 시외의 한적한 식당이었다. 시계가 정각 10시를 가리켰다. 일찍 출발했는데도 길이 미끄러워 차가 제 속도를 내지 못했다. 그나마 시간을 맞춘 게 다행이었다. 차를 주차하고 최 사장이 내렸다. 숲에 쌓인 눈은 달빛에 반사되어 부풀어 오른 빵처럼 보였다.

온기가 느껴지는 풍경과 달리 습하고 그늘진 곳이라 공기가 차가웠다. 산을 등진 식당 건물에는 간판을 비롯해 대부분 조명이 꺼진 상태였다. 건물 끝 후미진 방에서만 형광 불빛이 새어 나왔다. 여종업원의 안내를 받은 최 사장이 좁고 기다란 복도를 걸어갔다. 종업원이 미닫이문을 열자 양복 차림의 중년 사내들이 일시에 고개를 들고 최 사장을 올려다봤다. 그는 옷깃을 여미고 고개를 숙여 인사했다. 강민호가 환한 미소를 지으며 최 사장을 맞았다. 후배를 향한 진심 어린 애정이 느껴지는 웃음이었다. 강민호는 어느새 삼성 장군이 되었다. 군부가 정권을 내려놓은 이후 이런 예는 처음이라는 소문이 나돌 정도로 초고속 승진이었다.

"어서 이쪽으로 오게."

최 사장은 예의를 갖춘 뒤 강민호 옆에 자리를 잡았다. 널찍한 상에는 음식물이 보이지 않았다. 유리컵과 플라스틱 물통, 맥주병이 놓여 있을 뿐이었다. 오늘로 두 번째 모임이었다. 차가운 맥주를 마시자 긴장으로 굳은 몸이 조금 풀어졌다. 그의 맞은편에는 청와대 비서관을 지낸 정상영이 앉아 있었다. 정신사사무소에서 열린 모임에도 참석했던 정상영은 이 프로젝트의 핵심 인물이라 할 수 있었다. 정권이 바뀌어 현재는 실직 상태지만 정·관계는 물론 재계와 언론계까지 두루 인맥이 넓은 마당발이었다. 모임의 구성원을 선별하는 데 정상영이 큰 역할을 했다. 최 사장과 강민호 중장, 정상영을 포함해 모두 아홉 명의 인사가 가칭 '프로젝트 창천蒼天', 즉 '대한민국 초능력 부대' 창단을 위한 발기위원으로 발탁되었다. 창천은 차지수의 장례식이 끝난 뒤 최 사장이 직접 구상한 비밀 결사체였다. 그는 조용히 담소를 나누며 회의에 참석한 인물들의 면면을 살폈다.

서상욱 우주항공 공학 박사가 보였다. MIT를 졸업한 뒤, NASA와 민간 항공기 업체에서 연구원으로 경력을 쌓았고 현재는 대학과 항공우주연구소를 오가며 연구를 병행하고 있었다. 박사는 우주 발사체 연구, 즉 미사일 연구 분야 국내 제일의 권위자였다. 다음은 김찬영 육군 제12사단장, 강민호 중장의 사관학교 1년 후배로 야전 부대 지휘관을 맡고 있으나 군 내부의 인맥이 두터워 곧 핵심 보직을 맡을 것으로 예상되었다. 옆자리에는 보수 성향의 일간지 논설위원인 박기훈이 앉아 있었다. 언론계에서는 강성 우파로 정평이 나 있지만 대중에게 노출되는 것을 싫어해 세간에는 많이 알려지지 않은 인물이었다. 국정원이 의도적으로 흘리는 정보가 그를 통해 유통된다는 사실은 비밀 아닌 비밀이었다.

　맞은편에는 월간지 『아름다운 여성』의 편혜수 대표이사의 모습이 보였다. 그녀는 모임에 참석한 아홉 명 중 유일한 여성이었다. 정치인 계보에서 차세대 주역으로 평가받는 김인철 국회의원의 부인이었다. 그러나 남편의 후광이라기보다는 그녀 자신이 가진 정치적 지분과 유산이 더 크다고 보는 게 옳았다. 그녀의 부친은 제3공화국의 실세로 불렸고 지금도 대구·경북 지역에서 활동하는 정치인들에게 영향력을 행사하고 있었다. 그녀 옆에는 김태식 TS 그룹 회장이 미소를 지으며 앉아 있었다. 서울대 경제학과를 졸업했고 행정고시 수석으로 공직에 화려하게 올랐지만, 3년 만에 사표를 내고 부동산 투자 회사를 차려 재계에 입문했다. 증권가 애널리스트의 우려에도 불구하고 그의 공격적인 투자는 신자유주의 경제 기조와 더불어 큰 성공을 거두었다. 뉴라이트 운동 단체에 거금을 쏟아부으며 정치적 행보를 시작한 것으로 알려졌다. 마지막으로 구석 자리에 검은 뿔테 안경을 쓴 남자가 보였다. 이름은 이진록, 미국에서 심리학 박사 학위를 받은 학자였다. 현재 대학이나 연구소 아무 데도 소속되지 않은 채 개인 연구에 몰두하고 있었다. 그가 이 모임에서 가장 특별한 인물인지도 모른다. 그는 초능력 분야의 전문가로 발탁되었다.

정상영 전 비서관이 회의 진행을 맡았다. 1차 모임과 개별 접촉을 통해 프로젝트 창천과 관련된 폭넓은 논의가 있었기 때문에 회의는 일사천리로 진행되었다. 오늘 모임은 회원들 간의 화합을 다지는 성격이 짙었다. 모두 발언을 마친 정상영이 최 사장에게 발언권을 넘겼다. 그는 목소리를 가다듬으며 천천히 입을 열었다.

"국가와 민족을 위해 뜻을 합친 동지들에게 감사드립니다. 중국에서 일어난 놀라운 사건에 대해서는 이미 말씀드렸기 때문에 다시 언급하지 않겠습니다. 그러나 국정원의 젊은 요원이 보여 준 고귀한 희생정신과 조국애를 우리는 잊지 말아야 할 것입니다."

그의 말에 모두 수긍하는 뜻으로 고개를 끄덕였다. 진지한 분위기가 그의 발언으로 한층 무거워졌다.

"동지의 얼굴을 잘 기억해 주시기 바랍니다. 공식적으로 모임을 갖는 것은 오늘이 마지막이 될지도 모릅니다. '프로젝트 창천'은 역사에 기록되지 않을 비밀 결사체로 남을 것입니다. 비밀을 누설하는 자는 서약서에 맹세한 대로 처벌받을 것입니다. 조직이 활성화되는 것보다 중요한 것이 비밀 유지입니다. 현재 대한민국 정부는 국민의 안전을 위해 전력을 다하고 있습니다만, 국가의 힘만으로 평화를 유지하기에는 대내외적 현실이 만만치 않습니다. 친북 세력의 기만술에 감염된 국민의 수가 늘어나고 자유주의와 포퓰리즘을 혼동한 젊은이들이 대안을 갖지 못한 채 정치 세력화를 준비하고 있습니다."

최 사장은 좌중을 둘러본 뒤 목소리 톤을 올렸다.

"혼잡한 국내 정치와 더불어 국제 정치의 세력 판도가 급격히 바뀌고 있습니다. 미국의 일국 패권주의가 무너지고 경제에만 집중하던 중국이 외교, 정치, 군사 분야까지 세력을 확장하고 있습니다. 이 엄혹한 현실에서 살아남기 위해서는 국가와 별도로 민간이 힘을 키워야 합니다. 저는 '창천'의 동지들께서 위대한 역사적 과업을 수행해 낼 것이라 믿습니다."

김태식 TS 그룹 회장이 주먹을 불끈 쥐며 찬성을 표했다.

"여러분의 노력과 희생이 대한민국의 미래를 바꿀 것입니다."

최 사장이 말을 끝내자 모두가 손뼉을 쳤다. 모임은 성공적이었다. 눈 내린 겨울 밤, 변두리 식당에서 이루어진 조촐한 모임이라고 폄하해서는 안 된다. '중화의 꽃'이라는 밀교가 태동했을 때도 시작은 이처럼 미약했을 것이다.

모임이 끝난 뒤, 최 사장은 화성 궁평항으로 향했다. 대시보드의 디지털시계를 보니 새벽 1시 17분이었다. 히터를 꺼놓아 차 안이 발이 시릴 정도로 추웠다. 추위 탓일까, 졸음이 밀려왔다. 그는 졸음을 쫓으며 속도를 올렸다.

궁평항 나루에는 소형 어선들이 정박해 있었다. 최 사장은 차에서 내려 어둠이 내려앉은 겨울 바다를 응시했다. 밀항 알선 전문 브로커의 말이 떠올랐다. '서해안은 리아스식 해안으로 크고 작은 섬이 방패 역할을 해 침투가 용이하죠.' 브로커의 말대로 바다는 무방비 상태로 겨울잠을 자는 거인처럼 보였다. 멀리서 새벽 조업을 준비하는 배가 드문드문 보였다. 바람이 차가워 코트 깃을 세웠다. 등 뒤로 어수선한 소리가 들려 돌아보니 술에 취한 사내가 비척거리며 횟집이 밀집한 마을로 걸어가고 있었다. 언뜻 보아도 불을 밝힌 술집은 보이지 않았다. 그는 사내에게서 눈을 떼고 다시 먼 바다를 바라보았다.

선착장을 향해 어선 한 척이 천천히 들어왔다. 최 사장은 미간을 좁혀 배 하단에 쓰인 글씨를 읽었다. '노고단 1호.' 페인트가 벗겨져 글씨가 흐트러져 있었다. 찬바람에 진저리를 치며 그는 배를 향해 걸어갔다. 두툼한 솜 점퍼를 입은 어부가 갑판으로 나와 두꺼운 밧줄을 던졌다. 어부는 황토색 모자에 털 귀마개를 하고 있었다. 길게 자란 턱수염과 콧수염이 얼굴 전체를 뒤덮고 있어 정확한 인상은 확인하기 어려웠다. 어부는 최 사장을 물끄러미 바라본 뒤 선실로 들어갔다. 잠시 후 선실에서 덩치 큰 사내가 나왔다. 사내는 덩치에 어울리지 않는 재빠른 동작으로 배에서 뛰어내렸다. 그는 만면에 웃음을 띤 채 최 사장을 바라보았다.

"형님! 못 본 사이 살이 좀 빠지신 것 같습니다."

깊은 밤에 어울리지 않는 우렁차고 활기찬 목소리였다. 최 사장은 사내가 내민 손을 힘껏 움켜쥐었다. 백곰이었다.

선실의 비밀 승객은 중국 장쑤 성 연안에서 중국 화물선을 타고 와 공해에서 한국 어선 노고단 1호로 갈아탔다. 중국과 한국을 오가는 밀항 노선 중 가장 안전하다고 알려진 루트였다.

최 사장은 백곰의 안내를 받아 선실로 들어섰다. 선실 창에는 두꺼운 커튼이 쳐 있고 흐릿한 백열등이 켜져 있었다. 손님은 키잡이를 위한 의자 옆에 마련한 엉성한 나무 의자에 나란히 앉아 있었다. 두 사람 모두 선장과 마찬가지로 두꺼운 솜털 점퍼를 입고 있었다. 긴 여행으로 지친 젊은 연인은 영락없는 탈북자 부부로 보였다. 턱수염을 기른 사내가 앉은 채 최 사장을 올려다보며 빙긋이 미소를 지었다. 사내의 긴 머리카락 밑 오른쪽 목덜미에 난 깊은 흉터가 최 사장의 눈을 찔렀다. 최 사장이 다가서자 사내가 자리에서 일어났다. 두 사람은 악수 대신 서로를 힘껏 끌어안았다. 최 사장은 눈물이 나오려는 걸 참았다. 마침내 차지수가 돌아왔다. 음울한 소리를 내며 차가운 바람이 겨울 바다 위를 유령처럼 떠돌아다녔다.

영원은 잠든 지수의 얼굴을 물끄러미 내려다봤다. 국정원 간부 최 사장이 마련한 안가의 침실, 머리맡의 블라인드를 올리자 살얼음이 낀 한강이 보였다. 실내 온도를 높여 지수는 윗옷을 벗은 채 잠들었다. 샤워를 하고 깔끔하게 면도를 해 예전 모습을 되찾았다. 신경을 곤두세운 채 잠행하던 중국에서와 달리 지수는 편안한 얼굴로 깊은 잠을 잤다. 중국에서 보낸 6개월 남짓한 시간이 영원에게는 꿈속의 일처럼 여겨졌다.

영원은 지수의 손을 잡고 달리던 지하 통로를 떠올렸다. 지수의 왼손에는 중국인 초능력자 쉬징레이가 애처롭게 매달려 있었다. 고막이 터질 듯한 폭음과 함께 빛이 사라졌다. 거대한 암석이 어깨를 내리치는 통증을 느끼며 영원은 기억을 잃었다. 지수가 어떻게 그 아수라장을 빠져나왔는지는 그녀에게도 풀리지 않는 수수께끼였다. 정신을 차렸을 때 그들은 차가운 바다에 빠져 있었다. 물속으로 파편이 되어 흩어진 암석 더미가 거세게 가라앉았다. 사나운 조류에 휩쓸리자 지수는 쉬징레이를 쥐고 있던 손을 놓았다. 지수의 얼굴에 절망의 그림자가 비쳤다. 자신을 구하기 위해 지수는 어쩔 수 없이 쉬징레이의 손을 놓았다. 그리고 다시 영원은 기억을 잃었다. 바다가 그녀의 영혼과 육체를 집어삼켰다. 그들은 해류에 떠밀려 폭파 지점에서 10

여 킬로미터 떨어진 외진 해변에 도착했다. 지수는 초인적인 힘으로 영원을 붙잡고 헤엄쳤고 두 사람은 기적적으로 살아났다. 대대적인 수색이 있을 거라는 기대와 달리 중국 군대는 아무런 조치도 취하지 않았다. 그 상황에서 살아남을 인간은 없다는 것이 군인들의 판단이었다. 그들은 톈궁 기지에서 나온 잔해를 처리하느라 시간과 공을 들일 뿐이었다.

해변에 도착한 지수와 영원은 한참 동안 텅 빈 동중국해를 바라보았다. 두 사람은 동시에 같은 생각을 했다. 바다 너머에는 무엇이 기다리고 있을까. 한국으로 돌아가면 쫓기는 신세가 된다는 걸 두 사람 모두 잘 알고 있었다. 국정원은 물론 중국의 공안과 국가안전부, 미국의 CIA, 요이치를 주축으로 하는 일본의 밀교가 경쟁적으로 두 사람을 쫓을 것이다. 더 이상 어리석은 일을 반복하고 싶지 않아 그들은 중국에 남기로 결정했다. 마침 그들은 공식적으로 사망자가 되었고 중국은 익명의 유령이 활동하기에 적당한 곳이었다.

이국적인 음식과 기후, 독특한 사회적 풍토 탓에 좀처럼 적응하기 어려웠다. 사람들의 눈을 피하려 한 곳에 정착하지 못하고 변방을 떠돈 것이 결정적인 실수였다. 인구가 밀집한 중국 연안 도시를 피해 지수는 영원을 데리고 깊은 내륙으로 들어갔다. 거칠고 황폐한 땅에는 소수 민족들의 독특한 전통과 중국 공산당의 오래된 문화가 공존해 있었다. 새로운 세계를 체험하는 기쁨이 있기도 했지만, 수개월에 걸친 잠행은 그들을 지치게 했다. 시간이 지날수록 영원의 향수병은 깊어졌다. 지수가 아이디어를 냈다. 백 년 넘게 자본주의 전통을 유지한 도시가 한국과 좀 더 가까운 느낌이 들 거라는 판단이었다. 홍콩행은 그렇게 갑자기 이루어졌다. 예상은 틀리지 않았다. 중앙 정부로부터 일국양제一國兩制를 보장받은 자유 항구 도시는 자유와 쾌락에 익숙한 젊은 연인에게 기대했던 휴식과 기쁨을 안겨 줬다. 그들은 시내 인근의 주택가에 작은 스튜디오를 빌려 생활했다. 영어가 통용되고 외국인이 넘쳐나는 도시에서 그들은 별 노력 없이 동화되었다. 일상은 느리고 평화롭게 흘러갔다. 저녁을 먹은 다음에는 빅토리아 피크와 같은 산책로로 나가 홍콩의 아름다운 야경을 감상했다. 점차 영원의 얼굴에서 어두운 그림자가 사라졌다. 두 연인은 향수를 떨치고 서로를 사랑하는 데 몰두했다.

돈은 언제든 원하는 만큼 구할 수 있었다. 어스름한 저녁이 되면 전철을 타고 사틴 경마장으로 갔다. 푸른 잔디를 달리는 서러브레드와 홍콩의 높고 맑은 하늘을 바라보는 것만으로도 마음속에 자리 잡은 음울한 생각과 걱정이 사라졌다. 두 사람은 초능력의 도움 없이 경주를 즐겼다. 영원은 경주마의 기록과 자기의 능력을 조합해 경주를 예측하는 데 소질을 보였다. 생활비가 떨어지고 곤란한 지경에 이르렀다고 판단될 때만 초능력을 이용해 경주를 예측했다. 그럴 때면 지수는 어깨를 으쓱해 보이며 모른 척했다. 돈을 잃는 경우는 거의 없었다. 시내로 돌아와서는 늦게까지 문을 연 레스토랑을 찾았다. 그리고 와인에 취해 택시를 타고 스튜디오로 돌아갔다.

영원이 다시 악몽을 꾸기 시작한 것은 밀항하기 한 달 전이었다. 추상적인 꿈은 시간이 지날수록 구체성을 띠었다. 영원은 지수에게 사실을 숨겼다. 그녀는 종종 새벽에 홀로 깨어 창밖을 바라보았다. 기습적으로 찾아온 불안과 우울, 공포를 그녀는 설명할 수 없었다. 어느 날 영원은 창문을 활짝 열어 놓은 채 슬픈 표정으로 먼 바다를 하염없이 응시했다. 그녀는 속옷 차림으로 차가워진 밤바람을 그대로 맞고 있었다. 얇은 실크 커튼이 바람에 날렸다. 잠에서 깬 지수가 다가가 그녀를 뒤에서 껴안았다. 영원의 체온이 급격히 떨어져 있었다. 지수의 팔에 영원이 흘린 눈물이 떨어졌다. 울먹이듯 영원이 말했다.

"일본인이 아버지를 죽일 거야."

일본인! 지수는 놈의 얼굴을 정확히 기억해 냈다. 가슴이 두근거렸다. 요이치! 아직 놈이 살아 있다. 그가 이방우 소장 곁을 빙글빙글 돌며 영원이 돌아오길 기다리고 있었다. 그의 이름을 떠올리자 묘하게도 가슴이 두근거렸다. 사흘 뒤 그들은 짐을 처분해 상하이로 돌아갔다. 개방 개혁의 아버지 덩샤오핑이 특별히 사랑했던 도시는 그들이 떠나올 때와 마찬가지로 당당한 모습으로 그곳에 있었다. 상하이에 발을 딛자 모든 게 분명해졌다. 지수는 마침내 자신이 누구인지 자각했다. 그는 울트라였고 싸워야만 했다.

연락을 받고 달려온 백곰은 지수와 영원을 껴안고 격정적인 눈물을 쏟아 냈다. 백곰을 통해 지수는 톈궁 우주 기지 폭파 후 일어난 중국 정부의 공식적인 대처와 주변국들의 반응을 들을 수 있었다. 국정원의 블랙 요원인 백곰은 자신의 손이 닿는 모든 인맥과 단체를 통해 정보를 수집해 놓았다. 밀교 수뇌부와 관련된 핵심적인 정보의 누락이라는 결정적인 한계에도 불구하고 그의 정보는 정황을 파악하고 잠정적인 결론을 도출해 내는 데 부족함이 없었다. 그는 이번 사건에 깊숙이 개입한 당사자이기도 했다. 대화 말미에 백곰은 조금은 엉뚱한 말을 해서 지수의 가슴을 아프게 했다.

"시간이 좀 더 있었더라면 그 작은 중국인 여자를 구해 낼 수 있었을지도 몰라."

자연스럽게 지수는 거대한 폭발이 일어난 그날의 마지막 장면을 기억해 냈다. 백곰의 말처럼 시간이 1~2분만 더 있었더라면 쉬징레이를 구출해 낼 수 있었을 것이다. 무한에 가까운 힘을 부여받은 그였지만 생명을 구하는 일에는 한계가 있었다. 차가운 바닷물 속에서 양손에 실신한 두 여자를 붙잡고 탈출하기란 불가능했다. 영원을 구하기 위해 쉬징레이의 손을 놓은 기억이 되살아났다. 불가피한 선택이었다고 여겼지만, 그때의 일이 마음을 짓누르고 있었다. 죄의식은 목에 난 상처보다 깊고 아팠다.

　지수의 표정에서 불편한 심정을 읽은 백곰이 화제를 돌렸다. 그는 밀교 '중화의 꽃'이 해체된 정황을 자세하게 설명했다. 중국의 정보기관인 국가안전부MSS가 전면에 나서 '중화의 꽃'을 철저히 와해시켰다. 당과 군은 물론 정부 조직 내부에서도 비밀리에 숙청이 이루어졌다. 언론을 장악한 중국 중부는 대중에게 사실을 숨긴 채 비밀리에 사건을 처리했다. 그들에게는 파룬궁 사태라는 유사한 경험이 있었다. 파룬궁의 경우와 마찬가지로 중화의 꽃도 불법 반체제 조직으로 낙인찍혀 와해되었다.

　"꼭 해야 할 일이 있습니다. 한국으로 돌아갈 수 있도록 도와주십시오."

　백곰은 지수의 말에 힘차게 고개를 끄덕였다. 백곰은 국정원으로 급하게 연락을 한 뒤 기다렸다. 돌아온 소식은 뜻밖이었다. 합법적인 경로를 피해 은밀히 국내로 잠입하라는 최 사장의 명령이었다. 지수는 백곰이 준비한 밀항 루트를 검토했다. 그는 최 사장의 의도를 간파했다. 최 사장은 초능력자인 지수와 영원을 외부의 시선으로부터 숨기길 원했다. 최 사장이 원하는 것은 무엇일까? 답을 알면서도 지수는 영원을 데리고 중국 화물선에 올랐다.

눈을 뜬 지수가 영원을 물끄러미 올려다봤다. 최 사장이 마련한 안가, 밀항선을 타고 온 사람들이 몸을 숨긴 공간이라고 하기에는 지나치게 화려하고 안락했다. 그녀 역시 그것을 느끼고 있었다. 그러나 영원의 얼굴에서는 잠입에 성공한 밀항자의 안도감이 느껴지지 않았다. 그녀는 여전히 불안한 얼굴로 자신을 내려다보고 있었다.

"걱정하지 마. 모든 일이 잘될 거야."

지수는 의미 없는 말을 내뱉었다. 영원이 응답하듯 희미한 미소를 지으며 지수의 뺨에 손을 올렸다.

"아버지에게 가야겠지?"

목소리에 힘이 없었다. 위험을 감수하고 한국으로 돌아온 이유인데도 영원은 여전히 망설였다. 지수는 묵묵히 고개를 끄덕였다. 이방우 소장의 주변을 배회하는 요이치를 제거하는 게 첫 번째 목적이었다. 서둘러 일을 끝내야 한다. 지수는 벽시계를 확인했다. 영원이 다시 지수의 품속으로 파고들었다.

"졸려, 조금만 더 자자."

영원이 눈을 감으며 말했다.

"이곳에선 아직 싸움이 끝나지 않은 것 같아."

지수는 영원의 어깨를 감싸 안았다. 미래를 보지 않아도 그 정도는 예측할 수 있었다. 낡은 어선의 침침한 백열등 불빛 아래에서 최 사장의 얼굴을 보았을 때 지수 역시 그것을 감지했다. 싸움은 끝나지 않았다.

지수와 영원은 같은 꿈을 꾸었다. 누가 먼저 시작한 꿈인지는 알 수 없었다. 지수는 영원의 눈을 통해 세상을 보았고 영원 역시 지수의 감각을 이용해 세계를 응시했다. 둘은 손을 잡고 좁은 오솔길을 걸었다. 너도밤나무와 떡갈나무, 소나무가 뒤엉킨 숲을 나오자 찬란한 햇빛이 머리로 쏟아져 내렸다. 둘은 눈을 감고 빛을 피했다. 빛에 익숙해져 눈을 떴을 때, 그들은 눈앞에 펼쳐진 세계가 변질되었음을 깨달았다. 지수는 등을 돌려 뒤를 확인했다. 출구 없이 영원히 이어질 것 같던 숲이 보이지 않았다. 사막에 떨어진 한 줌의 물처럼 숲이 증발해 버렸다. 광대한 평원이 눈부신 푸른 하늘과 맞닿아 있을 뿐이었다. 높고 푸른 하늘은 신비와 권능을 지닌 절대자의 변덕처럼 기이한 인상을 풍겼다.

지수는 하늘을 바라보다 영원이 곁에 있음을 깨닫고 그녀에게로 시선을 돌렸다. 길고 풍성한 영원의 속눈썹이 가늘게 떨렸다. 고개를 숙여 그녀의 입술에 키스를 했다. 영원의 입술은 마른 돌처럼 딱딱했다. 영원이 눈을 감자 입술이 촉촉하게 젖어 갔다. 지수는 영원의 허리에 손을 두른 채 힘을 주어 그녀를 껴안았다. 이상하게도 지수는 그 순간 자신이 세상의 모든 것을 가졌다는 착각에 빠져들었다. 숲은 사라지고 지상에 남은 것은 아무것도 없었다.

한참을 걸어 도착한 곳은 거대한 회색 벽으로 지어진 건물 앞이었다. 모스크처럼 보이는 둥근 지붕이 햇볕을 차단하고 있었다. 인간의 모습은 보이지 않았다. 지수는 영원의 손을 잡은 채 건물 안으로 걸어 들어갔다. 건물의 용도를 알 수 있는 암시 역시 어디에도 없었다. 벽과 통로가 있어 건물이라고 부를 수 있을 뿐, 아무런 쓰임새가 없는 구조물이었다. 완전무결한 침묵이 내부를 채우고 있는데 둔중한 느낌의 적막은 존재의 유무를 흐릿하게 만드는 효과를 연출했다. 지수는 자신이 서 있는 공간과 외계 사물이 위치한 공간의 경계가 불분명하다는 느낌을 받았다. 눈에 보이지 않는 사물이 자신의 몸을 관통해 어디론가 빨려 들어갔다. 지수는 천천히 자신의 몸을 살폈다. 어딘가에 거대한 구멍이 있을 것 같았다. 그러나 감각은 형편없이 반응했다. 시간이 지날수록 사물을 인지할 능력을 잃어 갔다. 현기증을 느꼈을 때 그는 크고 네모난 방에 들어와 있었다. 방의 크기는 웅장했지만, 사방이 흰색으로 칠해져 있어 규모를 어림짐작하기 어려웠다. 희고 네모난 방, 화이트 큐브. 불현듯 지수는 현대 미술관의 어느 장소에 와 있다는 착각에 빠졌다. 그러나 외벽에는 그림은 물론 어떤 설치물도 보이지 않았다.

"이곳은 박물관이야."

영원의 말을 끝으로 두 사람은 동시에 꿈에서 깨어났다.

땅거미가 지고 기온이 영하로 떨어졌다. 지수는 아파트를 나와 지하 주차장에 주차해 둔 차를 천천히 출발시켰다. 퇴근길에 나선 차량이 도로를 점령해 차는 느릿느릿 움직였다. 조수석에 앉아 무표정하게 창밖을 응시하던 영원이 말했다.

"왜 하필이면 박물관일까?"

영원은 아직 꿈을 털어 내지 못했다. 지수는 자연스럽게 꿈속에서 본 박물관을 떠올렸다. 영원이 지수의 대답을 기다리지 않고 말했다.

"박물관은 과거의 유물을 전시하는 곳이야. 그런데 우리가 그곳에 있었어."

지수가 영원의 말을 해석했다. 이번 사건의 출발점도 울트라라이트 19가 전시된 강원도의 한 박물관이었다. 영원의 여교사 시절에 일어난 일이었다. 박물관에는 울트라라이트 말고도 온갖 잡동사니들이 쌓여 있었다. 박물관이 폐쇄되자 전시관을 채웠던 물건들도 사라졌다. 그리고 두 사람은 꿈속에서 텅 빈 박물관에 도착했다. 박물관에서 출발해 박물관에서 끝을 맺는 것일까. 메타포는 쉬운 듯 어려웠다. 영원이 결론을 내리듯 단호하게 말했다.

"우리는 방문객이 아니라 전시물이 되어 그곳에 도착했어."

지수는 무심코 고개를 끄덕였다. 영원이 옳을지도 모른다. 먼 미래에 그들은 박제되어 박물관에 전시되는 신세가 될지도 모른다. 울트라라이트 19처럼.

'심령정신사연구소'는 지수가 처음 찾아왔던 때와 똑같은 모습으로 그곳에 있었다. 당시 지수는 연구소 문을 열면서 이곳에서 무슨 일이 펼쳐질지 짐작조차 하지 못했다. 삐걱대는 사무실 문을 열고 나서야 자신의 예상과 다른 특별한 일이 발생했음을 알았다. 지수가 조심스럽게 컨테이너 주변을 살폈다. 여직원 신혜원과 김 관장이 퇴근한 시간이었다. 미안한 일이지만 그들에게는 두 사람의 존재를 숨겨야 했다. 이방우 소장의 사무실 창으로 빛이 새어 나왔다. 긴장한 영원을 돌아보며 지수가 부드럽게 말했다.

"아버지에게 돌아온 거야."

영원이 자신 없는 표정으로 고개를 끄덕였다. 미래를 보는 초능력자인 영원에게도 두려움은 숨길 수 없는 감정이었다. 영원이 사무실 문고리에 손을 올렸다. 스테인리스의 차가운 표면에 손이 닿자 영원이 움찔거렸다. 그러나 문이 열리자 기대하지 못한 따뜻한 불빛이 쏟아졌다. 사무실 끝 책상에 석고상처럼 굳은 표정으로 앉은 소장의 모습이 보였다. 소장이 놀란 표정으로 자리에서 벌떡 일어났다. 그리고는 성큼성큼 걸어와 영원의 어깨를 붙잡았다.

영원은 어린 시절 마지막으로 아버지의 품에 안겨 잠들었을 때를 떠올렸다. 유년의 평화로웠던 시간 이후 많은 일이 있었다. 동생이 죽은 뒤 가족은 뿔뿔이 흩어졌다. 동생을 죽음으로 몰고 간 아버지를 원망했다. 슬픔과 분노는 영원히 그녀의 가슴속에 생채기를 남긴 채 사라지지 않을 것 같았다. 그러나 이제 영원은 안다. 그것은 아버지의 잘못이 아니었다. 아버지 역시 증오와 적개심으로 이루어진 집단 무의식의 피해자였다. 울트라의 최면에 걸려 미사일을 쏜 자신처럼 군인이었던 아버지는 정당한 전쟁으로 포장된 거대한 이념에 취해 있었다. 이제 자신이 아버지를 안아 줄 때였다. 영원은 팔을 뻗어 아버지의 등을 감싸 안았다. 소장이 떨리는 목소리로 말했다.

"나는 네가 살아 돌아올 거라고 믿었다."

감정을 자제하려고 했지만 영원은 흘러내리는 눈물을 멈출 수 없었다. 소장의 눈도 어느덧 젖어 있었다. 딸의 어깨를 토닥이던 소장이 고개를 들어 지수를 바라보았다. 회한과 기쁨이 교차한 표정으로 소장은 환하게 웃었다.

"고맙네, 내 딸을 지켜 줘서."

지수는 싱긋이 웃으며 두 사람을 지켜봤다.

소장을 바라보며 지수는 철학적인 감상에 젖었다. 시간의 흐름을 막을 수 있는 존재는 없다. 제아무리 울트라 파워를 가진 존재라도 계절의 변화를 저지하지는 못한다. 중력과 전자기력, 핵력으로 이루어진 자연의 힘은 시간과 공간의 제약을 받으며 작용한다. 무기력한 존재인 인간은 자연의 힘에 굴복한다. 절망스러운 낙담과 불가항력적인 수긍의 과정을 되풀이하며 노화를 받아들이고 결국 쇠퇴의 종착지인 죽음에 이른다. 예외란 있을 수 없다. 그렇다면 초능력은 인간의 생물학적 구속에서 자유를 가져다줄 것인가? 지금 상태로는 그럴 가능성이 희박했다. 영원과 자신 역시 다른 사람들처럼 늙고 병들어 죽을 것이다. 미래를 볼 수 있어도, 빛의 속도에 근접할지라도 생명의 궁극적인 존재 이유인 죽음을 피해 갈 수는 없다. 광대한 시간과 공간이 기묘하게 어우러진 세계에서 한 인간의 육체와 정신은 부서진 모래알과 유사한 운명을 맞이하며 해체된다. 우주에 존재하는 모든 싸움은 그 자체로 한 줌의 모래알과 같다. 그런데도 인간은 전쟁을 멈추지 않는다.

일본인 초능력자 요이치가 가슴에 비수를 품은 채 다가오고 있었다. 자각과 동시에 몸이 경직되었다. 압도적인 힘의 우위를 점하고 있으면서도 전투는 언제나 두려움을 몰고 왔다. 지수는 소장이 눈치채지 못하도록 태연한 얼굴로 대했다. 그리고 머릿속으로 영원이 알려 준 그림을 그려 나가며 서서히 굳은 몸을 풀었다. 초읽기가 시작되고 숫자가 제로에 이르렀을 때 지수는 자리에서 일어났다. 소장에게는 최 사장이 근처에 있다는 궁색한 변명을 했다. 영원이 입술을 다문 채 걱정스러운 눈빛으로 지수를 배웅했다.

영원이 펼친 머릿속의 지도를 따라 지수는 성큼성큼 걸어갔다. 차가운 겨울바람에는 그를 기다리는 암살자의 적의가 묻어 있었다. 요이치가 근처에 있었다. 지수는 인적이 끊긴 골목길에 우두커니 서서 그를 기다렸다. 별을 찾기 위해 고개를 들었지만 황량한 겨울바람이 점령한 도시의 밤하늘은 무겁고 탁한 검은 빛을 토해 내기만 했다.

마침내 요이치가 어둠 속에서 모습을 드러냈다. 그는 거리를 둔 채 우두커니 서서 지수를 응시했다. 지수는 서두르지 않았다. 일본인이 천천히 자신을 관찰할 수 있도록 충분한 시간을 줬다. 판단력이 뛰어난 요이치가 도망칠 수도 있었다. 지수는 그에게 기회를 주고 싶었다. 상하이에서 자신의 목숨을 거두지 않은 것에 대한 보답일 수도 있었다. 심호흡을 가다듬은 지수는 자신의 에너지를 천천히 발산했다. 살기를 담은 광포한 에너지가 요이치의 몸을 서서히 휘감았다. 울트라라이트의 신비한 권능을 전수받은 또 한 명의 수혜자인 요이치는 지수의 몸에서 나온 압도적인 힘을 이내 알아차렸다. 요이치의 손이 심하게 떨렸다. 그는 고개를 숙여 자신의 손끝을 확인했다. 그러고는 고개를 들어 믿을 수 없다는 표정으로 지수를 바라보았다. 울트라의 전유물인 텔레파시가 요이치의 뇌를 강하게 내리쳤다.

'달아날 수 있는 마지막 기회다. 달려라!'

텔레파시를 보낸 것과 동시에 지수는 오른손을 올려 에너지를 쏘았다. 에너지는 요이치의 가슴을 강타했다. 둔중한 충격파와 함께 몸이 뒤로 밀리며 갈비뼈가 부러졌다. 요이치는 고통을 털어 내기 위해 양손으로 가슴을 쓸어안았다. 그러나 불가사의한 에너지는 더욱 강하게 그의 몸을 압박해 들어왔다. 머릿속으로 선명한 빛이 쏜살같이 달려갔다. 밀교의 예언이 실현된 것이다. 울트라라이트가 선택한 초인이 눈앞에 서 있었다. 차지수, 그가 초인이었다. 무릎을 꿇은 요이치의 몸이 부들부들 떨렸다. 격정적인 감정은 다중적인 의미로 해석될 수 있었다. 절대강자인 초인을 대하고 느끼는 공포와 마침내 초인의 힘을 이해하게 된 기쁨이 복잡하게 뒤얽혔다. 세계의 종말을 알리는 울트라의 현시, 요이치의 눈에서 눈물이 뚝뚝 떨어졌다. 회한과 분노가 일어났다. 왜 자신은 초인이 되지 못한 것인가? 대일본 제국의 영광스러운 과거를 복원할 기회가 사라졌다.

지수는 묵묵히 요이치를 내려다봤다. 일본인은 아직도 꿈을 꾸고 있었다. 그 꿈은 자신이 죽인 중국인 초능력자 위제의 꿈과 다를 바 없었다. 어쩌면 자신도 그들처럼 영원한 제국의 건설이라는 허망한 꿈속에 포함된 것인지 모른다. 지수는 차가운 눈빛으로 요이치를 쏘아본 뒤 몸을 돌렸다. 일본인이 각성을 통해 달아나기를 원했다. 더는 손에 피를 묻히고 싶지 않았다. 그러나 일말의 기대는 요이치의 어이없는 도전으로 허무하게 날아가 버렸다. 요이치가 가슴에 품은 날카로운 비수를 지수의 등으로 내던졌다. 세 쌍의 수리검이 바람을 가르며 날아왔다. 지수는 감각적으로 몸을 비틀어 칼을 피했다. 그러나 가장 마지막에 날아온 칼날이 지수의 목덜미에 생채기를 냈다. 요이치가 마지막 힘을 주어 몸을 일으켰다. 그는 공중으로 날아올라 곧장 지수를 덮쳤다. 지수는 고개를 들어 요이치의 움직임을 살폈다. 그의 손에는 어두운 밤하늘에도 선명한 빛을 내는 도끼가 들려 있었다. 지수는 이맛살을 찌푸렸다. 그는 왜 목숨을 가벼이 여기는 것일까. 무엇 때문에 죽음을 각오하고 싸우는 것일까.

도끼날은 자신의 목을 겨냥하고 있었다. 지수는 가볍게 도약해 요이치와 눈높이를 맞추었다. 공포와 광기로 흔들리는 눈동자가 자신을 쏘아보고 있었다. 도끼날이 기묘한 소리를 내며 목으로 날아왔다. 지수는 맨손으로 도끼를 받았다. 괴기스러운 불협화음을 내며 도끼가 산산이 조각났다. 동시에 지수는 오른손을 뻗었다. 살기가 요이치의 심장을 단번에 꿰뚫었다. 요이치는 발로 착지하지 못하고 그대로 땅바닥에 고꾸라졌다. 숨이 끊어진 그의 입술에서 붉은 피가 새어 나와 얼어붙은 흙을 적셨다. 지수는 시체를 물끄러미 바라본 뒤 휴대 전화를 꺼냈다. 최 사장에게 시신 처리를 부탁하고 전화를 끊었다. 통화를 끝내자 흥분이 가라앉았다. 그는 최 사장이 도착할 때까지 시신 곁에서 기다리기로 마음먹었다.

시신을 수습하기 위해 도착한 최 사장은 시체를 내려다보며 중얼거렸다.

"마침내 동백꽃의 원한을 되갚았군."

늦은 시간인데도 최 사장은 피로를 모르는 젊은이처럼 생생했다. 울트라는 흡혈귀처럼 타인의 죽음을 통해 생명을 이어 간다. 최 사장은 가죽 장갑을 벗어 호주머니에 찔러 넣고는 맨손으로 뺨과 턱을 문지르며 말했다.

"북한이 핵 실험을 준비하고 있다는 첩보가 들어왔어. 조만간 너와 이영원이 할 일이 생길 거야."

'핵 실험!' 지수는 속으로 읊조린 뒤 북녘 하늘을 응시했다. 서울에서 얼마 떨어지지 않은 곳에 아직 청년의 티를 벗지 못한 또 한 명의 울트라가 권력을 쥔 채 사람들의 피를 원하고 있었다. 지수는 대답하지 않고 허망한 표정으로 최 사장을 응시했다. 함께 온 요원이 요이치의 시신을 짐짝처럼 트렁크에 내던졌다. 최 사장은 동백꽃이 죽었을 때와 마찬가지로 요이치의 시신을 사진으로 찍어 일본 밀교에 경고장으로 보낼지도 모른다.

밤공기가 좀 더 차가워졌다. 최 사장은 지수의 어깨를 토닥이고는 서둘러 국정원으로 돌아갔다. 지수는 상관을 배웅한 뒤 소장과 영원이 기다리고 있는 사무실로 향했다.

부녀는 조금 상기된 표정으로 사무실로 들어서는 지수를 바라보았다. 지수는 아무렇지 않은 듯 싱긋 웃고는 소파에 앉았다. 소장이

캐비닛에서 술병과 유리잔을 꺼내 들고 지수 맞은편에 앉았다. 소장은 컵에 자줏빛이 감도는 브랜디를 따랐다. 술을 마시며 세 사람은 이런저런 이야기를 나누었다. 중국에서의 도피 생활에 관한 이야기가 많이 나왔다. 이야기 도중 지수는 소장과 영원의 얼굴을 살폈다. 그들 사이를 가로막고 있던 무형의 벽이 허물어진 것을 느낄 수 있었다. 우울과 행복이 교차하는 밤이라고 지수는 생각했다.

"오늘은 우리 집에서 자는 게 어떻겠나?"

소장이 조금 자신 없는 목소리로 말했다.

지수는 영원의 얼굴을 슬쩍 본 뒤 고개를 끄덕였다. 한국에 오고 처음으로 영원이 환하게 웃었다.

소장의 아파트는 마치 군대의 내무반처럼 반듯하게 정리되어 있었다. 흐트러진 물건은 찾아볼 수 없고 묵은 때와 먼지도 보이지 않았다. 집 안을 채운 단출한 가구도 실용적인 목적에만 부합했다. 홀아비가 기거하는 공간의 누추한 느낌은 전혀 없었다. 영원이 주방에서 커피를 끓이자 소장은 보일러 온도를 높였다. 잠깐의 소란이 끝난 뒤 세 사람은 식탁에 앉아 커피를 마셨다.

"엄마에게 가세요."

영원이 소장을 바라보며 말했다. 소장이 조금 주저하며 답했다.

"그러잖아도 연락을 취해 놓았다. 지금 하와이에 있다는구나."

생각에 잠긴 표정으로 소장이 천천히 이야기를 풀어 놓았다. 지수는 귀를 기울여 소장의 이야기를 들었다. 10년 넘도록 굳게 닫혀 있던 갈등의 빗장이 마침내 풀리고 있었다.

"술을 좀 더 할까?"

소장이 지수를 넌지시 바라보며 말했다. 지수는 언젠가 소장이 했던 말을 떠올리며 웃었다. '난 정말 여자를 좋아하지 않아.' 그날 소장은 명상 수업을 듣는 한 여인으로부터 유혹을 받았을 것이다. 소장의 외로움은 자신을 등지고 떠난 가족만이 채워 줄 수 있었다. 술잔이 돌아, 그들은 자정이 넘어서야 잠자리에 들었다.

소장은 잠을 이루지 못한 채 뒤척였다. 옆방에 딸과 지수가 잠들어 있었다. 그는 산소가 희박한 고산지대에 오른 것처럼 어지럼증을 느꼈다. 시공간이 일그러진 듯한 느낌마저 들었다. 멀리 떨어진 도심의 불빛이 열린 창을 통해 여명처럼 들어와 벽과 천장에 어른거렸다. 그는 머리맡에 벗어 놓은 손목시계를 들어 시간을 확인했다. 새벽 3시 30분. 30년 동안 한 번도 고장 나지 않은 군용 시계였다. 표면에 흠집이 심해 플라스틱 덮개를 교체했을 뿐이다. 어둠 속에서 야광 초침이 규칙적인 리듬으로 움직였다. 귀에 시계를 가져다 대고 초침이 움직이는 소리에 귀를 기울였다. 아무 소리도 들리지 않았다. 귀에서 떼어 내 확인해 보니 시계는 정상적으로 작동하는데 소리가 어디론가 사라진 것이었다. 그는 시계를 내려놓고 반듯하게 누워 천장에서 어른거리는 불빛을 올려다봤다. 불빛은 느리고 불규칙적으로 움직였다. 귀머거리가 된 것일까. 나이가 들면 자연스럽게 받아들여야 한다. 육체의 쇠락을 이기는 유일한 치료법은 긍정적인 마음뿐이었다. 비관적이고 냉소적인 태도를 유지하면 결국 염세적인 우울로 육체를 지탱하지 못한다.

소장은 지수가 처음 연구소로 찾아온 날을 떠올렸다. 젊고 자신감에 찬 청년이 찾아와 신기한 동물을 대하듯 자신을 응시했다. 지수가 오면서 모든 변화가 시작되었다. 기묘한 사건이 얽혔지만 지수가 영원을 데려왔다. 갑작스러운 딸의 등장에 소장은 혼란스럽고 두려웠다. 그러나 지수가 옆에서 요령 있게 모든 것을 조율했다. 회복될 수 없을 것 같던 마음의 상처를 봉합해 주었다.

소장은 누운 채 침을 꿀꺽 삼켰다. 모든 일이 순조롭게 풀리는데도 그는 불안했다. 그가 다시 귀를 기울여 소리에 집중했다. 여전히 아무것도 들리지 않았다. 정말 청력을 잃은 것일까. 그때 갑자기 발걸음 소리가 들려왔다. 순간 그의 몸이 얼어붙었다. 현실에서 들리는 물리적 음이 아니었다. 비현실적인 발자국 소리가 둔중하게 그의 의식을 누르며 생각과 감정의 연결 고리를 끊었다. 그는 추위를 느꼈다. 팔을 올리려 했지만 손가락만 부들부들 떨릴 뿐 움직일 수 없었다. 본능이 침입자의 동태를 알아차렸다. 집 안에 누군가가 있다! 심장이 쿵쿵 뛰며 온몸에 한기가 퍼져 나갔다. 이내 온몸에 소름이 돋았다. 움직일 수 있는 건 눈동자뿐이었다. 천장과 벽을 타고 어른거리는 불빛이 이전보다 빠른 속도로 흔들렸다. 누굴까. 누가 야밤에 남의 집을 함부로 휘젓고 다니는 것일까. 아이들에게 위험을 알려야 한다. 비명을 지르려 했지만 입이 벌어지지 않았다. 순간, 죽은 아들의 모습이 어두운 천장에 나타났다. 아들은 검은 그림자에 둘러싸여 있었다. 아들의 희고 연약한 목에 날카로운 유리조각이 박혀 있었다. 붉은 피가 역류해 뚝뚝 떨어졌다. 자신의 모습도 보였다. 길고 딱딱한 목도로 아들을 내리쳤다. 군복을 입은 자신이 아들에게 사납게 외쳤다. 싸움을 독려하며 검은 그림자가 포위한 곳으로 아들을 밀쳐냈다. 아들은 발가벗고 있었다. 목을 타고 내려온 피가 아들의 가슴과 다리를 붉게 물들였다. 아들이 젖은 눈으로 자신에게 도움을 요청했다. 자신은 목도를 내던진 채 아들을 외면했다. 길 잃은 아이처럼 공포에 사로잡힌 아들이 떨리는 손으로 목도를 집어 들었다. 그러고는 검은 그림자를 향해 목도를 휘둘렀다. 아들이 든 목도가 찢어진 깃발처럼 허공에서 흔들렸다. 그리고 어디에선가 날아온 날카로운 유리 조각이 다시 아들의 목에 박혔다. 피가 솟구쳤다.

악몽에서 깬 소장은 침입자의 존재를 인식했다. 검은 그림자가 침대 옆에 우두커니 서서 퇴역 대령을 내려다보고 있었다. 그림자는 호기심을 느낀 듯 소장의 육체를 샅샅이 살폈다. 그림자의 진중한 동작은 과묵하고 점잖은 신사가 대리석이 깔린 호화로운 매장에서 꼼꼼하게 슈트를 고르는 장면을 연상케 했다. 블랙과 다크블루, 싱글 버튼과 투 버튼을 두고 고민하는 것처럼 보였다. 공기의 밀도가 극도로 옅어졌다. 소장의 늙은 몸뚱이가 호흡을 제대로 하지 못하고 뒤틀렸다. 그림자는 천천히 발걸음을 옮겨 침대 주변을 서성였다. 깊은 상념에 잠긴 듯 고개가 땅을 향해 있었다.

그림자가 움직일 때마다 어둠의 농도가 짙어지고 벽과 천장을 어른거리는 빛의 세기는 약해졌다. 공기가 사라지면서 소리는 퍼져 나가지 못했다. 이어 공간과 시간이 휘어지며 퇴역 대령의 플라스틱 시계가 멈추었다. 그림자는 국방색 끈으로 된 시계의 야광 초침을 응시했다. 고대인이 우주 전체에 가득 차 있다고 믿은 물질, 발광 에테르가 공간을 잠식하며 빛의 속도마저 빼앗아 절대적인 정지 상태로 되돌려 놓았다. 침대에 누운 생명체의 숨은 끊어졌다. 호흡이 사라지자 거죽만 남은 생명체는 그림자를 위한 완전한 형태의 외피로 전이되었다. 지상에 존재하는 관념의 총체에서 공포와 증오의 정수만 뽑아 내 형상을 이룬 그림자가 기묘한 에너지를 발산했다. 그림자가 서서히 침대로 다가섰다. 결정을 내린 듯 대령의 몸 위로 올라가 가슴을 향해 두 팔을 뻗었다. 검은 손이 대령의 가슴을 갈랐다. 그러고는 대령의 몸속으로 꾸역꾸역 몸을 집어넣었다. 구멍으로 빨려 들어간 그림자는 연기처럼 이내 사라졌다. 동시에 대령의 군용 시계가 움직이기 시작했다. 그러나 정상적인 시간 운동은 오랫동안 지속되지 않았다. 야광 초침은 37초에서 47초로 이동한 다음 멈추었다. 이내 대령의 몸이 갈라지고 그림자가 빠져나왔다. 이전과 마찬가지로 그림자가 침대를 내려다보며 대령의 육체를 응시했다. 치수가 맞지 않는 재킷을 입었을 때의 난감한 감정이 그림자를 지배했다. 그림자의 어둠이 이전보다 옅어졌다. 어쩔 수 없다는 듯, 그림자는 느릿느릿 움직여 옆방으로 이동했다. 그곳에는 젊은 두 남녀가 잠들어 있었다. 그림자는 망설이지 않고 지수의 가슴을 갈라 그의 몸속으로 들어갔다. 그림자는 젊은 남자의 몸속에서 비로소 안도했다. 새벽 3시 31분. 시계가 정상적으로 움직이기 시작했다. 소동은 끝났다.

아침 6시, 퇴역 대령 이방우 소장은 눈을 떴다. 그는 일어나 탁자에 놓아둔 군용 시계를 확인했다. 시계는 어김없이 작동했다. 소장은 지난밤에 일어난 불길한 악몽을 뚜렷이 기억했다. 그것은 악몽이 아니라 현실이었다. 그는 맨손으로 얼굴을 북북 문지른 다음 창으로 다가가 커튼을 젖히고 창문을 열었다. 동이 트려면 아직 이른 시간이었다. 차가운 겨울 공기가 훅하고 폐부로 밀려들어 왔다.

두 연인이 잠을 깼을 때 소장은 아침 식사 준비를 마치고 거실 소파에 앉아 신문을 읽고 있었다. 아침 메뉴는 황태 해장국이었다. 늦잠을 잔 지수와 영원이 미안해하며 식탁에 앉았다. 세 사람은 전형적인 한국인 가족처럼 아무 말 없이 묵묵히 식사를 마쳤다. 영원이 일어나 커피를 끓였다. 유리창을 통과한 겨울 해가 마룻바닥을 환하게 비추었다.

"어젯밤에 무슨 일 있었나?"

질문을 받은 지수는 호기심 어린 눈빛으로 소장을 응시했다. 소장은 끈기 있게 답을 기다렸다. 그는 무엇을 알고 있는 걸까. 요이치의 죽음을 보기라도 한 것일까.

"해야 할 일을 했습니다."

지수가 태연하게 말했다. 소장은 수긍하는 뜻으로 고개를 끄덕이고는 화제를 돌렸다.

"최 사장이 와서 영원이가 죽었다고 말했을 때 나는 믿지 않았네. 장례식을 준비하라는 말도 듣지 않았지. 사정은 자네 가족도 마찬가지일 거야."

"……."

"자네가 해야 할 일이란 바로 그런 거야. 가족을 안심시키고 그들과 함께하는 거지."

영원이 커피가 든 컵을 탁자에 내려놓았다. 아침 식사 시간에 나누는 대화치고는 무거운 주제라고 지수는 생각했다.

"자네 머릿속에 든 생각을 어느 정도 읽어 낼 수 있어. 젊은 시절의 나도 자네와 마찬가지였네."

지수가 영원을 슬쩍 쳐다봤다.

"복잡한 말은 하지 않겠네. 자네가 한 사람을 사랑한다면 끝까지 그 사람을 지켜 줘야 하네."

영원의 얼굴에 얼핏 미소가 어렸다.

"그러나 이곳에 있는 한 불가능해. 두 사람의 힘을 알고 있는 자들이 그것을 허락하지 않을 거야."

지수는 소장의 의도를 파악했다. 그는 최 사장의 계획을 꿰뚫어 보고 있었다.

"초능력 부대는 우리가 원하는 것이 아닙니다."

지수가 단호하게 말했다. 소장의 얼굴이 조금 밝아졌다.

"그렇겠지. 자네가 이해한다니 다행이야. 하지만 자네 상관은 포기하지 않을 거야. 자네가 살아 돌아온 것을 끝까지 숨기려는 걸 보면 그자의 속마음을 알 수 있지."

"한국으로 돌아온 것은 소장님 때문이었습니다."

지수는 지난밤 요이치를 죽인 이야기는 꺼내지 않았다. 때로는 진실을 숨기는 게 도움이 될 때도 있었다. 소장이 의미심장한 눈빛으로 지수를 쏘아봤다. 영원이 대화에 참여했다.

"국정원에서 무슨 일을 계획하고 있는지 우리도 잘 알고 있어요."

그녀의 말에 두 사람은 침묵을 지켰다. 어쩌면 긴 이야기가 반복될지도 모르겠다고 지수는 생각했다. 소장이 침묵을 깨며 말했다.

"나는 미국으로 가서 영원이 엄마를 만날 거네. 가서 무엇을 할지는 모르지만, 그렇게 할 거야."

영원이 소장의 큰 손 위에 자신의 손을 올렸다. 소장은 짐짓 모른 척하며 지수에게 말했다.

"사람들의 눈을 피해 사는 것이 쉽지는 않을 거야. 그렇지만 자네와 영원이라면 해낼 수 있으리라 믿어."

가족의 아침 식사는 그렇게 끝났다. 영원과 지수가 함께 식탁을 정리했다. 소장은 소파에 앉아 다시 신문을 펼쳐 들었다. 지수는 벽에 걸린 시계로 시간을 확인했다. 최 사장은 관용차를 타고 서울 거리를 달리고 있을 것이다. 최 사장은 비밀스럽고 원대한 계획에 취해 있었다. 중국과 일본의 밀교에서 시작된 꿈이 국정원 간부의 가슴으로 이식되었다. 자신들이 사라지지 않는 한 그는 허망한 꿈에서 깨어나지 못할 것이다.

지수는 거품이 묻은 접시를 닦으며 슬며시 영원의 손을 잡았다. 영원이 지수를 바라보며 환하게 웃었다. 아버지와의 이별을 앞두고 있는데도 영원은 묘한 행복을 느꼈다. 중국에서처럼 그들은 다시 유령이 되어 세계의 변방을 떠돌아야 한다. 술래가 누가 될지는 분명하다. 권력자들은 강한 힘을 가지고 있으면서도 더욱 강해지길 원한다. 그러나 누구도 울트라보다 강하지는 않다. 전쟁이 시작되면 진실이 드러날 것이다. 그때 초인종이 기습적으로 울렸다.

이방우 소장이 문을 열어 주었다. 택배 기사가 건넨 서류 봉투를 받아든 소장은 어두운 눈빛으로 영원과 지수를 번갈아 바라보았다. 지수가 다가가 겉봉에 쓰인 글자를 서둘러 읽었다. 수령인의 이름을 먼저 확인했다. 놀랍게도 영원의 이름이 적혀 있었다. 소장의 얼굴이 굳어진 이유였다. 영원이 간밤에 이곳에 머문 사실을 아는 사람은 최 사장뿐이었다. 그것도 즉흥적으로 이루어진 결정이었다. 그런데도 이 사실을 인지한 누군가가 영원 앞으로 택배를 보낸 것이다. 발송인의 이름은 적혀 있지 않고 전화번호와 주소만 적혀 있었다. 모두 지수가 중국으로 떠나기 전 한국에서 사용하던 전화번호와 주소였다. 지수는 급히 봉투를 뜯었다. 봉투 안에는 황금색과 짙은 붉은색으로 디자인된 화려한 카드가 들어 있었다. 카드의 전면에는 비상하는 용의 크고 날카로운 발톱이 돋을새김되어 있었다. 지수는 카드를 펼쳤다. 카드에 든 내용물이 바닥으로 툭 떨어졌다. 곁에 선 영원이 재빨리 그것을 집어 들었다. 낯선 항공사 로고가 그려진 항공권 두 장이었다. 카드는 초대장이었다. 'Invitation From The Flowery Kingdom.' '플라워리 킹덤.' 지수가 무심코 그 말을 속으로 되뇌었다. 그 단어는 중국을 미화할 때 사용하는 칭호였다. 카드는 '중화로부터 온 초대장'이었다. 지수의 심장이 맹렬하게 뛰었다.

지수는 최 사장에게 전화를 걸어 자신과 영원이 사용할 수 있는 여권을 부탁했다. 갑작스러운 요구에 최 사장은 당황했지만 부탁을 거절하지는 않았다. 최 사장은 이제 지수가 자신의 지휘 통제권에서 벗어난 요원임을 순순히 인정하는 태도를 취했다. 전화를 끊고 지수는 소장을 안심시키며 작별 인사를 했다. 소장 역시 최 사장과 마찬가지로 자신이 지수를 막아서지 못한다는 것을 알고 있었다. 영원과 소장의 가벼운 포옹이 끝난 뒤 두 사람은 아파트를 나왔다. 지수는 운전대에 앉아 굳은 표정으로 액셀러레이터를 밟았다. 품속에는 발송인의 정체와 의도가 불분명한 초대장과 아라비아 반도의 아름다운 도시로 향하는 두 장의 항공권이 들어 있었다. '왜 하필 두바이일까?' 의문이 머릿속을 어지럽혔다. 지수는 끝내 영원에게 묻지 않았다. 두 사람에게 미래에 대한 궁금증은 처분해야 할 거추장스러운 짐에 불과했다.

공항에 도착하자 국정원에서 나온 요원이 두 사람을 기다리고 있었다. 지수는 짧게 감사의 말을 하고 젊은 요원이 건넨 여권을 받았다. 한 시간 뒤 지수와 영원은 에미레이트 항공사 비행기의 일등석에 자리를 잡고 앉았다. 항공기가 비행 정상 고도에 오르자 두 사람의 흥분된 마음도 가라앉았다. 지수는 금발로 염색한 스튜어디스가 권한 샴페인을 마셨고, 영원은 헤드셋을 끼고 스칼렛 요한슨이 주연을 맡은 신작 영화를 보았다. 두바이 공항에 도착하기 전까지 두 사람은 지독하게도 말을 아꼈다. 전담 서비스를 맡은 여승무원의 눈에는 두 사람의 그런 모습이 사소한 말다툼으로 모처럼의 휴가를 망쳐 버린 연인처럼 보였다.

입국장을 나오자 정장 차림의 동양인 사내 둘이 그들을 맞이했다. 호리호리한 체격의 두 사내는 모두 짙은 선글라스를 쓰고 있었다. 그들의 안내를 받아 공항 건물 밖으로 나오자 구름 한 점 없는 하늘에서 아름답고 날카로운 빛이 거센 폭포수처럼 여과되지 않은 채 쏟아져 내리고 있었다. 영원이 햇빛을 손등으로 막으며 옅게 인상을 찌푸렸다. 모래와 오일 머니가 넘쳐나는 도시의 첫인상은 강렬하면서도 조금 불쾌했다. 다른 여행자들처럼 주변을 둘러보며 감상할 여유가 없었다. 지수와 영원은 곧장 캐딜락 리무진에 몸을 실었다. 동방에서 온 두 이방인을 태운 무거운 차가 도시의 고가도로를 거침없이 질주했다. 에어컨을 틀어 시원한 차 안에서 낯선 멜로디의 피아노곡이 흘렀다. 가이드를 맡은 두 중국인 사내의 표정만큼이나 불안감을 일으키는 곡조였다.

그렇게 피아노 소리에 귀를 기울이다 영원은 언뜻 기시감에 사로잡혔다. 그것은 이 모든 사건의 출발점이 되는 불편한 기억이었다. 공항 테러가 일어난 다음 날 검은 양복을 입은 사내가 아파트로 찾아왔고, 귀고리를 한 젊은 일본인 남자가 국정원 직원을 사칭해 자신을 끌어냈다. 검은 세단의 뒷좌석에 앉고서야 함정에 빠진 것을 알아차렸다. 그날 이후 평화롭고 평범했던 일상은 일시에 붕괴되었다. 영원은 가볍게 심호흡을 하며 무심한 눈길로 창밖을 응시했다. 미지의 세계에 대한 불안감으로 떨던 과거의 그녀와 지금의 영원은 비교할 수 있는 대상이 아니었다. 그녀는 이제 원하는 만큼 미래를 예측할 수 있었다. 타인에 의해 의도된 위험은 얼마든지 피해 갈 수 있었다. 게다가 옆에는 어떠한 폭력도 제압할 수 있는 든든한 방패막인 지수가 자신을 보호하고 있었다. 두려워할 것은 아무것도 없었다. 영원은 창밖으로 향한 시선을 돌리지 않은 채 슬머시 지수의 손을 잡았다. 지수의 체온은 서늘하면서도 따뜻했다. 지수는 가볍게 눈을 감고 명상에 잠겨 있었다.

차가 어느새 목적지에 도착했다. 영원은 인공 섬으로 향하는 다리 뒤로 나타난 돛대 형상의 호텔을 무심히 응시했다. 정원수로 심어 놓은 야자수 뒤편에는 청명한 하늘만큼이나 푸른 바다와 고운 모래로 채워진 해변이 펼쳐져 있었다. 세계의 부호들이 한 번쯤은 찾아온다는 부르즈 알 아랍이었다. 편안한 자세로 등을 기대고 있던 지수는 비로소 감았던 눈을 떴다. 그는 지나치게 화려해서 어수선한 느낌을 주는 호텔의 외관과 풍경에는 관심을 두지 않았다. 로비로 향하는 입구에 차가 멈추고 도어맨이 문을 열자 두 사람은 리무진에서 내렸다. 지수는 한 가지 사실에만 정신을 집중했다. 그의 품속에는 정체가 불분명한 카드가 들어 있다. '중화로부터의 초대.' 이 건물 어딘가에 초대장을 보낸 중국인이 초조하게 기다리고 있을 것이다.

엘리베이터가 열렸다. 그리고 그곳엔 아시아의 반대편 끝에서 날아온 여행객을 환한 웃음으로 맞이하는 중국인 여자가 서 있었다. 그녀의 아름다움은 스위트룸을 장식한 최고급 인테리어와 아랍 전통 문양 카펫의 강렬한 원색을 압도했다. 단순한 디자인의 스커트와 적당한 높이의 하이힐, 여성미가 드러나는 실크 블라우스를 입었을 뿐인데도 그녀의 외양은 화려하게 치장한 고대의 왕족을 연상케 했다.

쉬징레이였다.

쉬징레이가 먼저 영원에게 양손을 내밀어 인사했다. 그런 다음 그녀는 지수에게로 몸을 살짝 돌렸다. 입가에는 예쁜 미소가 걸려 있고 목소리는 경쾌했다. 지수가 악수하려고 오른손을 내미는데 쉬징레이가 다가서며 지수를 껴안았다. 잠깐 주저했지만, 곧 지수도 그녀의 등에 손을 올리며 호응해 주었다. 그들은 생과 사를 함께한 동지이자 전우였다. 그녀의 체온에서 지수는 살아남은 자의 환희와 감사의 마음을 읽을 수 있었다.

"언니와 오빠를 다시 만날 수 있을 거라 믿었어요."

지수에게서 한 발짝 물러난 쉬징레이가 맑고 검은 눈동자를 반짝이며 말했다.

거실 창밖으로 푸른빛의 바다가 펼쳐져 있었다. 그들은 이국적인 아랍 스타일의 테이블을 사이에 두고 자리에 앉았다. 영원과 지수는 2인용 소파에 함께 앉고 쉬징레이는 맞은편의 팔걸이가 높은 암체어를 차지했다. 의례적인 인사를 나누는 동안 치파오를 입은 젊은 여자가 그들의 시중을 들었다. 지수와 쉬징레이는 얼음을 넣은 위스키를 선택했고, 영원은 하이네켄을 마셨다.

차가운 맥주로 목을 적시며 영원은 조심스럽게 쉬징레이를 관찰했다. 그녀가 살아난 것은 기적에 가까웠다. 스텔스 전투기에서 날아온 미사일로 거대한 우주 기지가 일거에 파괴되었고, 그들은 부서진 암석 덩어리와 함께 차가운 바닷물 속으로 침몰했다. 아수라장이 된 바다에서 이제 갓 스물을 넘긴 여자가 홀로 탈출하기는 불가능했다. 자신에게는 신비의 돌, 울트라라이트 19로부터 가공할 초능력을 획득한 지수가 있었다.

영원은 쉬징레이의 생환을 확인한 만남의 자리가 한편으로는 고마우면서도 다른 한편으로는 불편했다. 그녀는 어떻게 살아났을까. 문제는 단순한 의문에 그치지 않았다. 초대장이 도착했을 때부터 영원은 초대의 주인이 쉬징레이임을 알 수 있었다. 지수 역시 그 사실을 정확히 인지했다. 아버지의 아파트를 나와 대륙을 횡단하는 동안 두 사람은 극도로 말을 아꼈다. 쉬징레이의 귀환은 지수와 영원 모두 계산에 넣지 못한 변수였다. 왜 그동안 쉬징레이의 모습이 보이지 않았을까. 중화의 꽃이 된 이후 영원은 미래를 앞서 보는 자신의 능력에 대해 처음으로 의심을 가졌다.

"두 분의 모습을 보니 마치 위제 오빠와 왕할쯔 언니가 살아 돌아온 것 같은 느낌이 들어요."

갑자기 쉬징레이가 중국어로 말했다. 영원은 그 말을 알아듣고 미소를 지었지만, 중국어를 모르는 지수는 다소 무뚝뚝한 표정을 보였다. 그제야 영원은 자신의 가슴을 누르는 불편한 감정의 덩어리를 이해할 수 있었다. 쉬징레이가 자신을 언니로 대하는 것은 문제가 없었다. 그러나 그녀가 지수에게 오빠라는 친근한 호칭으로 부르는 것은 아무래도 불편했다. 엘리베이터 앞에서 자신을 맞을 때는 손을 잡은 반면, 지수에게는 몸으로 다가서며 포옹을 유도했다. 어딘가 부자연스러운 행동이었다. 그렇게 생각하자 쉬징레이에게서 풍겨 나오는 아름다움이 조금씩 변질되기 시작했다. 부쩍 여성스러워진 육체와 기품 있는 태도, 매력적인 웃음과 목소리 모두 거슬렸다. 그녀는 외양의 변화뿐 아니라 겉과 속이 모두 탈바꿈되어 이전과 전혀 다른 존재가 되어 있었다. 영원이 쉬징레이와 관련된 미래를 예측하지 못한 이유는 그 때문이었다.

"저는 이제야 대종사님이 제게 하신 말씀을 이해하게 되었어요."

재회의 흥분을 가라앉힌 쉬징레이가 한결 낮은 목소리로 말했다. 대종사는 밀교의 정신적인 수장이며 온건파의 리더였던 쯔중원 대종사를 일컫는 호칭이었다. 대종사는 중화의 꽃이 된 영원에게 가르침을 준 스승이기도 했다. 영원은 두근거리는 가슴을 진정시키며 쉬징레이의 말에 귀를 기울였다.

"그분은 저의 운명이 중국의 운명과 맥을 같이한다는 말씀을 하셨어요. 당시 저는 어렸고 지혜도 부족해 대종사의 말씀을 이해하지 못했어요."

영원은 아흔을 넘긴 대종사가 꼿꼿한 자세로 『주역』을 비롯한 중국의 고전을 열거하며 도의 진리를 설파하던 모습을 기억해 냈다. 울트라인 장광즈 도인 대신 대종사가 교단의 권력을 획득했다면 밀교의 장래도 확연히 달라졌을 거라고 영원은 생각했다.

"저는 어렸을 때 불의의 사고로 부모님을 잃었어요. 한 정신병자가 부모님에게 불을 질렀고 테러를 당한 부모님은 그 자리에서 즉사하셨죠. 대종사는 제게 그 사실을 잊지 않도록 명령하셨어요."

영원과 지수는 잠자코 쉬징레이의 다음 말을 기다렸다.

"잊고 싶었던 과거였기 때문에 저는 대종사님을 원망하기도 했어요. 그런데 이제 그 이유를 알게 됐어요. 스승님은 중국의 불행했던 과거사를 제가 망각하지 않기를 바랐던 거예요. 한 미치광이로부터 부모님이 불벼락을 받은 것처럼 우리 중국은 과거에 제국주의 국가로부터 테러를 당한 것이죠. 그 고통과 아픔을 극복하는 데 너무도 많은 시간이 걸렸어요."

어둡고 무거운 내용과 달리 쉬징레이는 입가에 미소를 지으며 말했다.

"내가 과거의 절망에서 빠져나왔듯 중국도 새로운 세계를 향해 전진할 거예요."

영원과 지수는 그녀의 다소 엉뚱한 결론에 놀랐다. 중국 정부가 중화의 꽃이라는 밀교의 존재를 부정하고 비공식적인 루트를 통해 그들을 제거 대상으로 삼은 것은 공공연한 비밀이었다. 게다가 그동안 쉬징레이는 밀교의 다른 구성원들과 달리 수동적이며 비정치적이고 객관적인 태도를 보였다. 그런 그녀가 완벽히 달라졌다.

"한국은 중국의 좋은 친구가 될 수 있어요. 오빠와 내가 좋은 관계를 유지할 수 있듯이."

그렇게 말하며 쉬징레이는 환하게 웃었다. 그녀는 얼음이 반쯤 녹은 위스키 잔을 들며 지수를 뚫어지게 바라보았다. 그의 옆에 영원이 있다는 사실을 잊은 듯한 거침없고 대담한 눈빛이었다.

쉬징레이가 재회 장소로 두바이를 선택한 것은 우연과 운명이 복합적으로 작용한 탓이었다. 그녀는 자신의 잠행을 기묘한 논리와 수사로 포장해 진실을 숨겼다. 그런 쉬징레이의 태도는 지수와 영원에게 미심쩍은 감정의 찌꺼기를 남겼다. 그러나 두 사람은 쉬징레이가 처한 상황을 이해할 수 있었고 그녀가 취하는 교묘한 위장술의 본뜻을 받아들일 수 있었다. 사건이 터진 뒤, 중화의 꽃은 중국 정보부의 표적이 되었다. 쉬징레이가 살아 있다는 것을 알면, 그녀가 그들의 제1표적이 될 것은 자명했다. 쉬징레이 역시 자신들과 마찬가지로 거대한 권력 집단에서 자유로울 수 없는 존재였다. 울트라인 그들은 당분간 유령으로만 존재해야 생명과 자유를 보장받을 수 있었다.

"언젠가 그들이 다시 우리를 부를 거예요. 그 사실은 언니도 분명히 알고 있겠죠?"

목소리는 부드러웠지만 쉬징레이의 시선은 도전적이었다. 영원은 그녀의 질문에 옅은 미소를 보였을 뿐 명확한 답은 하지 않았다. 지수는 영원의 머뭇거리는 태도를 보고서야 비로소 두 여자 사이에 흐르는 무언의 긴장을 알아차렸다.

"조직이 와해되고 쫓기는 사람이 숨는 장소치고는 지나치게 화려한 곳이야."

지수가 화제를 돌렸다. 그의 말에 쉬징레이가 환하게 웃었다. 그녀가 꼬았던 다리를 바로할 때, 지수의 시선이 자연스럽게 날씬하고 매끈한 그녀의 종아리로 향했다.

순간 지수는 어렴풋이 검은 돌이 자신의 몸속으로 처음 들어오던 날의 기억을 되살렸다. 당시 그는 울트라라이트 19의 힘에 압도당해 의식을 잃은 상태였다. 그런데도 마지막 순간이 뇌리에 각인되어 있었다. 지수는 쉬징레이의 지시에 따라 검은 돌을 자신의 배 위에 올려놓았다. 돌이 그의 몸속으로 사라지고 그는 교단의 예언에 등장하는 초인이 되었다. 일련의 모든 일이 쉬징레이의 판단에 의해 이루어졌다. 지금의 지수가 존재하기 위해서는 쉬징레이의 역할이 절대적이었다. '중화의 꽃이 선택한 자가 초인이 된다'는 것이 밀교의 예언이었다. 그렇다면 그는 누구의 선택을 받은 것인가. 영원, 아니면 쉬징레이? 지수는 혼란스러웠다. 더구나 머릿속에는 기억하지 않아도 될 장면이 고스란히 남아 있었다. 쉬징레이가 자신의 바지 속으로 손을 넣고서 난감해하던 모습과 톈궁 지하 기지로 내려가는 엘리베이터에서 자신이 갑자기 쉬징레이에게 키스를 했던 느닷없는 행동이 차례로 기억의 저장고에서 불쑥 튀어나왔다. 그는 자신도 모르게 얇은 한숨을 내뱉었다.

"두바이는 아름다운 도시예요. 그리고 상하이와 마찬가지로 자본주의의 욕망을 한눈에 읽어 낼 수 있는 곳이죠. 여자들은 이 도시를 사랑하지 않을 수 없어요."

쉬징레이는 동의를 구하기라도 하듯 영원을 바라보며 말했다. 영원이 쉬징레이를 응시하며 답했다.

"남자들이 전쟁에 열광하듯 여자들은 아름다움에 집착하죠."

그것은 적절한 호응이기도 하고 논리적 맥락에서 벗어난 터무니없는 수사이기도 했다. 쉬징레이는 입가에 어린 미소를 거두고 사뭇 진지한 표정으로 이야기를 이어 갔다.

"두바이는 오아시스가 필요한 도시예요."

그녀의 말에 지수와 영원의 얼굴이 동시에 굳어졌다. 오아시스! 그것은 비유와 사실이 공존하는 단어였다. 지수는 항저우의 아름다운 시후 호에서 오아시스를 만났다. 그는 과학자를 자처했지만 울트라라이트 19에 얽힌 신비와 예언을 부정하지는 않았다. 결국 그는 울트라라이트의 비밀을 누설해 부당한 죽음을 당했다.

"오아시스는 울트라라이트가 복수複數의 존재임을 확신했어. 그렇다면 넌 이곳에서 또 다른 돌을 찾고 있는 거야?"

지수의 질문에 쉬징레이는 긍정도 부정도 하지 않았다. 옅은 미소를 지으며 지수의 눈만 응시했다. 짧은 침묵이 흐른 뒤, 영원이 지수를 바라보며 쉬징레이 대신 질문에 응답했다.

"이곳에도 울트라가 되려는 사람들이 많아. 그들은 어느 곳에나 존재해."

영원의 목소리는 위협을 느낄 정도로 차가웠다. 두바이 공항에 도착하기 전 지수는 비행기에서 읽은 신문 기사를 떠올렸다. 이란이 ICBM 발사에 성공했다는 뉴스였다.

"이런 이야기는 이제 지겨워요. 나는 파티를 위해 두 분을 초대했어요. 무거운 주제는 피하도록 하죠."

쉬징레이는 요령 있게 대화를 중단했다. 몰트위스키에 든 얼음이 모두 녹아 있었다. 지수는 단숨에 위스키를 목으로 털어 넣었다. 쉬징레이는 테이블에 놓인 팸플릿을 두 사람이 잘 볼 수 있도록 돌려놓았다. 첫 페이지를 넘기자 근육질의 서러브레드 프로필 사진이 나타났다.

"곧 중요한 경마 대회가 열릴 거예요. 이 호텔 스위트룸은 경주를 보려는 사람들이 모두 차지했어요."

쉬징레이가 허리를 조금 굽힌 채 호기심 가득한 눈으로 말했다.

"경마에는 관심 없지만, 언니를 보니 어떤 말이 결승선을 제일 먼저 통과할지 궁금해졌어요. 혹시 실례가 되지 않으면 우승마를 가르쳐 줄 수 있나요?"

쉬징레이는 팸플릿 사이에서 흰 봉투를 꺼내 지수 앞으로 내밀며 말했다.

"이건 경마장 VIP석 초대권이에요. 티켓을 구하는 데 꽤 시간이 걸렸어요."

그녀의 애교 섞인 말투에 지수는 처음으로 웃음을 지었다. 영원이 어떻게 반응할지 궁금했다. 지수는 빠르게 팸플릿에 쓰인 요약문을 읽었다. 총 14두의 말이 우승컵을 차지하기 위해 출전했는데 북미에서 4두, 일본에서 3두, 뉴질랜드에서 1두, 나머지 6두는 유럽에서 온

말들이었다. 지구에서 가장 빠른 말들이 경합을 벌이는 초대형 이벤트였다. 홍콩에서 경마를 즐긴 탓에 지수는 흥미를 느꼈다. 그러나 지수는 영원이 우승마에 대해 함구할 것으로 생각했다. 그녀는 초능력에 의존해 베팅하는 행위를 정당한 승부를 망쳐 버리는 부정한 개입이라고 생각했다.

14두의 프로필 사진을 골똘히 바라보던 영원이 검지를 뻗어 한 마리를 가리켰다. 알비노 탓인지 모색이 눈처럼 흰 백마였다. 프랑스에서 온 네 살짜리 암말이었다. 지수는 뜻밖의 행동에 조금 놀랐다.

"이 3번 말이 우승할 거예요."

영원은 쉬징레이를 바라보지 않고 말의 사진에 시선을 고정한 채 말했다. 쉬징레이는 어깨를 들썩이고는 환하게 웃으며 답했다.

"중화의 꽃이 준 선물이네요. 어쩌면 우리가 가진 돈 전부를 이 말에 걸지도 모르겠어요."

헤어짐은 재회의 순간보다 담담하게 이루어졌다. 그녀는 지수와 영원에게 차례로 가벼운 포옹을 하며 행운을 빌어 줬다. 지수는 쉬징레이의 변화된 모습에 처음과 달리 안도감을 느꼈다. 우울하고 내성적이던 소녀가 활달하고 자신에 찬 여성으로 성장한 것은 축하할 일이지 우려할 일은 아니었다. 쉬징레이가 없어도 이 세계는 누군가를 선택하기 마련이다. 그녀가 있어 밀교가 좀 더 밝은 세상으로 나올지도 모른다.

엘리베이터 문이 열려 지수와 영원은 안으로 들어갔다. 쉬징레이는 꼿꼿한 자세로 밝은 미소를 지우며 두 연인을 배웅했다. 문이 닫히기 전까지 그들은 서로 바라보며 서 있었다. 슬로모션처럼 시간이 느리게 흘렀다. 지수는 그 짧은 시간에 많은 사람의 얼굴을 떠올렸다. 이제는 망자가 되어 지상으로 돌아올 수 없는 사람들의 얼굴이었다. 무엇이 그들을 죽음으로 이끌었는지는 아직도 불가해한 미스터리로 남아 있었다. 인류가 행한 모든 전쟁의 원인이 불가사의로 남았듯 자신의 투쟁도 미궁 속에 빠져 있었다.

차임이 울리며 엘리베이터 문이 느리게 닫혔다. 쉬징레이의 모습도 사라졌다. 그 순간 느닷없이 텔레파시가 날아왔다. 천궁 우주 기지에서 울트라 장광즈가 죽음의 순간에 메시지를 보낸 것과 같은 방식의 텔레파시였다. 무언의 텔레파시는 그의 의식을 예리하게 찌르며 숨겨 놓았던 모든 감각을 일시에 불러일으켰다. '오빠, 8번 말이 가장 먼저 결승선을 통과할 거예요.' 지수는 굳게 닫힌 강철 엘리베이터 문을 맹렬하게 쏘아봤다. 이미 쉬징레이의 모습은 보이지 않았다. 그녀가 던진 메시지만 새벽하늘을 가르고 나오는 태양처럼 선명하고 또렷하게 그의 의식을 지배했다.

지수는 고개를 돌려 영원의 얼굴을 보았다. 그녀는 아름다웠으나 얼음처럼 차가웠다. 여리고 부드러운 그녀의 몸을 휘감은 이질적인 에너지가 날카로운 가시처럼 피부 세포를 관통해 파고들어 왔다. 지수는 당혹스러웠다. 영원이 이처럼 노골적으로 분노를 표출한 것은 처음이었다. 그 순간 지수는 자신이 또 다른 선택의 갈림길에 처한 사실을 알아차렸다. 동중국해의 차가운 바닷물 속에서 선택을 강요받았듯 이번에도 그는 누군가를 선택해야 했다. 주도권을 쥐고 있는 것은 그의 내부에 도사린 검은 그림자, 울트라였다. 그는 누구를 중화의 꽃으로 선택할까. 총성이 터지면 모든 것이 밝혀질 것이다. 지수는 눈을 감고 급격히 빨라지는 자신의 심장 박동 소리에 귀를 기울였다. 울트라가 가슴을 찢고 튀어나오려고 요동쳤다. 내면 깊숙이 잠재해 있는 괴물을 제압하기 위해 지수는 전력을 다해 스스로를 다그쳤다. 그때 어디에선가 전장의 북소리처럼 둔중하고 처연한 음파가 날아와 고막을 두드렸다. 그것은 '중화의 꽃'이 부르는 제3의 예언이었다. 지수와 영원, 그리고 쉬징레이는 동시에 눈을 번쩍 떴다.

'21세기, 울트라의 혁명이 시작될 것이다.'

중화의 꽃 ②

초판 1쇄 발행일 • 2013년 4월 20일
초판 2쇄 발행일 • 2013년 4월 25일
지은이 • 신경진
펴낸이 • 임성규
펴낸곳 • 문이당

등록 • 1988. 11. 5. 제1-832호
주소 • 서울시 성북구 동소문동 4가 83 청구빌딩 3층
전화 • (02) 928-8741~3(영업부) 927~4990~2(편집부)
팩스 • (02) 925-5406
ⓒ신경진, 2013

홈페이지 http://www.munidang.co.kr
이메일 munidang88@naver.com

ISBN 978-89-7456-470-4 03810